2037 – ein Blick voraus...

Wolfgang Zimmer

...für meine Kinder und Enkelkinder

2037 – ein Blick voraus...

Sience Fiktion Krimi mit Odenwälder Wurzeln

Wolfgang Zimmer

Bibliografische Information der Deutschen
Nationalbibliothek: Die Deutsche Nationalbibliothek
verzeichnet diese Publikation in der Deutschen
Nationalbibliografie, detaillierte bibliografische Daten sind
im Internet über http://dnb.dnb.de abrufbar

©2015 Wolfgang Zimmer

2. Auflage 2021

Herstellung und Verlag:
BoD – Books on Demand, Norderstedt

ISBN: 9783-839-14911-9   Taschen Buch
ISBN: 9783-741-23651-8   e-Book

Prolog 1:

2037 – Ein Blick voraus...

2012 wurde meine erste Enkeltochter geboren, mein Sohn war gerade mal 25 Jahre jung.

Als ich das kleine Mädel zum ersten Mal im Arm halten durfte, schoss mir ein Gedanke durch den Kopf, was wird in 25 Jahren sein, im Jahr 2037?
Wie wird unsere Welt, auch die enge Heimat Odenwald, aussehen, sich verändert haben?
In welche Zukunft entlassen wir unsere Kinder und Enkel?

Weihnachten 2013 bis Juli 2014 habe ich das Buch geschrieben. Die (erfolglose) Verlagssuche dauerte lange, bis ich Ende 2015 auf BoD aufmerksam wurde. Anfang 2016 habe ich das Ganze dann nochmals ein wenig aktualisiert und überarbeitet:

2037

liegt noch fast ein Viertel Jahrhundert vor uns - und ist doch schon fast zum Greifen nahe! Es könnte im gleichen Trott wie in den letzten rund siebzig, für uns Europäer meist friedfertigen Jahren weiter gehen. Sicher, es gab auch schon gravierende, globale Veränderungen. Bisher blieben die Auswirkungen jedoch für uns erträglich.

In mittlerweile 50 Berufsjahren im technischen Außendienst habe ich außergewöhnlich viel sehen und erleben dürfen. Habe Einblick in vielen Branchen und Bereiche gewonnen, oft einzigartig.
Über fünfundzwanzig Beiträge in renommierten Fachzeitschriften tragen meinen Namen, viele Fachvorträge durfte ich referieren.

Vor diesem technischen Hintergrund, vielleicht auch ein wenig im Sinne eines Jules Verne (den ich sehr schätze) habe ich meine Visionen, den Blick, die mögliche Vorschau eines Odenwälders, Vaters und Großvaters, niedergeschrieben.

Mögen unsere Kinder und Enkel, denen ich dieses Buch widme, Besseres erleben.

Mein herzlicher und aufrichtiger Dank gilt allen, die mich bei diesem Projekt ermutigt und unterstützt haben.

Wolfgang Zimmer (ein Odenwälder)

Prolog 2, zum Inhalt:

2037 – Ein Blick voraus….

Visionen eines Odenwälders und Großvaters über die nahe Zukunft im und um den Odenwald:

2037 - die zweite, große europäische Krise (nach der beginnenden Völkerwanderung Ende 2015) im Jahr 2023 hat zu gewaltigen gesellschaftlichen und wirtschaftlichen Verwerfungen geführt.

Unsere Mittelschicht ist drastisch geschrumpft, lebt in einer Enklaven artigen, eigenen Welt. Nur noch Wenige leben in der Welt des technischen Wandels und Fortschritts.

Die Masse der Bevölkerung darbt. Neue, unbekannte Drogen überschwemmen das Land mit dramatischen Folgen. Die Bevölkerung schrumpft rasend schnell, Kinder werden fast nur noch künstlich gezeugt, mit unglaublichen Folgen.

Selbst die mühsam erkämpfte Emanzipation hat herbe Rückschläge erlitten!

Oft werden wir bei näherer Betrachtung solcher Veränderungen an das Kugelstoßpendel (nach Newton) erinnert. Der Anstoß einer Kugel bewirkt eine Bewegung am anderen Ende der im Übrigen ruhig bleibenden Kugelreihe. So, wie Innovation oder Veränderung, die an einer Stelle auf unsere Gesellschaft einwirken, Auswirkungen an völlig anderer Stelle haben können.

Entlang eines überraschenden, roten Fadens erleben wir mit der Hauptperson – Dr. Joe Raubach – ein furioses Feuerwerk der Handlungen. Visionäre Veränderungen unserer klimatischen Umweltbedingungen, gewaltiger sozialer Wandel, neuartige Techniken hangeln sich an diesem roten Fadenknäuel entlang zu einem überraschenden Finale!

Dabei reicht der topographische Spannungsbogen von meinem geliebten Odenwald bis in die Südsee.

PS.:
Das ganze Werk entstand in Eigenregie, leider konnte ich keinen interessierten Verlag finden. Niemand wollte diesen Mix aus Heimat, Sience Fiction, Krimi und Technik veröffentlichen.
Auf ein professionelles Lektorat, Layout usw. habe ich daher aus Kostengründen verzichtet. Restfehler in der Erstauflage bitte ich daher zu verzeihen. Schließlich konnte ich dieses Werk über BoD (danke an diese Truppe) auf eigene Rechnung in den Markt bringen.
Dieses Buch ist ein Sience Fiction Krimi mit Odenwälder Wurzeln. Personen, Geräte und Produkte sowie Handlungen sind frei erfunden. Ähnlichkeiten mit lebenden Personen oder realen Ereignissen sind nicht beabsichtigt und wären rein zufällig.
Wenn Sie jedoch Affinitäten zum Odenwald, zu historischen Personen oder ähnliches oder gar Wortspielereien entdecken, diese sind garantiert nicht ungewollt...
Den Main nennen manche Odenwälder auch den Handkäs` oder Äppelwoi-Äquator....

Nachsatz zur Revision von 2021: die Ereignisse der Corona Pandemie und des Ahrtales zeigen uns in aller Deutlichkeit die Grenzen unseres Handels und auch unserer Fantasie auf!

*) Quelle: Internet

1 HELGOLAND

1.1 Erwachen

Verdammt, macht doch endlich das Blitzlichtgewitter aus!
Und hört endlich damit auf, auf meinem Schädel herum
zu trommeln!

Joseph Raubach, genannt Joe, kämpfte sich durch ein
Meer zähfließender, klebriger irgendwas... Scheiße.
Es hinderte ihn am Bewegen, irgendwie stimmte auch die
Lage nicht, langsam dämmerte ihm, er lag.
Schlauchartiges Zeug an seinen Händen hinderte seine
Bewegungen!
Und diese Kopfschmerzen!
Auf der Zunge ein Geschmack, Fürchterlich! Wie das
Zeug, mit dem man die Kunststoffe für Tragflächen bei
Horten United Europe zusammen pappte!

Irgendwo von weit her drang ein Geräusch durch das
Blitzlichtgewitter und die Trommelschläge in seinem Kopf.
Die Geräuschfolge wiederholte sich, artikulierte sich zu
bruchstückhaften Sätzen.
Irgendetwas unter ihm rumorte, die Lage seines
Oberkörpers veränderte sich.
Der Grauschleier vor seinen Augen wurde lichter, das
Trommeln im Hirn ließ allmählich, ganz allmählich nach.
Die Dämmerung im Kopf lichtete sich. Ihm wurde klar, er
saß in einem Bett. Apparate ringsum, weiße Wände.
Ein ewig gleicher Geruch – Desinfektionsmittel.

Mist, verdammter Mist, er war im Krankenhaus! Wieso,
warum?
Er lag in einem Krankenbett, OK. Seitlich waren irgendwie
Gitter hochgestellt.
Überall an seinem Körper begann er Schläuche und Kabel
zu spüren, was soll das, wozu, warum wurde er das Zeug
nicht los?
Aus dem Grauschleier über seinen Augen schälte sich ein
weibliches Wesen - Lenie!

Nicht schon wieder! War all` dieses Durcheinander ihrem letzten Zoff zu verdanken? Er bekam die Reihenfolge nicht hin!

„Hör doch mal auf, ich will ´n Bier! Und warum bin ich hier und was hat das mit dir zu tun? Meine Fresse, ist mir schlecht!"

Lenie stoppte ihrerseits ihren Wortschwall, trat näher: „Das mit dem Bier holen wir gerne nach, Joe, jetzt trinkst du erst mal Krankenhaussaft. Und sei froh, dass du noch am Leben bist!" sagte sie, fröhlich grinsend nach ein paar Gedenksekunden.

Er knirschte unwirsch, registrierte nun auch deutlich die diverse Schläuche, die in seinen Armen endeten. Einen Monitor, der offensichtlich seinen Kreislauf überwachte.

Ein Weißkittel betrat den Raum:
„Hallo Herr Raubach, schön, dass wir sie wieder auf diesem Planeten begrüßen dürfen. Sie sind am Engelsflug knapp vorbeigeschrammt. Bedanken sie sich schon mal bei Frau Rhoden-Stein, sie hat ganz wesentlich zu ihrer Rettung beigetragen."
Der Kittel begrüßte Lenie mit einem freundlichen Kopfnicken, beugte sich über den kleinen Monitor am Fußende des Bettes, drehte an irgendwelchen Knöpfen und brabbelte unverständliches. Während er anfing, an Joe´ s Schläuchen und Kabeln zu hantieren, glitt dieser in einen tiefen, erholsamen Schlaf.

Lenie verließ den Raum auf leisen Sohlen. Die Deckenbeleuchtung hatte auf ein fahles Weiß zurückgeschaltet, die Wände schimmerten in einem sterilen matten Grün. Der Unterhaltungsmonitor war erloschen, er war jetzt ein kaum mehr erkennbarer Teil der grünen Wand. Das Paket von Schläuchen und Kabeln an Joe`s Körper führte am Bett in Halterungen entlang zur Wand, wo sie in irgendwelchen Anschlüssen und Kontakten verschwanden.

Am Kopfende von Joe`s Bett war ein größerer Monitor, in der Wand eingelassen, zu erkennen. Wilde Kurven zackten über ihn, überlagert vom rhythmischen Abbild eines ruhigen Herzschlages.

1.2 Erholsamer Schlaf

Wärme auf seiner Hand. Stimmen.
Joe kämpfte sich aus irgendwelchen Untiefen nach oben.
Blinzelte in schmerzendes, grelles Weiß.

Allmählich schälte sich eine Kontur heraus – Lenie.
Sie hielt seine Hand, beugte sich über ihn, trompete fröhlich: „Na, du altes Mammut, wieder unter den Lebenden!"

Das war mehr Feststellung denn Frage. Dann berührte etwas seine Wange, weich und warm. Er lebte tatsächlich noch, das war ein zarter Kuss von Lenie gewesen.

„Gib mir irgendwas Trinkbares- am besten Äppelwoi!
Und dann will ich verdammt noch mal wissen, warum ich hier bin und wie lange schon und was das Ganze soll und überhaupt"

Lenie reichte ihm ein kaltes Etwas, entfernt schmeckte es nach Tee. Igitt!
„Ich weiß, Joe, wir sind keine Partnerschaft mehr, aber immer noch gute Freunde. Deswegen und überhaupt, ich habe mich ganz schön um dich gesorgt.
Und wenn du jetzt mal die Klappe hältst, dann erzähle ich dir, was passiert ist!"
Joe blickte lange in ein paar tiefgrüne Augen. Das Weib sah wirklich verdammt gut aus!
Sie trug einen lindgrünen, wie eine zweite Haut anliegenden Pullover und knackig enge Jeans.
Zum Anbeißen!

Man konnte mit ihr viel Spaß haben, und verlässlich war sie außerdem. Aber- ein Weib halt` mit Zicken.
Und zwar mit so vielen, dass, zumindest er, es in der eingetragenen Partnerschaft nicht lange ausgehalten hatte.

Jetzt waren sie halt gute Freunde, manchmal Arbeitskollegen.
Stets zur ihrer beiden Freude.
Und halfen sich gegenseitig aus mancher Misere.

„Sag` mir erst mal, was heute überhaupt für ein Tag ist? Samstag, Sonntag? Und wie lange bin ich schon hier – und überhaupt und was auch immer!" knurrte er.

Lenie lachte leise:
„Joe, heute ist Mittwoch, der 13. Mai 2037. Du bist seit fast anderthalb Wochen hier!"

Er wollte seinen Kopf schütteln, aber irgendetwas klopfte mit brachialer Gewalt von innen heftig gegen seine Schädeldecke.
Stöhnend glitt er in die Tiefen seiner Kissen zurück.
Ein paar tiefe Atemzüge, dann hatte sich der Schmerz gelegt.
Suchend griff er nach Lenie`s Hand, die ihm daraufhin erst nach leichtem Zögern entglitt.

„Fang schon an"

1.3 Helgoland

Lenie lehnte sich entspannt auf ihrem Stuhl zurück, soweit das auf diesem abgewirtschafteten Möbelstück überhaupt machbar war.
„Naja, Joe, du hattest einen neuen Auftrag von Dr. Munk von „German News" angenommen.

Deine Serie zum rapiden Niedergang der friesischen Inseln in den letzten 20 Jahren, zum Verschwinden der Halligen und den vielen Flutkatastrophen hatte für ordentliche Wirbel gesorgt.

Die Anzahl der Downloads war irre gut, selbst aus Exotenländern wurde die Serie zum Teil mit automatischen Übersetzungsprogrammen abgerufen.

Viele Experten (und noch mehr, die es sein möchten) haben dich angefeindet. Konnten letztendlich weder den Tatsachen noch deinen Statistiken widersprechen.

(sie nahm ebenfalls einen winzigen Schluck des Krankenhausgebräus)

Fakt ist nun mal, von den gesamten friesischen Inseln sind nur noch ein paar Fragmente übrig. Nicht viel mehr, als das, was einst Halligen waren.

Und Halligen – die sind nur noch Geschichte!

Angefangen hatte es um 2017, als in den drei großen, dicht aufeinander folgenden Winterstürmen Terschling, Ammerland, Sylt und Föhr auseinanderbrachen.

2017 wurden dann auch Eiderstedt und ein Großteil von Dithmarschen durch eine Monsterflut vom Land getrennt. Sechsunddreißig Stunden hatte ein fürchterlicher Orkan gewütet. Der Vollmond hatte sowieso eine Springflut begünstigt.

Sturm und Mondphase wirkten wirklich infernalisch zusammen. Wellenhöhen über 25 Meter, teilweise sogar 30 Meter, hatte man an dem Teil der deutschen Nordseeküste damals noch nicht gekannt.

Das Eidersperrwerk zerbrach unter den Naturgewalten. Wie von einem Riesen ins Meer gestreute Puzzleteile des Sperrwerkes waren nach dem Sturm das Einzige, was davon weit draußen auf See noch zu sehen war.

Denn das Provinznest Heide lag plötzlich an der Küste! Und das waren nur die Auswirkungen an der deutschen Küste!

Von Ländern wie England, Irland, Holland ganz zu schweigen!"

Joe grummelte etwas Zustimmendes:
„Naja, wir dürfen England nicht übersehen. 2014 - mehr als drei Monate Flutkatastrophe im Westen. Die Behörden waren schlicht unfähig, ein Hilfskonzept auf die Beine zu stellen."

„Stimmt, meinte Lenie: 2018 und 2032 hat sich das Ganze wiederholt - und die Betonköpfe in den Regierungen haben immer noch keine Besserungen zustande gebracht. Mittlerweile ist diese Insel nur noch halb so groß und Bettelarm!"

Lenie holte nach ein paar nachdenklichen Sekunden zustimmend weiter aus: „Die German News haben mit dieser Serie ordentlich Reibach gemacht.
Und du hattest, eigentlich widerwillig, den Auftrag „Helgoland" angenommen.
Einerseits hast du ja schon genug Negativerfahrungen mit Katastrophen, aber wahrscheinlich waren es die vielen NEKs`, die dich lockten"

„Da hast du nicht ganz unrecht, warf Joe ein: aber von den Dingern kann man nie genug haben!
Und die Probleme mit Helgoland sind ja auch schon seit mehr als 15 Jahren deutlich: Rapider Rückgang der Touristenströme sowie die mangelnde Versorgung der Bevölkerung durch immer unberechenbarer werdende nautische Bedingungen. Das sind die Kernprobleme.

Außerdem: 1721 war die Ursprungsinsel ja bereits zerbrochen. Was wir, was unsere Generation davon in der Vergangenheit noch sahen, waren ihre kärglichen Reste. Du siehst, Geschichte wiederholt sich."

Er schluckte widerwillig etwas Teegebräu, dann spulte er den Faden weiter:
„Der Südzipfel der Insel Helgoland, unterhalb der Klinik, ist seit nunmehr über 10 Jahren von der Nordsee verschluckt, und der Verlust des Flughafens im letzten

Winter durch die massive Erosion- das waren schon herbe Schläge für die zuletzt knapp 300 Insulaner.

Sicherlich, eine Schlechtwetterzone war angekündigt gewesen. Und die Wissenschaft hatte ja zwischenzeitlich die Existenz von Monsterwellen eingestanden. Mit Hilfe von Satellitendaten aus Wetterbeobachtungen, den Gezeiten und Mondphasen sowie ein paar weiteren Faktoren können die Meteorologen heute schon mit hoher Wahrscheinlichkeit das Eintreffen von solchen Wellenphänomenen vorhersagen.
Aber auch nur mit hoher Wahrscheinlichkeit."

„Klar, meinte Lenie: dem zu Folge hat ja auch keiner diese Wellen von über 30m Höhe da draußen erwartet. Und vor allen Dingen, wer hat mit drei Wochen Sturmdauer gerechnet? Non Stopp Sturm! Verrückt!"

„Richtig, entgegnete Joe: Es gab irgendwann keine Funkverbindung mehr mit dem PAS zum Festland. Selbst das Notfall-Satellitentelefon hat zum Schluss gestreikt. Die Vorräte wurden knapp, wir haben uns immer höher hinauf zurückgezogen und konnten stündlich mit ansehen, wie die Insel weniger wurde.
Irgendwann hatte keiner mehr die Kraft, Brände zu löschen oder irgendwelche Löcher ab zu dichten. Wir haben uns nur noch verkrochen.
(er schüttelte sich heftig)
Ich habe mich ins „Panorama" zurückgezogen, ein sehr alter Hotelbau, von wirklich Vertrauen erweckender Substanz. Dicke Mauern im Kellergeschoss von mehr als sechzig Zentimeter!
Aber dieser Sturm, dieser peitschende, wolkenbruchartige Regen, nonstop!
Dieses beständige Heulen, Jaulen und Tosen. Dazu Knall und Krach, wenn irgendwo etwas zusammenbrach oder weggeflogen ist oder gar Alles zusammen!
Es war die Hölle.

Dann krachte es im Haus plötzlich ganz gewaltig, ich sah noch, wie die Geschossdecke Risse bekam – danach war Blackout!"

Lenie ergänzte:
"Das Hotel „Panorama", in dem ihr euch verkrochen hattet, ist zusammengebrochen. Der Dauersturm hatte wohl ziemlich früh in diesen drei Wochen Teile des Dachs weggerissen. Daraufhin durchweichten die Decken mitsamt dem Schrott, der oben auf lag. Und dann brach alles zusammen.
Dein Glück war, das du in der Bar im Keller `rumhingst. Du warst wohl unmittelbar neben einer dieser recht stabilen Mauern!

Man hat dann vom Festland beim ersten Aufklaren die Helikopter in Marsch gesetzt. Die Armee hat euch herausgeholt.
Es soll über hundert Tote und Vermisste gegeben haben! Und von dem Felsen sind wohl nur noch um 96 Hektar übrig, also etwas mehr als die Hälfte dessen, was um die Jahrhundertwende noch an Land da war. Das wird eine vorgeschobene Wetterstation oder so etwas für die Seefahrt werden, bis irgendwann gar nichts mehr übrig ist!"

Joe knurrte: „Dann muss ich den Bekloppten auch noch dankbar sein, oder was?"

„Welchen Bekloppten" war die Gegenfrage Lenie`s. Sie kam, wie aus der Pistole geschossen.

„Naja, Mädel, ich war ja nicht allein auf der Insel. Neben den paar hartgesottenen Insulanern waren da ein paar Monteure, die eigentlich draußen vor der Küste irgendetwas prüfen oder installieren sollten oder so. Genaues hat man von denen nicht erfahren, nur Geheimnistuerei!

Es waren zum größten Teil Schlitzaugen, auch zwei finstere Afraner waren dabei.
Der Boss von denen war so ein bärtiges Monster, wahrscheinlich mit mehr Barthaaren als Gehirnzellen. Der hat den Mund nur aus drei Gründen aufgemacht, und zwar in der Reihenfolge: Saufen, Fressen, Morddrohungen ausstoßen.
Und die Truppe- es mögen fünf oder sechs gewesen sein, die hingen in jeder freien Minute in der Disco hinterm Hotel `rum, dem „Red Stone".

Da waren auch noch ein paar andere Gäste, soweit ich erfahren konnte, Touristen.

Ganz schlau bin ich aus denen nicht geworden, entweder waren die ganztägig alle besoffen oder bekifft.
Also genau der interessante Background, den eine Reporterseele wie ich zum Recherchieren benötigt.
Deswegen hatte ich ja die Bar zu meinem Domizil auserkoren."

2 ZUHAUSE

2.1 Appartement

Die Entlassung aus dem G.R.O.B war schnell vollzogen. Eine Bestätigung der ärztlichen Berichte am PAS, ein kurzer Blick in den Iris-Scanner, fertig.

Lenie hatte es sich nicht nehmen lassen, ihn mit einem Twizzer ab zu holen.

Während der Fahrt frozzelte sie wie meist bei solchen Gelegenheiten über seinen Wohnort im RMS, wie dieses Kunstgebilde „Rhein-Main-Süd" allgemein nur genannt wurde.

Nach der Geschichte im Hegau hatten die Politiker eine Satellitenstadt mit neuester Wohntechnologie aus dem Boden gestampft. Begrenzt im Wesentlichen von Dieburg, Umstadt, Otzberg und Roßdorf.

In dieser Region, in der die Grenzen des Odenwaldes von jeher schwimmend waren. Neuerdings im besten Behördendeutsch „Regionalstruktur Odenwald-Bergstraße-Rhein-Main-Süd" genannt.

Einen vernünftigen Stadtnamen konnten damals bei der Gründung die Behördenfuzzis allerdings auch nicht finden, obwohl es viele Anregungen aus der Bevölkerung gab.

Der dann amtlich festgelegte, korrekte Name „Propolaeris-City" (angelehnt an das Messeler Urpferdchen) war ja kaum aus zu sprechen!

Und so hatte sich sehr, sehr schnell das Kürzel „RMS" eingebürgert.

Joe fühlte sich dort sicher. Bei jeder Fahrt nach Hause wurde er zudem mit einen Blick auf die sanften Hügel am Rand des Odenwaldes, seiner Heimat, belohnt.

Richtige Heimatgefühle jedoch kamen in diesem synthetischen Monstrum „RMS" sowieso nicht auf!

Lenie hatte sich allerdings geweigert, mit ihm nach oben zu kommen. "Du brauchst jetzt Erholung und Entspannung erster Ordnung" hatte sie ihn lachend mit einem Kuss verabschiedet. Knurrend und zähneknirschend hatte er akzeptiert.

Joe wischte mit seinem PAS über das Türfeld seines Appartements, das Kontrollpaneel leuchtete matt auf. Die erste Hürde der inneren Zugangskontrolle war genommen.
Diese Dinger am Arm waren manchmal schon lästig. Aber seit der letzten Wirtschaftskrise war der Besitz von Bargeld endgültig verboten, damit wurden die PAS unverzichtbar.
Wurde man mit Bargeld erwischt, gab es ein unerbittliches Verfahren wegen Staatsgefährdung, meist mit drakonischen Strafen verbunden.

Augenblicklich ertönte erneut ein dezenter Piepton. Nur nicht das Zeitfenster der Kontrolle überschreiten! Der dritte Piepser war heftig- und zugleich seine letzte Chance. Der Pieps ermahnte ihn, in die Linse der Iriskontrolle zu blicken. Das Leuchten wich einem Blinken, auf leichten Fingerdruck öffnete sich die Tür.

Alles war, als hätte er das Appartement erst gestern verlassen.
Dabei waren, mit dem Krankenhausaufenthalt und Helgoland zusammen, fast sechs Wochen vergangen. Die Raumtemperatur lag exakt in seinem Wohlfühlbereich. Während seiner Abwesenheit war sie automatisch im Energiesparmodus abgesenkt gewesen. Nun, bei Annäherung an sein Zuhause, hatte der PAS rechtzeitig für das Hochfahren der Temperatur auf „Wohlfühlen" gesorgt.

Dabei, wo war die Zeit geblieben? Zufrieden blickte er sich um.

Dieses Riesenteil hatte er sich vom letzten Salär der German News geleistet! Einundzwanzigkommafünf Quadratmeter - das war wirklich riesig! Hier ließ es sich viel entspannter Wohnen als in den 15 m² Standard, die ihm nach Auflösung seiner eingetragenen Partnerschaft mit Lenie zugestanden hatten.

Gut, während seiner Studien hatte er oft Kenntnis von anderen Zahlen gehabt.

Anfang des Einundzwanzigsten Jahrhunderts galten wohl noch völlig andere Maßstäbe. Da besaßen selbst einzelne Personen oft mehrere Räume, mit einem Vielfachen dieser Fläche.

Aber, das war Vergangenheit.

Er wohnte jetzt sicher. Gut versorgt und richtig sicher! In einem dieser wirklich modernen, zuverlässigen Stahlbauten.

Die Infrastruktur für das Gebäude war mehre Stockwerke tief im Erdboden verankert. Erdbeben konnten diesem Gebäudetyp nach menschlichen Ermessen kaum noch etwas anhaben.

Modernste Wasserstofftechnik machte das Ganze energetisch autark. Für Notfälle gab es noch Solartechnik. Von den Erdwärmepumpen der ersten Gebäudegeneration war man halt wieder abgekommen.

Sein Appartement lag im dritten von sieben Stockwerken. Von außen sah das Ganze aus wie ein Ei im Eierbecher. Im „Eierbecher" waren überwiegend die Haustechnik und ein paar Parkplätze für Fahrzeuge aus dem Sharing – Pool. Entlang der Außenhülle gab es je nach Stockwerk unterschiedlich große Appartements. Nur im dritten und vierten Stock gab es auch Appartements, die nach innen, zum Atrium ausgerichtet waren. Die bekamen aber nur Tageslicht, wenn die Irisblende im Dach bei geeignetem Wetter geöffnet war.

Dafür waren diese aber auch deutlich billiger.

Überhaupt, Kauf und Miete im klassischen Sinn des vergangenen Jahrhunderts gab es nicht mehr. Entweder man verließ man sich auf die staatliche Bevormundung,

dann bekam man eine Miniwohnung zum erträglichen Tarif in unmittelbarer Arbeitsplatznähe. Standardgröße, Standardausstattung, täglich zu kündigen.
Und das von beiden Seiten des Vertrages!

Oder man „kaufte" Wahlmöglichkeiten bei Standort, Größe, Ausstattung und vor allem den Kündigungszeiten hinzu. Zu teilweise exorbitanten Preisen.
Aber irgendwie wollte ja die moderne, Wettersichere und Vandalen!! sichere Ausstattung finanziert werden!

Joe schüttelte den Kopf, er versuchte, sich auf das Geflimmer der Bildfläche in der Wand zu konzentrieren. Mit dem Öffnen der Tür hatte sich sein Kommunikationszentrum eingeschaltet.

Klar, jede Menge Mails.
Die Energiebilanz zeigte einen dicken grünen Balken, der Duschwasservorrat ebenfalls!
Kein Wunder, er war ja lange genug weg gewesen!
Runter mit den Klamotten vom Leib, eine echte Dusche konnte durch das Ganze, desinfizierende und kostbares Wasser sparende Sprühzeug nicht ersetzt werden!

2.2 Relaxen

Die Duschabtrennung fuhr mit leisem Surren in die Arbeitsposition. Magnetverschlüsse klickten, die Dusche war für den Wassereinsatz bereit.
Kurz noch einen Blick in den Spiegel, der jetzt hinter transparent werdenden Glasfläche zum Vorschein kam. Er begrüßte ihn mit einem gutgelaunten: „Hallo, geliebter Feind" und lauschte andächtig - alles blieb ruhig!
Die Sprachsteuerung seines Appartements hatte endlich begriffen, dass dieses keine Kampfansage an irgendwelche obskuren Gestalten, sondern nur ein lockerer Spruch war.
In der Armatur war ein leichtes Vibrieren zu spüren, das Wasser wurde umgewälzt, bis die gewünschte

Temperatur erreicht war. Wasserverschwendung war absolut out!

Das prickelnde Perlen der kostbaren Wassertropfen auf seiner Haut war erloschen. Joe hatte sich zur Feier des Tages eine doppelte Duschration gegönnt (und dem blöden Vieh von Computer dreimal bestätigen müssen!).

Das Gebläse trocknete ihn mit einem angenehm warmen, leicht säuselnden Luftstrom ab (im Prospekt des Appartements hatte eine lange Abhandlung gestanden, dass die Energiebilanz dieses Trockensystems deutlich besser war als die der überalterten Handtücher, hygienischer war das sowieso). Dabei spürte er deutlich, dass der Salzgehalt des Duschwassers (Salzstufe vier) mal wieder an der oberen Grenze lag. Er ließ die Dusche (der Sprachsteuerung sei Dank!) in die Wand schwenken und die Toilette ausklappen.
Die Glasabtrennung zum Wohnraum verdunkelte sich diskret.

Nachdem auch diese Verrichtung erledigt war, fuhr er die Couch in die Relaxposition.
Die Schutzblende über dem Fenster schwang per Sprachbefehl zur Seite.
Regentropfen perlten von dem Glas ab (Lotuseffekt der 3. Generation hatten sie im Prospekt des Appartements geschwärmt), der Blick auf einen grauen, Wolken verhangenen Himmel wurde frei.
Hier würde er ein nun paar Tage abhängen.
Vielleicht konnte er ja Lenie zwischendurch mal auf ein paar nette Stündchen einladen.
Im Magen rumorte es- er sollte vielleicht mal etwas essen.

Joe blickte auf den Bildschirm und rief das Vorratsmenü auf. Es sah ziemlich mau aus. Gesetzlicher Minimalvorrat! Nur noch ein paar von diesen genialen, scheiß Nanofolien im Kühlfach!

Immer wenn er diese Dinger sah, musste er an die Großeltern tief im Odenwald denken- hmh, das Wasser lief ihm im Munde zusammen! Großmutters Bratkartoffel mit Worscht, Opas Handkäs mit Musik und Zwiebeln! – traumhaft lecker!
Lange her, nix mehr!
Also, Futter aus der Plastikfolie, scheiß neue Zeit!

Mit einem tiefen Seufzer studierte er sein Vorratsmenue erneut. Irgendwie war ein Teil von diesem Kram wegen des Erreichens des Mindesthaltbarkeitsdatums automatisch aussortiert und der Verwertung zugeführt worden.

Aus den Folien konnte man im Zubereiter (einem Mix aus dem, was früher ein Herd und einst ein Drucker gewesen war) recht erträgliche, wenn auch einfache Speisen gewinnen.
Heute musste es eine Fleischfolie und etwas Handfestes – Kartoffeliges sein. Zumindest sah es hinterher so aus und es schmeckte meist auch so. Er wählte noch die Würzart „pikant" und erinnerte sich an den Rest in einer ziemlich großen Cognacflasche, die er zwischen seinen Kleidervorräten aufbewahrte. Auch wenn die Klamotten heute in kürzester Zeit aus dem Drucker kamen, so konnte man doch manche Kleidungsstücke mehrfach benutzen.
Das schonte das Konto ganz erheblich!

Ein leises Klicken signalisiert ihm seine fertige Mahlzeit. Er entnahm sie dem Zubereiter, warf die Reste der Nanofolien als braver Bürger in den entsprechenden Schlitz seiner Entsorgungseinheit.

Schon Sekunden später freute er sich, als er am Bildschirm die Gutschrift für die verwertbaren Reste der Folien auf seinem Konto, begleitet von einem kleinen Blinksignal, angezeigt wurde.

Joe goss sich einen großen Cognac ein, steuerte den Tisch in die Arbeits- und Essensposition.
Der Mechanismus hakelte mal wieder, er sollte doch wohl mal reklamieren. Ein derber Faustschlag auf die Tischfläche, manchmal muss man der Elektronik oder Mechanik eben zureden.
Es klappte vorzüglich, der Tisch fuhr heran. Joe rülpste einmal heftig und zufrieden.
Mit einem kurzen Zuruf an den zentralen Home-PC dimmte er das Licht. Auf der Monitorwand erschien ein zartes Farbspiel in dezenten Umbratönen.
Auch die Couch war mittlerweile in der richtigen Position.

Der Tag war gelaufen!

2.3 Hegau

Das Essen war erträglich gewesen, der Cognac verbreitete Wärme im Bauch und einen leichten Nebel im Hirn.
Joe lehnte sich entspannt zurück.
Auf dem Wandbildschirm liefen in einer schier endlosen Show Bilder aus der gemeinsamen Zeit mit Lenie ab.
Irgendwie hatte er heute den Wunsch nach ihr, nach dieser Zeit menschlicher Nähe und Wärme.
Beziehungen waren heute eigentlich sehr viel einfacher zu handhaben wie noch zu Zeit seiner Großeltern.
Deren Gesichter wollten nur schwerlich aus seiner Erinnerung aufsteigen. Die Großmutter, tief unten im Odenwald. Eine emanzipierte, starke Persönlichkeit mit einem sehr gut bezahlten Job in irgendeiner Verwaltung.
Opa hatte die Rolle des Hausmannes übernommen. Nur am Wochenende kochte Oma. Wenn sie Essen auftrug, dann stets begleitet von dem Spruch „in der Woche dient das Proletariat, am Wochenende herrscht das Matriarchat!". Das gab dann immer ein großes Gelächter, meist begleitet von einem herzhaften Kuss Opa`s auf Omas Wange.
Aber das waren Bilder aus einer anderen Zeit.

Mit einem heftigen Rülpser machte sich seine Verdauung bemerkbar. Der Mensch war halt auf das Folienzeug noch nicht hundertprozentig eingestimmt.
Wenn er da an seine Großeltern dachte!
Die töteten tatsächlich noch Tiere selbst, um sie zu verspeisen!
Oder diese stinkenden Rundlinge, die Opa bergeweise mit ebenso stinkenden Zwiebeln vertilgte! Handkäs` mit Musik deklarierte dieser stets mit Lustverklärtem Blick.
Und dann dieses Gesöff, was beide, Opa und Oma Literweise in sich hineinschütten konnten!
Äppelwoi, Handkäs` - lecker! Er dachte erneut und gerne an dieses urtypische regionale Zeug zurück.
Das Keltern dieses Getränkes war Opa` s große Leidenschaft. Aber diese Zeit war vorbei! Privates Keltern mittlerweile strikt verboten.
Alkohol wurde absolut nur noch in staatlich lizenzierten Großunternehmen hergestellt.
Der Drogen wegen, sagte man.
Und wer beim schwarzen Keltern oder Brauen erwischt wurde, dem drohten heftigste Strafen!

Es gab viele Menschen, die diesen Dingern nachtrauerten. Schade `drum. Sei` s drum, anderes war wichtiger! Joe schüttelte sich mit einem erneuten, heftigen Rülpser. Seine Gedanken waren in der Gegenwart zurück.

Tja, die Frauen. Die Mädels!
Jahrhunderte lang war die Frau in vielen, ja den meisten Gesellschaften ein zweitrangiges, unterdrücktes und benachteiligtes Wesen. Mit Beginn der Industrialisierung im vorletzten Jahrhundert hatte eine Welle der Emanzipation ihren Weg gefunden, zumindest was Europa und Nordamerika betraf. In Südamerika, Afrika und den islamischen geprägten Ländern war diese Entwicklung sehr viel zähfließender Verlaufen. Oder sie hatte erst gar nicht stattgefunden.

Diese wünschenswerte Emanzipation überschritt ihren Zenit mit der zweiten großen Bankenkrise und den damit einhergehenden, sozialen Unruhen.
Besonders die erste Welle der Völkerwanderung von Nordafrika nach Mitteleuropa um 2015 / 2016 hatte auch ihren Teil zur Stagnation dieser an sich doch positiven Entwicklung beigetragen.
Seit dem Ende des zweiten Weltkrieges wurde den Bürgern (nicht nur in Europa) von den Mächtigen der Welt immer wieder Lug und Betrug, ja auch Gewalt, vorgelebt. Man denke nur einmal zurück an die Aufstände in der Ukraine und ihre verheerenden Folgen!

Als das Dasein, besonders hier in Deutschland, nach der zweiten Bankenkrise (die auch eine tiefgehende europäische Krise war) und deren Folgeereignisse immer mehr zu einem Überlebenskampf des Einzelnen wurde, kippte das ganze System „Emanzipation" plötzlich.
Natürlich konnte man bei den intellektuellen Fähigen längst keine Unterschiede zwischen Mann und Frau mehr ausmachen.
Aber die „anatomischen Vorteile", die Stärke des männlichen Körpers gewann schlagartig wieder einen völlig anderen Stellenwert! Und damit wurde das gesamte Thema „Emanzipation" um Jahrzehnte zurückgeworfen.
Was heute, gerade bei der German News, davon übrig war, bildete schon eine Besonderheit.

Eine wohlige Wärme und Mattigkeit ergriffen langsam Kopf und Geist- der Cognac tat seine Wirkung. Schlaff hing seine Hand über den Rand der Couch.
Seine Augenlieder klappten müde nach unten….

Hegau!!!
Eine Woge von Bildern überflutete ihn explosionsartig, er schreckte hoch und musste tief, gaaanz tief durchatmen.
Diese Scheißbilder - nahm das denn nie ein Ende?
Kalter Schweiß lief in Strömen über seine Brust und seinen Nacken hinab.

Ein eisiger Ring schloss sich um seine Brust!

HEGAU!!
HEGAU!!

Zuerst die Bilder von Stauffen, bei Freiburg.
Er versuchte, sich zur Wehr zu setzen!
Diese Bilder würde er wohl nie wieder loswerden - der
Boden schien unter ihm zu schwanken

HEGAU!
HELGOLAND!

HEGAU!! schrie es in ihm!
Sein ganzer Körper zitterte, die Wogen der Erinnerung
waren übermächtig.

Langsam, ganz langsam sortierten sich die rasenden
Bilder in seinem Kopf.

Dort in Stauffen, hatten die Idioten im vergangenen
Jahrhundert „nur" ein Gipsfeld angebohrt und damit
durch die aufquellende Erdkruste praktisch einen ganzen
Ort dem Abriss anheimgeben.

Die Wissenschaft hatte das allgemein als bedauerlichen
Einzelfehler eines Gutachters abgetan.
Dann kamen aus den USA die ersten Horrormeldungen.
Das ach so sichere Fracking!
Klar- Grundwasserverseuchungen! Bedauerliche
Einzelfälle!
Gasblase erwischt, wo keine vermutet wurde- Paff!
Bumm! Auch bedauerliche Einzelfälle....

Und dann – Hegau!
Diese einst wunderschöne, von uralten Vulkanen
geprägte Landschaft zwischen Südschwarzwald und
Bodensee.

Joe holte tief Luft. Verdammt, das ist lange her!

Er war als junger Doktorrand mit knapp achtundzwanzig Lenzen zu Untersuchungen dort unten gewesen. Eine fröhliche Truppe, mit dem alten Professor Ahlheim.
Sie waren in Freiburg, um den Abschluss ihrer Arbeiten zu feiern. Ein schöner Augustnachmittag, Sonnenschein, warmes, mildes, mediterranes Bodenseeklima.

Ein hitziges Diskussionsthema während des ganzen Wochenendes war die Schweiz. Durch die zunehmenden Klimaveränderungen, die immer wärmeren Winter bekamen die talseitig der Alpen gelegenen Regionen in den heißen Sommermonaten immer mehr Probleme mit der Trinkwasserversorgung. Insbesondere in den Großstädten.
Die Schweiz hatte die Zahl ihrer Stauseen „zur Verbesserung der nachhaltigen Energieversorgung" ohne Schwierigkeiten im europäischen Kontext und mit massiver finanzieller Hilfe der europäischen Union erweitert.
Nun aber sollten diese Stauseen im Sommer als Trinkwasserreserve dienen!
Kein Problem, aus Sicht der Schweizer. Nur der Preis, der für Wasser, dieses elementare Gut der Menschheit verlangt wurde, dieser Preis! Ja, der war selbst für die damalige Zeit und auch für Schweitzer Maßstäbe mehr als Exorbitant!

So genossen sie diskutierend, plaudernd, flirtend eine vermeintliche typische Studienreise. Ein bisschen Bildung, ein paar gute Diskussionen, reichlich guter Gerstensaft.
Und erst die sehenswerten Kommilitoninnen!
Student, was willst du mehr?

Und kein Sturm, kein Regen in Sicht.
Abnehmender Mond halt. Die Krönung sollte dann diese Fahrt durch den Schwarzwald bis an den Bodensee sein.

Der Rückweg war durch das Hegau geplant, diese erloschene Vulkanlandschaft, von der der alte Ahlheim ständig schwärmte.
Es war eine tolle Fahrt in dem gecharterten Bus, damals konnte man sich so etwas noch leisten. Sie hatten Blumberg besichtigt, dazu ein museales Sägewerk.
Im vergangenen Jahrhundert konnte man Holz nicht nur verarbeiten, es wurde sogar verbrannt!
Heute war man über jeden überlebenden Baum und Strauch froh, der die CO_2 Bilanz zu verbessern half!

Am frühen Nachmittag hatten sie (verbotenerweise) im Schluchsee gebadet.
Der alte Professor hatte mal wieder außen liegende Augäpfel bekommen, als die Mädels sich beim Baden in ihrer natürlichen Pracht präsentierten!
Getränke waren reichlich genug im Kofferraum des Busses gebunkert, das sollte am Abend noch `ne heiße Partie werden.

Zum Abschluss der Fahrt ging´s dann zur Baustelle zwischen Singen und Mägdeberg.
Dort wurde eine neue Erdwärmebohrung gesetzt. Zwei große Elektromogule, die BFH und die F.UM, versuchten sich an der neuen, spektakulären VDT-Technik (was nichts anderes bedeutete als Very Deep Thrill).
Sie wollten dem alten Planeten schlichtweg ein besonders tiefes Loch in den Hintern bohren, um die Effizienz der Erdwärmenutzung signifikant zu steigern.
Knapp 5.000 m Tiefe waren angestrebt!

Die Optimisten unter den Wissenschaftlern hatten dort – in diesem erloschenen Vulkangebiet „Optimale Thermische Ressourcen" diagnostiziert.
Die Kritiker und der größte Teil der Bevölkerung hatten das als Wahnsinn eingestuft und waren dagegen Sturm gelaufen.
Es hatte deswegen sogar erhebliche diplomatische Verwerfungen mit allen Bodenseeanrainern gegeben.

Später fand man heraus, dass die Natur sich nicht ganz an die Planungen der Wissenschaftler gehalten hatte.

Irgendwie – blöd!

Irgendwo, genau ließ es sich nicht mehr ermitteln, so um die 1.850 Tiefenmeter, hatte man wohl eine Caldera erwischt.
Nein, klar, die Messungen und Rechenergebnisse hatten so dicht unter der Oberfläche so etwas noch nicht ausgewiesen.
Da sollte eigentlich eine viel größere Felsüberdeckung drüber liegen.

Eigentlich!

Nur war diese Caldera einerseits nicht gerade klein und hatte, andererseits, einen kräftigen, Fingerartigen Ausläufer.
Nicht horizontal oder schräg, wie üblich. Nein: Vertikal.
Eine Anomalie, so wurde das Ganze später deklariert.

Blöd war nur, dass bei eben dieser VDT dem Planeten just in diesen Fingerartigen Ausläufer gebohrt wurde.

Quasi – Pieks in die Fingerkuppe.

Und daraufhin hatte der alte Planet mal eben ganz heftig gerülpst!
Was bedeutete, dass der folgende Lavaausbruch als erstes die gesamte Bohrtechnik samt Mannschaft eliminierte. Das Erdbeben wurde mit Stufe 7,8 auf der Richterskala registriert, die Ausläufer waren bis beinahe Kassel zu spüren.
Die Stadt Singen glich danach einer Abraumhalde, Überlebende gab es nahezu keine.

Bei Bregenz, auf der Seite Österreichs, setzte sich ein Berghang samt Passstraße in Bewegung. Ein paar Häuser schwammen wohl oben auf wie Beilagen in der Suppe. Und dann klatschte das Ganze in den Bodensee. Die dadurch ausgelöste Flutwelle in Verbindung mit dem Erdbeben ergab eine supertolle Kettenreaktion. Die Inseln Reichenau und Mainau wurden verwüstet, die Stadt Konstanz soff komplett ab. Wer und wie viel Menschen dabei beim Boot fahren überrascht wurden, im See selbst ersoffen sind oder vom Strand weggespült wurden, konnte nie nachvollzogen werden.

Das in den vielen Häfen rings um den See sich der Wald der Boote lichtete, weil sie in der Flutwelle zertrümmert wurden, war eigentlich als Peanuts anzusehen.

Bis man schon nach kurzer Zeit heftigste Verunreinigungen im Trinkwasser feststellen musste. Viele der Boote hatten damals wohl noch Verbrennungsmotore an Bord. Die Treibstoffe, die Motoröle, der Giftdreck aus den Klimaanlagen der Boote, all das kontaminierte diesen riesigen Trinkwasserspeicher Bodensee gründlich und auf sehr, sehr lange Zeit.

Katastrophal!

Joe spürte, wie seine Hände zitterten, sein Puls raste! Ein trockenes Würgen beherrschte seine Kehle!

HEGAU!

Das Glück ihrer Truppe war ein kurzfristig eingeschobener Umweg gewesen. Der alte Professor hatte ihnen eine besonders schöne, weiter nördlich gelegene Aussicht zeigen wollen und sie auf eine kleine Anhöhe bei Dresselbach gelotst. Ziemlich weit oben kam ihr Bus urplötzlich ins Schleudern. Eine Folge der Eruption, als die Caldera getroffen wurde!

Der Bus überschlug sich ein paar Mal und kullerte in eine recht flache Senke neben der Straße, wo er auf dem Dach liegen blieb.
Es gab Verletzte, mit zum Teil ganz heftige Verletzungen. Drei aus der Truppe überlebten nicht. Schlimm war Buddy dran, der Elektronikfreak unter den Kommilitonen. Er lag von seinem Bauchnabel an abwärts unter dem Bus, blutete wie ein Schwein und schrie eine gefühlte Ewigkeit, bis er dann verstarb.
Schlimm war die Hilflosigkeit, sie konnten nicht helfen. Ihre stümperhaften Versuche verschlimmerten die Situation sogar noch!

Handys, die waren damals durchaus noch üblich, funktionierten nicht. Die Kommunikation in der Region war schlagartig zusammengebrochen.
Als dann nach kurzer Zeit ein warmer, schwarzer Regen fiel, war die Panik ausgebrochen.

Nach drei Tagen kreiste dann ein Hubschrauber plötzlich wie aus dem Nichts über dem Rest der Truppe und sammelte die Überlebenden und Verirrten ein.
Clay wurde nie wiedergefunden, er war in Panik weggerannt. Verona fristete seither in einer Klapse ihr Leben, sie hatte schlicht und einfach den Verstand verloren.

Die wahren Auswirkungen dieser Katastrophe hatte er nach und nach erst Zuhause erfahren.
Entlang des Rheingrabens, von Basel bis weit hinter Frankfurt am Main, gab es eine Fülle von kleineren oder größeren Beben, meist rechtsrheinisch, auf der deutschen Seite.
Besonders schlimm betroffen war die Region an der Bergstraße und dem angrenzenden Ried. Der Lampertheimer Altrhein war zwischen Lorsch und Einhausen durchgebrochen, verlief nun zwischen den Autobahnen A67 und A5 bis Höhe Asbach-Hähnlein, um dann zwischen Hahn und Riedstadt auf die Kühkopf-

Krümmung zu stoßen. Die Kühkopfinsel gab es nicht mehr.
Bei Bensheim waren zwei Hochhäuser in der Nähe der Autobahn einfach umgekippt.
Teile der A67 ragten heute noch als Insel aus dem Rhein, die Städtchen Heppenheim und Bensheim lagen, nun nur noch geschützt durch die A5 (die somit so etwas wie eine Deichfunktion hatte) jetzt direkt am Rhein.
Auch in Darmstadt hatte es noch etliche Schäden gegeben. Der „lange Luii", wie die Bevölkerung das Denkmal am Louisenplatz nannte, hatte seinen Standort verlassen.
Er war in eine der überfüllten Straßenbahnen gekracht, über den Rest dachte man besser nicht mehr nach.
Diese Beispiele und Ereignisse gab es massenweise.

In Landau, in der nahen Pfalz, beispielsweise hatte zu der Zeit noch ein Geothermiekraftwerk existiert. Nahezu seit Anfang des Jahrhunderts gab es Rechtstreite mit den Bürgern und der Kommune wegen Erdhebungen und Erdsenkungen.
Seit Hegau war das nun ausgestanden, in der Region hatte sich schlagartig eine größere Senkung ergeben, das Kraftwerk und Teile der Stadt waren darin wie in einer Müllkippe verschwunden.
Weiter nördlich, bei und in Marburg, ähnliches. Von Niederweimar bis Marburg hatte sich eine irre große Erdspalte aufgetan! Aus der Luft sah sie wie ein Blitz aus, die Spitze im Süden. Die breite Basis reichte bis zum Fuße des Marburger Schlosses! Und darin, in dieser Erdspalte, waren Teile des Schlosses samt ein paar Häuschen aus der Altstadt ebenfalls verschwunden.

Von den unzähligen Erdfällen mit ihren teilweise verheerenden Folgen im gesamten, betroffenen Gebiet ganz zu schweigen.

Allein in dieser Region hatte es Hunderte von Toten und Vermissten gegeben.

Die Auswirkungen des Bebens auf den Rhein und auf die Trinkwasserversorgung des Rhein-Main-Gebietes waren noch immer nicht überwunden.

Viele Gemeinden und Bürger hatten gegen die Initiatoren der Bohrung prozessiert. BFH und F.UM taten sich zusammen, tatkräftig von ihrem gemeinsamen Hauptaktionär, der A.A.S. Ltd. unterstützt.

Während die Gutachter der Kommunen und Bürger einen eindeutigen Zusammenhang zwischen den Hegau Ereignissen und den Folgen bis Kassel sahen, waren die Heerscharen der Kraftwerksgutachter völlig anderer Meinung.
Singuläre, bedauerliche Einzelfälle, mit zufälligem, zeitlichem Zusammentreffen.
Absolut rein zufällig!
Die Behörden und Ämter überschlugen sich in ihren Beteuerungen, das sämtliche Rechtsvorschriften und Planvorhaben in engster Abstimmung mit den allerbesten Gutachtern und Fachleuten erfolgten, man war sich von dieser Seite keiner, aber auch nicht der geringsten Schuld bewusst.
Den Bürgern wurden die Phänomene letztendlich als anormale tektonische Spannungswanderung erklärt....

Entschädigt wurde niemand. Zumindest kein „normaler Bürger...“
In die wissenschaftlichen Lehrbücher war das Ganze dann als Rheingrabensyndrom eingegangen.
Und wirtschaftlich betrachtet war der gute, alte Michel ordentlich ins Schwanken geraten....

Joe fröstelte. Eiskalte Schauer jagten über seinen Rücken. Sein Puls raste, im Hals saß ein dicker Kloß. Mühsam, nur mühsam gewann er gegen die aufsteigende Panik die Oberhand.

HEGAU. HELGOLAND. Was war nur alles in den letzten paar Jahrzehnten geschehen.
Mit den Menschen, diesem, dem einzigen Planeten der Menschheit.

Er nahm einen tiefen Schluck, bedauerlicherweise war damit der Cognac nahezu erschöpft.

Irgendwie musste er mal diese Bilder aus dem Kopf bekommen – oder zumindest damit besser klarkommen.

3 DIE REDAKTION

3.1 Am Fenster

Joe erwachte, langsam kämpfte er sich aus den Tiefen eines verworrenen Traumes an das Licht. Er hatte die Beleuchtung auf Bewegungserkennung eingestellt, schließlich hatte er eine Auszeit.

Die Schutzblende am Fenster (aus dem besten, was deutscher Stahl zu bieten hatte) war noch zu, sie wurde nachts automatisch geschlossen. Energieersparnis, Schutz vor Vandalismus, vor Wetterkapriolen, das war schon eine sinnvolle Konstruktion.

Vielleicht sollte er den Modus doch mal wieder auf automatisches Öffnen umstellen…

Sein Wandbildschirm war zeitgleich mit ihm erwacht, die Kommunikation lief bereits auf Hochtouren.

Allgemeine Nachrichten (einige davon mit hoher Dringlichkeit), die Wettervorherschau.

Irgendwo mal wieder ein Drogen Exzess.

Irgendetwas lief mit Adoptionen in Absurdistan schief (oder wie auch immer der beknackte Staat real genannt wurde).

Die Energiebilanz seines Appartements und seine Ressourcen an Trink- und Brauchwasser sowie an Lebensmittel erschienen als farbige, balkenartige Rahmen an den Bildschirmrändern.

Eine Kontaktaufforderung der Zentralen Krankenversicherung. Im übernächsten Jahr würde er seinen Fünfzigsten Geburtstag feiern. Die Idioten von der Krankenversicherung wollten jetzt schon Planungsdaten über seinen geplanten Rest–Lebensweg!

Dazu Mails, von denen eine rot unterlegt war, diese rote hier war von Dr. Munk, von German News.

Er brauchte sich eigentlich nur noch auszusuchen, wo er anfangen wollte.

Joe warf die dünne Foliendecke von sich, zusammenlegen oder entsorgen (statt Waschen) war später angesagt.

Wenn Dr. Munk rote Mails schickte, hatte das etwas zu
bedeuten! Er war zwar freier Journalist, aber mit
irgendetwas musste man ja die NEK`s verdienen.
Und die German News zahlte nicht schlecht!
Wirklich nicht!

Joe entschied sich für die Wasser sparende E-Dusche. Er
spürte auch heute wieder das leichte Kribbeln, als ihn die
Mikrostrahlen sanft abtasteten und Schweiß und
Schmutzrückstände auf seinem Körper eliminierten.
Ein Blick auf die Uhr signalisierte ihm, auf die
elektronische Massage besser zu verzichten.
Anschließend wählte er noch ein maskulines Parfum aus
und entschied sich für eine Rasur während der ersten
Kaffeetasse des Tages.

Er ließ die Schutzblende vor dem Fenster zurückfahren,
ihm präsentierte sich ein strahlender Augustmorgen.
Exakt übereinstimmend mit den Wettervorhersagen.

Mit halbvollem Mund rief er mit seinem PAS das
Carsharing Menü auf und freute sich, stand doch zufällig
ein fast neuer Twizzer voll aufgeladen in der Tiefgarage.

Klasse!

Diese Dinger konnten bei dem heute angesagten Wetter,
es herrschte üppiger Augustsonnenschein, richtig Freude
bereiten. Die aktuelle Generation verfügte mittlerweile
über ein Dünnglasdach, welches sich bei zu starker
Sonneneinstrahlung elektrisch verdunkeln ließ. Drei
Sitzplätze waren ausreichend für den Stadtverkehr. Vorne
saßen zwei Personen bequem nebeneinander, hinten war
ein dritter Platz, für den Nahbereich völlig ausreichend.
Da man, der automatischen Kommunikation der
Verkehrsteilnehmer untereinander sei Dank, auch nicht
mehr die ausgeprägten Knautschzonen der
Jahrhundertwende benötigte, waren die Dinger auch
recht kompakt gebaut.

Von den vier Rädern der ersten Generation war man zur Ressourcenersparnis auf drei Räder umgeschwenkt. Die Dinger liefen rein elektrisch, für den urbanen Transport von maximal drei Personen und den Aktionsradius war Wasserstofftechnik allerdings zu aufwändig.
Und mit den Batterien im Fahrzeugboden hatten die Twizzer auch eine hervorragende Straßenlage.
Die lästige Kabelstöpselei zum Aufladen war schon lange vorbei, Aufladen ging heute induktiv oder mit einer automatischen Wechseltechnik von statten.

Nach dem in den Entwicklungsabteilungen der Hersteller rational denkende Ingenieure das Sagen gewonnen hatten, waren auch die kapazitiven Batterieprobleme in den Hintergrund getreten.

Man hatte schlicht die möglichen Fahrleistungen und Beschleunigung sowie die Höchstgeschwindigkeit an die Realitäten des Alltages angepasst. Die imageträchtigen, über Jahrzehnte gepflegten Marketingwünsche hatten sich als entwicklungshemmend erwiesen!
Im urbanen Bereich benötigte heute keiner mehr extreme Werte bei Leistung, Beschleunigung und Höchstgeschwindigkeit.
Die beiden vorderen Radnabenmotoren sowie der baugleiche Motor im einzelnen Hinterrad ergaben ein hohes Standardisierungspotential in Verbindung mit einer intelligenten Leistungsabstufung:
Alleine schon durch das Kombinieren der Antriebsmodi vorne oder hinten oder Allrad hatte man drei Leistungsstufen zur Verfügung.
Mit denen konnte man Parametern wie Beschleunigung, Kolonnenfahrt oder auch Bergfahrt hinreichend abdecken.

Das sparte schon ordentlich Gewicht bei den Steuerungskomponenten und auch Batteriekapazität.
Und da Elektronik und Batterien ständig leistungsfähiger wurden (nach wie vor), wurden auch diese

gewichtsträchtigen Baugruppen zunehmend leichter. Ein richtig positiver Kreislauf!
Nach der rezessiven Talfahrt 2023 war auch, Gott sei Dank, in Deutschland die kränkelnde Reste der Automobilindustrie auf den richtigen Zug aufgesprungen! Gerade noch rechtzeitig!

Joe schüttelte sich die Gedanken aus dem Kopf, Technik war und blieb seine Leidenschaft, daran würde sich nichts mehr ändern. Sein alter Herr hatte ihm damals ein solches Studium nahegelegt! Schon aus Protest hatte er selbst das abgelehnt.
Aber das im Studium Versäumte hatte er in der Praxis mittlerweile um ein Vielfaches überboten.

Der Twizzer war schnell reserviert.

Er wählte ein sommerliches, helles und leichtes Jackett aus dem Schrank, noch anziehbar. Demnächst musste er sich mal wieder was Neues drucken, das war schone eine tolle Erfindung! Und die gedruckten Klamotten saßen, da konnte jeder alte Maßschneider neidisch werden!
Er warf einen letzten Blick in die Runde, um sein Appartement zu verlass – Aaaah – Autsch!
Verdammt noch mal!

Wieder einmal war diese scheiß blöde Bodenschiene (haha, zur besseren Türabdichtung, wegen Energieersparnis!) nicht richtig eingefahren! Er hatte sich den rechten, großen Zeh heftig gestoßen.
Der Schmerz trieb ihm die Tränen in die Augen. Das blöde Teil hatte er doch schon mehrfach reklamiert.
Verflucht- da hängt ja auch noch die Sohle vom neuen Schuh ab! Mühsam humpelte er zurück, inspizierte den mittlerweile dick angeschwollenen, tiefroten Zeh, zog andere Schuhe an.
Die beschädigten Schuhe steckte er in den Müllschlucker, schlagartig erwachte sein Bildschirm zum Leben.

Eine sanft säuselnde Stimme bestätigte den Empfang und eine Recyclinggutschrift von 7,90 NEK. „Blöde Kuh, fluchte er mit der Computerstimme: die scheiß Dinger habe ich erst zweimal getragen und Hundertzwanzig NEK dafür bezahlt!"

Er verließ sein Appartement und steuerte heftig grummelnd in Richtung Tiefgarage.

3.2 Stadtfahrt

Joe trat durch die Sicherheitsschleuse in die Tiefgarage und begab sich zu seinem reservierten Twizzer.
In leuchtendem Gelb stand das Gefährt im Dämmerlicht der Parkbucht.
Das halbrunde Dunkel der kuppelartigen Frontscheibe mit den schräg gestellten Scheinwerfern und der asymmetrischen Radabdeckung verlieh dem Gefährt, von vorne betrachtet, etwas Insektenartig-Böses.
Von der Seite gesehen glichen die Dinger mehr einem Ei, dessen Spitze nach hinten und oben anstieg.
Komisch aber- immer, wenn er die Falttüren nach oben schwenkte, stiegen nette Bilder in ihm auf:
Schlanke, weiße Frauenbeine mit jugendglatter Haut. Auf weißem Bettlaken…
Irgendwie kreiste in seinem Kopf der Wunsch, in Kürze mal wieder ein paar nette Stündchen mit Lenie zu verbringen.
Da könnte man., ne, nein, nix! Weg mit den Gedanken. Ab, zur Arbeit! Blöde Eigenmotivation!

Ein– und Ausparken waren mittlerweile meistens wieder individuelle Aufgaben des Nutzers. Die anfänglich hoch gelobten automatischen Parksysteme hatten sich bei Verschmutzungen als zu störanfällig erwiesen. Er grinste innerlich. Warum konnte man dem verdammten Straßendreck auch nicht per mail sagen, dass er draußen bleiben solle? An diesem „Kommunikativen Problem" sollten die Jungs von der Elektronikfraktion mal arbeiten!

Der Check-In war schnell erledigt. Mit Schwung steuerte er zur Ausfahrt und hielt vor dem massiven, verschlossenen Tor. Die Bildschirme rechts und links wurden aktiv, zeigten ihm die Situation vor dem Tor. Er hatte 180° Rundumsicht, weiter rechts lungerten ein paar Menschen.

Männlein und Weiblein.

Joe ließ die Alarmsirene ertönen (mit dem PAS ratzefatz ausgelöst), um einen nahen Polizeieinsatz anzukünden. Die Jugendlichen verschwanden blitzartig aus dem Sichtfeld, er öffnete das Tor per Sprachbefehl und fuhr hinaus. Den soeben ausgelösten Alarm meldete er nebenbei unter dem Begriff "Sicherungsmaßnahme" problemlos bei der Polizei ab. Da diese sowieso mit den Alarmanlagen verknüpft waren und seine Daten bzw. die Situation vor dem Tor über den Aufzeichnungsmodus der letzten Stunde prüfen konnten, war der Vorfall für ihn damit erledigt.
Ein lautes „Piep" und eine grüne Kontrollleuchte zeigten ihm an, dass sich der Twizzer in die Radarfrequenzen der anderen Verkehrsteilnehmer eingeloggt hatte.
Alle Verkehrsteilnehmer kommunizierten heute automatisch miteinander, die Zahl der Unfälle war dadurch binnen weniger Übergangsjahre praktisch auf „Null" gesunken.
Beim Aussteigen würde sein PAS das Abmelden dieser Funktion automatisch übernehmen.

Im Rückspiegel sah er aus dem Hintergrund ein taumelnd knutschendes Paar auf die Gebäudewand zu torkeln. Ob es ein gemischtes Paar oder zwei von einer Sorte waren, konnte er nicht erkennen.
Kein Zweifel, die beiden hatten gesoffen oder gekifft oder auch beides. Sie taumelnden weiter in Richtung Hauswand - das geht nicht mehr lange gut!

In diesem Augenblick berührte einer der Beiden die Hauswand.

Rrrums!!

Beide lagen benommen am Boden!
Die Sicherungselektronik hatte im Moment der Berührung schlagartig die Schutzspannung hochgefahren, die beiden hatten einen ordentlichen Stromschlag erhalten.
Beim nächsten Kontakt würde die „Portion Strom" deutlich höher ausfallen!
Es hatte sogar schon Fälle von heftig verschmorten Fingerkuppen gegeben!
Angeblich war aber eine Sicherung eingebaut, die vor dem Hochfahren der Spannung den Widerstand über die Körpermasse ermittelte, so dass die wenigen, vielleicht spielenden Kinde unbehelligt blieben.

Angeblich. Hoffentlich!

In diesem Moment fingen die beiden am Boden liegenden an, sich wieder zu berappeln und laut fluchend zu erheben.
Von der Hauswand weg.
Na also! Geht doch!

Noch vor wenigen Jahren benötigte man solche Sicherheitsmaßnahmen nicht. Da jedoch die sozialen Probleme immer mehr zunahmen, häuften sich auch die Übergriffe.
Wo keine Überwachung oder Polizeipräsenz war, waren mittlerweile Raub, Körperverletzung und Schlimmeres an der Tagesordnung.
Frauen waren da besonders betroffen, teilweise mit verheerenden Folgen!
Was hatte es da nicht alles an Entwicklungen gegeben!
Bis hin zur elektronisch verschlossenen Kleidung zum Schutz vor Übergriffen, speziell für Frauen!

Bei einem Messer am Hals hatten diese Dinger
letztendlich auch nicht gewirkt…

Mittlerweile hatten diese Übergriffe sogar die urbane
Verkehrsstruktur maßgeblich verändert.
Er selbst war ja in jungen Jahren auch gerne und viel mit
dem Rad unterwegs gewesen.
Zuletzt, vor etwa drei Jahren, mit einem E-Bike! Mit
federleichter Vollverkleidung aus Carbon! Teuer, aber irre
schnell! Nur leider nicht sicher genug. Mit Grausen
erinnerte er sich an den letzten Überfall im Stau. Der
erste Schlag des Mob´ s hatte die Verkleidung knapp
hinter seinem Kopf in tausend Teile zerfetzt. Dann lag er
auch schon auf der Seite. Das nächste, an das er sich
erinnerte, war ein dämliches Bullengrinsen.
So 'was Schönes hatte er zuvor nie gesehen!
Eine Helikopterstreife war zur Staubehebung unterwegs
gewesen und hatte ihn buchstäblich in letzter Sekunde
gerettet.
Brrrr – ihm lief auch heute noch ein eisiger Schauer bei
den Gedanken über den Rücken.

Er schüttelte sich.

Joe hatte mittlerweile die Einfädelspur zur Stadtautobahn
erreicht, er konzentrierte sich auf den Verkehr.
Konnte nicht schaden, vor der Blödheit der Computer war
man auch heute noch nicht gefeit.
Von wegen zu hundert Prozent sicher!

Kaum auf der Autobahn, meldete sich die freundliche
Dame von der Navigation. Sie bot ihm an, die restliche
Strecke bis zur Zielausfahrt im Modus „automatische
Kolonnenfahrt " zu verbringen:
„… ihre automatische Fahrzeit beträgt dann 14 Minuten.
Sie sparen dadurch 9,5% Energie.
Sie sind nicht berechtigt, während dieser Zeit der
automatischen Fahrt andere Tätigkeiten zu verrichten.

Ihre Verantwortung als Fahrer bleibt bestehen.
Bestätigen sie jetzt ausdrücklich über die Taste „OK"...
Und wenige Sekunden später:
„Das Fahrzeug wurde in den Modus „Automatische
Kolonnenfahrt" übernommen".

Joe schmunzelte innerlich, auch eine der vielen kleinen
Maßnahmen zur Energieersparnis. Sportliches Fahren
wurde mit exorbitanten Kosten pro Km „bestraft". Wer
hingegen den Vorschlägen der Verkehrsleitung folgte,
konnte relativ preiswert von „A" nach „B" gelangen.

Innerlich grinsend dachte er an den einzig legalen
Ausweg: das Fahren in den frühen, kühlen
Morgenstunden.
Dann stellten die Akku` s oft kostenfrei eine Extraportion
„Saft" bereit, eine Unart aus der Frühzeit der
Elektromotorisierung, die der Technik bis heute nicht
auszutreiben war.

Er lehnte sich im Sitz bequem zurück, klappte das
Lenkrad zur Seite und registrierte die vorüberziehenden
Bilder mit Widerwillen. Hier in der Stadt wurde man
permanent mit irgendwelchen Nachrichten und
Sportsendungen zu gedudelt, kein Mensch schenkte dem
mehr Aufmerksamkeit.
Ja- in seiner Jugendzeit! Da gab es noch echte, sportliche
Ereignisse. Fußballspieler, Rennfahrer, Schauspieler (und
auch die zughörige Weiberei) verdienten Millionen.
Aber nach dieser beschissenen Krise hatte keiner oder
kaum einer Geld übrig. Und wo keine Kohle für
Powerbrause oder so was ist, da ist auch keine Kohle für
Werbung und Sponsoring übrig.
Und so waren der gesamte Großsport und das übrige
Tam Tam innerhalb weniger Monate
zusammengebrochen. Was die Idioten von den
Regierungen heute unters Volk streuen ließen, konnte
man ruhigen Gewissens als drittklassige
Volksverdummung bezeichnen!

Piep! Ein lautes, Tote erweckendes Piepen, begleitet von einem heftigen Vibrieren des Fahrersitzes riss Joe aus seinen philosophischen Betrachtungen.

Das zentrale Anzeigeelement blinkte heftig in dunklem Rot, im krassen Gegensatz dazu wieder die sanft säuselnde Stimme der Computermaus: „Fehler 317 im automatischen Lenksystem – Steuerung übernehmen – Fehler 317 im automatischen Lenksystem – dringend die Steuerung übernehmen – alle Systeme werden geprüft – bitte warten, bitte warten ...“

Mit einem Ruck klappte er das Lenkrad in die Arbeitsstellung, quittiert von einem erneuten heftigen Piepser. Es folgte nervtötende Werbung. In Joe schlich der Verdacht hoch, dass die zunehmenden Fehlermeldungen bewusst platziert wurden, um Werbung einspielen zu können. Die konnte man in der Zeit der Systemprüfung eben nicht abschalten!

Und diese Prüfungen dauerten dann meist ziemlich genau fünf Minuten.

Er war geladen- erst der Zeh, dann der Schuh, dann die Scheiße hier!

Krachend und voller Wut flog seine Faust aufs Armaturenbrett: „Halt die Klappe, blöde Kuh!“

Das Ergebnis war eine erneute Fehlermeldung: „Fehler 286 in der Klimasteuerung – Fehler 286 in der Klimasteuerung – Fehl...Schadensursache 91 erkannt – Gewalteinwirkung von außen!“

Die Werbung war verstummt. Diese Ansage kannte er auch noch nicht. So heftig war der Schlag doch gar nicht gewesen?

Computermausi meldete sich erneut, völlig ungerührt und sanft: „Der Reparaturbetrag in Höhe von 275,60 NEK wurde soeben von ihrem Konto abgebucht, vielen Dank, wie wünschen weiterhin gute Fahrt“

Er verkniff sich weitere Wutausbrüche. Das Steuer ließ er für den Rest der Fahrt nicht mehr los.

Das Gebäude der „German News" kam schon kurz nach Verlassen der Stadtautobahn in Sicht. Eigentlich sah es wie das Appartementhaus aus, in dem er wohnte. Eine großes, stählern schimmerndes Eioval, das auf einem im Boden verschwindenden Kegelstumpf ruhte. Die Schiebeläden vor den Sichtfenstern waren auf der ihm zugewandten, östlichen, der Sonne zugewandten Seite bereits teilweise geöffnet.

Er verharrte kurz in der Einfahrt, bis der Sicherheitscheck erledigt war (vollautomatisch, Gott sei Dank) und fuhr dann in die sich öffnende Schleuse.
Nachdem sich das Außen Tor wieder geschlossen hatte, wurde das Innen Tor freigegeben. Er folgte den Lichtsignalen, die ihn zum freien Parkplatz lotsten.

Joe ging zur Personenschleuse, wo sich die Sicherheitsspielchen wiederholten und betrat den Empfangsraum. Der PAS leistete wie üblich, gute Dienste. Diesen jetzt folgenden, fossilen, morbiden Luxus leisteten sich die German News: hinterm Tresen des Empfangs saß tatsächlich ein Mensch.
Er begrüßte den alten Herrmann, dieser musste die Sechzig mittlerweile deutlich überschritten haben, mit Handschlag und wechselte ein paar Floskeln mit ihm.

Mit einem „Auf in die Löwenhöhle" betrat er noch mal freundlich zu Hermann hin winkend den Aufzug.

3.3   Meeting

Joe betrat den Konferenzraum, er zählte 10 Anwesende. Eine hitzige Diskussion war im Gange. Lenie war ebenfalls da, eine Zornesfalte stand auf ihrer gekräuselten Stirn. Funkelnde Blitze schossen aus ihren Augen!

Dr. Munk, altmodisch korrekt in Anzug, Fliege und Weste und mit rahmenloser Brille, saß mit dem Rücken zu ihm. Er blickte sicherlich, wie meist, etwas konsterniert.

Schneewittchen (so nannte Joe im Geiste Erika-Sophie, Freifrau von Steimbach und Lenz, wie sie korrekt hieß! Und auf diese Anrede legte das hinten, vorne und vor Allem in der Birne flachbrüstige Etwas von Großaktionärstochter großen Wert) hatte mal wieder einen puterroten Kopf.

Frieder Schaller (Spitzname: Schwaller) war bereits schon mitten im Redefluss. Es ging wohl um seine Lieblingsthemen: Bevölkerungsschwund, Adoptionen und In-vitro-Fertilisation.

Schaller war so richtig in Fahrt: „Ich habe schon immer meine Meinung vertreten. Und wenn wir noch so viele Kanacken hier hereinholen, die sich wie Karnickel vermehren- das löst die Generationenprobleme in Deutschland nicht. Seit Jahren und Jahrzehnten nicht. Und in Frankreich, Italien, England usw. auch nicht. Dass sich unsere stolzen Germanen beim Bumsen zu blöd für` s Kindermachen anstellen, kann ich ja noch begrenzt begreifen! Aber von den Spagettifressern oder den Rotweinonkels hätte ich ein bisschen mehr erwartet!"

Dr. Munk fiel im erregt ins Wort: „Mäßigen sie sich bitte, Herr Schaller. Bitte! Nicht jeder genießt die Kraft ihres Redeflusses, lassen sie uns doch bitte zu einer diesem Hause angemessenen Sachlichkeit zurückkehren, bitte!"

Schneewittchen hatte sich wohl soeben von einem verbalen Schock erholt und begann ungeachtet dessen mit einer keifenden Tirade:
„Wir haben die hohe soziale Verpflichtung, Not und Elend dieser Welt zu lindern! Wir müssen unseren ausländischen Mitbürgern, Migrantinnen und Migranten zu jeder Zeit helfen. Auch unter Aufbietung höchster Opfer! Wenn wir sie resozialisieren, Ihnen Bildung vermitteln! Haben sie auch nur einmal das Libretto einer Oper verinnerlicht, so werden sie auch von Ihrem

Kinderreichtum ablassen und sich den geistigen Dingen intensiv zuwenden!
Integrieren, integrieren, integrieren, dass, meine Lieben, sind unsere höchsten Herausforderungen und unsere wahren Ziele! Wir müssen Opfer bringen!
Wirklich, meine Lieben: wenn sich unseren lieben Mitmenschen erst einmal der Charme einer Ouvertüre von Bach oder eines Werkes von Strauß erschlossen hat, werden Sie ihren Alltag auch mit anderen Augen sehen!"

Sie rollte heftig mit den Augen, Joe hoffte, sie würden ihr dabei herausfallen.

Jetzt war Lenie an der Reihe: „Du kannst ja mal ein paar Millionen NEK`s von deinem Alten für die Sozialkassen abheben! Dann schmierst du dir halt die Schminke nur halb so dick ins Gesicht! Deine Makeuphügel sind ja eh` die größte Erhebung auf deiner Vorderseite!"

Alle blickten gespannt, ob die holde Weiberei jetzt übereinander oder über Schaller herfallen würde.
Oder beides?

Dr. Munk übernahm das Zepter: „Meine Damen, meine Herren, ich bitte Sie! Ich bitte sie sogar sehr! Lassen Sie uns die Form wahren!
Natürlich haben wir die Pflicht, die Bürger durch unsere Produkte umfassend und neutral zu informieren. Wir müssen allerdings auch abwägen, dass wir im Tagesgeschehen die Werte Leserschaft nicht überfordern! Und es gibt außer den Themen Bevölkerungsschwund oder Wachstum sowie Migration noch viele weitere Themen, die wir unseren Lesern schulden!
Da wären die wirschaftlichen Veränderungen seit 2023, der Auf- und Umbau der Infrastrukturen in den Feldern Verkehr, Wohnen, Beschäftigung, Adoptionen, künstliche Befruchtung.

(jetzt hatte Munk die Daumen in den Ärmellöchern seiner Weste eingehakt, meist ein Signal für einen längeren Monolog)
Und in erster Linie wohl das Thema Drogen!
Meine Damen, meine Herren!
Drogen, Drogen und nochmals Drogen!
Gerade gestern war ich bei Polizeirat Florian Götzmann zum Kaffee. Wie er mir berichtete, steht die Polizei vor einem Rätsel. Chemische Drogen, biologische Drogen – alles was wir bis dato kannten, ist weg.
Schlicht ausgerottet, nicht mehr da!
Und trotzdem, meine Damen, meine Herren, trotzdem haben wir es mit einer ausufernden neuen Form der Sucht zu tun. Seit nahezu zehn Jahren tappt die Polizei nunmehr im Dunkeln!
Man kann den Junkies nichts, aber auch gar nichts nachweisen!
(der rechte Zeigefinger von Munk reckte sich gen Himmel – jetzt war der Alte in Fahrt!).
Die Betroffenen werden bereits nach kürzester Zeit hemmungslos Sexsüchtig oder aggressiv oder sogar beides!
Ich habe…"

Erst in diesem Augenblick, während er sich etwas umdrehte, bemerkte er Joe Raubach.

Dr. Munk unterbrach, holte tief Luft. Dann streckte er beide Hände aus und kam Joe, übers ganze Gesicht plötzlich strahlend, entgegen: „Mein lieber Herr Dr. Raubach! Welche Freude, welche Freude, sie hier in diesem Kreise wieder wohlbehalten begrüßen zu dürfen!
(und nach einem tiefen Seufzer)
Entschuldigen sie bitte unseren heftigen Disput!
Wir wollen alle ihrem Helgoland Bericht lauschen, das ist dann auch für unsere Leserschaft von großem Interesse.
Herzlich willkommen, seien Sie ganz herzlich willkommen!"

Er hatte Joe erreicht und umarmte ihn herzlich.
Es dauerte ein paar Sekunden, bis er sich von Joe löste,
in solchen Momenten kam der „Papa Munk", wie er hinter
vorgehaltener Hand manchmal genannt wurde, zum
Vorschein.

„Lassen Sie mich jedoch bitte zuvor noch eine
Information an das Kollegium abgeben:
Liebe Kolleginnen und Kollegen, vielleicht haben sie heute
Morgen bei der Ankunft bemerkt, dass unsere
Westzufahrt zur Tiefgarage gesperrt ist.
Als ich gestern gegen Abend von Hr. Götzmann
zurückkam, hatten irgendwelche Vandalen mit einem
LKW versucht, das West Tor zu durchbrechen.
Ein oder zwei waren wohl auch kurzeitig durch die Lücken
im beschädigten Tor in der Parkgarage. Soweit wir den
Aufzeichnungen der Überwachung entnehmen konnten,
haben sie aber nichts gestohlen und haben wohl
unverrichteter Dinge das Weite gesucht!
Der Tordurchbruch ist ihnen nicht geglückt! Nicht
vorstellbar, wenn die bis in unsere Technik vor gedrungen
wären!!
Das hätte unsern guten, alten Herrmann Tambach
wahrscheinlich endgültig überfordert.
Die Polizei fahndet bereits nach diesen Schurken!
Da jedoch unsere Westschleuse beschädigt ist, müssen
die Handwerker innen in der Tiefgarage erst einmal eine
temporäre Sicherheitsmauer errichten, die unser
Gebäude während der Reparaturphase der Schleuse nach
außen abschottet.
Ein neues Sicherheitsgesetz, dem wir uns nicht
verweigern können! Ich bitte Sie, die Unannehmlichkeiten
zu entschuldigen (er warf die Arme in einer theatralischen
Geste nach oben).

Jetzt zu Ihnen, mein lieber Herr Dr. Raubach! Ich habe
bereits Champagner bereitstellen lassen, wir wollen auf
ihre Rückkehr anstoßen!"

(Dabei ging ein anerkennendes Raunen durch die versammelten Personen).

Mit dem Schampus (so ein richtig teures – edles Brausegesöff, wie Joe befand), der von einem jungen Assistenten gebracht wurde, entspannte sich die Stimmung.

Es gab sogar Orangensaft (manche mochten diesen Mix) und natürlich Munk`s teures Lieblingswasser aus dem Schwarzwald, Salzklasse Null!

So etwas war heutzutage eine rare Kostbarkeit, fast ein Champagner unter den Wässern. Üblich war Salzklasse Eins nur bei den hochwertigsten Trinkwässern, aus der Leitung kam in aller Regel nur noch die Klasse Drei.

Scheiß Trinkwassermangel, schoss es Joe durch den Kopf.

Alle standen um ihn herum, wollten etwas wissen, klatschten ihm auf die Schulter.

Er hätte sich gerne nur noch Lenie zugewandt, aber im Augenblick war das nicht möglich.

Dirk Remmiz, einer der Redakteure, nur wenig jünger als er selbst, hatte ihn in Beschlag genommen.

Mit Dirk verband ihn beinahe so etwas wie eine Freundschaft. Dieser wollte ihn unbedingt für einen gemeinsamen Bericht über die "TF European Future" gewinnen. Der revolutionäre Tauchfrachter kam in wenigen Tagen von seiner Reise zu einer ersten Grundinspektion zurück. Ein ursprünglich dafür ausgewählter Kollege war ausgefallen. Dieser hatte wohl eine Kneipe besucht und war dann in einen Disput unter Junkies geraten- mit signifikanten Auswirkungen auf seinen Gesundheitszustand, auch in den nächsten Wochen....

Aber dann blies auch Dr. Munk ins gleiche Horn, es sei ja noch fast eine Woche Zeit. Also Zeit genug für den Helgolandbericht, und als Munk auch noch eine First-Class Fahrt im neuen Transpress auf der kürzlich fertig gestellten Hochgeschwindigkeitsstrasse draufpackte, war der Deal perfekt.

Just in dem Moment fingen die Monitore an den Wänden zu blinken an, die Balken mit den Wettermeldungen am unteren Bildschirmrand waren plötzlich grellrot unterlegt! Schlagartig verstummte die Unterhaltung, manche der Kollegen zeigten schon jetzt eine merkwürdige Blässe. Dr. Munk rief die aktuellen Wetternachrichten auf. Der Sprecher berichtete von einem ausgeprägten, plötzlich aufgetretenen Sturmtief über dem Kanal, der hatte in Südengland und insbesondere in London wohl schon einiges Unheil angerichtet!

Dieses Tief hatte sich mit einem zweiten, um die Südspitze Irlands wütenden Tief, welches urplötzlich nach Südosten abgedriftet war, zu einem ausgewachsenen Orkan vereinigt! Die Windgeschwindigkeiten erreichten teilweise über 250 km/h!

In der rechten Bildschirmhälfte hatte Dr. Munk die Zeittafel aufgerufen. Eine Europakarte mit der Lage des Sturmtiefs und seiner voraussichtlichen Marschrichtung erschien. Höhenlagen ähnliche Zeitlinien auf der Karte zeigten an, wann etwa der Sturm oder Orkan die einzelnen Punkte auf dem Festland erreichen würde. Und auch, wie lange dort mit welchen Windstärken noch zu rechnen war.

Das waren ja für das Rhein–Maingebiet keine drei Stunden mehr! Joe fühlte, wie sich sein Magen verkrampfte, er war wohl kurz vor der Schnappatmung!

Die Gesichter ringsum waren mittlerweile alle blass und betroffen, ein Raunen ging durch die Gruppe. Dieser rapide Stimmungsumschwung - irgendwie schon unheimlich und befremdlich.

Dr. Munk begann: „Lassen Sie uns in aller Kürze noch die wichtigsten Punkte festlegen. Einige von Ihnen wollen sicherlich doch noch nach Hause. So, wie sich das Tief präsentiert, kann es auch ein bis zwei Tage anhalten!"

Die Besprechung war dann schnell beendet, die Zeit drängte. Joe strebte auf Lenie zu, die ihm mit Dirk entgegenkam.

Dirk legte Joe die Hand auf die Schulter: "Alter Knabe, das passt ja ausgezeichnet! Wir haben dein neues Appartement noch nicht begossen! Und deine Auferstehung von Helgoland auch noch nicht!
Ich habe einen Van unten reserviert, im vorderen Kofferraum sind ein paar lecker Sachen und zwei Flaschen guter Cognac! Was hältst du davon, wenn wir, er deutete auf Lenie und zwei hübsche Girls (Volontärinnen, die Joe noch nicht kannte) zusammen zu deinem Appartement fahren und uns dort einigeln?"

Als Joe das Strahlen in Lenie`s Augen sah, fiel ihm die Zustimmung nicht mehr schwer.

3.4 Heimweg
Der Van in der Tiefgarage entpuppte sich als ein relativ neues, achtsitziges Model. Nach 2023 hatte die Automobilindustrie in Europa, besonders aber in Deutschland schwer zu kämpfen gehabt.
Diese zweite europäische Wirtschaftskrise (die erste vom Anfang des Jahrhunderts war noch nicht ganz verdaut) hatte vieles gewaltig und rasant verändert....
Märkte der Automobilindustrie waren massiv weggebrochen. Die zum Teil politisch erzwungene Umstellung auf Elektromobilität mit völlig anderen Fahrzeugeigner Strukturen sowie die komplett neue Gewichtungen der Fahrzeugeigenschaften hatte vieles schlichtweg auf den Kopf gestellt.
Bei diesem Fahrzeugtyp, der vor ihnen stand, lagen die Batteriemodule im Fahrzeugboden. Das Steuerungsmodul befand sich austauschbar im Heck.

Überhaupt wurde heute eine möglichst lange Lebensdauer der Fahrgastzelle angestrebt. Das diente schließlich auch der Schonung der Ressourcen.

Auch hier fand man wieder ein System unterschiedlich starker Motorisierung an den Achsen vor.
Eigentlich hätte auch ein Kofferraum, vorne oder hinten, genügt, aber da konstruktiv eh` Raum für die zwei kleinen Knautschzonen (vom Gesetzgeber vorgeschrieben) benötigt wurden, konnte man auch zwei kleine Kofferräume gestalten.
Manchmal ganz schön praktisch....

Dirk saß am Steuer, vor der (im Moment) einzigen Ausfahrtschleuse an der Ostseite des Verlagshauses hatte sich bereits eine lange Schlange gebildet.
Joe bemerkte, wie im von unten warm wurde. Er griff zum Schloss des Sicherheitsgurtes, um die Sitzheizung manuell ab zu schalten. Merkwürdig, normalerweise lief das bei diesen Fahrzeugen automatisch ab. Aber, nichts ist absolut perfek! Mit wenigen Griffen an seinem PAS hatte er den Fehler pflichtbewusst an die Bordelektronik gemeldet. Sollten sich die Mechaniker darum kümmern.
Das Heizsystem dieser Fahrzeuge war mit automatischen funktionierenden Sitzheizungen, Infrarotstrahlern für den Fußbereich sowie mit ultrafeinen, kaum noch erkennbaren Heizdrähten in den doppelt verglasten Isolierscheiben ringsum auf minimalen Energiebedarf ausgelegt.
Die verschwenderische Aufheizung der gesamten Fahrgastkabine mit den immensen Wärmeverlusten über die Karosserieoberfläche gehörte schon lange der Vergangenheit an. Solcherlei Energieverschwendung leistete sich heute niemand mehr.
Er wusste aus eigener Erfahrung, dass diese modernen Klimatisierungssysteme noch bei minus 28° C funktionierten!
Selbst die sonst so kargen Twizzer waren mit solchen Systemen ausgestattet.

Endlich hinaus auf die Straße, die Stadtautobahn war nun zum Greifen nahe.
Der Himmel hatte sich schon mit drohender Schwärze zugezogen. Erste Gewitterwolken und Blitze schossen wild zuckend über den Horizont.
Der Verkehr hatte sehr stark zugenommen, viele wollten noch einen sicheren Ort erreichen.

Nach wenigen Minuten Fahrt meldete sich die Dame vom Navigerät: Stau auf der Stadtautobahn, Vollsperrung.
Eine weiträumige Umfahrung ist erforderlich!
Es blieb ihnen nichts Anderes übrig, die Autobahn musste an der nächsten Abfahrt verlassen werden.
Jetzt hatten sie schon in der Tiefgarage Zeit verloren, mit dem voraussichtlichen Umweg schrumpfte ihr Zeitpolster bedrohlich.
Iris Herbst, eines der beiden Mädels, die Dirk mitgebracht hatte, meldete sich zum ersten Mal auf dieser Fahrt sich zu Wort.
„Leute, ich habe einen guten Draht in die Verkehrsleitzentrale der Polizei, mal sehen, was sich machen lässt"

Sie hantierte an ihrem PAS, sprach hinter vorgehaltener Hand. Joe beobachtete sie im Innenspiegel.
Da keine Antworten zu hören waren, musste sie über dieses brandneue Bluetooth-Apps verfügen. Man konnte sich für einen überschaubaren Betrag an NEK`s einen praktisch unsichtbaren Empfänger in die Knorpel der Ohrmuschel implantieren lassen. Als Antenne fungierte ein im gleichen Knorpel verlegter Draht. Der Ton wurde über einen elektrischen Leiter direkt auf die Sinneshärchen hinterm Trommelfell übertragen. Diese ganze Technik war dank Nanotechnologie nur noch Stecknadelgroß und daher im Körper diskret zu verstecken. Energie gewann das Ganze irgendwie durch den osmotischen Zelldruck, aber da, bei diesem Teil des

Vortrages, hatte er bei der Systemvorstellung durch die BFH gepatzt.
An die rattenscharfe, blonde Sitznachbarin bei dieser Veranstaltung mit ihrem irren, aberwitzigen Dekolletés erinnerte er sich jedoch heute noch gerne!

Iris meldete sich erneut zu Wort: „Die Autobahn ist über mehrere Abfahrten gesperrt, auch die umliegenden Straßen, ein Großeinsatz. Wir müssen tatsächlich den langen Umweg nehmen".

Ihre Sitznachbarin, das zweite von Dirks „Opfern", war als Vera Fairman vorgestellt worden.
Deren erster Redebeitrag war ein knappes „Und was ist da los, Iris?"

Iris entgegnete Schulter zuckend: „Ich habe noch keine vollständige Übersicht. Marodierende Junkies haben wohl eine Fahrbahn blockiert und einen Bus abseits der Haltestelle abgefangen.
Die müssen in dem Bus wie die Vandalen gehaust haben, es soll neben schweren Verletzungen auch mehrere Tote gegeben haben. Jetzt sind sie wohl mit ein paar unauffälligen Twizzern auf der Flucht. Die Typen müssen diese Dinger schon seit längerem besitzen, denn deren Elektronik scheint manipuliert zu sein. Die Leitzentrale kann sie nicht blockieren!
Dieses beschissene Drogendilemma nimmt kein Ende!"
schloss sie mit einem bitteren Unterton in der Stimme.

Damit war nun endgültig genügend Gesprächsstoff für den Rückweg gegeben.

Kurz darauf, sie waren intensiv am Diskutieren, Joe auf dem Beifahrersitz sah zufällig nach rechts.
Seine Augen weiteten sich vor Entsetzen!
Auf der stark gekrümmten Auffahrt kam ein leichter LKW, aber mit einer irrwitzigen Geschwindigkeit

heraufgeschossen. Die Räder schienen jeden Moment den Bodenkontakt zu verlieren!
STOP!! STOP !! schrie Joe! Dirk hatte im gleichen Moment schon das Bremspedal in den Boden gerammt!
Mit wenigen Zentimetern Abstand schoss der LKW stark wankend, zum Teil nur auf zwei Rädern, an ihnen vorbei! Schräg über die Fahrbahn und den Mittelstreifen.
Im Vorbeihuschen vermeinte Joe, einen Afraner als Fahrer zu erkennen! Er war aber nicht sicher.
Auf der Gegenfahrbahn gab es zum Glück gerade eine Lücke im Verkehr! Dann durch brach der LKW die Leitplanke und verschwand hinter Gestrüpp in einer Wolke aus Staub, Dreck und herumfliegenden Trümmerteilen!
Noch während Joe sich im Sitz betroffen aufrichtete, löste sich die Bremse des Van.
Die Stimme aus dem Armaturenbrett meldete sich: *„Der Unfall ist aufgezeichnet, alle Maßnahmen sind eingeleitet. Ihre Fahrt wird fortgesetzt. Anhalten ist nicht erforderlich und nicht erlaubt".*
Kreidebleich sahen sich die Insassen an, während die Sicherheitsgurte mit heftigem Klacken verriegelten! So etwas hatte noch keiner von ihnen erlebt.
Keinerlei Reaktion der Fahrzeugelektronik, kein Versuch dieser Supersysteme, den drohenden Unfall zu verhindern! Das gibt es doch nicht, schrie eine Stimme tief im Inneren von Joe!
Da stimmt was nicht!
Aber momentan überwogen die Wettersorgen!

Alle waren mehr oder weniger blass geworden, alle diskutierten wild durcheinander.
Aber sie mussten ja auch zusehen, zu Joe`s Appartement zu kommen. Die Zeit drängte fürchterlich!

Kaum zwanzig Minuten später meldete sich die Stimme aus der Armaturentafel erneut:
„Die Unfallsituation wurde von der automatischen Rechtsabteilung nach Faktenlage geprüft und beurteilt.

Das Verschulden liegt bei dem LKW, sein Radar- und Informationssystem ist defekt oder manipuliert.
Es hat mit einer Wahrscheinlichkeit von mehr als 99 Prozent auch die Verkehrsleitung am Unfallort und ihr Fahrzeug beeinflusst.
Ihr Fahrzeug steht ihnen nach dem Ende dieser Fahrt nicht mehr zur Verfügung, es sind umfangreiche Untersuchungen erforderlich.
(und nach einer kurzen Pause)
Hr. Remmiz erhält für seine hervorragende Reaktion einen positiven Eintrag im Verkehrsregister. Der Vorgang ist für sie abgeschlossen".

Dirk schüttelte den Kopf: "Eigentlich bin ich ja gegen diese Computer gestützten Urteile bei den sogenannten Bagatellfällen. Aber manchmal hat das System auch gute Seiten."

Als sie nach fast einer Stunde ereignisreicher Fahrt am Appartementhaus ankamen, waren am Gebäude bereits sämtliche Fenster und Luken verschlossen. Der Wind hatte mittlerweile bereits reichlich Sturmstärke erreicht. Das Kuppeldach war nur noch eine metallisch glänzende, glatte Kugelkalotte. Einzig die Sturmantenne zeigte wie ein mahnender Finger ˋgen Himmel.

In der Übergangszone zwischen Wohnkugel und dem Gebäudesockel leuchteten sämtliche Warnleuchten auf. Das West Tor war bereits gesperrt, vor der sturmgeschützten Ostschleuse warteten schon mehrere Fahrzeuge auf Einlass. Bei mehr als sechzig Appartements in der Kugel war das in dieser Situation nicht verwunderlich.
Das lästige Einparken der Fahrzeuge war nicht jedermanns Sache, und bestimmt, dachte Joe in seiner aufgestauten Wut und Rage, sind da wieder ein paar gutaussehende, aber unfähige Weiber dabei.
Das Trippel-B-Syndrom nannte er es, wenn er zornig war. Blond, Busen, Blöd!

Bei normalem Wetter steuerte die Verkehrsleitzentrale solchen Stau` s ja gekonnt entgegen.
Aber in dieser Wettersituation lagen die Prioritäten wo ganz anders.
Man wollte die betroffenen Fahrzeuge möglichst nahe an den Zielort oder zumindest an die nächst gelegene, schützende Unterkunft bringen.
Was halt auch schon mal dazu führte, dass man in einem Parkraum ein paar Stunden ausharren musste...

Während sie sich langsam der Schleuse näherten, rüttelte der Sturm immer bedrohlicher an dem Van. Für einen Twizzer wäre das jetzt schon kritisch geworden! Irgendwie schafften sie es noch in letzter Minute. Durch das sich schließende Tor konnte man eiergroße Hagelkörner auf den Boden prasseln sehen- na wunderbar! Innerhalb von Sekunden war der Boden mit einer dicken Schicht von dem ekelhaften weißen Zeug bedeckt!

Alle waren froh, dann endlich in Joe` s Appartement angekommen zu sein.
Mit fünf Leuten waren die 21,5 m² plötzlich gar nicht mehr sooo riesig.
Lenie machte sich an seinem Bildschirm zu schaffen (in bestimmten Bereichen durfte sie sich nach wie vor Zugang tummeln), offensichtlich stellte sie Musik zusammen.

Als dann Joe` s Lieblingsoldie erklang „Whiskey in the Jar" war die neue, vielfältige Appartementtechnik plötzlich nebensächlich. Es wurde eine wunderschöne Partynacht.

Mochten Sturm und Hagel auch da draußen wüten, wie sie wollten.

4 TRANSPRESS

4.1 Rush Hour

Dirk hatte Joe bereits früh am Morgen mit einem Twizzer abgeholt. Sie wollten gemeinsam zur momentanen Endstation des Transpress. Diese lag nördlich von Frankfurt, irgendwo zwischen Friedberg und Reichelsheim in der Wetterau.
Nach Süden hin wurde heftig und parallel an mehreren Abschnitten dieser Strecke gebaut. Stuttgart sollte wohl Ende 2038 angeschlossen werden, der Parallelzweig von Salzburg aus war mittlerweile fast bis Nürnberg vorangetrieben.

Sie hatten beide in der Vergangenheit vielfach über die Trassenführung durch die Wetterau diskutiert. Diese Strecke war weder ökologisch noch ökonomisch besonders sinnvoll. Insbesondere deswegen, weil die Vogelsbergregion (wie auch der Nordzipfel der Bergstraße) seit der Hegau-Katastrophe öfter mal von Erdbeben heimgesucht wurde.
Das hatte es schon zu allen Zeiten gegeben, mittlerweile wurden allerdings Werte bis zu 4,9 auf der Richterskala locker und öfter erreicht!

Die Entscheidungen zu dieser Trasse waren ein reines Politikum gewesen, sie wurden teilweise mit brachialer Polizeigewalt gegen den Willen der Bevölkerung durchgesetzt.
Erstaunlicherweise landete ein Großteil der Aufträge bei diversen Töchtern einer Afro–Asiatischen Holding. Der Laden nannte sich A.A.S. Ltd., das stand für „Asien & African Society Ltd."

Es geschahen in Verbindung mit dem Trassenbau viele merkwürdige Dinge.
Nichts Beweisbares. Nein, ganz und gar nicht.
Aber – es häuften sich Merkwürdigkeiten.

Politiker und Verwaltungsbeamte, also absolut seriöse Männer und Frauen, wurden unter erheblichem Alkoholeinfluss, manche sogar überraschenderweise unter Drogeneinfluss in Unfälle verwickelt.
Und dann verstarben sie, plötzlich und völlig unerwartet.
Weil sie sich im Krankenhaus mit irgendwelchen tödlichen Keimen infizierten oder schlicht irreversible Hirnschäden davontrugen.
Oder sie hatten plötzlich Sport- oder Freizeitunfälle mit ähnlichen Ergebnissen.
Ihre Gemeinsamkeit war die Ablehnung des Trassenprojektes.

Andere wiederum kamen zu plötzlichem Reichtum.
Völlig legal, ordentlich versteuert.
Man hatte an einer Lotterie irgendwo auf dem Globus teilgenommen, an einem Internetpoker, hatte mal im Freundeskreis zufällig ein Casino besucht (dort wurde heute nur noch bargeldlos gespielt und gewonnen).
Merkwürdig nur, dass all` die vom Glück betroffenen pro Transpress eingestellt waren und an irgendwelchen wichtigen Schalthebeln saßen oder sehr, seeehr! kurzfristig dorthin gelangten....

Das Ganze lag jetzt etwa ein Dutzend Jahre zurück. Es war einer der ersten Aufträge, bei denen Joe mit Dirk unterwegs war. Dirk war damals schon Presseprofi, sie waren in Begleitung eines jüngeren Fotografen.
Irgendwo nördlich von Bebra hatten sie spät am Abend eine Podiumsdiskussion besucht.
Mit einigen Teilnehmern, allesamt interessanten, namhaften Projektgegnern, trafen sie sich dann zum Feierabendbier in der Hotelbar.
Dem jungen Fotografen war übel geworden nach dem zweiten Bier, er hatte sich mit den Worten "Ich muss mal die Porzellansammlung besichtigen" zur Toilette begeben.

Da er wirklich fürchterlich aussah und auch bedenklich nach dem Aufstehen in die Knie ging, hatten sie beide den Fotografen zur Toilette begleitet. Ausnahmsweise, solche Stelldichein sind doch eh` nur was für Frauen!

Sekunden später fiel dann eine Horde Junkies in die Bar ein. Auch so eine einschneidende Veränderung der letzten Jahre. Noch im letzten Jahrhundert waren es überwiegend Einzelpersonen, die irgendwelche Rechtsverletzungen oder Straftaten begangen hatten. Heute begegnete man diesen in Horden, die durch ihr massives Auftreten natürlich auch ungleich größere Schäden verursachten!

So war es damals auch in der Bar gewesen.

Der alte Pförtner hatte gegen diese Truppe keine Chance gehabt. Er wurde beim Aufräumen mit aufgeschlitzter Kehle und eingetretenen Rippen hinter seinem Tresen gefunden.
Als die Junkies die Bar betraten, gab es sofort und ohne irgendeinen Anlass, einen heftigen Streit mit dem Barkeeper, der in eine großflächige Schlägerei überging. Dirk erkannte auf dem Rückweg von der Toilette schlagartig, dass die Gäste der Bar das Ziel der Attacke waren. Er hatte auf dem Absatz kehrt gemacht und war mit Joe durch ein Fenster ins Freie geflüchtet. Das, was sie als „Wegzehrung" bei der Prügelei und Fensterflucht mitbekamen, hatte immerhin noch bei beiden für zwei Wochen intensive Krankenpause gereicht!

Der Fotograf und drei der Podiumsteilnehmer hatten den Angriff damals nicht überlebt. Man hatte den Fotografen in der Toilettenschüssel regelrecht ersäuft!
Ein weiterer Teilnehmer hatte einen eingeschlagenen Schädel und vegetierte heute in einem Pflegeheim als Kretin vor sich hin.
Der anschließende Brand in der Bar hatte die Rettungsarbeiten erschwert und wohl sämtliche Spuren gründlich vernichtet.

Es wunderte kaum noch einen, dass der zuständige Staatsanwalt das Verfahren schon nach recht kurzer Zeit wegen mangelndem öffentlichen Interesse und defizitärer Spurenlage einstellte!

Ein Schubs am Arm riss Joe aus seinen Erinnerungen. „Heih, alter Knabe, träumst du von der letzten Nacht mit Lenie oder hast du `ne andere heiße Braut im Visier? Stell dich auf Wartezeit am Bahnhof ein, irgendetwas ist heute wieder los. Wir werden den ersten Transpress wohl nicht rechtzeitig erreichen"

„Meinetwegen, knurrte Joe: dann soll uns halt das nächste Beben von der Bahn werfen" Worauf beide heftig loslachten. „Sag mal Dirk, du hast dieses Mal aber einen alten Twizzer erwischt! Hast du den Anbieter gewechselt."

„Nö, dass nicht! Aber woran erkennst du das, am Pflegezustand doch etwa nicht?"

„Daran nicht, entgegnete ihm Joe: Aber an den Kreuzungen. Die aktuellen Fahrzeuge lassen dich doch gar nicht mehr spüren, wenn die Rekuperation einsetzt. Und bei diesem Gefährt spürst du das doch noch in aller Deutlichkeit".

„Mein lieber Freund Joe, du bist eben ein echter Technikfreak!"

4.2 Bahnhof

Es war wie vorhergesagt, sie verpassten den ersten Zug um wenige Minuten. Also noch genügend Zeit für einen gemeinsamen Kaffee oder das, was man hier im Bahnhofsrestaurant darunter verstand.
Draußen, am Ende des Bahnsteiges lungerten ein gutes Dutzend jüngere Leute herum.

Dem Verhalten nach waren die entweder noch oder schon wieder besoffen oder von irgendwelchen Drogen zugedröhnt oder ein Mix von all` dem hatte sie ergriffen. Angewidert wandten sich Dirk und Joe dem Bahnhofsrestaurant zu.
Dass die Polizei das nicht in den Griff bekam – widerlich!

Drinnen war es ziemlich leer, noch fast eineinhalb Stunden bis zum nächsten Zug.
Da sich Dirk schlagartig entschieden hatte, das gut gebaute Mädel vom Service an zu baggern (ließ der Kerl den ein einziges Mal eine Gelegenheit aus?), entschied sich Joe für ein wenig Arbeit mit seinem PAS.

In der Ecke gab es einen Kaffeeautomaten, da konnte man ja mal einen Versuch wagen.
Der PAS verband sich mit dem wenig vertrauenerweckenden Kasten, dieser signalisierte zumindest Lieferbereitschaft. Er wählte Kaffee schwarz aus, die Mixtur mit der geringst möglichen Fehlerquote. Nachdem er sich an dem dünnhäutigen Becher beinahe die Finger verbrannt hatte, setzte er den Becher zu einem ersten, schlürften Schluck an.
Pfffft – so schnell hatte er selten etwas ausgespuckt! Das Zeug schmeckte, als habe man beim letzten Service versehentlich die Reinigungsmittel konzentriert in den Wassertank gekippt.

Er scannte die Schweinerei auf dem Boden und das Gepixel am Automaten, um eine geharnischte Beschwerde ab zu setzen. Dieses Gebräu war eine Zumutung! Gefahr für Leib und Leben!
Der PAS war ja doch immer wieder hilfreich. Zum Glück hatten sich diese Dinger gegenüber den Armbanduhr ähnlichen Geräten der frühen zwanziger Jahre durchgesetzt. Sie boten einfach mehr Möglichkeiten.
Und übertrafen die damals noch beliebten Smart Phones um ein Vielfaches in ihrer Leistungsfähigkeit!

Letztendlich gab es ja auch keine andere Möglichkeit mehr, unterwegs irgendwelche Rechnungen zu begleichen!
Anfangs hatte man die „Bargeldlos-Bestrebungen" Regierungsseitig noch mit dem Schutz der Bürger vor Gaunereien, Geldwäsche und ähnlichem verbrämt. Letztendliche war der Einzelne damit aber nur noch ein ganz erhebliches Stück transparenter geworden! Und über den Gegenwert, den der Staat diesem e-money entgegensetzte, wollte man besser nicht nachdenken.

Joe wollte jetzt mal seine neueste Errungenschaft ausprobieren.
Schon lange gab es ausrollbare Folien, auf die man Texte, Daten. Bilder usw. mittels Bluetooth von seinem PAS projizieren konnte. Diese Folien nahmen in der Tasche, im Jackett aber viel Platz in Anspruch. Waren darüber hinaus schmutzempfindlich und durften nicht geknickt werden.
Und so richtig Datensicher waren diese Dinger seit dem Siegeszug der Nanotechnik auch nicht.

Es gab Gerüchte, nach denen es schon Folien (als Werbegeschenk) geben sollte, die ihre Arbeitsdaten eben auf Basis diese Nanotechnik fröhlich an Dritte weitergaben...

Das neue Ding jedoch sah einfach nur aus wie ein etwas dick geratener Kugelschreiber. Ließ sich aber zu einem etwa 30 cm hohen Dreibeinstativ ausfahren. Eines der Beine war etwas länger, es wurde abgeknickt und lag dann waagrecht über einer im Tisch eingelassenen Induktionsplatte. Diese zählten heute ja zum Glück zum Standard jeder Raumausstattung. Jeder musste mal seinen PAS oder seine Lesefolie oder was auch immer mal wieder aufladen.
Dadurch konnte sich das Ding mittels Induktion sehr schnell mit der nötigen Energie zum Arbeiten versorgen.

Es projizierte dann die Daten des PAS auf die Tischoberfläche, so dass dem Nutzer eine schöne große Schrift zum Lesen zur Verfügung stand. Diese Projektion ließ sich dann wie beim PAS oder früher bei den Smartphones durch Wischen usw. bedienen.
Der Clou an der Geschichte war jedoch die Abschirmung. Um die Projektion herum (so etwa mit 300° Radius) wurde ein Schleier aus diffusem Licht einer spezifischen Wellenlänge projiziert (wie genau, war Betriebsgeheimnis des Herstellers), so dass ein dritter Betrachter die projizierten Daten und Bilder nicht oder nur noch schemenhaft erkennen konnte.

Das schien auch seinen Nachbarn am Tisch schräg gegenüber aber mächtig zu irritieren.
Ein junger, schmächtiger Kerl.

Aber: Dieser Typus! Einer dieser neuerdings öfter anzutreffenden Afraner (ein auch schon mal etwas bizarr aussehender Mix aus Asiate und Afrikaner), der Kerl war mit einer klassischen Lesefolie beschäftigt.
Dass er deftige Pornos betrachtete, war unschwer zu erkennen! Und nicht nur an den Bildern.
Auch an dessen Gestik und Mimik!
Er machte sich ja auch keinerlei Mühe, seine Folie irgendwie abzuschirmen oder so.
Jedoch starrte er bei jeder sich bietenden Gelegenheit zu Joe herüber, versuchte das aber irgendwie zu verheimlichen.
Naja, vielleicht hatte ihn die neuartige Technik verwundert.

Joe hatte nicht viel Zeit für seine administrativen Privatarbeiten.
Dirk kam mit hochrotem Kopf zurück, das Mädel hatte ihm wohl ein paar sehr warme Worte gesagt!
Warm genug, um die Temperatur in der Hals-Kopf-Region von Dirk vorübergehend mächtig in die Höhe zu treiben.

Diese Rotfärbung war einfach genial, ein richtig toller Kontrast zu dem leicht angegrauten Hemd von Dirk (richtig weiß schafften nur die superteuren Luxusdrucker, mit entsprechenden Rohmaterialien)!

Joe kannte Dirk, besser jetzt nicht spötteln. Nur ignorieren. Psst!
Nach wenigen Minuten versuchte Dirk, ein Gespräch über die aktuelle Asylpolitik, ihren weltweiten Wandel, Drogen, schrumpfende Bevölkerung und ähnliches mit Joe in Gang zu bringen.
Joe hatte dabei irgendwie ein ungutes Gefühl, wegen des Afraners. Dem schienen bei manchen Stichworten die Ohren explosionsartig zu wachsen.
Nachdem alle leisen Zeichen nicht fruchteten, beendete Joe die angefangene Diskussion mit einem herzhaften Tritt an das Schienbein seines Gegenübers Dirk.

Der riss die Augen auf, seine Augenbrauen schnellten in die Höhe. Aber- er verstand. Die restliche Zeit bis zur Abfahrt verbrachten sie mit belanglosem Small Talk.

4.3 Transpress

Mit seinem charakteristischen Pfeifgeräusch näherte sich der Transpress dem Bahnsteig.
Er hielt zentimetergenau, die Brückenstege zu den Türen schoben sich an die etwa 30 cm entfernten Wagenkörper heran.
Es war ein langer Zug, bestehend aus 6 Waggons.
Fahrerstände gab es beim Transpress stets sowohl hinten als auch vorne, so dass die Züge beliebig die Richtung wechseln konnten.
Die Fahrerstände waren in die Kopf- bzw. Endwaggons integriert.

Die Schiebetüren der Waggons öffneten sich, die Sicherheitsmannschaft trat auf die Brückenstege. Sie bestand aus 3 Trupps von je drei Mann. Bullige Typen, mit Laserstöcken bewaffnet. Nachdem sie mit einem Rundumblick offensichtlich eine zufriedenstellende Sicherheitslage diagnostiziert hatten, gab einer unter kaum merklichem Kopfnicken die Türen an der Anlage des Sicherheitsgeländers entlang des Bahnsteiges zum Öffnen frei.

Nunmehr waren die Fahrgäste an der Reihe.
Aus den Augenwinkeln sah Joe drei kräftige, scheinbar junge Burschen am Ende des Zuges im Spurt ankommen.
Die wollten wohl unbedingt noch mitfahren.
Auffällig war ihre fast uniformähnliche, schwarze Kleidung, die nahezu identische, kräftig- untersetzte Gestalt sowie der ultrakurze, schwarze Haarschnitt.
Er schüttelte den Kopf! Die Jugend geht halt eigene Wege.

Joe und Dirk nahmen im dritten Waggon auf ihren reservierten Plätzen Platz. Beim Anschnallen gab Dirk seiner Verwunderung Ausdruck:
„Ich hatte noch gar nicht mitbekommen, dass der Sicherheitslevel mittlerweile so hochgeschraubt ist?"
„Du wirst dich noch sehr viel mehr wundern, bemerkte Joe: Du musst dich mittlerweile nicht nur anschnallen, du musst dich auf deinem Platz auch mit deinem PAS bewusst identifizieren, sonst bewegt sich der Zug keinen Millimeter und du bekommst richtig Ärger!
Eine automatische Identifizierung hat man definitiv nicht zugelassen, man wollte eine möglichst hohe Manipulationssicherheit erreichen.
Offiziell wurde dieses Sicherheitssystem, zu dem auch eine Notruftaste unter deiner rechten Armlehne zählt, damals eingeführt, um in Notfällen die Bergungstruppen mit effizienten Daten versorgen zu können.
Und um Zugintern mehr Personal bei Störungen für die Fahrgäste zur Verfügung zu haben.
In Wahrheit geht das Ganze auf einen Vorfall vom Herbst 2031 zurück."

„Hhhm, da war ich, wenn ich mich richtig entsinne, in Afrika unterwegs, entgegnete Dirk: Weißt du näheres, Joe?"

„Und ob! Ich „durfte" damals berichten. Und wie du weißt, fühle ich mich im Süden nicht unbedingt richtig wohl!
Ein Langzug, damals mit acht Waggons, war von Salzburg nach Ingolstadt unterwegs. Ziemlich weit hinten, im letzten Wagen saßen sieben Mädels so zwischen 12 und 21 Jahren. Von irgendeinem noblen Sportverein. Die wollten sich in München eine Revue ansehen, waren alle von gut betuchten Eltern, entsprechend chic und gut aussehend! Haben, da der Zug ziemlich leer war, da hinten einen auf Tanzparty gemacht.
Auch die leibliche Tochter unseres damaligen Innenministers Ingo Bernhartt war dabei.
In dem Langzug mit den besagten acht Waggons, hatte es wie zu der Zeit üblich nur zwei Sicherheitskräfte gegeben, aus wirtschaftlichen Erwägungen!
Aus den Aufzeichnungen konnte man später herausfiltern, dass diese beiden Sicherheitsleute zum Zeitpunkt des Notrufes im Fahrerstand waren. Da die Züge ja weitgehend automatisch fahren, hatten sie sich mit dem Fahrer einen Porno aus dem Internet ˋreingezogen.
Bis die beiden Schwachköpfe nach dem Auslösen des Alarms sich berappelten und am anderen Zugende angekommen waren, war die Orgie bereits in vollem Gang.
Eine Horde von etwas über 30 Jugendlichen und Erwachsenen Männern war pöbelnd durch den relativ leeren Zug gezogen und hatte schon einiges Unheil angerichtet. Da müssen eine Menge Alkohol und auch Drogen im Spiel gewesen sein.
Als die Truppe dann auf die Mädels traf, hat irgendeiner, ein Afraner, etwas von Table Dance und Strippen geschrien.
Die Mädels haben die Panik bekommen, daraufhin ist der ganze Trupp, und noch mal: es waren über dreißig Kerle -

wohl schlagartig über die sieben Mädels, zum Teil waren es ja noch Kinder, hergefallen. Das Ganze endete dann in einer üblen Massenvergewaltigung!

Der Sicherheitstrupp hatte keine Chance. Noch vor der Einfahrt in den Bahnhof Ingolstadt hat man die beiden Sicherheitsleute, und zwei zur Hilfe geeilte Passagiere, und zwar alle, ohne Ausnahme, kurzerhand aus dem Fenster des fahrenden Zuges geworfen!
Der Zug hatte zu dem Zeitpunkt immer noch um die 180 km/h drauf, keiner der `raus geworfenen hat überlebt.“

Entsetzen stand in Dirks Gesicht, er war blass geworden:
„Aber- aber, die Züge haben doch ein Sicherheitssystem!
Bei Schäden an Fenstern, Türen oder ähnlichem wird doch sofort eine Notbremsung eingeleitet, oder nicht?“

„Das stimmt schon, erwiderte Joe mit einem bitteren Lachen: Nur funktionierte das Ganze nicht, weil sich der Zug bereits in der ersten Bremsphase befand.
Ein Schlaukopf unter der Vandalen Truppe muss das gewusst haben. Zeugen, die die Aufzeichnung gesehen hatten, konnten sich erinnern, dass die Sicherheitsleute beim Betreten des letzten Waggons wie Schweine regelrecht abgestochen wurden. In der Zwischenzeit hat der Rest der Truppe mit den Mädels munter weiter gemacht, bis der Zug die zweite reguläre Bremsphase einleitete.
Dann wurden wohl auch die Mädels in letzter Minute aus den Fenstern befördert! Alle!
Und sicherlich war dieser Vorfall nur die Spitze des berühmten Eisberges!
Seit dieser Zeit- und es gab wirklich mächtigen Aufruhr damals- ist das Sicherheitssystem anders gelöst. Heute findest du *immer* zwischen *zwei* Waggons *eine* Sicherheitstruppe.
Jede dieser Truppen besteht auch *immer* aus drei Mann!
Sobald du deinen Sicherheitsgurt löst, geht bei denen ein Warnsignal los. Und die Jungs können dann sofort

entscheiden, ob du nur mal den Strullermann beschäftigen willst oder was auch immer. Die können, jeder Einzelne, quasi auf Knopfdruck interne oder externe Hilfe anfordern, Türen blockieren. Oder die Notbremsungen einleiten. Der erste Schritt ist meist das Verriegeln der Sicherheitsgurte. Die sind mit einem elektrischen Straffer verbunden. Wenn die Sicherheitsmannschaft den auslöst, kommst du aus deinem Sitz nicht mehr heraus."

Dirk war noch immer fassungslos: „Aber die Täter hat man damals doch wenigstens geschnappt?"

Joe schüttelte mit einem abermaligen, bitteren Lachen und tiefer Sorgenfalte auf der Stirn den Kopf:
„Nee, geschnappt hat man keinen!
Nicht mal einen einzigen.
Damals wurde das Aussteigen noch nicht überwacht. Erst als der Zug anfahren wollte, hat man etwas bemerkt. Der Zug fuhr einfach nicht los, weil noch irgendwelche Sicherheitsmeldungen wegen defekter Fenster anstanden. Der Blödmann von Fahrer war halt mit seinem Porno auch noch bei der Ankunft im Bahnhof beschäftigt gewesen! Bei der Kontrolle wurden dann die massive Blutspuren und Verwüstungen im letzten Waggon entdeckt. Daraufhin erst wurde die Polizei alarmiert!
In den Überwachungsaufzeichnungen kam dann der ganze Schlamassel ans Tageslicht.
Irgend so ein hochrangiger Idiot von der Polizei hat die Blackbox samt Aufzeichnungen noch am Tatort, angeblich auf Order von ganz weit „Oben", in sein Einsatzfahrzeug gebracht, kurz betrachtet und auch aufbewahrt.
Man weiß daher, dass in der Tätergruppe mindestens drei Afraner waren.
Leider wurde dieser Herr Polizeioffizier auf der Rückfahrt unverschuldet in einen Unfall verwickelt. Dabei sind die Batterien hochgeflogen und der arme Kerl ist mit allen Aufzeichnungen und der angeblich ach so feuerfesten Blackbox verbrannt!"

Dirk saß mittlerweile leichenblass und mit nach unten geklappten Kinn da: „Aber, aber- irgendetwas müssen die Bullen dann aber doch gefunden haben?" stammelte er entsetzt!

Joe seufzte tief, bevor er mit rauer Stimme entgegnete: „Ja, die Leichen oder besser das, was davon übrig war. Die Fenster des Transpress sind auf dem betroffenen Streckenteil so zwischen 6 und 10 m über dem Erdboden. Und bei um die 180 km/h bleibt dann nicht mehr viel übrig, wenn jemand aus dem Fenster fliegt…
Der beschädigte Waggon wurde dann in eine Wartungshalle bei München zur Spurensicherung geschleppt.
Blöd war nur, dass just an diesem Abend eine wilde Party von Drogenjunkies dort stattfand.
Natürlich nicht genehmigt, die Junkies waren einfach eingebrochen!
Bis die Feuerwehr eintraf, war nicht nur die Wartungshalle sondern auch noch ein Verwaltungsgebäude ein Raub der Flammen.
Irgendwo auf dem Gelände haben sie ein paar Kisten Leergut von diesem belgischen Bier, was ja seit geraumer Zeit auf den Partys gerne gesoffen wird und ein paar Stangen von den Georgischen und Himalaya Zigaretten gefunden.
Aber sonst – nix, gar nie nix.
Der zuständige Staatsanwalt hat das Verfahren recht zügig eingestellt. Brände gab es und gibt es in Großstädten oft. Mangelnde Aussicht auf Fahndungserfolg, mangelndes öffentliches Interesse – wegen einer Wartungshalle und einem Verwaltungsgebäude!

Unser Innenminister Ingo Bernhartt hat geschäumt vor Wut. Es gab einen riesigen Aufriss in der Presse.
Ruhig wurde es erst, als der gute Ingo wenige Wochen später samt Lebenspartnerin (das war die Mutter des

getöteten Mädchens) eine Auszeit in den Bergen bei
Montenegro nahm.
Er war in einen Heli zum Rundflug gestiegen.
Der Heli war sorgfältig gecheckt, sogar frisch aus der
Wartung, wie sich später herausstellte. Es war noch die
alte Bauart, mit einem Zentralrotor über der Kabine und
einem Heckrotor. Beim Absturz ist von den Insassen nicht
viel übriggeblieben. Es reichte gerade noch so zur
Identifizierung.
Die Untersuchungsergebnisse lauteten später auf:
Vogelschlag in der Antriebsturbine."

Wie ein reisender, zerstörender Sturzbach war der
Monolog aus Joe herausgestürzt.
Unübersehbar, er war in seinem Inneren zutiefst
aufgewühlt.
„Vogelschlag???" Dirk schüttelte fassungslos und heftig
den Kopf.
Joe lachte stammelnd und bitter: „Da, da, das muss dann
wohl der erste Vogelschwarm seit Jahrzehnten gewesen
sein. Über fünfundzwanzig Jahre hat man dort in der
Region praktisch keinen einzigen Gefiederten gesehen!"

Auch in Joe hatte diese Geschichte wieder viel, sehr
Unliebsames aufgewirbelt. Leise fühlte er Panik in sich
aufsteigen, mit tiefen Atemzügen versuchte er, dieser
Herr zu werden. Es gelang ihm mit Mühe und Not.

Die Ereignisse häuften sich. Sie nahmen an Brutalität
immer mehr zu. Egal, ob aus der Natur oder direkt von
Menschen verursacht.

Er sah nachdenklich aus dem Fenster, die Bilder flogen
geradezu vorüber. Vereinzelten auch die neueren,
kugelförmigen Gebäude.
Sehr viele alte, oft scheinbar verlassene, halb zerfallene
Gebäude.
Eine graue, trostlose Landschaft.

Einzelne Regentropfen erschienen am Fenster, wurden mehr und mehr, zerstäubten in einer zarten Gischt.

Die Aufmerksamkeit wurde abgelenkt. Weiter hinten im Zug, kaum zu erkennen, kam Leben auf. Die drei Späteinsteiger von vorhin waren in einen handgreiflichen Disput mit dem Wachpersonal verwickelt! Offensichtlich wollten sie noch in der Beschleunigungsphase im Zug umherwandern- das war strikt verboten!

Joe blickte Kopfschüttelnd nach vorne, zum Deckendisplay.

50, 100, das Display sprang förmlich in seiner Anzeige. 195, 200, 210, 220, 240 – der Zug war tatsächlich noch immer in der Beschleunigungsphase.

Autsch, Auweh -- Aaaah! Verdammte Scheiße!
Mit einem heftigen Ruck wurden die Passagiere tief in ihre Sitze gepresst.
Irreal laut schien das Klicken, mit dem zeitgleich alle Sicherheitsgurte verriegelten!
Das Zerren am Körper ließ nicht nach – alle Displays pulsierten in kräftigem Rot –

Notbremsung!

Die Zahlen der Geschwindigkeitsanzeige schienen im Zeitlupentempo nach unten zu kriechen.
Der ganze Wagenkörper schüttelte sich, endlich, endlich stand der Zug!

Mit leisem Zischen öffnete sich die Zwischentür zwischen den Waggons. Die Sicherheitstruppe erschien, schnell, blass, aber routiniert.
Mit traumwandlerischer Sicherheit hatten sie sich positioniert: je zwei standen Rücken an Rücken, so dass jeder Einblick in einen Waggon hatte. Der dritte,

offensichtlich der Gruppenführer, war mit der externen Kommunikation beschäftigt.

Für die Passagiere wurde (wohl automatisch) ein Band abgespult. Es beschwichtigte mit seinen Ansagen, rief zur Ruhe auf.

Alles wird gut, Friede, Freude, Eierkuchen, wurde den Passagieren versichert.

Nach wenigen Minuten wurden das Bandgedudel und die Unruhe unter den Fahrgästen durch eine Ansage des Sicherheitsmannes an der Kommunikationsstelle unterbrochen:

„ .. es gab ein Erdbeben mit Stärke 3,9 bei Alsfeld. Ob Nachbeben zu erwarten sind, wissen wir noch nicht. Auf jeden Fall hat die automatische Trassenüberwachung angesprochen, irgendwo auf der Strecke vor uns haben sich Schienen verschoben. Da das Prüfen der Strecke und Neujustieren des Bahnkörpers zu viel Zeit in Anspruch nimmt, werden wir evakuiert.

Ein Voraustrupp mit Arzt und Notversorgung wird in etwa 1 bis 2 Stunden hier eintreffen.

Die Rettungskräfte sind im Moment an anderer Stelle gebündelt.

Die Evakuierungstruppe wird noch etwas länger benötigen. Bleiben Sie auf jeden Fall im Waggon, der Versuch des Aussteigens kann lebensgefährlich sein. Der Bahnkörper liegt hier etwa fünfeinhalb Meter über felsigem Boden"

Joe und Dirk blickten sich an: „Alles OK?" kam die gegenseitige Frage wie aus einem Mund!

Auf das ebenso gegenseitige, bestätigende Nicken meinte Dirk: „Kennst du, mein lieber Freund Joe, die neue Chaos-Theorie? „

Und ohne auf eine Antwort zu warten, fuhr er fort: "Wo du bist, Joe, ist Chaos nicht mehr weit".

4.4 Unter Bewachung

Unter den Passagieren machte sich schlagartig Unruhe breit. Es wurde eigentlich überall heftig diskutiert. Ein etwas beleibter Mann (im Alter wohl an der Versorgungsgrenze der Zentralkrankenkasse) fing an zu randalieren. Er wollte unbedingt aufstehen, jedoch war der Sicherheitsgurt verriegelt, dieser hielt ihn zurück. „Ruhe, bleiben Sie sitzen" brüllte der Sicherheitsmensch an der Kommunikation, offensichtlich der Gruppenführer. Er trat einen halben Schritt zu Seite, schwenkte den Laserstock nach vorne und führte dabei eine kleine, kaum sichtbare Drehbewegung am hinteren Stockende aus. Laserstöcke verursachten je nach Einstellung einen mehr oder minder heftigen Stromschlag.

Die kleine Drehbewegung hatte aber genügt, um aus dem Stock eine Art Griff auszuklappen.

Der Wachmann zielte auf den Beleibten „Verhalten sie sich ruhig, verdammt noch mal, oder ich puste ihnen das Gehirn weg!"

Joe war geschockt! Das war neu! Verdammt, sehr neu sogar, auch für Joe. Aus dem Schlagstock war eine ernst zu nehmende Schusswaffe geworden!

Der Dicke wurde blass, er fiel sichtlich in sich zusammen. "Ich muss doch nur mal pinkeln" jammerte er. Die Situation entspannte sich, mit einer weiteren, kleinen Bewegung wurde aus der Laserwaffe wieder ein unauffälliger Schlagstock.

Der Wachmann grinste über beide Ohren, Joe grinste innerlich ebenfalls.

Die Mädels um den Dicken herum kicherten und prusteten, was dem Dicken wiederum zu einer kräftigen Rottönung Halsaufwärts verhalf.

Kaum durfte der Dicke zur Toilette, war der Wachmann wieder mit der Kommunikation beschäftigt:

„Alle mal herhören, die Bergungstrupps brauchen länger, zwei Abschnitte unseres Rettungsweges entlang der Trasse sind beschädigt. Der Notarzt hat ein leichteres

Fahrzeug, er wird in Kürze eintreffen. Folgen sie jetzt unseren Anweisungen, wir müssen Sie in den Waggons anders verteilen. Im ersten Waggon richten wir eine Notversorgung ein. Eine unserer Mitfahrerinnen ist schwanger, sie hat höchste Priorität in der Versorgung! Der Waggon zwei steht Frauen und Kindern bis vierzehn Jahre zur Verfügung. Waggon drei ist für alle zugänglich: Im letzten Waggon richten wir eine Raucherlounge ein, Notverpflegung sowie Zigaretten zur Entspannung stellt die Bahngesellschaft ihnen kostenlos zur Verfügung."

Es gab ein etwa halbstündiges Gewusel, dann war unter strengen Sicherheitsvorkehrungen die Umverteilung der Passagiere gelöst.
Joe und Dirk saßen nun bei offenem Fenster fünf netten Mädels gegenüber, alle so Anfang bis Mitte 30.
Schnell war eine Unterhaltung begonnen, die in eine allgemeine Vorstellung überging.
Die Mädels- so ein richtig männerfreundlicher Mix!
Eine dralle Blondine mit vielversprechendem Dekolleté, eine Brünette (ebenfalls gut bestückt).
Eine schwarzhaarige die ihrem Akzent nach aus dem Osten stammte, spitzbusig zum Schlüssel-dran-aufhängen.
Lorena, eine großgewachsene, etwas unterkühlt Wirkende, mit kastanienfarbenem Haar. Eher von der stillen Sorte.
Sowie Gun-Britt, Brünett, aus dem Norden Europas. Vielleicht aus dem Schwedischen stammend?
Und Elena, schwarzhaarig, mit eher kühlen, nordischen Gesichtszügen. Sie wirkte regelrecht eiskalt auf Joe.
Aber- unter dieser Eisdecke schien ein Vulkan zu brodeln!

Die blonde, die Joe nicht abgeneigt schien, wurde kurz darauf als Veronika vorgestellt.
(Joe spürte ein Kribbeln im Bauch, er begann zu Grübeln. Ob er seine Frauenphobie, die ihn offensichtlich nach der

Auflösung seiner Partnerschaft mit Lenie erwischt hatte, mit der Blonden kurieren könnte?)

Obwohl eigentlich Nichtraucher, waren die von den Girls angebotene Zigarette jetzt für Joe und auch für Dirk kein Hindernis und ein willkommener Seelentröster.
Zumal diese neue, komplett nikotinfreie Sorte (der Tabak dazu wurde irgendwo im Himalaja oder auch in Georgien angebaut) auch noch ausgesprochen mild und angenehm aromatisch schmeckte.
Die zweite Brünette, die sich als Vera vorstellte, zog plötzlich aus ihrem Umhänge Beutel eine kleine Flasche – ein glasklarer, russischer Wodka!

Prost!

Die Zeit war schnell mit nettem Geplauder, Rauchen und Wodka überbrückt.
Die angenehm schmeckenden Zigaretten, mit Filter, absolut nikotinfrei! Sie kamen tatsächlich aus Georgien, wie sich herausstellte.
Der Wodka, soweit zu entziffern, von einer winzig kleinen Destille irgendwo bei Moskau.
Von irgendeinem Onkelchen, der da so vor sich hin destillierte. Viel besser wie das frei käufliche Zeug!
Nach Vera` s Worten zumindest. Und tatsächlich: leckeres Zeug, samtweich im Geschmack!
Hervorragende Qualität!

Die Truppe der Girls hin dessen war, wie sich herausstellte, von einem wissenschaftlichen Institut bei Berlin delegiert worden. Sie sollten sich an der Küste mit den Auswirkungen der immer häufiger auftretenden Springfluten und Monsterwellen auf die Meeresbiologie und ähnlichem beschäftigen.
Das Gespräch schwenkte nach ein paar anzüglichen Bemerkungen Dirks auf die Echtheit gewisser weiblicher Proportionsmerkmale blitzartig auf Themen wie

Zeugungsfähigkeit oder entsprechendes Unvermögen und die Alternative: Adoptionen.
Augenscheinlich waren die Mädels auf diesem Sektor recht unbedarft, sie lauschten andächtig und ehrfürchtig Joe`s und vor allen Dingen Dirks Ausführungen.
Nebenbei stellte sich heraus, dass die Mädels Truppe zufällig im gleichen Hotel in Hamburg-Altona gebucht hatte wie Dirk und Joe.
Das versprach ja, trotz allem noch eine interessante Reise zu werden! Irgendwie kam es Joe so vor, als würden Ameisen seine Körperregion unterhalb des Hosengürtels erobern wollen….

Nach einer knappen, weiteren Stunde näherte sich der Notarzt mit seinem Team.
Da sich mittlerweile eine dichte Wolkendecke über das Land gelegt hatte, konnte man die rotierenden Blaulichter von weitem wie ein Blitzlichtgewitter erkennen.
Der Arzt fuhr einen dieser modernen, leichten LKW`s. Mit den LKW`s zu Beginn dieses Jahrhunderts waren diese Fahrzeuge nicht mehr zu vergleichen.
Anfänglich dieses Jahrhunderts noch waren LKW`s hochbeinig, mit Rahmen und Aufbau. Auch nach über hundert Entwicklungsjahren konnte man ihnen ihre Verwandtschaft zur Pferde- oder Ochsenkutsche durchaus ansehen.
Zig… Hersteller buhlten damals mit irrwitzigem Kleinkram um die Kundengunst – Äonen von Entwicklungsstunden und Ressourcen wurden für winzigste Details zur Differenzierung verschleudert!
Heute bauten alle modernen LKW`s nach dem gleichen Schemata: eine Wannenförmige, leichte, jedoch hochfeste Gitterkonstruktion bildete das tragende Gerippe. Beplankt oft mit Kohlefaserplatten, um Gewicht zu ersparen. Die Antriebstechnik, meist Wasserstoff, in der Bodenplatte und in den Seitenwänden integriert. Man konnte sogar das Paletten Format für Frachten aus dem vergangenen Jahrhundert beibehalten, ein riesiger, logistischer Vorteil.

Der Antrieb bestand aus Einzelradaufhängungen. Die Starrachsen früherer LKW`s waren Geschichte. Jede Achse verfügte nur noch über zwei schmale, allerdings mit großem Durchmesser von fast eineinhalb Meter versehene Räder.
Das war Voraussetzung, um die Radnabenmotoren samt Planetengetriebe zur Untersetzung unter zu bringen.
Von Achse zu Achse konnte die Motorleistung unterschiedlich sein. Dadurch konnte man durch Zu- bzw. Abschalten einzelner Achsantriebe beispielsweise bei einem vierachsigen LKW schon alleine damit bis zu fünfzehn verschiedene Fahrstufen realisieren, und mit dem Planetenvorgelege dasselbe nochmals.
Sparte teuflisch viel Energie! Und vereinfachte die Mechanik und die Leistungselektronik außerdem.
Das ganze Fahrzeug wurde von einem kuppelförmigen Aufbau gekrönt. In Verbindung mit dem höhenverstellbaren Fahrwerk erinnerte ein solches Fahrzeug entfernt an eine Schildkröte.

Ausgelöst wurde die Entwicklung dieser Fahrzeugdesigns im Sturmwinter 2021. Joe dachte daran mit Schaudern zurück. Auch heute noch ließ die Erinnerung schlagartig eine eisige Kältewelle durch sein Rückenmark bis in die hintersten Hirnwindungen kriechen.

Mitteleuropa war damals wochenlang unter einer dicken, von eisigen Ostwinden begleiteten Schneedecke erstarrt. Auf der Talbrücke „Wilde Gera" bei Oberhof (mit über 250 m Spannweite) war ein PKW auf schneeglatter Fahrbahn ins Schleudern geraten und hatte die Fahrbahn in Richtung Schweinfurt blockiert.
Just am Ende der Brücke....
Es bildete sich sofort ein Stau, natürlich mit LKW`s auf der rechten Fahrbahnseite.
Die waren von der damals noch klassischen Bauweise. Kleine Räder, hoher Schwerpunkt, niedriges Gewicht, oft mit voluminösem Planen-Aufbau.

Und wie damals üblich, oft zum Teil nicht oder kaum
beladen.
Irgendwann frischte der Sturm auf.
Und die LKW`s standen im Stau...

Nach dem der Sturm dann abgeflaut war, konnten die
Bergungsteams rund hundert Meter tiefer siebzehn LKW,
teilweise sogar mit ihren Hängern bergen!
Der Sturm hatte sie schlichtweg von der Brücke geweht.
Unter den Fahrern gab es keine Überlebenden, einige
mussten einen stundenlangen, grauenvollen Todeskampf
durchlitten haben!

Die heutigen Fahrzeuge mit ihrer Schildkröten ähnlichen
Silhouette hatten es da einfacher. Sie konnte ihr
Fahrwerk in solchen Situationen einfach absenken, bis sie
mit dem Bauch auf der Straße auflagen. Übrig blieb dann
ein Kuppelartiges Gebilde, an dem sich der Sturm die
Zähne ausbiss!

Joe konnte sich gut an die Details erinnern, hatte er doch
bei der Vorstellung der ersten neuen LKW`s nach dieser
Bauart durch die ECC den Leitartikel für die German News
schreiben dürfen.

Er sah durch das Fenster, wie das Notarztteam mit
Blaulicht quer durchs Gelände dem Zug näherkam.
Die drei Achsen des Leicht-LKW waren auf maximale
Geländegängigkeit eingestellt.
Der LKW schwenkte auf den Versorgungsweg parallel
zum Transpress ein, blieb neben dem ersten Waggon
stehen.
Mit Spannung beobachtete Joe die weiteren
Geschehnisse. Das hatte er real auch noch nicht gesehen!

Eine Dachluke im LKW Aufbau wurde zurückgeschoben,
eine ganz altmodische Leiter an den Zug angelehnt. Vom
Zug wurde ein Sicherungsseil herab geworfen, die

Zugtürschwelle befand sich wohl etwa fünf, sechs Meter über dem Boden.

Der an seiner Uniform erkennbare Notarzt klinkte sich in das Seil ein, dann kletterte er nach oben. Das Spiel wiederholte sich mit zwei Rettungssanitätern, die mussten jedoch auf ihrem Rücken zusätzlich riesige Pakete die Leiter schwankend hinaufschleppen.

Nach dem Format zu urteilen, dachte Joe bei sich, haben die armen Kerle da eine halbe Notfallklinik drin.

5 DIE BERGUNG

5.1 Girls

Der Gruppenführer der Sicherheitstruppe hatte mittlerweile einen prüfenden Gang durch die Passagierreihen begonnen. Die fröhliche, attraktive Weibertruppe um Joe und Dirk war ihm nicht entgangen. Er blieb bei ihnen stehen, das Ablehnen des angebotenen Wodkas fiel ihm sichtlich schwer!
Wie sich schnell herausstellte, ein umgänglicher Kerl.
Anfang vierzig etwa, Amerikaner, in Old Europe hängengeblieben. Carl C. Ferrychild nannte er sich, mit Betonung auf dem zweiten „C".
Die angebotene Zigarette nahm er hin dessen gerne an.
Carl C. lehnte beim Rauchen entspannt an der Sitzlehen und bemühte sich recht unverhohlen um tiefere Einblicke bei der Brünetten. Diese, Gun–Britt (sie stammte aus Nordschweden, das war zwischenzeitlich geklärt) tat, als würde sie das überhaupt nicht bemerken.
Räkelte sich aber in immer neuen Positionen, um das Blickfeld für Carl C. zu verbessern.
Ein raffiniertes Biest!

So war es auch keine Mühe, zu erfahren, dass es keine nennenswerten Verletzten beim Nothalt gegeben hatte. Abgesehen von ein paar blauen Flecken und ein wenig schockbedingter Übelkeit.
Die Sicherheitsgurte im Transpress, die an jedem Sitzplatz zur Verfügung standen, hatten hervorragende Dienste geleistet!
Der Notarzt war einzig wegen der Schwangeren gerufen worden. Bei dem Schwund der Bevölkerung genossen Schwangere nicht nur höchstes Ansehen. Sie standen wirklich unter besonderem Schutz des Staates. Wer sich an ihnen die Finger dreckig machte, landete Ruck-Zuck in der dritten Gefängnisstufe.
Und dass - nee, lieber nicht darüber nachdenken. Brrrr!

Auch die für Joe brennend interessierende Frage nach
Schlagstockdetails war schnell beantwortet (den Girls war
diese Fragerei unwillkommen, sie versuchten
Ablenkungsmanöver):
Eine Weiterentwicklung aus dem G 27, nicht tödlich,
Reichweite bis ca. 35 m. Ähnlich wie beim G 27 wurde die
Reflexion eines Taststrahles genutzt, um die Entfernung
zum Ziel und dessen Oberflächenhärte zu erfassen. Das
Schlagstockgewehr reagierte nur auf Weichteile mit
einem Laser von begrenzter Energie. Der Elektroschock
sollte das Opfer nur Flucht- oder Kampfunfähig machen.
Diese Weiterentwicklung hatte aber den Vorteil der
deutlich größeren Reichweite gegenüber einem normalen
Schlagstock, wie Carl C. grinsend versicherte....

Auf die Frage nach den verschwundenen drei
Späteinsteigern reagierte Carl C. dann jedoch deutlich
angesäuert:
„Diese Krawallheimer! Sahen aus, wie Türsteher an einer
Drittklassigen Disko und benahmen sich auch so!
Rotzfrech, Randale, volles Programm!
Nach der Notbremsung eben haben die sich nach hinten
abgesetzt, und wir unternehmen nichts mehr. Dürfen
nichts mehr gegen dieses Pack unternehmen!
Anweisung kam vor wenigen Minuten von ganz oben, so
ein Mist! Musst nur genug Vitamin „B" haben, dann
kannst du dir alles Erlauben! Verdammter Mist!"

In Joe kochte kalte Wut auf, aber für weitere Details blieb
keine Zeit. Die Girls und auch Dirk wollten mehr zum
Streckenschaden erfahren. In der Tat hatte sich, nach
Carl C.`s Worten, etwa eineinhalb Kilometer voraus der
Gleiskörper verschoben.
Gleise im eigentlichen Sinn waren das ja bei dieser
Magnetschwebetechnik nicht mehr.
Diese Gleiskörper waren präzise gefertigte Hohlelemente,
aus hochfestem Beton gegossen. Stromleiter und
Lichtleitendes Glasfaserkabel waren in diese
eingearbeitet. Das Glasfaserkabel diente in Verbindung

mit ein wenig Elektronik dazu, die Kommunikation mit der Außenwelt her zu stellen und die Passsitze der Gleiskörperstöße zu überwachen.

So ein Gleiskörperstoß ruhte auf einem Bock mit vier einzeln verstellbaren Füßen.

Im Gegensatz zur klassischen Brückenbauweise konnte man also Fluchtungsfehler in den Gleiskörperstößen auch nach Jahren noch relativ einfach nachjustieren.

Eine tolle Sache, die sich wirklich bewährt hatte.

Dieses Stützenpatent (in Deutschland Ende des zwanzigsten Jahrhunderts entwickelt) gab es schon, als diese Trasse hier durch den Vogelsberg ausgeschrieben wurde. Es war jedoch nicht Teil der Ausschreibung.

Braucht man nicht, war die einhellige Meinung der politischen Entscheidungsträger und der „Experten".

Bei Baubeginn stellte sich dann „völlig unerwartet und überraschend" heraus, dass die Strecke schon deutlich nördlich von Hannoversch Münden bis weit in den Süden von Frankfurt im Untergrund doch nicht so ruhig war, wie geplant.

Demnach brauchte man doch diese tolle Stützenbauart.

Also gab es Mehrkosten.

Sogar- ganz gewaltige Mehrkosten.

Nicht nur, weil die reinen Baukosten für verstellbare Stützen deutlich höher waren als für simple, vor Ort gegossene Betonstützen.

Nein, das Patent gehörte mittlerweile (einst für kleines Geld erworben) einem Unternehmen aus dem pazifischen Raum.

Und dieses Unternehmen ließ sich die Lizenz vergolden und mit Diamanten spicken. Das führte den wirtschaftlich bereits stark angeschlagenen deutschen Staat an seine monetären Grenzen.

Schließlich kam es zum Big Deal. Man hätte es auch einen Ausverkauf des Staates auf Raten nennen können.

Besagtes Unternehmen erließ dem deutschen Staat einen erheblichen Teil der Kosten und Lizenzgebühren.

Erhielt im Gegenzug aber für die Dauer von neunundneunzig Jahren für jeden gefahrenen Zugkilometer ein erkleckliches Sümmchen.

Natürlich mit Inflationsausgleich.

Und ebenso natürlich funktionierte dieses Modell von Vergabe, Kostensteigerung, Big Deal auch in anderen europäischen Ländern.

Und immer wieder neu, die irrsinnige Notwendigkeit dieses irre teuren Stützenpatentes! Unerwartet, plötzlich und völlig überraschend, glaubte man der Politikbagage!

Ein Kollege aus England, Richard Maigret, hatte aufgedeckt, dass hinter dem Ganzen die A.A.S. Ltd. steckte.

Er konnte seine Recherchen jedoch nicht zu Ende führen oder gar vollständig veröffentlichen.

Joe dachte mit Schaudern an die Ereignisse. Mit Maigret hatte er wenig, aber stets gerne und konstruktiv zusammengearbeitet.

Ein richtig guter Kumpel, dieser Maigret.

Der wohnte damals in der Londoner Innenstadt in einem der letzten aktiven Hochhäuser und war mit dem Expressaufzug auf dem Weg zur Arbeit gewesen.

Irgendwo zwischen 65. und 63. Stock versagte eine Haltevorrichtung oder so irgendwas am Aufzug.

Maigret und vier weitere Journalisten und Volontärinnen donnerten mit Full Speed bis ins vierte Untergeschoss. Dort wurden sie dann von der Fundamentplatte abgebremst….

„Heih, Träumer – wo warst du wieder mit deinen Gedanken. Hast du schon so intensiv von unseren hübschen Begleiterinnen geträumt?" Dirk gab Joe einen kameradschaftlichen Schubs, legte ihm den Arm mit freundlicher Geste auf die Schulter: „Lasst uns mal alle nach draußen sehen, die Bergungstruppe ist gleich da!"

5.2 Bergung

Die Bergetruppe bestand aus einem dreiachsigen Kommandofahrzeug, vier kompakteren Vierachsern sowie drei längeren vierachsigen LKW.

Verblüfft registrierte Joe, wie eingespielt diese Bergungstruppe war.

Zwei der kompakten Vierachser positionierten sich genau in Zug Mitte.

Die Bordkommunikation des Transpress hatte umgeschaltet, man konnte alle Manöver in Echtzeit und Großaufnahme auf den Bildschirmen im Zug verfolgen.

Joe sah, dass die ersten beiden kurzen LKW`s sich praktisch Rücken an Rücken exakt in der Mitte zwischen Waggon zwei und drei unter dem Gleiskörper positionierten. Sie konnten so eine 360° Überwachung des Zugumfeldes realisierten. Aus den Dächern wurden je zwei geschützte Waffenstände mit schweren Lasern ausgefahren.

Verrückte Scheiße, damit hatten weder Joe noch Dirk gerechnet!

Der Notarztwagen war zur Seite gefahren, die beiden übrigen kurzen LKW begannen sich zwischen dem ersten und zweiten bzw. zwischen dem dritten und vierten Waggon zu platzieren.

Super Logistik, kürzest mögliche Bergungswege für die Passagiere!

Die LKW senkten ihre Fahrwerke ab und legten sich auf den Bauch.

Ein großer Teil des Daches wurde abgesenkt und zurückgefahren. Jetzt wurde auch die Rolltorähnliche Dachstruktur der LKW erklärlich!

Eine Plattform mit Geländer Umrandung fuhr nach oben, auf der Mehrfach-Scherenkonstruktion war in dicken, fetten Lettern „LEPERT" zu lesen.

Das musste wohl der Hersteller dieser Hubkonstruktion sein.

Joe wunderte sich, warum die Dinger parallel zum Zug Aufstellung genommen hatten, dass Beladen der Plattformen wäre doch über deren Stirnseiten sicherlich einfacher gewesen?
Ob das etwas mit dem Schutz vor Windböen oder so zu tun hatte? Das sollte man mal in einer ruhigen Minute recherchieren.

Vier Uniformierte waren jeweils an den Ecken der LKW - Hubplattform positioniert.
Zwei von ihnen sicherten mit ihren Laserwaffen (Joe konnte das aktuelle G 27 erkennen) das Gelände, die übrigen beiden waren wohl zur Überwachung der Passagiere abgestellt.

Auf Tritthöhe des Waggons angekommen, schob sich ein Teil der Plattform mit seinem Geländer zum Waggon hin, eine Tür im Geländer öffnete sich.
In diesem Augenblick begann eine Durchsage ihm Zug:

„Bewahren Sie Ruhe! Sie verlassen jetzt bitte in Gruppen von 24 Personen den Zug.
Den Anweisungen des Sicherheitspersonals ist Folge zu leisten.
Vom Laserstock oder der Laserwaffe wird unmittelbar Gebrauch gemacht.
Der Waffengebrauch ist in §17, Absatz 23, Satz 1 des novellierten Notstandsgesetzes vom 16.06.2024 legitimiert.
Beachten sie bitte die Evakuierungsreihenfolge:
Schwangere, Kinder, Verletzte, Frauen und Männer.
Sie werden von der Evakuierungsmannschaft zu den Ersatzbussen gebracht, dort erfahren sie alles Weitere."

Die Ansage wurde mehrfach wiederholt, die Passagiere folgten offensichtlich diszipliniert und ohne Widerspruch. Zuerst wurde eine junge Frau, kaum dreißig, einzeln und mit höchster Sorgfalt und Rücksichtnahme nach unten gebracht. Notarzt und Sanitäter wichen nicht von ihrer

Seite. Ihre Schwangerschaft war klar erkennbar. Das Gesicht der Frau war aschfahl verfärbt.

Dann gelangten die übrigen Passagiere in der angesagten Reihenfolge, mittlerweile doch mit dem wohl üblichen Gerangel zur Evakuierung.
Es ging langsam voran, viele waren ängstlich und trauten sich nicht auf die leise schwankenden Plattformen.
Immer nach zwei Ladungen der Hubplattform war ein langer, vierachsiger LKW als geländegängiger Personentransporter gefüllt.
Damit wurde Joe klar, dass würde Wartezeiten wegen mehrere Transporte durchs Gelände zu den Bussen an der nächsten Autobahn oder wo auch immer bedeuten.

Mittlerweile hatte sich der Himmel auch noch düster zugezogen. Ein dichtes, graues Wattemeer hing nun schwer am Himmel, es reichte bis zum Horizont. Und es war auch deutlich kälter geworden.
Joe fröstelte. Die moderne, wetterfeste Jacke aus dem Drucker war in Realität doch nicht ganz so warm, wie von der Werbung versprochen.
Und der scheiß Wind schnitt auch eisig hindurch!
Dirk schubste Joe mit einem Grinsen im Gesicht an: „Ich glaube, wir bekommen heute noch Schnee! Es ist zwar gerade mal Anfang September, aber mich würden solche Wetterkapriolen nicht verwundern".
Worauf Joe, er nickte in Richtung der Truppe Girls, die in der Warteschlange mittlerweile nahe der Waggontür standen, grinsend entgegnete: „Dann sollten wir heute Abend die Mädels seeehr sorgfältig etwas warmhalten!"

Der Wind nahm plötzlich böig an Stärke zu. Unter der Evakuierungsmannschaft begann sich Nervosität auszubreiten.
Die Truppen begannen, in rohem Ton und ruppig die Passagiere anzutreiben.
Schlagartig gab es die nächste Ansage, die mehrfach wiederholt wurde:

„Sehr verehrte Fahrgäste, es nähert sich uns ein Sturmtief! Wir müssen die Evakuierung unbedingt beschleunigen! Bei Windstärken über 6,3 Beauforts müssen wir die Evakuierung aus Sicherheitsgründen einstellen! Bitte beeilen sie sich!"

Zwischenzeitlich wurden Joe und Dirk von Charles C. augenzwinkernd nach vorne gelotst. So hatten die beiden unmittelbar Anschluss an die Bergung der letzten Frauen aus ihrem und dem Nachbarwaggon.
Die Hubplattformen hatten mittlerweile erheblich unter dem Wind zu Schwanken begonnen, auch wenn sie im Lee der Sicherungs-LKW`s und des Zuges standen.
Daher auch die Anordnung parallel zum Zug, schoss es Joe durch den Kopf!
Die Plattformen rauschten nun auch mit einer deutlich höheren Geschwindigkeit nach unten. Ganz anders, wie das anfänglich zu sehen gewesen war. Offenbar war die Senkgeschwindigkeit der Dinger in hohem Maße veränderlich.

Als Joe und Dirk an der Reihe waren, mussten sie die Distanz zwischen Zug und Plattform schon mit einem mutigen Schritt überbrücken, so heftig schwankte die Plattform bereits!
Der Soldat oder Wachmann (oder wo auch immer dieser beschäftigt war) zu Joe`s Linken war nahezu grün im Gesicht. Er würgte ab und an auch schon erkennbar, stellt Joe innerlich grinsend fest.
Das konnte noch `ne schöne Kotzerei geben!
Kaum war der Brückensteg (der hatte mittlerweile deutliche Spuren am Waggon hinterlassen) eingefahren, sackte die Plattform unter Joe weg. Es galt ja, etwa viereinhalb Meter Höhe zu überbrücken!
Joe würgte seinen ebenfalls „entgegenkommenden" Magen mit Mühe wieder hinunter.

„Dirk, wir .... „er brach mitten im angefangenen Satz ab.

Sah mit Entsetzen, wie eine plötzliche Windböe in einer wirbelnden, Staub hoch reisenden, springenden Spirale auf die LKW Gruppe zuraste. Der Wirbel erfasste die andere Plattform, die noch oben in der Beladeposition stand.
Deren Passagiere bildeten nun zusätzlich eine große Angriffsfläche für den Sturm!
Ungeahnte Kräfte erfassten den LKW mit der hoch über ihn hinausragenden Plattform!
Schlagartig neigte sich die Plattform bedrohlich zu Joe hin! Als Folge begann der LKW, sich kippend vom Boden abzuheben…

Joe`s Wahrnehmung hatte auf Zeitlupe umgeschaltet. Sein Tunnelblick war auf das Geschehen fixiert, die Umwelt war nur noch als schemenhafter Rand seines Blickfeldes vorhanden!

Haltlos rutschten die Passagiere auf der kippenden Plattform unter panikartigem Geschrei in Richtung Schräge! Sie fielen zu Boden, hielten sich krampfhaft am Geländer! Unterstützten mit ihrer Last auch noch den Kippeffekt! Der Sicherheitszaun zwischen den Geländerstegen beulte sich bedenklich, es war nur eine Frage der Zeit, bis er Bersten und die ersten Menschen durchrutschen und Abstürzen würden!

Entsetzen – Entsetzen - Entsetzen!

So urplötzlich, wie die Windböe aufgetaucht war, verebbte sie.
Der LKW mit der ausgefahrenen Hubplattform, den wild durcheinander wirbelnden Passagieren, den Soldaten, mit ihren vom Entsetzen weit aufgerissenen Augen und Mäulern in fahlgrünen Gesichtern verharrte in einer grotesken Schrägstellung.
Auf das Heck aufgestützt, ragte der Bug des LKW gut zweieinhalb, fast drei Meter in die Höhe.

Er steht auf der Kippe, der ganze verdammte scheiß LKW steht auf der Kippe, schrie es in Joe!
Der kracht sogar noch im uns rein!
Panik schoss in ihm auf, das Adrenalin brachte sein Blut zur Wallung!

Wie ein klagender Zeigefinger deutete die Kante der Hubplattform gen` Himmel.
Einsam wie eine Galionsfigur klammerte sich einer der Wachsoldaten an das Geländer.
Seine Ausrüstung hatte ihn nach hinten gezogen, er hing weit nach hinten übergebeugt, über dem Geländer. Seine Füße ruderten haltlos in der Luft.

Dann, nach einer schieren Ewigkeit, begann der LKW, sich wieder zurück zu senken.
Rasend steigerte sich seine Kippgeschwindigkeit, bis er mit lautem Krachen auf dem Bauch aufklatschte!
Als Reaktion hob das Heck sich um fast einen Meter, mit einem erneuten Krachen kam der LKW auf dem Bauch liegend dann wieder zur Ruhe.
Die Hubplattform sackte dabei sichtlich zusammen, um in einer merkwürdig schiefen, verzerrten Position zu verharren.
Joe hatte gerade eben Blickkontakt mit der armen Galionsfigur, dem Soldat bekommen.
Der erste Aufprall auf den Boden brach dem Kerl das Rückgrat.
Joe vermeinte, das Bersten und Knirschen der Wirbel bis tief unter seine Schädeldecke zu hören! Das Brechen der Augen des Soldaten brannte sofort einen ewig langen Film in seine Seele!
Dann kippte der Soldat nach hinten und stürzte von der Plattform. Er klatschte mit dem verrutschten Helm zuerst auf dem Boden auf.
Der Soldat bekam augenblicklich Gesellschaft! Sieben weitere Körper knallten nacheinander aus etwa vier Meter Höhe auf den Boden. Zum Teil hatten sie das Übergewicht bekommen und waren über das Geländer

geflogen, zum Teil hatten sie den Sicherheitszaun durchbrochen.

Es hatte auch einige Verletzte auch auf der Plattform gegeben. Diese wichen entsetzt zurück, suchten panikartig irgendwo festen Halt!
In der sich öffnenden Lücke konnte Joe eine dunkelhäutige Gestalt erkennen, ein junger Kerl.
Der Typ war beim Zurückkippen des LKW`s durch den geborstenen Sicherheitszaun geflogen, hatte sich aber aus irgendeinem Grund mit Kopf und Hals darin verfangen.
Der Kopf war seltsam verdreht und zur Seite geneigt. Aus der fahlen, blutenden Wange, ragten Zaunteile empor.
Er hatte sich beim Sturz das Genick gebrochen.

Es war- der Afraner aus dem Bahnhof!

5.3 Shuttlebus

Die Aufregung ringsum war kaum beschreibbar!
Entsetzte, schrille Panikschreie!
Gewimmer von Verletzten!
Das Gebrüll der Soldaten, die wild umher wuselnd um Ordnung kämpften.
Das Gebrüll der Sicherheitstruppe in den Waggons!
Chaos!

Joe und Dirk nutzen ihren PAS für Aufzeichnungen und eine Life–Reportage, der Reporter in ihnen war durchgebrochen. Der Vorteil ihrer langjährigen Zusammenarbeit zeigte sich jetzt in einer unglaublichen Professionalität und einem wahnwitzigen Mix aus Sachlichkeit und tiefgreifender Emotionalität!
Die German News würde daraus einen interessanten Bericht zusammenschneiden, dass gab wieder einen Batzen NEK`s auf die Konten.

Der Notarzt war herbeigeeilt und hatte sich schnell einen Überblick verschafft.

Von den insgesamt acht Abgestürzten waren fünf bereits tot, einer verstarb in den Händen des Arztes.

Für die übrigen hatte man sofort einen Heli angefordert. Die Passagiere auf der verbogenen Plattform barg man mit Seilen und Leitern. Für die Verwundeten wurde aus dem Zug eine Trage am Seil herabgelassen.

Es gab wohl etliche Quetschungen, Hautabschürfungen, drei gebrochene Beine und zwei ausgekugelte Arme sowie eine schwere Kopfverletzung.

Einer der Kerle war beim Sturz mit dem Kopf auf einen der Geländerpfosten geknallt.

Auch ein Kandidat für die Helikopterbergung.

Leichtverletzte wurden von den Soldaten und Wachleute in die bereitstehenden Transport LKW`s gebracht.

Die Menschen, die mit Joe und Dirk auf der Plattform gestanden hatten, gehörten zu den Letzten, die noch beim ersten Transfer dabei waren.

Die noch im Zug befindlichen würden auf den zweiten Transfer warten müssen.

Am LKW schlossen sich die Türen. Die Passagiere hatten auf vier Reihen längs angeordneter, harter Sitze ohne nennenswerte Polsterung Platz genommen.

„Anschnallen und an der Griffstange und den Schlaufen über Ihnen festhalten" lautete die knappe Durchsage im barschen Befehlston.

Zwei Wachsoldaten hatten aus der geschlossenen, doppelflügeligen Hecktür Notsitze ausgeklappt. Darauf saßen sie nun, den Helm leicht verrutscht, das G 27 Gewehr im Anschlag. Das matte, dunkelrote Leuchten im Lauf zeigte, dass die Waffen schussbereit waren.

„Wir schalten jetzt die Verdunkelung der Seitenscheiben weg, damit von Euch Hühnern keiner in Panik verfällt!"

Das war die nächste, ebenso knappe Ansage.
Ruckelnd und rumpelnd setzte sich das Gefährt unter dem typischen, leisen Sirren der Antriebsmotoren in Bewegung. Nach kurzer Strecke ging es recht steil bergan.
Trotz der Gurte rutschten die Passagiere unweigerlich dichter zusammen.
Das helle Sirren war einem sonoren Brummton gewichen, die Motoren hatte jetzt deutlich mehr zu leisten. Dann schalteten sich ruckelnd nach und nach die drei anderen Achsantriebe zu.
Das war wohl wirklich eine beträchtliche Steigung, schwankend und taumelnd kämpfte sich der LKW bergan.
Es ruckte und rumpelte, wenn mal wieder eines der Antriebräder oder eine ganze Achse den Grip verlor.
Ein Teil der Passagiere war mittlerweile aschfahl im Gesicht.

Joe versuchte, einen besseren Halt zu finden und aus dem Fenster zu blicken. Sie durchquerten einen Wald.
Oder besser das, was der letzte Sturm übriggelassen hatte.
Rechts und links des Weges türmten sich nun zerborstene und zersplitterte Bäume.
Von irgendwelchen kraftstrotzenden Maschinen zu chaotischen Haufen zusammengeschoben.
Jetzt hatten sie die Anhöhe erreicht. Im trüben Licht der einsetzenden Dämmerung fiel der Blick auf eine Ebene.
Der Horizont verwischte in einem milchig–trüben Grau.
Fette, regenschwere Wolken eilten über das Firmament.
Davor waren als schmales Band eine Schnellstraße oder Autobahn an den gelegentlich vorbeihuschenden Lichtern von Fahrzeugen zu erkennen.
Zur Rechten des Blickfeldes tauchte ein künstlich wirkender Hügel auf, er sah bei der Annäherung nach Fabrikgebäude oder irgendwie ähnlich aus.

Die Spitze des Hügels wurde von einem sanft rauchenden Schornstein geziert.

„Dirk, du kennst dich doch hier aus- wusstest du oder weißt du irgendetwas von einer Fabrik hier oben? Wir müssen doch hier irgendwo im Nirgendwo zwischen Alsfeld und Fulda sein?"

Der Gefragte reckte sich unter dem Gemurre der Wachsoldaten. Er warf einen prüfenden Blick nach draußen: „Das ist das Zentralkrematorium für Kassel, der Standort ist nahe Melsungen. Ich erkenne es am Kamin, so baut man das heute schon nicht mehr!"

Joe war verblüfft: „Davon habe ich mal entfernt gehört – aber mit dem Ableben wollte ich noch lange nichts zu tun haben"
„Naja, entgegnete Dirk mit einem ironischem Lachen: auch eine Umweltschutzmaßnahme. Nach dem ersten Börsencrash Anfang des Jahrhunderts hatten wir ja schon Viele, die in unser Land wollten und kamen.
Meist Wirtschaftsflüchtlinge, auch wenn es kein Politiker zugab.
2023, als die Wirtschaft zum zweiten Mal in den Keller rauschte, gab es dann kein Halten mehr.
Mittlerweile war ja auch Australien durch die klimatischen Veränderungen kaum noch bewohnbar, ebenso wie Teile Neuseelands. Oder denk` doch mal an die Veränderungen in England, Schottland, Irland. Madagaskar, die Japanische Insel. Also, auch einiges an Inseln im Indischen Ozean und im chinesischen Meer war mittlerweile abgesoffen oder kaum noch bewohnbar.
Naja, so entstand in Europa eben ein noch größerer, riesiger Druck von einströmenden Einwanderern.
Die sozialen Systeme, du wirst dich erinnern, sind damals in weiten Teilen Europas kollabiert."

Joe bestätigte mit einem Kopfnicken.

„Man hat versucht, all` diese Menschen aufzunehmen. Sie, wie auch immer, möglichst konzentriert unterzubringen. Halt um ein Minimum an Recht und Ordnung aufrecht zu erhalten.
Ich erinnere mich noch an das Fiasko und die Proteste, als man aus den Ruinen des nie fertig gestellten Berliner Flughafens aus dem Anfang unseres Jahrhunderts Notunterkünfte machte!
Durch jahrelange Sparpolitik waren ja außerdem unsere Exekutive und Judikative schon weit jenseits ihrer Leistungsfähigkeit.
Nachdem, oft aus Hunger, Durst, Verzweiflung, die Übergriffe immer mehr zunahmen, begann der politische Wandel, den wir heute als Alltag erleben"

„Klar, entgegnete Joe: das kenne ich. Härtere Spielregeln für alle, Schnelljustiz, minimalste soziale Leistungen. Eine einzige zentrale Krankenversicherung. Der Alterscut. Das geht hin bis zu unserem Dreistufigen Gefängnissystem. Konnte ich bereits in der Nähe von Stendal besichtigen. Aber- was hat das mit den zentralen Krematorien zu tun?"

„Nun, wo viele Menschen leben, wird auch viel gestorben. Es gab ja auch einige Epidemien an Grippen, viralen Infekten und was da noch so alles mit eingeschleppt wurde.
Irgendein Schlaukopf hat den Kommunen dann Billigstsärge verkauft, denn diese Kommunen mussten ja die Bestattungen der Ärmsten übernehmen. Und dort, in den Städten, waren die Sterblichkeitsraten wirklich extrem hoch! Manche sprachen schon von der Pest der Neuzeit!
Diese Särge waren so eine Art stabile Recyclingpappe, mit Holzdekor. Sahen sogar recht ansprechend aus. Allerdings sind die Dinger dann verrottet, kaum dass man das Grab geschlossen hatte.

Man hat dann eine längere Zeit gerätselt, woher plötzlich Leichengifte im raren und vielerorts sowieso schon rationierten Grundwasser kamen!
Dann wurde die Ursache entdeckt! Es waren die Leichengifte aus den zersetzten Billigstsärgen!
Aber die Kommunen konnten sich definitiv die mittlerweile sündhaft teuren Holzsärge nicht mehr leisten. Teuer, weil auch Holz durch die klimatischen Veränderungen knapp geworden war.
Daraus entstand dann ziemlich schnell das Gesetz, nachdem Leichen nur noch verbrannt werden dürfen. Und als Folge entwickelten sie die Großkrematorien und die vielen Urnenwände, mit den winzigen Urnenfächern.
Ich habe allerdings erhebliche Zweifel, ob da immer wirklich die Reste deiner Oma oder Tante drin sind oder sonst irgendein Aschekram"

Der gallenbittere Unterton in Dirks Stimmer war nicht zu überhören. Man konnte ihm persönliche Betroffenheit anmerken. Irgendwo in seiner Vergangenheit musste sich Übles zugetragen haben, dachte Joe bei sich.
Die Weiterfahrt, soweit man das Gerumpel über die fürchterlichen Wege, oder dass was als Weg bezeichnet wurde, verlief schweigend.

Dann tauchte voraus die Silhouette der Busstation aus dem Wolken verhangenen Grau auf.

6 TRANSFER

6.1 Umsteigen

Blaulichtgewitter! Die Umsteigestation war umrahmt von Polizeifahrzeugen. Vier große Elektrobusse (ähnlich aufgebaut wie die LKW`s, mit denen sie angekommen waren), jeweils mit drei Achsen standen vor der Einfahrt in die Umsteigestation. So ein Bus fasste um die achtzig Personen.

Busse und Umsteigestation waren bereits von einem dichten Polizeikonkon umringt.
Sofort kam eine Durchsage, noch während sie sich im LKW befanden.
Die Passagiere des ersten Transports, zu denen auch Dirk und Joe zählten, würden von den vorderen beiden Bussen aufgenommen werden. Sie sollten dann in etwa zwanzig Minuten die nächste Haltestelle der Magnetschwebebahn (warum sprach der Idiot nicht einfach vom Transpress?) bei Niestetal erreichen. Von dort seien es nur noch 4 Haltestellen und knapp zwei Stunden Fahrt bis Hamburg, Central Station.
Die restlichen Insassen des Zuges auf dem verschobenen Gleiskörper würden je nach Wetterlage geborgen und könnten sicherlich ihre Fahrt gegen Abend fortsetzen.

„Mensch, Dirk, kaum zu glauben, was sich in den paar Tagesstunden schon alles ereignet hat. Hast du schon mal kontrolliert, ob dein Bericht bei Dr. Munk auch angekommen ist? Dass solltest du jetzt tun!"

Dirk nickte: „Die Pflichten sind erledigt, mein Lieber. Jetzt kommt die Kür: die fünf kleinen Weiblein einfangen und für einen gemeinsamen Abend heute gewinnen!"
Die Andeutung eines mühsamen Grinsens zog über sein Gesicht.
Joe bemerkte ein leichtes Beben in der Stimme seines Kollegen und Freundes.
„Dirk, was ist mit dir los - ist irgendetwas?"

„Lass` uns nur von diesem verfluchten Ort verschwinden, wenn wir im Bus sitzen, erzähle ich dir die elende Geschichte."

Eisige, schneidende Kälte stürzte auf sie ein, als sie den gewiss nicht übermäßig beheizten LKW verließen.
Joe sah zu einem grauen, tief mit Wolken verhangenen Himmel auf: „Sollte mich nicht wundern, wenn das mal wieder Septemberschnee geben würde!"

Sie begaben sich zur Schleuse der Busstation, da man da immer nur einzeln durchkam, gab es einen Rückstau.
So eine Doppelschleuse benötigt halt eben etwas Zeit.
Nicht lange, und der erste Bus verließ die Station über die übliche Doppelschleuse. Danach erst konnte der zweite Bus einfahren.
Joe war an der Reihe, er betrat den Umsteigeraum.
Schon wieder eine Doppelschleuse – aus Sicherheitsgründen. Dieser Umsteigeraum war hell erleuchtet und recht geräumig.
Der einzelne Bus (mehr als einer hätte da auch nicht hineingepasst) stand mit offenen Türen exakt auf seiner Parkposition.
Unter dem Bus rumorte die Wechselmechanik für die Batteriepakete. Bei den Bussen hatte sich erstaunlicherweise die Wasserstofftechnik noch nicht in dem Maße durchgesetzt wie bei LKW`s.
Vielleicht lag es ja daran, dachte Joe bei sich, dass die Personenschäden beim Versagen eben dieser Technik in einem Bus doch deutlich schlimmer ausfielen als bei `nem LKW mit nur einem Fahrer.
Bedauernswertes Einzelschicksal hieß das dann in den Medien...

Als Joe den Bus mit Dirk im Schlepptau betrat, wurde er von hintersten Sitzreihen mit Hallo und Geckickere freundlich winkend begrüßt.

Die dralle Blondine, Veronika, samt ihren Kommilitoninnen!
Welche Freude, die fünf Mädels hatten für Dirk und Joe im proppenvollen Bus ein Plätzchen reserviert!
In der Ecke der sich gegenüber liegenden Sitze saß ein einzelner Fahrgast, so um Dirks Alter, mit etwas abweisendem Gesichtsausdruck. Ein Stock (wie altmodisch) lag zwischen seinen Beinen. Ein edles Teil, sogar noch aus echtem Holz! Beim Näherkommen erkannte Joe den Anstecker am Revers des Fremden. Eine kleine, rechteckige Plakette, gelber Hintergrund, drei schwarze Punkte darauf, mit rotem Schrägbalken!

Ein Blinder mit Sehimplantaten!

Erst Anfang des vorletzten Jahres waren die ersten Meldungen über diese bahnbrechende Innovation erschienen.
Man implantierte Sehchips ins Auge der betroffenen Menschen, aber mit mindestens drei Monaten Abstand zwischen der OP der beiden Augen (die multiresistenten Keime ließen Grüßen!). Diese Chips bezogen ihre Energie über den osmotischen Druck in den Zellen (das berühmte Herstellergeheimnis) und gaben Signale ans Gehirn.
Die Schwierigkeiten waren enorm. Der Blinde musste nicht nur lernen, aus körperfremden Signalen ein Bild in seinem Kopf zu generieren, er musste in den nächsten Schritten ebenso Farben und räumliche Dimensionen erkennen lernen.
Die Betroffenen hatten trotz hoher Erfolgsquote daher sehr lange Zeiten des Lernens und der Unsicherheit. Nicht nur beim Umsetzen der visuellen Wahrnehmungen, sondern auch beim Bewegen im öffentlichen Raum.
Da sie ja ihren Stock nur für Notfälle nutzen sollten, torkelten sie, gerade anfänglich, oft mehr oder minder hilflos durch die Gegend.
Daher die Plakette, sie sollte den Mitmenschen und auch den Behörden (die ja bei Verdacht des Missbrauchs von

Drogen oder Alkohol äußerst rigoros vorgingen) den Umgang mit den lernenden Ex-Blinden erleichtern.
Fälschen dieser Plakette oder ähnliche Spielchen wurden, wie so vieles heute, mit gnadenloser Härte bestraft!

Die Brünette, Vera, streckte die Hand aus und zog sofort Dirk zu sich heran!
Ihr entging jedoch nicht der Schatten, der sich auf Dirks Gemüt gelegt hatte.
Joe sah schon, dass es Dirk jetzt nicht zum Reden war.
Vera jedoch hatte den armen Kerl in kürzester Zeit mit einer irren Wette erneut aufgemuntert, es ging um den letzten Schluck aus der Wodkaflasche:
Nichttrinken hätte für den armen Dirk den Preis von drei Flaschen Champagner bedeutet.
Der blöde Kerl ging die Wette tatsächlich ein, ehe er sich versah, hatte Vera sich umgedreht und den letzten Wodka in ihrem Mund.
Dirk war offensichtlich verblüfft - Wette verloren?

Vera, mit dicken, aufgeplusterten Wangen sah Dirk an und deutete auf ihre Lippen.
Dirk zögerte eine Sekunde, dann er drückte seine Lippen auf die von Vera.
Der Wodka war schnell ausgetauscht! Wie Dirk es in dieser Situation auch noch fertigbrachte, zu schlucken, würde Joe auf ewig ein Rätsel bleiben!

Der ganze Akt dauerte aber doch etwas länger, augenscheinlich musste nun auch noch die Mundhöhle des jeweils anderen mit der Zunge kräftig gewischt werden?
Dirk wischte sich grinsend die letzten Wodkaspuren mit dem Hemdsärmel aus den Mundwinkeln.
Und danach war dem armen Dirk doch noch zum Erzählen zu Mute!

„Zu den Umsteigestationen, mein lieber Joe, ihr Mädels: Es war 2025, im März. Elektrobusse hatten sich gerade

soeben etabliert. Bei schwierigen Umständen wie Vollbesetzung, Überlandfahrten, Steigung, Kälte usw. war die Reichweite mit realistischen knapp hundert Kilometern aber noch recht mager.
Es gab daher auch eine dazu passende Infrastruktur, also ein ausreichend dichtes Netz von Ladestationen.
Zumindest im stadtnahen Bereich.
Weiter draußen hat man es dann mit Zwittern probiert, also Busse mit autarkem Batterieantrieb und mit zusätzlicher Oberleitungstechnik.
Diese Oberleitungstechnik war auf der Strecke insgesamt sehr viel billiger als die komplexen Batteriewechselstationen, wie wir sie gerade eben verlassen haben.
Hat sich aber nicht bewährt, zu anfällig bei den sich vermehrenden Witterungsunbilden!
Reihenweise sind damals bei Schneestürmen oder Blitzeis die Oberleitungen herunter gekracht!
Da stand dann manch` ein Bus stundenlang im Schneechaos!
Die Wechselstationen für die Batterietechnik sahen schon ähnlich wie heute aus. Hatten allerdings weder Schleusentore, noch Schleuseneingänge für die Passagiere.
Überwachungskameras hingen irgendwie und irgendwo an der Wand oder auch im Bus. Das war mehr Alibi und von der heutigen Onlineüberwachung mit ins Mauerwerk oder die Karosserie integrierten Kameras weit, wirklich meilenweit entfernt.
Und was vor allen Dingen fehlte: die Sicherheitsgurte wurden beim Batteriewechsel nicht verriegelt, genauso wenig wie die Türen"

Vera lachte bitter: „So ist das doch immer, da wird die tollste Technik dem Bürger angepriesen, umgesetzt wird aber erst mal der billigste Scheiß, bis es irgendwie ganz heftig knallt!"
„Du hast vollkommen Recht, Vera, erwiderte Dirk daraufhin mit rauchig belegter Stimme: Im Bus wurde es

beim Batteriewechsel damals dunkel! Er hatte ja für ein paar Minuten keinen Strom, auch das ist heute anders.
Mit dem Auftauchen der Wechselstationen kam es immer häufiger zu Überfällen, der Bus war ja quasi „wehrlos" in der Wechselphase- genau wie die Passagiere.
Ein paar ganz schlaue Manager und Politiker hatten sogar offene Wechselstationen, frei einsehbar und natürlich noch deutlich billiger gefordert.
Nur, was nutzt das hineinsehen, wenn keiner da ist zum `reinsehen oder wenn keiner eingreift?"

Dirk sah sich mit zornig blitzenden Augen und mit tiefen Zornesfalten auf der Stirn im Kreis seiner Sitznachbarinnen um. Er atmete schwer, man merkte die Last, die auf seiner Seele lag.

„Im März 2025 war ein Bus südlich von Köln unterwegs. Ein paar wenige, alte Leute auf dem Rückweg von einer Beisetzung.
Zwei junge Lehrerinnen, beide knapp dreißig. Und eine Klasse von etwa siebenundzwanzig Schülerinnen und Schülern, im Alter zwischen Dreizehn und siebzehn Jahren.
Wie so oft, eine marodierende Bande es müssen über vierzig Mann gewesen sein. Sie haben den Bus genau in dem Moment gestürmt, als die Batterien gewechselt wurden.
Was nicht Niet und Nagelfest war, wurde geraubt. Überwachungsbilder gab es keine, zumindest keine brauchbaren.
Der Busfahrer, drei der alten Passagiere und vier der männlichen Schüler sowie eine Lehrerin wurden sofort erschlagen oder niedergemetzelt.
Von den Fünfzehn weiblichen Schülerinnen wurden zehn mit ihrer Lehrerin verschleppt.
Und zwei von den Jungs!"
Dirk musste offensichtlich einen dicken Kloß in seinem Hals herunterwürgen, bevor er mit kippender Stimme fortfahren konnte:

„Die Polizei fand sie alle nach einer großen Suchaktion südlich von Bonn in einer alten Fabrikhalle. Da waren mittlerweile vier Tage vergangen, es gab keine Überlebenden. Ich musste damals die Tochter meines Bruders identifizieren."

Dirks Stimme bebte, er kämpfte sichtlich mit den Tränen und seiner Fassung.
„Das Mädel hatte eine Woche vorher mit uns gemeinsam ihren dreizehnten Geburtstag gefeiert.
Ihr könnt euch nicht vorstellen, wie die Lehrerin und die Mädels zugerichtet waren.
Man hat jede Menge Blut, Sperma, DNA–Material, ein paar Drogenspuren! Damals gab es ja noch Sachen wie Speed, Ekstasy, Heroin, Koks und anderen Scheiß`, wurde alles sichergestellt.
Dazu jede Menge von den damals frisch auf dem Markt erschienen Zigaretten aus Georgien, Wodka und belgisches Bier in rauen Mengen. Oder, genauer, das entsprechende Leergut!
Zwei Jungs, die das Massaker im Bus überlebt haben, sind heute Krüppel.

Es wurde bis heute nicht auch nur ein Täter gefasst!
Die Beziehung meines Bruders zerbrach, danach hat sich die Mutter meiner Nichte das Leben genommen. Mein Bruder hat dann auf eigene Faust recherchiert, weil er Bestechlichkeit auf höchster Polizeiebene und auch bei der Staatsanwaltschaft vermutete."

Dirk fuhr sich mit dem Armrücken über verdächtig feuchte Augen. Er musste mehrfach ansetzen, um seine Geschichte zu Ende zu bringen:

„Offiziell ist mein Bruder dann vier Monate später tödlich verunglückt!
Er fuhr mit einem gemieteten Motorrad eine Trialstrecke durch den FUN-Park in Bonn, den gab es damals noch.

Das hatte er vorher noch nie gemacht, er mochte keine Motorräder! Er hasste die Dinger!

Bis heute konnte mir keiner erklären, wie man auf einer Schotterstrecke – GROBER SCHOTTER! – in einer Spitzkehre auf einem Ölfleck – WO KAMEN DAMALS NOCH MOTORRÄDER MIT ÖL IM ANTRIEB HER – so ausrutschen kann, das man sich überschlägt, in hohem Bogen! DREIZEHNKOMMAACHT Meter durch die Gegend fliegt und dann auch noch mit dem Bauch so auf einem Zaunpfosten aufschlägt, dass man innerhalb von Minuten jämmerlich verblutet?"

Die letzten Worte hatte er fast herausgeschrien! Gut, sehr gut, dass die Geräuschunterdrückung im Bus so hervorragend funktionierte!

Dirk war aschfahl im Gesicht, er zitterte am ganzen Körper. Da war nur noch Wut, hilflose Wut! Schmerz bis in die tiefsten Tiefen der gequälten Menschenseele!

Und mit tonloser, leiser Stimme fügte er nach einer kleinen Pause hinzu: „Nach kürzester Zeit wurde das Verfahren eingestellt - kein öffentliches Interesse! Und nur fünfzehn Tage später konnte eine Firma, die A.A.S. dort eine fette Baugrube ausheben!"

Alle machten betretene Gesichter.

Vera zog Dirks Kopf zu sich heran, bette ihn an ihren üppigen Busen und verhüllte ihn mit geneigtem Kopf unter ihrer Lockenpracht.

Schweigen.
Betretenes Schweigen.

6.2 Fabrik

Der Konvoi der vier Bussen setzte sich in Bewegung. Verpflegungspäckchen und Getränke wurden durchgereicht.

So ein Snack zwischendurch konnte nicht schaden. Während alle auf den pappartigen Brötchen herumkauten (wenigstens der Belag schmeckte eindeutig nach Geflügelfleisch, die Gemüsebeilage war auch nicht verkehrt), meldete sich Joe`s PAS.

Das Ding hatte die Brötchen über die Infoeinheit in der Verpackung registriert.

Und da, wie er mit einem Blick auf den Minibildschirm am PAS erkannte, auch ein paar Restlebensmittel zuhause im Kühlschrank in seiner jetzt wahrscheinlich längeren Abwesenheit ihre Haltbarkeitsgrenze erreichten, wurden die elektronischen Helferlein aktiv.

Solche Programme liefen ganz automatisch ab.

Aus dem, was zuhause die Toilette passierte (sowie seiner Körpertemperatur und seinem Schlafverhalten) konnte mit hinreichender Genauigkeit auf seine gesundheitliche Verfassung hochgerechnet werden.

Dazu kam sein Bewegungsprofil (Schuhe können auch intelligent sein), zu dem auch die Abbuchungen für Twizzer, Einkäufe, Reiseverpflegung und ähnlichem als Parameter hinzuaddiert wurden.

Aus diesem Datenkonglomerat wurde ein Ernährungsvorschlag errechnet, den er annehmen oder ablehnen konnte.

Ablehnen bedeutete steigende Beiträge bei der nächsten Abbuchung für seine Krankenversicherung. Außerdem weniger Bonuspunkte für seine Altersversorgung, sowohl monetär als auch medizinisch.

Annehmen bedeutete, dass die Vorschlagsliste (oder die von ihm daraus gewählten Alternativen) von einem Lieferservice nach Hause gebracht wurde.

Diese besonders zertifizierten Unternehme hatten Zugang zum Wohngebäude, in dem sein Appartement lag.

Über die mit einem Codeschloß versehene Zugangsöffnung konnten diese Serviceleute, ohne seine

Wohnung zu betreten, von außen über eine Serviceklappe, den Kühlschrank befüllen. Sie konnten damit überflüssige Verpackungen und abgelaufene Lebensmittel der geordneten Verwertung zuführen. Super Service oder Big Brother- wer wollte das schon beurteilen?

Unter einem grauen, mit tiefliegenden Wolken verhangenen Himmel zog die Landschaft vorbei. Sie mussten jetzt zwischen Guxhagen und Dörnhagen sein. Am rechten Horizont tauchte ein überdimensionales, weißes Ei auf. Es ragte bestimmt mehr als siebzig Meter in den Himmel.

Bevor Joe darauf aufmerksam machen konnte, wurde es von Veronika entdeckt.
„Was ist das denn? Ist das ein Relikt vom Osterhasen?" lautete ihre erstaunte Frage. Begleitet von einem glucksenden Lachen und heftigem Busenbeben.

„Da hat ein Osterhase wohl ein mutiertes Ei abgelegt" grinste Joe mit ebenfalls leisem Lachen: „Neee, Mädels, das ist eine landwirtschaftliche Fabrik"

„Fabrik? Landwirtschaft? Habe ich etwas versäumt?" der ganze Satz war eine einzige Frage von Dirk.
Joe schüttelte den Kopf: „Damit habe ich mich auch noch nicht sooo im Detail beschäftigt."

Erstmals machte sich der Fremde mit der Blindenplakette bemerkbar. Er drehte den Kopf in Dirks Richtung. Grünlich-graue, glasige Augen versuchten irrlichternd, Joe zu fixieren.

„Entschuldigung, wenn ich Ihnen vorhin zuhören musste und wenn ich mich jetzt zu Wort melde. Darf ich mich ihnen, den werten Damen und Herren vorstellen?

Ähm - sollte ich mich in irgendeiner Art oder Weise unschicklich bewegt oder benommen haben, so bitte ich allerseits um Entschuldigung"

Er deutete auf die Plakette an seinem Revers: „Ich bin noch in der frühen, sehr frühen Lernphase!"

Er räusperte sich kräftig: „Gestatten, mein werter Name ist Samuel F. von Gräubach, Dozent an der Uni Niederrhein. Wie ihnen sicherlich nicht entgangen sein dürfte, ist die Uni Niederrhein die zentrale Universität des Länderkomplexes Niederrhein, 2024 aus dem Zusammenschluss von Teilen des ehemaligen Rheinland-Pfalz, Nordrhein-Westfalen sowie Teilen von Niedersachsen im Zuge der großen Länderreform, äh-Hmh, Hmh hervorgegangen.
Wir hatten das Vergnügen, dieses wohl rechts vor Ihnen liegende, Hmh, Gebäude betriebs- und volkswirtschaftlich zu betrachten und zu bewerten.
Ich selbst habe diese Betrachtungen - wie sagt man - Ähm, Ähh - federführend geleitet!
Gewisslich könnte ich ihnen über mehrere Monate detailliert zu diesem Projekt referieren.
In der Kürze der uns zur Verfügung stehenden Zeit jedoch werde ich mich für sie um, Hmh, äh- einen kurzen Abriss der Geschehnisse befleißigen- wenn dieses in ihrem Interesse liegt!"

Joe, Dirk und die fünf Mädels wechselten verstohlene Blicke. Der Sprachstil des Samuel F. (sagte er Gräubach oder von Merkwürden sinnierte Joe) war schon etwas außerhalb der aktuellen Zeit. Ihr leichtes Zögern wurde offensichtlich als Einverständnis für den nun folgenden Monolog gewertet.

„Man, nun ja, unsere Regierung und Führungselite, äh -, ja, hatte unter dem Eindruck des zunehmenden Versorgungsmangels der Bevölkerung, einerseits dem veränderten Klima, andererseits der dadurch ebenfalls

veränderten Global-Logistik, die Notwendigkeit neuer Wege in der Nahrungsversorgung erkannt.
(Mein Gott, dachte Joe bei sich, der kann verschachtelte Sätze bilden. Auch Dirk hatte heftig rotierende Augäpfel...)
Erste Nahrungsfabriken, im Versuchsstadium, gab es bereits Ende des zwanzigstens Jahrhunderts, beispielsweise in Japan. Und später dann auch in den USA, und in - hmh, ja in Europa.
Hier, an diesem Objekt nunmehr, hat man interdisziplinär und auch grenzübergreifend Fachkompetenzen zusammengeführt, um ein nachhaltiges Ganzes zu initiieren.
Cradle to Cradle, die perfekte Form der Ressourcennutzung in Vollendung!
Nahe am Flusslauf, hier der Fulda, gebaut, sind die Versorgung mit Frischwasser sowie der Abtransport der gereinigten Abwässer problemlos möglich.
Die räumliche Nähe zur Magnetschwebebahn sowie zur Autobahn bewirkt erhebliche logistische Vorteile. Hmh, hmh.
Die Bauform ist an die Entwicklung der Wohngebäude angelehnt, die weiße Beschichtung der Außenhülle, meine Damen und Herren, reduziert die Aufheizung und Abstrahlung von Wärme im Sommer. Ein Beitrag zur Klimastabilisierung, der Schule machen wird!"

„Und im Winter?" warf Dirk ein.

Samuel F. von. lächelte milde: „wir haben es hier mit einem neu entwickelten „Thermocolorid" der DENOCH AG zu tun! Weltpatent! Meine Damen, meine Herren, Weltpatent! (er fing an, zu schwärmen!)
Wärmeeinstrahlung bewirkt einen Farbumschlag in Richtung Weiß, Kälte verändert die Farbe in Richtung schwarz! Was im Sommer kühlt, trägt durch diese Veränderung im Winter zur verbesserten Nutzung der Sonnenenergie bei! Hhhm - äh, ja.

Unter einem Nanobeschichteten, Schmutz abweisenden
Klarlacküberzug verändern Nanopartikel in einer
Gel-ähnlichen Zwischenschicht ihre Ausrichtung – einzig
durch thermisch verursachte Spannungen in eben dieser
Schicht.
(Gräubach „blickte" mit irrlichternden Augen voller Stolz
in die staunende Runde)
Genial! Meine Damen und Herren- Genial! Ähh.
Damit werden wir unter der Rekrutierung einer optimalen
Gewinnmaximierung einen signifikanten Beitrag zur
nachhaltigen Klimaverbesserung leisten.
Ähmm... (Joe, Dirk und die Weiblein waren gleichermaßen
verblüfft, davon hatte noch niemand etwas gehört).
Die Grundidee hatte so ein kleiner, popliger, dummer
Bauer Anfang dieses Jahrhunderts in den Anden! Stellen
sie sich vor, hmh, hmh (Samuel F. hatte jetzt deutlich
Fahrt aufgenommen), der Kerl, dieser Bauer, hat die
Gletscherschmelze beim Hüten seiner Herde beobachtet!
Immer mehr der dort üblichen, schwarzen Felsen kamen
zum Vorschein. Irgendwann hat er sich dann bei einer
Pause auf einen Felsen gesetzt.
Auf einen schwarzen Felsen!
Und hat sich dabei seine Eier verbrannt, meine Damen,
meine Herren, stinkende, peruanische Bauerneier!
(er fuchtelte heftig mit Armen und Händen, als wolle er
seiner Empörung Nachdruck verleihen)
Ähm, ehh - verzeihen sie meinen unhöflichen Duktus!
Dieser Prolet, dieser tumbe Bauer (da schwang aber jetzt
ein erhebliches Maß an Verachtung in der Stimme)
war besorgt um das Wohlergehen seiner Gletscher und
hat dann, nach diesem Erlebnis, mit ein paar Kollegen die
Felsen mit stinknormaler Kalkmilch, die man dort wohl
auch für Stallungen verwendet, gekalkt.
Weil, Ähm, Hm - seine Stallungen - ebenfalls gekalkt,
blieben ja im Sommer kühl!
Und dann: die Felsen blieben nach dem Kalken kälter, die
Gletscher schmolzen weniger ab!

Er brauchte ja nicht zu messen, er konnte es unmittelbar vergleichen! Dieser Bauer! Dieser Prolet! Hhhm, hmh (das mit dem Geräuspere war wohl so ein Tic von Samuel F., möglicherweise hatte er ja das Tourette Syndrom. Erneutes Gefuchtel!).

Und dann, meine Damen und Herren, Ähm, Hmh, und dann hat doch dieser peruanische Bauernlümmel von der UNO! auch noch ein paar Hunderttausend Dollar bekommen. Innovationsprämie nannten die das! So um 2014 startete dann ein erster großer Feldversuch mit sehr positiven Ergebnissen. Die Resultate aber hat man jahrelang fein säuberlich unter Verschluss gehalten! Sollte ja nun wahrlich niemand Kenntnisse erlangen, wie schlimm es bereits um die Erderwärmung stand! Merkwürdigerweise ist dieser Bauer kurz nach seiner Prämierung von einem Bergpfad abgestürzt, aber das ist dort, so scheint mir, des Öfteren gelebte Hmh-ähh Realität! Nun ja, fassen wir, meine Damen und Herren, kurz zusammen: diese Erkenntnisse wiederum haben die DENOCH AG zu dieser großartigen Entwicklung des „Thermocolorid" inspiriert!

Er räusperte sich erneut heftig. Vera hatte sich mittlerweile eng an Dirk heran gekuschelt. Ihre Rechte kraulte Dirks Nacken, während die Linke langsam, aber zielstrebig an seinem Oberschenkel entlangwanderte. Zu allem Überfluss knabberte sie jetzt auch noch an seinem Ohrläppchen. Was für ein heißer Feger, dachte Joe neidvoll bei sich, während die übrigen Mädels mehr oder minder gelangweilt nach draußen sahen. Samuel F. war noch immer in Fahrt, nicht zu unterbrechen.

Der Rest ist nun wahrlich schnell zusammengefasst. Im Keller des Fabrikgebäudes, der über mehrere Etagen in die Tiefe reicht, ist die komplexe Technik untergebracht.

Frischwasser wird den tierischen Eiweißerzeugern und Pflanzen dosiert zugeführt. Und natürlich auch den Fischbecken und den Algenröhren.

Abwässer werden mit Hilfe von Mikroben, Bakterien und Luftsauerstoff geklärt.

Abwässer der ersten Renaturierungsfraktion werden noch für Reinigungsprozesse insbesondere bei den tierischen Eiweißerzeugern genutzt.

Erst nach dieser Sekundärnutzung werden sie ein zweites Mal geklärt, um dann in den natürlichen Kreislauf zurück zu gehen. Dort wiederum werden sie, quasi kostenlos, mineralisiert.

Fäkalien, Gülle von den tierischen Eiweißerzeugern werden zur Energiegewinnung genutzt und verstromt.

Überschüssige Energie wird- da sie ja permanent und nahezu konstant anfällt, zur Grundlastabdeckung ins Stromnetz oder zu Wasserstoff vergast ins Gasnetz eingespeist.

Der damit erzielte Erlös ist, wie sie sicher wissen, deutlich höher als der Erlös für nicht konstant gelieferten Strom. Nicht konstanten Strom aus Sonne, Wind usw. haben wir ja mittlerweile Ähm, Hmh, zur Genüge!"

„Ja, sofern die scheiß Dinger nicht im Sturm umgeknickt sind! unterbrach Joe erregt: Meine Güte, ich hätte nie, auch nicht im Entferntesten, gedacht, dass Lebensmittelproduktion heute noch so komplex ist!"

Samuel F. blickte konsterniert: „Mein lieber Herr- heute noch kompliziert? Im Gegenteil!

Die wirtschaftliche globale Situation, das Klima usw. verkomplizieren die Prozesse um ein Vielfaches!

Bedenken sie doch die Kapriolen unseres Wetters – globale Kapriolen von heftigsten Dimensionen - mein Herr!

Doch lassen sie mich bitte weiter ausführen. Hmh, äh…

Die Pflanzen sind auf Nährlösungen umgestellt.

Tagesrestlicht oder auch Kunstlicht wird im erforderlichen UV-Bereich angereichert, so dass wir mittlerweile über

optimale Durchlaufzeiten bei der Pflanzenproduktion
sprechen können.
Das gilt selbstverständlich auch für die recht
umfangreiche Algenproduktion.
Selbst die Bienen, die wir bedauerlicherweise noch zur
Bestäubung diverser Pflanzensorten benötigen, konnten
wir für unsere Produktionsrhythmen optimieren!
(und erneutes, heftiges Räuspern)
Natürlich sind die Rinder, also unsere Produzenten
tierischen Eiweißes, aus Gewichtsgründen in den unteren
Etagen untergebracht.
Einstreuungen gibt es nicht, die Tiere liegen in den
Ruhezonen auf Matten aus Recyclingmaterial.
Antibakteriell, fungizid, dreimal täglich fährt der
Reinigungsroboter die gesamte Hallenfläche ab und
reinigt alles mit Recyclingwasser.
Die Rinder selbst werden entweder als Jungtiere
vermarktet oder zur Aufzucht neuer Generationen und
danach für meist drei bis vier Jahre zur Milchgewinnung
genutzt.
Das Melken geschieht vollautomatisch, die Tiere und
Euter werden, das gab` s schon um die
Jahrhundertwende, vor dem Melken gesäubert, das Euter
wird sogar desinfiziert.

(Samuel F. hatte sich mittlerweile deutlich erkennbar in
Begeisterung geredet, damit ließ auch die Anzahl der Tics
nach. Also doch Tourette, dachte Joe bei sich!)

Über einen Ohrchip erkennt der Computer die einzelnen
Tiere, so da wir z.B. nachlassende Milchleistung etc.
sofort diagnostizieren können.
Die Melkmaschine schließt der Roboter ebenfalls
automatisch an. Die Tiere erhalten während dem Melken
ein besonderes Kraftfutter, so dass sie sich schon nach
kurzer Zeit mehrfach am Tag von alleine in die
Melkstation begeben!

Hmh, Hmh, und ähnlich wird mit den Schweinen, Ziegen und Lämmern sowie dem Geflügel verfahren. Für jeden Geschmack etwas, meine Damen und Herren, für wirklich jeden Geschmack!"

Samuel F. musste sich nun doch wieder mal mehrfach kräftig räuspern. Bevor er unterbrochen werden konnte, fuhr er, erneut heftig gestikulierend, fort:

„Stellen sie sich vor, ein Beispiel: Um 2010 wurden alleine in Deutschland in seinen damaligen Grenzen etwa 7 Millionen Tonnen Soja importiert- im Jahr!
Bei den heutigen Frachtkosten! Unbezahlbar!
Wir können solche Mengen mit diesem Fabriktyp völlig, meine Damen und Herren, völlig autark produzieren!"

Dirk hatte sich urplötzlich aufgerichtet, schob Vera von sich und warf in scharfem, sarkastischem Ton mit harter Stimme ein: „Sie schütten vorne Wasser, ein paar Samen und Gene rein und hinten kommt Fleisch, Gemüse, Strom und verdünnte Scheiße raus!"

„Meine Damen, meine Herren, ich darf sie doch bitten! Ich darf Sie doch sogar sehr eindringlich bitten! Das Wohlergehen unseres Volkes hängt doch von der Prosperität dieser äußerst, ich betone ausdrücklich: äußerst!! gelungenen, hochintelligenten, agrotechnischen Kombination mit ultramultiplem Nutzen ab!

(das war soeben die blanke Entrüstung in der Stimme von Samuel F. gewesen, es folgte ein erneuter Tic).

Hmh, Hmh, äh, lassen Sie mich bitte mit gebotenem Ernst fortfahren:
Die pflanzlichen und ebenso die tierischen Erzeugnisse werden nach der Gewinnung in verschiedene, feinstufige Klassen unterteilt.
Die Erlösträchtigste Klasse, meine Damen und Herren, ist die rare Klasse Triple A, also AAA.

Unmittelbar zum humanoiden Verzehr geeignet, keine Beeinträchtigungen durch Gentechnik, Herbizide, Pestizide- einfach gut, wohlschmeckend, natürlich. Aber selbstverständlich hochpreisig. Sehr, sehr hochpreisig, mit wirklich hervorragenden Erlösen!

AA und A sind die am Markt verfügbaren Klassen, für den Bürger durchaus wirtschaftlich erschwinglich. Produktmängel sind hier eher an der Form, der Größe, Optik oder Haptik der Erzeugnisse zu verifizieren.

Bei den dann folgenden B-Klassen gibt es ähnliche Abstufungen. BBB ist unmittelbar zur industriellen Nahrungserzeugung geeignet, zum Beispiel für Fertiggerichte. BB selbst ist immer noch für Humanen Genuss geeignet. Damit und mit den verwertbaren Resten aus den vorher genannten Klassen werden Nano – Lebensmittelfolien generiert.

(die Mädels verdrehten ob der langatmigen Ausführungen von Samuel F. schon die Augen)

C ist die Klasse, die für den direkten Verzehr durch Tiere geeignet ist Diese Stufe erspart uns trotz der Kosten für die Produktklassifizierung erhebliche Summen in der Weiterverarbeitung z.B. zu Pellets oder ähnlichem. In den Unterklassen von C finden wir dann alle Produkte oder Produktbestandteile, die nach einer Aufbereitung, ich erwähnte bereits beispielhaft Pellets, immer noch für den tierischen Genuss geeignet sind. Mit diesen fein abgestuften Klassen bewegen wir uns auch im Bereich der Recyclingprodukte. Abgelaufene Haltbarkeitsdaten, beschädigte Transportverpackungen, Reste- schlicht alles wird aufbereitet und verwertet! Natürlich ebenfalls mehrstufig klassifiziert!"

Samuel F. lehnte sich erschöpft, aber mit sichtlichem Stolz zurück! Er strahlte übers ganze Gesicht.

Veronika, die wie die anderen auch geschwiegen hatte, warf fragend ein: „Noch mal bitte, in welchen anderen Klassen werden die, wie sagten Sie, Produkte der Klasse C eingesetzt oder dazu gemanscht?"

Samuel F. hatte den Kopf auf die Brust geneigt, über den oberen Rand einer imaginären Brille sah er Veronika mild lächelnd an: „Selbstverständlich ab AA abwärts, meine Liebe, selbstverständlich ab AA abwärts!
Und selbstverständlich in proportionaler, fein abgestufter Dosierung"

An diesen Sätzen hatten alle erst mal gewaltig zu schlucken.

„Ich habe da mal eine ganz andere Frage, warf Dirk nach einer kurzen Zeit der nachdenklichen Stille ein: Was ist denn mit der berühmten Keimbelastung in der Umgebung von Massentierhaltungen? Oder Bakterien und Viren und ähnlichem? Auch wenn es schon fast zwanzig Jahre zurück liegt, ich erinnere mich noch gut an den Skandal Ende 2018 im damaligen Mecklenburg-Vorpommern!"

Samuel F. war irritiert: „Und was soll da gewesen sein, bitte sehr?"

„Nun, entgegnete Dirk heftig und verbittert: da war tatsächlich etwas. Sogar etwas Großes! Ganz große Scheiße- eine sehr liebe Tante von mir ist dadurch mit knapp Fünfzig Jahren verstorben. Man hat schon immer gemunkelt, dass es im Umkreis von Massentierhaltungen zu Ansammlungen von Keimen usw. kommen könnte. Auch z. B. von sogenannten multiresistenten Keimen. Und genauso ist es gekommen. Trotz aller Filtertechnik für die Abluft der Stallungen, behördlichen Genehmigungen, Untersuchungen und dem ganzen Brimborium!
Wochenlange Sperrungen der Gegend und Quarantäne. Viele Betroffene mit hochgradigen Dauerschäden,

letztendlich siebenunddreißig Tote, darunter sogar
Kinder, Pflegepersonal und Ärzte und Ärztinnen! "

Samuel F. lächelte, das Lächeln des Wissenden über den
Unwissenden: „Mein lieber Hr. Remmiz, da kann ich sie
beruhigen, da kann ich sie sogar sehr beruhigen!
Das war noch die alte Filtertechnik der Abluft! Total
veraltet, sage ich ihnen. Total veraltet, wirklich!
Man hat damals wirklich geglaubt, wenn man Filter immer
kleinmaschiger macht, habe man die Probleme gelöst –
mitnichten!
(Dirks Gesicht war mittlerweile ein einziges Fragezeichen)
Ich selbst hatte damals die Ehre, an den Untersuchungen
teilnehmen zu können. Die Darstellungen der Presse
waren irreführend! Schlicht weg irreführend, hmh, ja.
Die Ursache lag in einem Biomassekraftwerk, welches die
Reststoffe von vier angrenzenden Domänen verarbeitete!
Und, er blickte sich um, hielt die Hand diskret vor den
Mund, die Wahrheit wurde von ganz, ganz weit oben
unter den berühmten Tisch gekehrt!" (mit einer
bedeutsamen Geste hatte Samuel F. den Zeigefinger
erhoben).

Dirk hakte nach: „Aber ich habe doch ein Recht auf
Wahrheit! Außerdem liegt das Ganze jetzt mehr als 10
Jahre zurück- die Schandtaten sind juristisch verjährt!
Also los, raus damit!"

Samuel F. holte tief Luft. „Das, meine Liebsten, wird eine
längere Geschichte! Hm, Hm, Äh – nun, ja.
Der Geschäftsführer des Biomassekraftwerkes war von
politischer Seite installiert, seinen Name möchte ich nicht
nennen. Fachliche Kompetenz spielte bei seiner Auswahl
keinerlei Rolle!
Sprechen wir von Dr. Nobody oder Alias, dann kommen
wir der Wahrheit sehr nahe! Hhhm, ähh.
Der hat nebenher schwarze Geschäfte gemacht, um seine
Drogen, seine Spielsucht und seine Affären zu
finanzieren. Er lebte mit drei Frauen zusammen, eine

davon war eine der ersten Afranerinnen in Deutschland. Dazu eine Mulattin aus Brasilien und eine Blondine von der Krim.
Angeblich waren es seine Assistentinnen, tatsächlich war das eine Viererbeziehung! Jede oder jeder mit jedem! Kreuz und Quer, man stelle sich das mal vor! (Entrüstung schwang in seiner Stimme. Und erneut dieses heftige Räuspern).
Und wenn ein Fremder oder eine Fremde des Weges kam, und einen wirtschaftlichen Nutzen oder auch nur Lustgewinn versprachen, wurde sie in das fröhlich–ordinäre Miteinander mit einbezogen! Hmh, hm.ʺ

Währen Samuel F. sich räusperte, konnten sich die Girls um Joe und Dirk herum ein Kichern nicht verkneifen. Dirk grinste ebenfalls vielsagend von einem Ohr bis zum anderen!

Samuel F. fuhr unverdrossen fort:
„Damals schon mussten Massentierhalter ihre Nachzuchten aus qualifizierten Fachbetrieben beziehen – und das kostete! Meine Damen und Herren, das kostete! Der Bursche hat mit seinen Damen massenhaft Nachzuchten aus obskuren Quellen bezogen, die Papiere gefälscht und dann alles zusammen weiterverkauft. Mit erheblichen Gewinnen!
Die meisten seiner Kunden waren irgendwelche Großbetriebe, die eine asiatische Firma, äh, Hm- ich meine, mich an A.A.S. Ltd. zu erinnern, unter ihren Anteilseignern hatten.ʺ

„Aber, warf Dirk ein: Allʹ das kann doch nicht der Auslöser gewesen sein!ʺ

„Nein, beim besten Willen nicht, entgegnete Samuel F.: wirklich nicht. Die hatten in dem Betrieb Großreparatur, wie das in technischen Anlagen, meist einmal im Jahr, damals üblich war. Unter anderem wurde das zum Betrieb gehörende Biomassekraftwerk gewartet. Dazu

gehört dann auch das manuelle Nachreinigen von Filtern, Abgaskaminen usw.
Und dann kam, wie so oft, eine Eselei oder Dummheit.
Ähm Hm, zur anderen!
Nach dem Brennkessel in dieser Anlage sind Filtersysteme usw., müssen sie wissen. Danach kommt ein Kamin. Im Kamin ist unterhalb des Gaseintrittes eine Art Sammelkammer, in der sich irgendwelche Reststoffe im Abgas oder ähnlich ablagern können. Da findet man dann schon mal tote, verkohlte Vögel oder Hmh, äh ...so. Kein Problem, weil dort meist Temperaturen von weit über 500° C herrschen.
Dieser Geschäftsführer hatte nun just zu diesem Zeitpunkt eine größere Ladung Küken schwarz eingekauft, die mit einer mutierten Abart der Vogelgrippe infiziert waren!
Und bei dieser Mutation waren oder besser, sind die Erreger auf dem Luftwege übertragbar. Sie haben dann zwar nur eine relativ kurze Lebensdauer...aber...“

(es folgte ein bedeutungsvolles Schweigen und heftiges Schulterzucken)

„Ach du Scheiße, ich ahne fürchterliches“ entfuhr es Joe!

„Meine lieben Damen und Herren, abgesehen von diesem doch befremdlichen Ausdruck, es kommt noch schlimmer, viel schlimmer, entgegnete ihnen Samuel F.: Der gute Herr hat die Küken, ob tot oder lebendig, in diese Sammelkammer kippen lassen. Über dreitausend Stück, wie wir später ermitteln konnten!
Doch dann gab es technische Probleme beim Anfeuern des Biomassekraftwerkes.
Wie sich später heraus stellte, ein dummer Fehler im Computer. Man hat viereinhalb Tage benötigt, diesen Schaden zu beheben.
Unglücklicherweise hatten wir zusätzlich in dieser Zeit Starkregen in der Region. Während es, leider, von oben massiv in den Kamin hineinregnete, waren dort unten in

der Sammelkammer etwa dreitausend hochgradig kontaminierte Küken am Vegetieren, sterben und verfaulen. Durch die defekte Kesselsteuerung wurde dieser Prozess über mehrere Tage schön bei etwa vierzig bis fünfzig Grad Celsius unterstützt.
Wirklich optimal für die Vermehrung von Keimen, Erregern und ähnlichem!
Und in der ganzen Zeit lief das Unterstützungsgebläse, welches üblicherweise beim Anfeuern des Kessels mit genutzt wird. Zumindest so lange, bis sich auf Grund der Temperaturen eine hinreichende Thermik im Kamin eingestellt hat! Abstellen des Unterstützungsgebläses ging leider nicht! Auch einer dieser erwähnten Computerfehler, bedauerlicherweise!"

„Das bedeutet doch schlicht und ergreifend, warf Dirk entrüstet ein: Die Idioten haben unten im Kamin eine illegale Keimquelle installiert, diese in ihrem Entwicklungsprozess über Tage unterstützt und zu allem Überfluss den ganzen Dreck auch noch fleißig in die Landschaft gepustet und verteilt!"

„Ebenso, Ebenso! Mein werter Herr, entgegnete Samuel F. erregt: Sie haben es zur Gänze und völlig, völlig richtig erkannt! Ihr Verständnis für Technik, Respekt, mein Herr, Respekt! hmh, ähh…
Damals - Ende 2018 - wurden in der Tat multiresistente Keime freigesetzt. Und auf Grund der Abgaskaminhöhe auch in einem größeren Umkreis fein säuberlich verteilt. Ich meine, mich an einen Radius von etwa 50 km erinnern zu können. Man hat bedauerlicherweise sehr lange gebraucht, um diese- nun ja, sagen wir, Fehler auf Grund menschlicher Irrungen, zu beseitigen!
Aber, meine Lieben, Hr. Remmiz, sie können heute unbesorgt sein, völlig unbesorgt.
Die Luft, die heute eine solche Anlage verlässt, hat oft eine bessere Qualität als das, was wir von außen als Frischluft zuführen!

Außerdem wird die Luft heute nicht nur feinst gefiltert, sie durchläuft auch noch ein mehrstufiges Entkeimungsbad. Nachgeschaltet ist dann stets auch noch ein Thermocleaner!"
Jetzt war Joe neugierig geworden: „Was ist denn ein Thermocleaner? Den Begriff kenne ich ja überhaupt nicht!"

„Das, meine Herren, ist angewandte Lasertechnik zum Wohle der Menschen, entgegnete Samuel F. mit sichtlichem Stolz: Man produziert einen dichten Fächer aus Laserstrahlen, den der Luftstrom passieren muss. Restpartikel, die noch im Luftstrom enthalten sind, werden in Millisekunden ultrahoch erhitzt, so um 1.400-1.600° C. Die Luft ist nach diesem Prozess völlig steril, völlig steril, meine Lieben"

Mit einem zufriedenen Lächeln im Gesicht blickte sich Samuel F. um. Er atmete schwer.

Veronika und Vera schossen die nächste Frage praktisch zeitgleich heraus: „Und was ist aus dem Herrn Geschäftsführer und seinen Damen geworden?"

Es schien, als huschte ein Schatten über Samuel F`s Gesicht: „Das, hm- äh, meine Lieben, war merkwürdig, sogar sehr merkwürdig. Hr. Dr. Mei- Ähm, Äh, Dr. Alias, hatte nach etlichen Tagen Untersuchungshaft dem Staatsanwalt sein Geständnis gegen Hafterleichterung offeriert. Er wollte auch über die Rolle der A.A.S. Ltd. – die Hauptgesellschafter des von ihm geleiteten Biomassekraftwerkes war, berichten.
Als man ihn anderntags zum Verhör abholen wollte, war er verstorben. Er hatte sich in der Nacht mit seinem T-Shirt am Türknauf seiner Zellentür erhängt!
Seine drei Damen, die zu diesem Zeitpunkt in ihrer Wohnung unter Hausarrest standen, sind ebenfalls, welch ein Zufall, in der gleichen Nacht verstorben. Sie hatten

sich, weil es wohl abgekühlt war, nach der Sommerpause den offenen Kamin im Hause entzündet.
Solcherlei veraltete Technik war ja damals bedauerlicherweise noch zulässig.
Der Kamin muss aber irgendwie nicht richtig funktioniert haben, die Damen sind an einer Kohlenmonoxydvergiftung einen leisen Tod gestorben.
Auch der die Ermittlungen leitende Oberstaatsanwalt wurde bedauerlicherweise nur wenige Tage später in einen für ihn tödlichen und bis heute nicht geklärten Unfall mit Fahrerflucht verwickelt.
Kurze Zeit später wurden dann die Akten des Falles, wohl auf Anweisung von sehr weit oben, geschlossen."

6.3   Dinner

Die Ausführungen von Samuel F. (wie er von allen nur noch genannt wurde) zum Thema „Lebensmittel und Weiteres" waren den Mädels etwas auf den Magen geschlagen.

Das Gespräch war danach abgeschweift.
Es hatte sich herausgestellt, dass Samuel F. Fachmann für Wirtschaftsmathematik war. Und als solcher war er in viele interessante Projekte involviert.
Mit Mathematik hatte dieser schon zu Zeiten seiner Blindheit arbeiten können.
Wie bei so vielen Behinderten wurden Defizite einerseits durch höhere Talente auf anderen Gebieten mehr als ausgeglichen.

Aktuell war Samuel F. unterwegs zu einem Treffen der Länderpolizeipräsidenten. Das fand momentan ebenfalls in Hamburg statt. Er sollte dort über die Möglichkeiten der Statistik referieren.
Ziel seines Referates war es, Möglichkeiten auf zu zeigen, um über Statistik zu präziseren Vorhersagen bei Demonstrationen, Entwicklungstrends, Veränderungen in

den Kriminalitätsprofilen der einzelnen Regionen und ähnlichem zu gelangen.

Samuel F. hatte bei dem folgenden, reibungslosen Umsteigen in den Transpress ihre Gesellschaft gesucht. Im Abteil fuhr er munter mit einigen interessanten Beispielen über seine statistischen Arbeiten fort.

So hatte er unter anderem in den letzten Monaten vielfältige Daten zu den unerklärlichen Häufungen von scheinbarem Drogenkonsum erfasst. Bei denen ja die Polizei nach wie vor im Dunkeln tappte.

Damit war die Neugier von Joe und Dirk geweckt. Samuel F. bemerkte das mit leisem Erschrecken, wie Joe es schien! Anschließend hatte Samuel F. an diesem Punkt dann jedoch abgeblockt und ziemlich geheimnisvoll getan. Details wollte er erst nach seinem Referat preisgeben!

Auf Joe`s scheinbar belanglose Frage, wo er denn seine Daten aufbewahre (da kam der Reporter durch, der eine Story witterte), faselte der Kerl etwas von absolutem Gedächtnis und war von da an nur noch still.

Leider hatte Samuel F. ein anderes Hotel, sie hatten jedoch Adressen getauscht.

Was nicht ist, kann ja noch werden, dachte Joe bei sich. Seine Reporterspürnase begann vielversprechend zu jucken....

Er spürte einen Schubs in seiner Seite, ein grinsender Dirk strahlte ihn an. Klar, jetzt galt es erstmal, die Girls zu umsorgen. Joe nickte lächelnd.

Check-in im Hotel, völlig reibungslos. Sie hatten sogar mit den Mädels Zimmer auf der gleichen Etage bekommen!

Zum Abendessen erschienen die fünf Mädels in Kleidern, die Joe und Dirk schier die Sprache verschlugen. Wie konnten die sich so etwas leisten? Es waren Kleider von der Sorte, die eine nahezu ausgezogene Frau gerade noch angezogen erscheinen lassen!

Der Kellner (so etwas gab es in dem Nobelschuppen
noch!) schwänzelte permanent um ihren Tisch. Wären
seine Augen nicht im Kopf verwachsen, sie wären
bestimmt in eines der drallen Dekolleté gefallen!

Das Essen (es gab irgendetwas von einem toten Vogel),
war Klasse und üppig. Joe schoss der Gedanke an die
Klassifizierung mit dem Tripple A durch den Kopf. Den
Mädels jedoch sah man schon an, dass sie die
Ausführungen von Samuel F. zur Lebensmittelgewinnung
noch nicht völlig verdaut hatten!
Joe verstand nur nicht, was es war, da der Kellner
nuschelte- und das auch noch in französischer Sprache.
Beim Anblick der fünf hübschen Damen am Tisch und
„französisch" gingen Joe irgendwie andere Gedanken
durch den Kopf….
Er überlegte pausenlos, wie er wohl Veronika oder Vera
oder besser noch beide in sein Zimmer lotsen konnte.

Und die Weiber grinsten nur hinterhältig!

Der Ober fragte nach dem Dessert. Sein Blick in die
Karte, aus der er rezitierte, sollte wohl mehr seine
Stielaugen verbergen, mit denen er den Mädels in die
Dekolletés schielte!

Vera ergriff das Wort: „Kein Dessert, schreiben sie` s
Essen auf unsere Rechnung. Die netten Herren sind heute
unsere Gäste" Der Ober verschwand enttäuscht und
beleidigt! Weitreichende „Aussichten" leider beendet!

Vera langte ungeniert in die Tiefen ihres Dekolletés und
holte eine altmodische Chipkarte heraus!
„So, ihr beiden- fertig machen! Wir laden euch zur Feier
des Tages auf einen Saunagang ein! Ist für uns reserviert
und vorgeheizt. Ein seltener Luxus bei den
Energiekosten- aber Frau muss sich ab und an mal was
leisten!
Für die Figur, für die Haut und überhaupt.

Treffen in fünfzehn Minuten im zweiten Untergeschoss.
Und jetzt, hurtig, hurtig!"
Sprach`s, hakte sich mit den anderen vier Mädels ein und
verschwand mit ihnen unter heftigem Gekicher und
vielversprechendem Hüftenschwingen!

Joe und Dirk waren baff.
Dirk fasste sich als Erster: „Halali! Auf zur Jagd, Kumpel.
Das wird ja noch ein heißer Abend. Erst Frischfleischrevue
von solch hübschen Dingern, da geht doch noch mehr!
Auf, los, beeil dich. Ich will keine Sekunde dieses
Schauspiels vermissen!"

7 HAMBURG

7.1 Sauna

So sehr sich auch Dirk und Joe beeilt hatten, die Mädels
waren vor Ihnen in der Sauna.
Kein Wunder, bei dem Wenigen, was die vorher schon
nur angehabt hatten....

Da das ganze Hotel wohl ziemlich leer war, hatten sie die
Sauna auch tatsächlich für sich.
Reservierung tatsächlich nur für sie, diese kleine Gruppe?
Joe wischte den Gedanken, kaum dass er aufgekommen
war, wieder beiseite. Das war doch nicht bezahlbar!

Im großzügigen Eingangsbereich der Sauna standen ein
paar sündhaft bequeme Sessel mit lederartigem Bezug.
Knallig rot waren dieser Bezug, Joe und Dirk sahen sich
bei dem Anblick grinsend an.
Dezente Musik, irgendetwas Altes aus irisch–keltischen
Zeiten, war im Hintergrund zu vernehmen. Ein zarter Duft
lag in der Luft, Joe hatte so etwas schon lange nicht mehr
wahrgenommen. Es roch nach Moschus, Tabak und
Leder.
Angenehme Düfte, die er kannte und gerne mochte.
Die Mädels lümmelten sich bereits in ihren Bademänteln
in den Sessel. Auf einem kleinen Tisch in der Mitte
standen sieben Sektgläser, aus einem Eiskübel ragte eine
bereits offene Champagnerflasche. Gebäck, Zigaretten
(die neuen, nikotinfreien aus Georgien - lecker!) und
Ascher standen bereit.

Luxus? Traum? Joe war sich nicht sicher. Die Weiber
mussten einen oder mehrere irrsinnige Sponsoren haben!
Er wollte lieber nicht wissen, womit die den Sponsor zu
dieser Spendenfreude bewegten!
Egal, er hatte genug Scheiße erlebt. Jetzt war die Zeit,
das heute zu genießen!

Lorena, eine etwas Stillere von den Fünfen, stand wortlos auf und schenkte ein.
Veronika ergriff das Wort:
„Jungs und Mädels. Heute feiern wir siebenmal Geburtstag. Das hätte auch anders ausgehen können! Prost!"

Es wurde getrunken, der ersten Flasche folgte schnell die zweite. Noch ein genussvolles Zigarettchen, dann drängelte Dirk auf den Saunagang.
Joe glaubte jetzt schon, Dirks Augen an Stielen hängen zu sehen. Die Mädels waren tatsächlich keine Spur von prüde, Dirk und Joe bekamen wirklich eine beeindruckende Show weiblicher Reize geboten.

Und verdammt, so sehr er sich auch versuchte, abzulenken: Joe merkte, dass er seine Erregung (und was für eine) kaum noch zügeln konnte!
Peinlich, nur noch peinlich!

Er knüllte sein Handtuch zusammen, murmelte etwas von: „Tschuldigung", bedeckte seine Blöße so gut es ging mit dem zusammen geknäulten Handtuch und begab sich nach draußen in Richtung Abkühlbecken.
Nichts wie hinein.
Die eisige Kälte raubte ihm den Atem, dann schoss die angestaute Hitze in ihm hoch.

„Mein lieber Joe!"

Veronika, die Blonde stand vor ihm am Beckenrand. Ihr über der Brust gekotetes Handtuch warf sie mit einer lässigen Bewegung auf das sorgfältig polierte Geländer der Beckenleiter.
Sie stand über ihm, in ihrer vollen, drallen, weiblichen Pracht und genoss sichtlich seine Blicke, die jedes Details dieses anatomischen Wunders in sich aufsaugten.

Joe war verwirrt, zumal die Kälte gegen seine Erregung, wie er es eigentlich gewohnt war, nicht ankam.
Mit einem Satz war sie bei ihm im Wasser. Sie tauchte prustend auf, schüttelte ihre blonde, klatschnasse Mähne. Dann drängte sich ein fester, draller Körper gegen ihn. Sie presste ihn rückwärts gegen den Beckenrand. Eine Hand griff nach unten, tief ins Wasser. Zwischen seine Lenden, mit fachkundigem Griff.
Joe riss die Augen auf- mit der Geschwindigkeit hatte er beim besten Willen nicht gerechnet!
Sie grinste ihn an und hauchte ihm einen Kuss auf die Wange „So etwas Gutes wollen wir doch hier drin im kalten Wasser nicht erfrieren lassen! Los, komm mit mir nach oben."

Schnell hatten sie ihre Utensilien zusammengerafft. Joe kam der Weg vor, wie ein Spießrutenlaufen.
Er bekam seine Erregung nicht in den Griff.
Er fühlte sich wie berauscht?

Er war berauscht!

Ach, das war bestimmt Eros, der in seinen Blutbahnen Achterbahn fuhr (dachte er beschwichtigend bei sich).
Und die Erregung wurde immer heftiger, anstatt weniger!
Veronika hatte sich ein klassisches Handtuch umgeschlungen. Ein zweites knüllte sie lässig in die Linke, gab Joe damit Deckung. Vielsagend grinsend ging sie Hüften schwingend vor ihm her.
Naja, auch so konnten sie die kurze Wegstrecke bis zum Aufzug und dann ins Zimmer diskret überbrücken.
Ein irgendwie grotestes Bild - und doch voller spannungsgeladener Erotik!
Im Aufzug musste Joe sich schon sehr bremsen, aber er wusste ja auch von den Sicherheitskameras.
Und er wollte gewiss dem Wachpersonal keine Liveshow bieten!

Der kurze Fußweg schien sich endlos in die Länge zu ziehen. Begierde stieg in ihm auf, überschwemmte ihn in nie gekannter, fast schmerzhafter Heftigkeit!

Kaum im Zimmer, wurde ihm der Bademantel von den Schultern gezogen.
Bevor er sich versah, hatte ihn Veronika rückwärts auf´s Bett geworfen.
Mit einem lässigen Schwung warf sie ihren Bademantel von sich, präsentierte sich Joe erneut in ihrer ganzen, drallen weiblichen Pracht!

Sie grinste ihn vielsagend an, ehe er sich versah, saß sie auf ihm. Und nicht nur das, blitzartig hatte sie ihn zu sich aufgenommen!
Ein Höllenfeuer ergriff seine Lenden!
Er stöhnte auf, Lust überschwemmte seinen Körper wie ein rasendes Feuer!
Seine Hände griffen nach ihren üppigen Brüsten, er wollte loslegen, jetzt, sofort!
Seine Lenden brannten!
Jetzt, jetzt, sofort, gleich!

Veronika beugte sich lachend über ihn.
Mit einer einzigen Bewegung hatte sie seine beiden Hände abgefangen.
„Nur ein klein wenig Geduld, Joe! Erst trinken wir noch ein kleines Schlückchen.
Das ist hier etwas ganz besondere, hat mir mal ein guter Freund zubereitet!
Damit geht die Party erst richtig los!"

Unter dem zerknüllten Bademantel holte sie einen kleinen Flakon aus geschliffenem Glas hervor!
Sie ließ die Zunge verheißungsvoll und genüsslich über den Flaschenstöpsel kreisen, um den Korken dann mit den Zähnen zu ziehen.
Mit einem Schluck hatte sie fast den gesamten Flakon gelehrt.

Sie ließ seine Hände los, aber nur um ihn zu sich hoch zu ziehen.
Ihre Lippen pressten sich auf die seinen, eine Zunge öffnete seinen Mund, dann bekam er die Transfusion des Flascheninhaltes!
Ein bittersüßes Höllenfeuer schoss in seinen Körper, er spürte jede Nervenfaser explodieren, von den Zehen bis in die Haarspitzen!

7.2 Katerstimmung

Joe erwachte. Ein tauber Geschmack in seinem Mund. Das pelzige Etwas darin - ja doch - es gehörte zu ihm. Es ließ sich bewegen, musste, ja würde wohl seine Zunge sein? Der Kopf dröhnte, was hatten sie wohl in der Nacht noch alles gesoffen?

Irgendwie – überhaupt - was war denn da noch alles gewesen?
Warum war nach dieser „Transfusion" der drallen Veronika plötzlich alles weg?
Seine letzte Erinnerung war dieses Höllenfeuer, diese Flamme, die durch seinen Körper bis in die letzten Nervenfasern gedrungen war....
Danach kam nur noch abgrundtiefe Schwärze in seinen Erinnerungen. Soviel Zeug konnte doch gar nicht in der Minibar gewesen sein?
Und schon gar nicht für Zwei!

Er wälzte sich auf die Seite – Himmel, die Schädeldecke!
Ähh, Autsch, Ähh, sein bester Freund stand ihm ja immer noch treu zur Seite, wie denn das?
Und er hatte ihn eben beim Abrollen von der Bettkante mit vollem Körpergewicht eingequetscht!
So etwas ernüchtert den stärksten Mann!
Er fiel vor dem Bett auf die Knie und rieb sich Schmerz gekrümmt mit beiden Händen seine Lenden.
Fast hätte er sich noch auf die Zunge gebissen.
Scheiße, verdammte Scheiße!

Aaaah, das tat Scheiße weh! Verdammt!

Langsam, ganz langsam gewann er mit tränenden Augen die Kontrolle zurück. Noch immer brandete heftigster Schmerz durch sein bestes Stück.

Wo war den der verdammte PAS? Den hatte er doch gestern, ja gestern vor dem Saunagang in die Nachtkonsole gelegt? Und den Timer auf fünf Stunden gestellt.

Er fing an, das Zimmer auf den Kopf zu stellen. Sein bester Freund wollte nicht nachgegeben. Nackt, wie er war, musste er ihn beim Suchen schützend mit der Linken halten, während er mit der Rechten das Zimmer umkrempelte.

Veronika – weg!
PAS – weg!
Im Bad, im Schrank, unter dem Bett – weg!
Weg, fort, nicht mehr das! Scheiße, Scheiße, Scheiße!

Nicht nur, dass die Dinger teuer waren. Waren ja auch jede Menge vertrauliche Daten und Informationen drauf. Sicherlich waren die Daten nicht verloren, schließlich synchronisierten sich PAS und Home PC weltweit und ständig automatisch. Das kostete zwar, aber nicht nur für ihn war das Pflicht und unerlässlich.
Und den Timer hatte er gestellt. Wenn das Ding nicht nach fünf Stunden in seiner Nähe war und seinen Puls oder Herzschlag registrierte, ging es auf automatische Synchronisation und gab einen pulsierenden Alarm ab.

Lautlos.

Und wurde darauf nicht absolut korrekt reagiert, zerstörte sich das Gerät selbst. Nein, nicht über Datenlöschen. Es lud mit letzter Energie ein paar Mikrokondensatoren auf,

um dann einen gut dosiertem Stromstoß auf den Zentralchip zu geben. Der verbrannte darauf hin.
Nix mehr mit retten und auslesen, narrensicher.
Wer also so einen PAS klaute, war entweder grenzenlos dumm oder er musste über geniale Hacker verfügen, um ein solches Gerät *rechtzeitig* genug auslesen zu können.
Aber- wer so etwas, so` nen PAS verlor oder sich klauen ließ, der hatte erst mal gewaltigen Ärger mit den Behörden.

Er hatte sich seine Kleidung übergeworfen, sein bester Freund wollte partout noch nicht in die enge Hose!
Der Reißverschluss war kurz vom Platzen.
Das passte verdammt noch mal nicht zusammen, aber, er musste runter, um jeden Preis.

Runter, runter zum Empfang, vielleicht war da ja noch etwas zu retten?
Aber- wieso brannte eigentlich die ganze Zeit im Flur nur diese beschissene Notbeleuchtung?
Warum reagierte der zentrale Bildschirm nicht?
Und der Aufzug- warum blinkte der heute früh ausgerechnet!!! auf Störung?

Die Gänge des Hotels, das Treppenhaus- menschenleer.
Unten rumorte es vernehmlich.
In der Lobby des Hotels war die Hölle ausgebrochen!

Eine Traube von Polizisten stand und wuselte umher, einige hatten ihre Laser G 27 mit Rot pulsierender Mündung im Anschlag.

Auf der gegenüber liegenden Seite, unter der großen Kunstpalme, lag ein zugedeckter Körper.

Autsch!
Seine Arme wurden auf den Rücken gedreht, eine Mündung drückte hart in seinen Nacken.
Tastende Hände suchten seinen Körper ab!

Sein Fluchen wurde mit einem resoluten „Maulhalten"
gestoppt.

Eine kräftige, dunkelhaarige Polizistin kam auf ihn zu,
ihrerseits laut fluchend.
Die, die da lautstark fluchte, war eine Afranerin in
Polizeiuniform.
Ein Großkaliber von Frau.
Bestimmt Einmeterfünfundneunzig oder mehr, mit
kräftiger Statur.
Oberschenkel und Oberarme wie Bodybuilder.
Bei der Masse Frau, nicht dick, musste Joe trotz aller
Sorgen staunen und Grinsen. Das gab` s nicht alle Tage!

Als er sich mangels PAS nicht ausweisen konnte,
verstärkte sich der Mündungsdruck in seinem Nacken, die
Augen der Polizistin vor ihm verdunkelten sich.
Sie zog aus einer Tasche ihrer Uniform einen Irisscanner
und hielt ihn Joe vor die Augen.
Die Situation entspannte sich, als vom Zentralrechner
Joe`s Identität und Arbeit als freier Journalist bestätigt
wurde.

„Was ist denn hier für eine Sauerei passiert" fragte er
Antara Günerk (den Namen hatte er ihrem Namensschild
entnommen).

„Heute Nacht müssen hier Vandalen eingebrochen sein.
Wir vermuten, sie standen unter Drogen. Haben den
zentralen Hotelrechner mit in Brand gesetzt, da war
sicherlich ein Laser im Spiel. Die Sicherungsdatei in der
Cloud haben sie allerdings auch zerstört, da wird die
Hotelgesellschaft noch einigen Ärger haben.
Wir haben über die letzten achtundvierzig Stunden
keinerlei Bildmaterial! Alles zerschossen, alles weg!"

Sie holte tief Luft und zeigte mit dem Lauf ihres G27 im
Halbkreis um sich:

„Natürlich ist der Hotelsafe auch geplündert. Im Moment arbeiten unsere Spezialisten mit Hochdruck an einer Notversorgung mit Strom.
Ach- und den Pförtner haben sie auch über den Haufen geschossen, ebenso einen der Kellner. Sieht aus, als habe er fliehen wollen, er lag halb in der Tür zur Küche!"

Joe schilderte kopfschüttelnd in kurzen Worten, das er seine PAS vermisse und dass er seinen Kollegen Dirk heute noch nicht gesehen habe.

„Los, auf, zeigen Sie mir, wo ihr Kollege ist" Antara war blitzartig hellwach, sie stürmte zur Treppe, schubste Joe brutal vor sich her. Diese Geschwindigkeit hätte Joe der Masse Weib beim besten Willen nicht zu getraut!

Oben angekommen, fischte Antara einen Decoder aus einer ihrer unzähligen Taschen und hielt ihn auf das Türschloss. Sie grinste: „Türen *nicht* eintreten und *nicht* zu zerstören ist unser aktueller Beitrag zur Nachhaltigkeit"

Die Tür schwang auf, Dirk lag im Tiefschlaf in quer auf dem Bett. In Diagonallage, Splitterfasernackt!
Aus seinen Lenden ragte eine einsame, pralle Segelstange empor!
Joe stürzte sich an Antara vorbei zu seinem Freund, bedeckte ihn notdürftig mit dem Bettlaken. Sein Magen rebellierte, ihm war mittlerweile speiübel, wirklich zum Kotzen!
Ungeachtet Antara`s Protest spurtete er ins Bad, um seinen Magen in einem kräftigen Schwall zu erleichtern. Danach mühte er sich, Dirk aus dem Reich der Träume zu holen. Antara hörte er währenddessen im Hintergrund leise glucksend Lachen.
Nach kurzer Zeit stand fest, auch Dirk`s PAS war weg. Und der Trottel hatte den Timer auf Neunundneunzig Tage (das war das Maximum) gestellt.
Verdammte Scheiße!

Kaum war Dirk in der Realität zurück (begleitet von einem intensiv roten Kopf), spulte er, etwas verwirrt, seine Geschichte in Kurzform ab.
Und diese Geschichte war ähnlich abgelaufen wie bei Joe, nur dass Dirk in Begleitung von drei der Hübschen auf's Zimmer gegangen war!

Was der sich zutraute!

Antara stoppte die Schilderung mit einer kräftigen Geste: „Psst!". Sie drückte ihren Kopfhörer mit der Rechten tiefer in die Ohrmuschel.

Dann begann sie deftig zu fluchen, stampfte auf den Boden, dass dieser bebte: „Hört das den heute gar nicht auf! Verdammte Hackenscheiße! Soeben bekomme ich die Meldung, dass heute Nacht noch ein Hotel geplündert wurde. Am anderen Ende Hamburgs.
Dort mussten wohl auch Gäste dran glauben!"

Joe sah Dirk verblüfft an- der wurde schlagartig richtig wach.

„Das war eben unser Pathologe, der ist mit mir weitläufig verwandt. Deswegen bekomme ich immer die besten Informationen.
Ein Genie, der Kerl. Sieht aus- fürchterlich. Zum Wegwerfen (Antara grinste furchterregend). Aber ein echtes Genie!
Die Schweine haben in dem anderen Hotel wohl nicht nur Personal gemeuchelt, sondern auch einen Hotelgast.
Knapp Fünfzig, mit der Plakette für Sehbehinderte mit einem Augenimplantat!
Mein Großonkel meinte nach erstem Eindruck, die Vandalen hätten dem armen Kerl wohl einen alten Elektroschocker ins Auge gerammt und abgedrückt.
Der hohe, fließende Strom hat dann schlagartig die Flüssigkeit im Augeninneren verdampft.

Bei der dabei entstehenden Explosion hat es dem armen Kerl die Schädeldecke teilweise weg gesprengt."

Joe war baff: "Und woher weiß ein Pathologe schon so viel nach so kurzer Zeit?"

Jetzt grinste Antara erneut: „Onkelchen hat in seinen jungen Jahren sehr früh und sehr, sehr weit östlich promoviert! Über die Wirksamkeit von elektrischen und elektronischen Waffensystemen. Dabei waren auch Tierversuche mit Elektroschockern im Programm!"

7.3   Die Wache

Wenn sich auch enorm viel in den letzten fünfzig Jahren gewandelt hatte, der feiste Moloch Bürokratie hatte überlebt!
Joe, Dirk, alle Hotelgäste mussten mit zur nahen Polizeiwache, um Protokolle zu fertigen.
Wenige Schritte, die sie, von Polizeikräften eskortiert, zu Fuß gehen konnten.
Jetzt, im hellen Tageslicht sah das Stadtviertel irgendwie öd und leer aus.
Joe konnte sich noch an das Gewusel der Großstädte aus seiner Jugendzeit erinnern.
Davon war kaum etwas übriggeblieben.
Alles Mögliche an Waren und Dienstleistungen konnte man heute übers Internet bestellen, bis an die Haustür liefern lassen.
Wer Arbeit hatte, leistete diese von Zuhause, am PC oder er wohnte möglichst unmittelbar neben seiner Arbeitsstelle.
Und zu Fuß, alleine- das war schon lange Vergangenheit.
Dazu waren die Straßen mittlerweile viel zu unsicher. Ok, in der Gruppe ging das, aber nicht weiter, als unabdingbar nötig. Besser, man saß in irgendeinem Gefährt.
Langsam stieg Ärger in ihm hoch. Joe wurde sauer.
Die Zeitverzögerung im Transpress.

Jetzt dieser Mist. Sie saßen einfach nur auf der Wache herum, während sich der Moloch Bürokratie mit lähmender Langsamkeit bewegte.
Er sah sein, ihrer beider Reiseziel, die Präsentation des Tauchfrachters, schon kippen.
Mist, einfach nur Mist.

Dann kam ihm Antara in den Sinn. Sie war schnell wieder aufgetrieben. Er schilderte ihr mit Dirk die, ihrer beiden Probleme, dann ging alles ganz schnell.
Das Rumoren seines hungrigen Magens stellte er zurück,– heute musste es auch mal so gehen.

Antara hatte Joe einen Kontakt zur Redaktion vermittelt. Und Dr. Munk wiederum hatte über seinen Spezl, Polizeirat Florian Götzmann, für eine bevorzugte Behandlung von Joe und Dirk gesorgt.

Eine ganze Menge an Bürokratie war dennoch abzuarbeiten. Der Diebstahl oder Verlust eines PAS war kein Kavaliersdelikt. Zu viele, hochsensible Daten waren darin gespeichert.
Natürlich konnte die Polizei einen elektronischen Suchlauf starten, um das Gerät zu orten.
Dazu benötigten sie den per Irisscanner identifizierten Besitzer sowie ein persönliches Kennwort. Das durfte (per Gesetz verordnet) nirgends, weder auf Papier noch auf Datenträger, gespeichert werden. Man musste es sich halt einprägen und um Himmels Willen nur nie, nie vergessen.
Verstoß gegen diese Regeln hatten wahrhaft drakonische Strafen zur Folge.

Für Joe lief das Ganze nahezu reibungslos ab. Er hatte sich absolut korrekt an die Prozesse gehalten. Und das Ablegen des PAS beim Saunabesuch war eine eindeutige Herstellervorgabe. Die Tatsache, den PAS nicht ins Hotelschließfach gelegt zu haben, würde sein Konto jedoch mit einer Geldstrafe in Höhe von fünfzehn Tagessätzen belasten!

Dirk hatte es schlimmer getroffen. Die Kleinigkeit, den Timer auf Neunundneunzig Tagen zu stellen, war ein gravierender Fehler. Das würde ihn ein halbes Jahresgehalt kosten.
Mindestens. So etwas konnte auch ganz schnell im Bau enden!

Antara tauchte auch, sie hatte die gewünschten Neuigkeiten. Bilder des toten Kellners aus ihrem Hotel, Bilder des toten Hotelgastes von dem anderen Platz der Ereignisse, Dirk hatte sie darum gebeten.

Als die Bilder auf dem zentralen Bildschirm erschienen, wurden Joe und Dirk blass.
Den von hinten mit einem Laser durchbohrten Kellner erkannten sie beide wieder, er hatte ihnen im Hotel am Vorabend die Speisen mit Stielaugen serviert.

Bei dem Hotelgast aus dem anderen Hotel, dem anderen Ereignisplatz, war die Sache schon schwieriger.
Das letzte Bild dann zeigte einen Mann um die Fünfzig, in Seitenlage auf uraltem Parkettboden liegend. Sicherlich die Lobby des anderen Hotels.
Kopf und Oberkörper waren bereits grob gereinigt, die linke Gesichtshälfte war bis auf ein paar fehlende Teile im Bereich der Augenbraue und Nase noch ganz gut erkennbar:

Samuel F. von Gräubach!

Sie schilderten ihre Bekanntschaft mit Samuel F.
Antara schüttelte ärgerlich den Kopf, aber das musste nun auch noch ins Protokoll, obwohl niemand irgendeinen Zusammenhang herstellen konnte.

Joe kochte innerlich!

Recht und Gesetz waren durch die klimatischen Ereignisse, die Folgen der Wirtschaftskrise, überbordendes Asylverhalten, Einbruch der Sozialsysteme und hemmungslose Liberalisierung noch Anfang des Jahrhunderts an den Rand ihrer Leistungsfähigkeit gekommen.

Und in vielen Fällen wurden auch die Grenzen dieser Leistungsfähigkeit bei weitem überschritten!

Es war höchste Zeit, dass hier mal wieder mit eiserner Faust durchgegriffen wurde!

Wut kam in Joe auf.

In den Städten, den neuen, sturmsicheren Wohnanlagen und Fabriken funktionierten Recht und Ordnung doch auch!

Irgendwie musste dieser Staat mal die Backen zusammenkneifen! Geld in die Hand nehmen und diese wilden, unkontrollierten Massen, die meist weit außerhalb jeglicher sozialer Ordnung draußen auf dem Lande lebten, quatsch, ja vegetierten, zur Ordnung rufen!

Abriss, weg mit den ganzen alten Gemäuern!

Weg mit der falsch verstandenen Liebe zu historischen Strukturen!

Quatsch!

Rein in die modernen Wohnanlagen, deren Bau schuf doch außerdem auch noch Arbeitsplätze!

Und wer sich nicht einfügte in diese schöne, moderne Welt, den konnte man immer noch in den dreistufigen Knast schicken.

Oder als Asylant oder nichtsnutzigen Gastarbeiter abschieben.

So, wie das in Frankreich, Spanien, Italien, halt im gesamten Süden und Osten Europas an der Tagesordnung war!

Endlich Aufräumen mit diesen Exzessen von Gewalt, hirnloser Gewalt, angeblich nicht zu identifizierenden Drogen, dem ganzen Müll.

Endlich, endlich aufräumen!

Joe schäumte innerlich vor Wut, er konnte seinen erregten Zorn kaum verbergen

Eine eiserne Faust hatte sich um sein Herz gelegt, zutiefst
wühlten ihn die Ereignisse auf.
Panik schoss in ihm hoch, Hegau, Helgoland drohten ihn
nieder zu ringen. Nur mit Mühe konnte Joe diese schier
übermächtigen Gefühlswallungen eindämmen.
Sein Magen krampfte sich zusammen, das Herz raste und
pochte, als wolle es jeden Moment zerspringen.
Seine Hände ballten sich zu Fäusten, aus denen die
Knöchel weiß und spitz hervortraten. Dann ein paar tiefe
Atemzüge, Augen schließen – RESET!
Langsam, ganz langsam beruhigte sich sein Geist.
Joe beschloss, sich um diese Themen demnächst mal
intensiv zu bekümmern, das gab bestimmt Auflagen ohne
Ende für die German News!
Und NEK`s, NEK`s!

Bei dem Gedanken an die wunderbaren Werteinheiten
wurde ihm gleich wieder etwas wohler.

Ein hagerer Glatzkopf betrat das Büro von Antara.
Er wurde als Dr. Dr. Harald-Kurt Läntzen vorgestellt.
Humanmediziner und Psychologe im Polizeidienst.
Freimütig schilderte er, als Spezialist für möglichen
offenen oder verdeckten Drogenkonsum bei der Polizei zu
arbeiten.
Mit einem Blick auf den Bildschirm verstummte er, wurde
bleich.

„Sagen sie, Frau Günerk- ist das der Tote aus dem
zweiten Hotel? Ja, wirklich, ich kannte ihn ganz gut. Wir
hatten in letzter Zeit häufigen Kontakt, wenn wir uns
auch noch nie persönlich getroffen haben. Samuel hatte
ein paar sehr interessante Ideen und Modelle entwickelt,
wie man in der Drogenfahndung mit statistischen
Methoden weiterkommen könnte!
Ich hatte mich schon sehr auf sein Referat morgen früh
bei unserer Veranstaltung gefreut.
Jetzt ist mir auch klar, warum er mich gestern Abend bei
unserem Treffen versetzt hat!

Teufel aber auch!"

Danach ging das doppelte Doktorchen unvermittelt und mit sichtlicher Verärgerung in die Befragung von Dirk und Joe über.
Seine Stimme hatte in Sekundenbruchteilen von nett auf arktischen Frost umgeschlagen, das hätte Joe dem doppelten Doktorchen trotz guter Menschenkenntnis nicht zugetraut!
Kein Detail durfte ausgelassen werden, der Schuft wollte tatsächlich alle Details zu Joe`s Erregung und der Segelstange von Dirk am frühen Morgen wissen.
Und im Hintergrund saß Antara, grinste von einem Ohr bis zum anderen- eine wahrlich beachtliche Strecke - und gluckste und kicherte vor sich hin.

Rumms! „Raus oder Klappe halten"

Der Faustschlag kam unvermutet und kräftig vom Doktorchen, der Tisch bebte!
Solch eine explosive Schlagkraft hätte man der hageren Gestalt kaum zugetraut!
Und der Anschiss war an Antara gerichtet. Sie richtete sich auf, ordnete überflüssigerweise ihre korrekt sitzende Uniform und war von nun an still.
Eine reglose, tiefschwarze Statue, mit grellrotem Mund und eisblauen Augen!

Der Dr. Dr. wandte sich an Dirk und Joe: „Ihre Schilderungen bestätigen eine Vermutung, die wir schon lange hegen. Was ich ihnen jetzt sage, geht ins Protokoll, nicht an die Öffentlichkeit. Zuwiderhandlungen werden als Staatsverrat mit Knast (er sagte tatsächlich: Knast) nicht unter Fünf Jahren in der Stufe zwei geahndet! (Hammerstrafe, schoss es Joe durch den Kopf, das war dann wirklich kein Spaß mehr)
Wir haben praktisch keine chemischen oder biologischen Drogen mehr, alles weg, ausgerottet.

Trotzdem beobachten wir seit mehr als fünfzehn Jahren einen überproportionalen Anstieg von Delikten, die offensichtlich unter Drogeneinfluss erfolgen! Es gibt keine Erklärungen für diese Verhaltensmuster: Gewaltbereitschaft, exzessive Gewaltbereitschaft, wie sie bei den Betroffenen noch nie vorher in Erscheinung getreten ist. Absolute, sinnlose und rücksichtslose Brutalität! Sexgier, schlicht nur noch hemmungslos und rücksichtslos. Und- wir suchen und suchen und finden keine Auslöser, keine Ursachen! Im Blut, im Urin, in der Haut der Betroffenen- nichts was nachweisbar wäre! Wir drehen uns im Kreis, die ganze Republik arbeitet daran, keine Lösung in Sicht.

Und sie, meine Herren, seine Stimme war jetzt in den Eiskeller der Antarktis gefallen, sie meine Herren Journalisten, hatten definitiv gestern Kontakt mit diesen Drogen. Beim nächsten Mal wandern sie in den Knast, sie stehen ebenso definitiv ab jetzt auf unserer zentralen Liste. Sie haben mir noch keinen Beweis geliefert, dass sie die Drogen nicht bewusst oder auch nur unwissend genommen haben. Was ich ihnen zu Gute halte, ist die Sache mit den KO–Tropfen"

Joe entgegnete frech: „Hör mal, Doktorchen, das hätte ich doch mitbekommen! Die Schnecke hatte doch gar keine Gelegenheit, mir `was ins Glas zu schütten!"

Dr. Dr. Kurt-Harald Läntzen sah mit tief ernstem Blick zu Joe, dann zu Dirk. Er tat einen tiefen Atemzug, bei dem sich die schmale Brust unter dem Anzug merklich hob und senkte: „Was sie beide abbekommen haben, genießt bei uns noch höchste Geheimhaltung - Verstanden! Haben wir erst vor wenigen Tagen im Labor entdeckt, per Zufall.

(und auf die verwunderten Blicke von Joe und Dirk)
Es gibt bestimmte Aufputschmittel, bei denen ist die
Langzeitwirkung nicht zu kontrollieren, deswegen wurden
sie offiziell vom Markt genommen.
Zugleich gibt es aber auch, eben wegen dieser möglichen
Langzeitwirkungen, Gegenmittel, die diese aufputschende
Wirkung aufheben."

„Das verstehe ich nicht" warf Dirk verblüfft fragend ein.

„Nun, der Weg ist nur anders wie gewohnt. Eine Person,
sagen wir Veronika, wie in ihrem Fall, nimmt dieses
Aufputschmittel. Sie kommt in gute Stimmung, verliert
Hemmungen, wird vielleicht auch Aggressiv. Das könnte
man durch Testen feststellen.
Und dann nimmt sie das Gegenmittel, zum Beispiel in
einem Schnaps.
Bei ihr ist die aufputschende Wirkung sofort weg!
Innerhalb von Minuten, vielleicht sogar Sekunden.
Verabreicht man jedoch ihnen, Hr. Raubach, nur das
Gegenmittel, dann wirkt eben dieses wie Hammerstarke
K.O.- Tropfen!"

Betretenes Schweigen für Sekunden. Joe und Dirk sehen
sich verblüfft an - das war nun wirklich eine völlig neue
Qualität der Drogenlandschaft!

„Sehen sie sich vor, fuhr der doppelte Doktor fort: wir
machen jetzt noch ein paar Tests.
Wenn wir sie jetzt laufen lassen, haben sie das auch den
umfangreichen Fürsprachen zu verdanken.
Unter anderem von Florian Götzmann, den ich persönlich
von einigen Veranstaltungen kenne."

8 TF EUROPEAN FUTURE

8.1 Die Rede

Der Rest des Tages war dann ganz schön wuselig.
Nachdem sie gemeinsam die Wache verlassen hatten,
konnten sie mit ihrem Berechtigungszertifikat noch ihre
neuen PAS abholen.
Selbst diese relativ kurze Strecke legten sie gemeinsam
in einem Twizzer zurück.
In dem Shop, abgesichert wie ein Hochsicherheitstrakt,
herrschte gähnende Leere. Der Typ, der in dem Laden
arbeitete, war nicht nur von einer extremen Langsamkeit.
Er war überdies noch arrogant bis zum Kotzen. Mit Mühe
konnte Joe Dirk davon abhalten, dem Typen durch das
Sicherheitsgitter hindurch per Faust mit „Motivatoren" zu
versorgen!

Die nicht so sensiblen Daten hatten sie auf der Wache
noch in einem Einmal-Stick über eine zu 99,999 %
Hackersichere Datenleitung im Polizeinetz bekommen.
Natürlich in mehreren Etappen, von denen
sicherheitshalber auch zwei mit Nonsens und ordentlichen
Viren dabei waren!
Wer diese unbedarft öffnete, konnte seinen PAS nur noch
wegwerfen, das Ding zerstörte sich dann schlagartig
selbst.
Über eine abhörsichere, uralte Festnetz-Leitung hatte
man ihnen mitgeteilt, welche Daten wichtig und welche
Nonsens waren. Sehr, sehr außergewöhnlich!
Der gute, alte Dr. Munk hatte sich wohl richtig mächtig
für sie beide ins Zeug gelegt.

Eigentlich, ja eigentlich, dachte Joe bei sich. Eigentlich
bräuchte man doch heute diesen ganzen Wust von
Vorsichtsmaßnahmen nicht mehr. Seit etlichen Jahren
doch gab es doch dieses einzigartige, erste
Weltumfassende Internetgesetz.
Irgendwann anfangs oder Mitte der zwanziger Jahre
hatten die großen Industrienationen gemerkt, dass es ein

Riesenproblem im Internet gab: Hacker, Trojaner, Viren und ähnlicher Müll. Wo war der Sinn eines Arbeitsgerätes, wenn man mehr Zeit mit Virenschutz und ähnlichem zubringen musste als man mit effektiver Arbeit zubringen konnte?

Wer die Initialzündung ausgelöst hatte, ließ sich nicht mehr ermitteln.

Aber das Gesetz war simpel und wurde innerhalb weniger Jahre erstaunlicherweise weltweit ratifiziert: Wer Viren und ähnlichen Müll verbreitete und erwischt wurde, der wurde konsequent und drakonisch bestraft.

Firmenmitarbeiter, Einzelperson, Chef, es war egal. Wer beteiligt war, zahlte pauschal zehn Jahresnettogehälter an irgendeine gemeinnützige Organisation.

Und wer keine Kohle hatte, wanderte pro fehlendem Jahresgehalt für zwei Jahre in den Knast.

Härteste Stufe, selbstverständlich.

Ausnahmen, wie hier beim Versand der der PAS-Daten, waren nur noch für staatliche Organisationen möglich und wurden über eine internationale Kommission (mit ständig wechselnder Besetzung) nach strengsten Maßstäben geregelt.

Die Chinesen waren damals die ersten, die Hacker konsequent in öffentlichen Prozessen verurteilten.

Allerdings gab es bei denen statt Knast ein rigoroses „Rübe ab" in aller Öffentlichkeit.

Danach war dieses mächtige Problem des Internett innerhalb weniger Jahre nahezu vollständig von der Bildfläche verschwunden.

Wen wundert`s, dachte Joe bei sich!

Zurück im Hotel, blieb kaum noch Zeit. Die Lobby war zwar mittlerweile aufgeräumt, aber noch immer gesperrt. Im Hintergrund saßen zwei Polizisten, die G27 mit leicht glimmender Mündung auf dem Schoß.

Die beiden erweckten nicht den Eindruck von Begeisterung über ihren Job.

Sie sahen aus wie personifizierte Menschenfresser!

Nun führte sie der erste Weg zum Fashion-Printer (oder, wie Schwaller stets sagte, Klamottendrucker). Zum Glück musste man sich heute nicht mehr unbedingt mit Bekleidungsvorräten belasten.

Es war, im Gegensatz zu früher, oftmals ökologischer und ökonomischer, Bekleidung Situationsgerecht vor Ort zu produzieren und dann auch wieder zu entsorgen.

Diese modernen Kunstfasern auf Basis von Bambus (denn der wuchs sehr viel schneller nach als Holz) erlaubten eine schier unendliche Vielfalt von Anwendungen!

Nach dem sie beide sich umgezogen hatten, dem Anlass der Einladung entsprechend, trafen sie dann gegen 17.00 Uhr auf dem Gelände der Werft mit einem Twizzer ein.

In Joe´s Magen grummelte es, auch Dirk hatte etwas von ordentlichem Hunger gefaselt.

Das große Verwaltungsgebäude der DEMA hatte die bei neueren Häusern klassische ovale Eiform.

Sie wurden über die üblichen Schleusen hereingebeten, der Aufzug führte sie nach oben.

Die Verblüffung bei Joe und Dirk war dann riesengroß! Dort, wo sie noch weitere vier oder auch fünf Stockwerke vermutet hatten war - nur ein riesiger, geschätzt etwa hundertfünfundzwanzig bis hundertvierzig Meter im Durchmesser messender Dachgarten.

Luftig, bestimmt zwanzig Meter ohne Zwischenetagen bis an die Kuppeldecke reichend!

Joe und Dirk waren erst mal sprachlos und verblüfft über so viel Verschwendung von kostbarstem Raum.

Mit Bachlauf, Brückenstegen, Anhöhen, kleinen, diskreten Pavillons. Sattes grünes Gras am Boden, Wege mit Natursteinen eingefasst! Echte Pflanzen!

Grandios! Einfach nur Grandios!

Und die gesamte Kuppel war außen mit diesem Spezialglas verkleidet, welches noch im letzten Jahrhundert Schott in Mainz entwickelt hatte. Man konnte es durch Anlegen einer elektrischen Spannung verdunkeln. Heute war es weitgehend auf den transparenten Modus gestellt, so dass sich ein

atemberaubender Rundumblick über den gesamten Hafen und die Elbe ergab.
Die äußere Beschichtung des Glases hatte einen perfekten, metallischen Schimmer vorgetäuscht.
Wer sich so etwas leisten konnte, hatte mehr als nur fünf oder sechs Stellen vor dem Komma auf dem Bankkonto!

Joe verschaffte sich einen Überblick.
Nur vielleicht vierzig, fünfzig Personen - mehr nicht?
War die Veranstaltung schon gelaufen - Joe fühlte sich unsicher! Fragend blickte er zu einem achselzuckenden, überwältigten Dirk an seiner rechten Seite.
Ein paar kleine Stehtische waren auf der Fläche locker verteilt. Kellner wuselten geschäftig hin und her.

Die Gesellschaft, das Übliche.
Alte und ältere Männer. Jüngere und jüngste Frauen.
Das Stinken nach Geld bei den Männern stand offensichtlich in einem unmittelbaren Zusammenhang mit den Weibern. Je mehr Geld der Alte hatte, umso jünger waren die Weiber.
Und die jungen, sehr hübschen Weiber waren außerdem bei dieser Gesellschaft eindeutig in der Überzahl.
Und- Afraner gab es auch. Zwei hochgewachsene Männer, deren Wurzeln in Äthiopien hätten liegen können sowie eine Frau mittleren Alters und nicht zu definierender Herkunft.

Eine Person löste sich aus der plaudernden Truppe: das asiatisch aussehendes Mädel in einem sicherlich sündhaft teuren Hosenanzug kam auf sie beide zu. Die Seide umschmeichelte den zarten Körper wie eine zweite Haut.
Im Rücken, an den Armen und Beinen waren raffinierte Schlitze eingearbeitet. Die Kleine hatte eine wahrhaft knabenhafte, natürliche Figur. Sexy bis zum geht nicht mehr! Wahnsinn!
Beim Näherkommen konnte man unter einem perfekten Makeup üble Spuren erkennen! Da hatte jemand die Frau aber mehrfach richtig unsanft angepackt!

Sie war sicherlich mindestens Mitte bis Ende zwanzig, nicht vierzehn, wie Joe zuerst dachte.

Mit schnippisch-zwitscherndem Tonfall (da klang die asiatische Herkunft durch) begrüßte sie die beiden: „Mr. Raubach, Mr. Remmiz, herzlich willkommen. Jetzt, da sie als letzte unserer kleinen Gesellschaft erlesener Gäste eingetroffen sind, wird Mr. Senator Hansen in wenigen Minuten mit seiner Rede beginnen können. Mich nennen sie bitte Sue, ich bin die persönliche Assistentin seiner Excellenz, Mr. Senator Heinrich-Enno Hansen."

Sprach`s, drehte sich auf pfeildünnen Absätzen um und verschwand mit hinreißendem Hüftschwung.
Ein leiser Windhauch hatte bei dem Umdrehen den Schlitz in ihrem linken Ärmel verrutschen lassen. Joe konnte tiefdunkelbraun vier kräftige Punkte auf einem zarten Oberarm erkennen.
Auch da hatte sie wohl irgendjemand ziemlich derb angefasst?

Dirk stieß Joe grinsend an: „Mein lieber Freund, auch hier gilt eine meiner uralten Regeln: Du kannst mich auf jede Fete einladen! Hauptsache, der Rotweinpegel im Glas ist hoch und die Dekolletés der Mädels sind tief!"
Der so angesprochene antwortete mit leisem Lachen.

Aus dem Hintergrund der der Anlage, möglicherweise aus einem verdeckten, zweiten Aufzug, kam ein klassischer Golfwagen, ein Caddy gefahren! Ein junger Mann saß am Steuer. Daneben saß ein alter, hoch gewachsener Griesgram. Kerzengerade aufgerichtet!
Dieser Gag sollte sicherlich die beeindruckende Weitläufigkeit des Dachgartens noch unterstreichen.
Völlig dekadent!
Vier kräftige junge Männer, alle in dunklen, gutsitzenden Anzügen mit ebenso dunklen Sonnenbrillen joggten im Gleichschritt neben dem Caddy her.
Der Senator inszenierte seinen Auftritt!

Das hin-und her rutschen der Anzüge seiner Bodyguards beim Spurten ließ unter den Jacketts Abdrücke von Handwaffen erkennen.
Wenn Joe das richtig gesehen hatte, ausziehbare Laserstöcke. Konnte man zum Prügeln genauso verwenden wie zum Schießen, ein fieses Zeug!

Der dunkle Anzug des Senators war aus matt schimmernder, vielleicht sogar echter Seide!
Ein Vermögen wert! Zweireihig geknöpft, hoch geschlossen, das Jackett nahezu Knielang. Dieser an eine Uniform erinnernde Anzug streckte die Figur von Senator Hansen erheblich.
Seine sicherlich nahezu siebzig oder achtzig Jahre waren ihm kaum anzusehen, da hatte die Medizin bestimmt schon gut daran verdient!
Der hatte sicherlich jede Menge Vitamin B spielen lassen, um die Altersgrenzen der Krankenversicherung zu umschiffen!

Der Senator wurde nach dem Aussteigen sofort umringt, ein Glas erschien aus dem Nichts in seiner Linken.
Er begrüßte die Gäste reihum, schien die allermeisten persönlich zu kennen.
Vielleicht hatte er ja auch so ein Implantat im Ohr, welches ihm Nachrichten aus dem PAS drahtlos ins Innenohr funkte, dachte Joe bei sich.
Damit wären Gedächtnislücken, die ja in vergangenen Jahrzehnten und Jahrhunderten immer wieder für Peinlichkeiten gesorgt hatten, endlich Vergangenheit.

Joe und Dirk wurden nahezu als letzte flüchtig begrüßt, dann trat der Senator an das Pult. Sie sahen sich bedeutungsvoll an, jetzt ging die unvermeidliche Selbst-Beweihräucherung los!
„Meine lieben Gäste, seien Sie herzlich willkommen (der Senator breitete seine Arme in einer großen, theatralischen Geste aus) und freuen sie sich mit mir an diesem wirklich bemerkenswerten Tag! An dem

phantastischen Wetter und dem phänomenalen Erfolg unseres Unternehmens!

Als wir vor nahezu zwanzig Jahren die DEMA, die „Deutsche Marine" aus den Überresten der an der Nordsee und Ostseeküste verstreuten Werften oder ihren traurigen Überresten übernahmen, hatte keiner mehr an eine Zukunft des deutschen Schiffbaus geglaubt.

Mir und meinen Freunden war das willkommen, konnte wir doch so manchen maroden Verein für einen einzigen NEK übernehmen! (zustimmendes Gelächter in der Runde) All `dieses Kroppzeug von ausländischen Investoren, Managern, Vorstandsidioten - die haben doch keine Ahnung von Fleiß und Tugend des deutschen Volkes!

(Joe konnte plötzlich die eine oder andere gerunzelte Stirn entdecken! – warum hatte der alte Knilch so eine merkwürdig schnarrende Stimme – sie kam ihm irgendwie bekannt vor? Fehlte ihm vielleicht noch so ein schwarzes Supermini-Bärtchen unter der Nase?)

Noch um die Jahrhundertwende wurden mehr als siebzig Prozent des Welthandels auf Schiffen abgewickelt. Auf traurigen, trostlosen Kästen, überfrachtet mit Decksladungen von Containern. Oder von billigsten Tankern, die unsere wertvollen, wunderschönen deutschen Ostsee- und Nordseeküsten verseuchten.

Und andere Küsten natürlich auch!

So hat man beispielsweise noch 2018 Pflaster–und Grabsteine aus Indien und China auf dem Seewege nach Deutschland gekarrt!

Und der brave, kleine Bürger hat für jede Fahrt mit dem Kleinwagen zur Oma heftigste, schadstoffbezogene Steuern und Abgaben bezahlt, die ihm den letzten Cent des damaligen, dekadenten, verfluchten Euros aus der Tasche zogen.

(quasi aus dem Nichts heraus erschienen im Hintergrund des Geländers holographische Bilder verschiedener

ökologischer Katastrophen zur Unterstützung der Aussagen)
Und diese Kretins von Politikerinnen und Politikern haben dem ganzen Treiben noch wohlfährig zugesehen!
(die Senatorenstimme hatte mittlerweile eine eisige, einem Rasiermesser gleichende Schärfe erreicht)
Doch dann, meine lieben Gäste, meine lieben Freunde, kamen die klimatischen Veränderungen! Wir Deutsche hatten jahrzehntelang eine ökonomisch sinnlose Vorreiterrolle innegehabt.
Sie hat unserem Volke nur geschadet, genauso wie die vielen Kanack... ähm Gäste in unserem Lande, in unseren Regierungen!
(der leichte „Versprecher" wurde von einigen Gästen mit Lachen begrüßt, Schadenfreude troff aus den Worten des Senators)
Tja, und dann, liebe Freunde hat man gemerkt, dass Containerschiffe mit sechs, sieben und mehr übereinander gestapelten Lagen an Containern auf dem Deck anfällig waren. Anfällig für Stürme, Methanblasen, Monsterwellen!
Abgesoffen sind die Dinger, reihenweise abgesoffen!
Haha, haha! (ein hässliches, brüllendes Lachen des Senators flammte auf! Er krümmte sich dabei und hieb mit der Faust krachend auf das erbebende Pult)
Und damit stiegen die Versicherungsprämien exorbitant an. Für viele Produkte wurde der Seeweg zu teuer, ganze Industrien brachen weltweit zusammen!
Und die Ami` s kamen mit dem Geldscheindrucken nicht mehr hinterher, was will man auch von Schwarzen in Führungspositionen erwarten!
(die Senatorenstimme troff vor Abscheu, ein Raunen ging durch die Menge- aber der Alte besaß eine verdammt exzellente Rhetorik und Gestik)
Diese desaströsen Auswirkungen, meine lieben Freunde und Gäste, sehen wir allenthalben!
Umweltschäden, rings um den Globus! Keiner ist zuständig, keiner fühlt sich verantwortlich für diesen Sa.... ähm diese Zustände!

(die Hologrammshow im Hintergrund lief mit immer neuen, oft schrecklichen Bildern weiter)
Unsere Wirtschaft dümpelt dahin, auf dem Lande herrscht Chaos. Die Polizei ist oft unterbesetzt, machtlos.
Drogen, Drogen, Gewaltexzesse überall!
Kinder aus der Retorte oder aus irgendeinem verfluchten Land adoptiert!
Das deutsche Volk muss erwachen!
(Erneut fühlte sich Joe an die Geschichte mit dem Bärtchen erinnert, die Tirade ging mit lautstarker Stimme weiter...)

Wir, dass! Volk der Dichter und Denker, werden die Wirtschaft weltweit! weltweit mit unserem neuen Tauchfrachtertyp „TF European Future" wieder voranbringen! Wir! Ja – wir!
Weil wir damit wieder in der Lage sind, Frachten weltweit zu moderaten Kosten und mit prächtigsten Verdiensten, zuverlässig um den Globus zu schippern!
Die deutsche Ingenieurskunst wird wie ein leuchtendes Mahnmal über der wiedererwachenden, globalen Wirtschaft stehen.
(der Senator genoss sichtlich den einsetzenden Beifall)
Nun, meine Damen, meine Herren ein paar Fakten, die die Herren und Damen von der Presse auch gerne später in ihren Mails nachlesen können."
Die Stimme des Senators hatte auf einmal einen sachlichen-nüchternen Tonfall, die Emotionen waren wie weggeblasen. Sachlich-kühl dozierte er weiter:

„Die Idee ist mir nach einem Bericht über Rauschgiftschmuggel in Südamerika entstanden.
Damals, noch zum Anfang dieses Jahrhunderts, hat man in sogenannten Halbtauchbooten - also kleine, schnelle Schiffe, die an der Wasseroberfläche praktisch nicht mehr auszumachen waren, Drogen in großem Stil geschmuggelt!

Als die Verlustraten der großen Containerschiffe dann etwa Anfang 2019/2020 wirklich exorbitant in die Höhe schnellten, haben wir uns Gedanken gemacht. Heraus gekommen ist die TF European Future. Stolze 278 Meter lang, bei einer ovalen Höhe von etwa 70 Meter und einer Breite von maximal 50 Meter. Am Ende des Laderaumes betragen die Maße dann noch etwa 40 x 30 Meter. Bei einer Laderaumlänge von etwa 240 Meter beträgt die Gesamtlänge des Schiffes nur etwa 278 m! Unsere Kapazität beträgt 1.817 Stück modifizierter 20 Fuß Container.

(Das Hologramm hatte mittlerweile auf das Abbild eines der Länge nach aufgeschnittenen, futuristischen U-Bootes umgeschaltet. Joe blickte verblüfft zu Dirk hinüber – grandios, diese Show! Aber das Sammelsurium von Daten war doch etwas für die Pressemappe, nicht für einen Vortrag vor diesem Publikum. Indes fuhr der Senator völlig ungerührt fort:
Natürlich sind das nicht die Mengen eines klassischen Containerschiffes, aber dazu kommen wir später.
Das Boot hat eine Einsatztiefe von 65 Metern, läuft also mit großer Reserve unter allen uns bekannten Monsterwellengrößen hindurch. Die Maximale Operationstiefe liegt bei 200 Meter, wir verfügen damit also auch über genügend Sicherheitsreserven.
Das Boot, meine Damen und Herren, dieses Boot, zeichnet sich durch viele Besonderheiten aus!
Steuerung, Kombüse, Unterkünfte, die gesamte Infrastruktur und Logistik befindet sich im Bug.
Im Heck ist nur noch der Antrieb konzentriert.
Es gibt zum Beispiel einen geräumigen Mannschaftstrakt, bei den Matrosen teilen sich nur noch zwei Mann eine Koje. Unteroffiziere verfügen zu zweit über eine komplette Kajüte, Offiziere natürlich über Einzelkajüten! Die Atemluft wird über Biofilter gereinigt und aufbereitet, ein Patent aus 2013.
Meine Damen und Herren, ebenfalls ein deutsches Patent!

(erneut ging ein anerkennendes Raunen durch das Publikum! Währenddessen wurden die Details des Senators durch aufblitzende, rote Pfeile im Hologramm betont)

Bei diesem Patent, liebe Gäste, werden in speziellen, patentierten Behältnissen Pflanzenwurzeln von Luft umströmt und nehmen dabei Luftschadstoffe auf.

In Notfällen können wir die Atemluft über das Kompressorensystem mit der Druckluft in den Ballasttanks austauschen, so sind wir bei Tauchfahrt bis zu 90 Tage völlig autark!

(ab und an konnte man im Publikum zaghafte, fragend erhobene Hände erblicken. Der Senator wischte diese mit generösen Gesten weg, ließ sich in seinem Redefluss nicht stoppen)

Die Anzahl der störanfälligen Luken und ähnliches wurde auf ein Minimum reduziert, der Frachtraum ist vom Raum für Steuerung und Personal hermetisch entkoppelt.

Der Antrieb erfolgt auf Wasserstoffbasis, so dass wir nahezu keine Vorräte bunkern müssen, wir bewegen uns ja praktisch im endlosen Vorrat für die Aufbereitung der Treibstoffe!

Ruder gibt es im klassischen Sinne keine mehr. Das Boot verfügt über sechs Elektromotoren. Deren Rotoren sind aus Neodym Dauermagneten, die Statoren sind mit dem Bootskörper verbunden. Die Rotoren werden in berührungsfreien Lagern geführt, wir rechnen mit einer Motorlebensdauer von über fünfzig Jahren.

(das Stakkato der Daten ging weiter)

Lageveränderungen erfolgen durch Zuschalten oder Abschalten oder Reversieren einzelner oder mehrerer Motoren, die Tauchtiefe stellen wir einzig über Ballasttanks ein.

Die Spezialcontainer werden durch fünf große Luken über dem Frachtraum eingebracht und per Roboter nach einem ausgeklügelten Plan verstaut.

Sie stabilisieren durch ihre Anordnung den Rumpf während der Tauchfahrt!

Entsprechend verfügen wir über fünf voneinander unabhängige, abgeschottete Sektoren für die Ladung. Dazu die beiden getrennten Maschinenräume plus den Mannschaftsräumen, den Sozialräumen sowie der Brücke. Unsere Lenzpumpen können pro Stunde das Achtfache des über eine vollkommen offene Luke eindringenden Wassers abpumpen!
Hmh – äh." (nun war es Dirk, der Augen rollend ob dieser Faktenflut zu einem Schulter zuckenden Joe hinübersah)

Der Senator räusperte sich, fügte eine sekundenkurze Pause ein: „Zwischenfragen stellen Sie mir doch bitte nachher im persönlichen Gespräch, dann gebe ich Ihnen gerne noch mehr Details! Ähm, hmh.
(ein leises, vorsichtiges Aufatmen ging durch die Menge – endlich genug? Mitnichten!)

Ach ja, das besondere an diesen patentierten Containern ist die Ausbildung des umlaufenden, äußeren Rahmens der einzelnen Container! Jeder dieser Container wird beim Einlagern durch die Einlagerungsroboter kraftschlüssig mit dem Nachbarcontainer bzw. dem Bootsrahmen verbunden, so dass die im U-Boot kritischen Lasten aus der Tauchtiefe über mehrere Elemente verteilt werden und für uns damit absolut sicher beherrschbar sind.
Die Freiräume, die beim Stauen von rechteckigen Körpern in dieser ovalen Hülle entstehen, dienen der tragenden Struktur, der Druckluftaufbereitung und Speicherung, den Ballasttanks usw.
Für Notfälle gibt es zwischen den eingelagerten Containern noch einen Durchgang mit mehreren Schotten von der Brücke zum Maschinenraum.
Und der Luftraum, der Systembedingt im Bereich der Kranbahnen, praktisch im Zenit des Tauchfrachters entsteht, stabilisiert das Boot in der Vertikalen. So, wie die Schwimmblase eines Fisches während der Tauchfahrt!

Lassen Sie mich noch ein wenig über die Navigation ausführen.

(die ob der lang schweifigen Ausführungen gelangweilt dreinschauenden Frauen würdigte er keinen Blickes. Die Männer hingegen gebannt an den Lippen des Senators. War doch jedes Detail wichtig, ja wegweisend für den wirtschaftlichen Erfolg dieser neuen Art der Schifffahrt. Und schließlich wollten die männlichen Teilnehmer dieser Veranstaltung ja nur eines, möglichst viele NEK`s daran verdienen).

Zur Orientierung verwenden wir neben der klassischen Satellitenortung das neuartige Prinzip „Pat und Patachon" - eine Würdigung von Schauspielern des vergangenen Jahrhunderts. (Der Senator war jetzt erneut richtig in Fahrt gekommen, die Bootstechnik schien ihn mächtig stolz zu machen, er gestikulierte wie ein Wilder)

Zu jedem Boot, fuhr er fort, gehören zwei Torpedoähnliche Beiboote, genannt „Patachon". Eines davon ist permanent im Einsatz, das zweite dient als „Stand-by-Reserve".
Bei einer Länge von ca. 12 Meter und einem Durchmesser von etwa 3 Meter haben sie die gleichen Taucheigenschaften wie das Mutterboot und sie sind komplett unsinkbar ausgeführt.
Sie fahren die Route im Abstand von 5 bis 6 nautischen Meilen im Voraus autark vom Mutterboot ab. Mit der gleichen Antriebstechnik übrigens, komplett mannlos, vom Mutterboot automatisch geführt. Sie registrieren Wetter, Wellenhöhen, Methanblasen, Seeverkehr, orten Hindernisse und dienen als Relaisstation für die funktechnische Verbindung zu Satelliten und Reederei. Wir haben noch nie auf eines der Reservebeiboote zurückgreifen müssen, werden aber daher diesen Sicherheitsstandard mit einem Reservebeiboot aus Sicherheitsgründen beibehalten.
Mit dem Mutterboot „Pat" genannt, steht Patachon im permanenten Datenaustausch. Dadurch hat der Kapitän praktisch bei jedem Wetter während der Tauchfahrt 5 - 6 nautische Meilen Sicht voraus, in einem

Blickwinkel von etwa 360°. Wir sind bei voller Fahrt, das sind etwa 38 Knoten, in der Lage, das Boot im Notfall innerhalb von 3,5-4,0 nautischen Meilen zum Stillstand zu bringen.
Eine zweite Titanic wird es mit dieser grandiosen deutschen Technik nicht mehr geben."

Beifall brandete auf, den der Senator mit einer gekonnt - beschwichtigenden Geste zum Stillstand brachte.
Sachlich, etwas leiser, fuhr er fort:

„Dieses unser erstes Boot, die TF European Future, ist jetzt seit exakt fünf Jahren im Einsatz. Es hat Hongkong, Manila, New York, Amsterdam und andere Häfen gesehen. Selbst der Panamakanal war kein Problem für diese überragende, weltweit einzigartige Innovation!
Wir hatten keine Verspätungen und Null, ich betone Null Verlustrate bei den Transportgütern.
Wir haben minimale Personal und Treibstoffkosten.
Unsere Kosten pro Container liegen unter! vierzig Prozent der heute bei Containerschiffen üblichen Frachtraten, diese werden wir mit neuen, größeren Booten noch weiter senken können!
(es folgte eine winzige, theatralische Pause, die den Schlusssatz betonen sollte)
Das, meine Freunde, das ist eine neue Dimension in der Seeschifffahrt!"

Er hob sein Glas, die Gäste folgten dem Toast, dann brandete richtig tosender Beifall auf.
Der Senator beschwichtigte erneut nach einigen Sekunden, um die bisherigen Details noch zu toppen:
„Diese hohe Verfügbarkeit, diese Zuverlässigkeit verdanken wir im Besonderen der innovativen Motorentechnik sowie dem bewussten Verzicht auf die im U-Boot Bau klassischen und üblichen Wanddurchbrüche, Schotttüren, auf bewegliche Teile wie Ruderanlagen usw.

In unseren und in befreundeten Werften liegen Zehn! meine Damen und Herren, Zehn dieser Boote in der neuen Größe bereits auf Kiel! Wir verfügen außerdem über Optionen auf weitere dreißig Boote! Wir können uns bereits heute aussuchen, wessen Bestellung wir annehmen.
Diese Revolution ist unseren deutschen Ingenieuren, unserm Deutschen Volk vollkommen gelungen!"

Die Stimme hatte sich mittlerweile vor Begeisterung und Enthusiasmus nahezu überschlagen. Euphorischer Beifall brandete abermals auf, die Gäste hatten sich erhoben, trampelten einen zusätzlichen, begeisterten Stakkato mit ihren Füßen in den Boden.
Die Kuppel bebte und vibrierte unter dem Applaus!
Im Hintergrund drehte das Hologramm des Tauchfrachters immer wieder im Kreise, so dass dieses Wunderwerk der Technik von allen Seiten ausgiebig bestaunt werden konnte.
Der Senator hob die Hände, Handflächen dem Publikum zugewandt, um den Beifall erneut zu dämpfen:
„Liebe Freunde, meine Gäste, das ist nicht alles, nein- ich habe noch mehr für Sie!
Sie, die zu unseren Freunden, unseren Investoren oder auch zum kleinen Kreis der auserwählten Journalisten zählen, für Sie alle habe ich noch eine Überraschung!
Sie werden als erste und weltexklusiv, Gelegenheit haben, die TF European Future zu besichtigen.
Innen und außen!
Und dann, dann zeige ich ihnen noch etwas, meine Damen, meine Herren (die Stimme überschlug sich erneut in Euphorie), das wird unsere Energieversorgung genauso revolutionieren!"

Jetzt toste frenetischer Beifall, nicht endend wollend, erneut! Die Anwesenden stampften wiederum dazu minutenlang vor Begeisterung mit den Füßen, durchdringend war das euphorische Gekreische der Weiber!

Joe vermeinte förmlich, die NEK`s in den Augen der Anwesenden blitzen und blinken zu sehen.

8.2 Eklat

Der Senator wurde von den Anwesenden umringt, Shakehands allenthalben.
Bei den männlichen Gästen war der Run auf den Senator besonders ausgeprägt! Was der Alte da eben von sich gegeben hatte, war schlicht eine Lizenz zum Geld drucken!
Manche der „Damen" versuchten sich auf eine schon beschämende Art und Weise anzubiedern, der Alte genoss das offensichtlich in höchstem Maße.

Joe und Dirk standen etwas abseits, kamen sich ein wenig deplatziert vor.
So genossen sie lieber das ausgezeichnete Büffet.
Einer der Kellner kam heran, mit einer leichten, kaum wahrzunehmenden Verneigung fragte er „Was darf ich den Herrschaften servieren? Wodka aus Moskau, Aquavit aus Schweden, ein kühles Bier aus Belgien oder Deutschland, einen Wein?"

Joe schüttelte den Kopf: "Mir wäre heute mehr nach einem guten, roten Tropfen" er sah Dirk an, der beifällig nickte.
„Barbera, Merlot, Chiraz, Bordeaux, etwas Exotisches - wonach, meine Herren, steht ihnen der Sinn?"

Joe lachte „Am liebsten einen klassischen Deutschen, einen Spätburgunder oder Dornfelder vom Kaiserstuhl, aber keinen Barriqueausbau"

Ein Leuchten zog über das Kellner Gesicht: "Einen Kaiserstühler Dornfelder-Beerenauslese, trocken. Jahrgang 2013, Weingut D. Kurz, Munzingen. Handverlesen! Von samtig–blutroter Farbe. Mit feinen Aromen von Kirschen, reifen Erdbeeren und einer

kräftigen Nuance von Heidelbeeren. Zart und Weich im
Abgang, der Nachklang schmeichelt ihrem Gaumen mit
Spuren von Vanille, Schokolade und Zimt. Eine Rarität
und, meine Herren, eine treffliche Auswahl!"

Er trollte sich von dannen, kam nach wenigen Minuten
mit einer Flasche wieder. Mit einem echten Korken
verschlossen und mit Wachs versiegelt.
Das Gebräu, schoss es Joe und Dirk gleichermaßen durch
den Kopf, musste ein Vermögen wert sein!

Der Korken wurde mit leichtem Pflop gezogen, die
Riechprobe ergab keine Spur von Kork!
Der Wein war tatsächlich vierundzwanzig Jahre alt!
Der Kellner schenkte in zwei hauchzarte, große
Rotweingläser eine winzige Probe ein, erwärmte sie auf
seinen Handballen unter ständigem Schwenken, damit
sich die Aromen entfalten konnten.
Joe und Dirk konnten probieren, der Gute hatte nicht zu
viel versprochen. Dieser Wein war eine Klasse für sich
und wirklich ein Vermögen wert!

Der Senator hatte sich etwas zu Joe und Dirk umgedreht.
Seinen rechten Arm hatte er mittlerweile um den Nacken
von Sue gelegt, die Hand baumelte beim Reden ungeniert
streifend über ihren Busen. Ihn schien das zu erfreuen.
Sue tat, als merke sie nichts.
Joe warf einen Blick auf ihre Fingerknöchel, die
verkrampft und blütenweiß aus dem leicht oligen Braun
ihres Teints hervorstachen.
Das war alles andere als astrein!
Offensichtlich war Sue nicht nur persönliche Assistentin.
Aber irgendetwas war an dem Verhältnis des Alten zu Sue
nicht ganz stimmig? Joe konnte es nicht enträtseln?
Irgendwie lag da eine Anspannung in der Atmosphäre,
unerklärlich, irgendwie- fast gespenstisch!

Der Senator neigte sich kaum merklich zu Sue` s Ohr,
flüsterte. Dann schlenderte er zu Joe und Dirk die paar

wenigen Schritte herüber. Er trug ein leeres Weinglas leger in der Linken. Niemand außer den Bodyguards folgte ihm.

Der Alte verstand es vorzüglich, Anweisungen diskret aber bestimmt zu erteilen.

„Nun, meine Herren, wie ich sehe, haben sie bereits eine vorzügliche Wahl getroffen. Ich freue mich, auf Menschen zu treffen, die die Qualitäten und Arbeit unserer wenigen, noch existierenden deutschen Winzer zu schätzen wissen. Die Lizenzen sind äußerst rar! "

(ging das Gelaber jetzt schon wieder weiter? Wo war das Bärtchen...?)

Der Alte goss sich selbst aus der Flasche ordentlich ein, prostete den beiden zu. Es entwickelte sich ein typischer Party-Smalltalk.

Erstaunlich war bereits nach wenigen Sätzen, wie viel der Alte wusste. Hegau, Helgoland, die Geschichte auf der Anreise mit dem Transpress. Selbst die Story mit dem Hotel war ihm nicht neu.

Irgendwie beschlich Joe das Gefühl, der Alte wollte sie beide ausfragen. Ihre Einstellung zu politischen Themen auslotet.

Der Senator selbst war unverhohlen rechtslastig und seeehr! national.

Drogen, Gewalt, Adoptionen, Befruchtungsvarianten - erstaunlich, wie rege und hervorragend informiert der Alte war und wie er in den Themen springen konnte.

Doch - weder Joe noch Dirk ließen sich aus der Reserve locken.

Der Alte bohrte fragend weiter, wollte er ihren Wissensstand, ihre Pläne checken?

Um dem entgegen zu wirken, lenkte Joe das Thema nach einem diskreten, deftigen Tritt an Dirks Wade auf ein anderes Thema:

"Senator, womit, wenn ich fragen darf, womit haben sie die beträchtlichen Kapitalmengen verdient oder erwirtschaftet, die man für solche Projekte wie die TF

European Future benötigt? Wo sind ihre Sponsoren oder Geschäftspartner?"
Der Alte lachte, nahm einen großen Schluck, stellte das Glas ab und legte den beiden die Arme jovial um die Schultern. Das Glas schwappte verdächtig, Joe sah im Geiste schon Rotweinflecken auf der sündhaft teuren Robe!
„Liebe Freunde, Glück, Arbeit, Beziehungen und Mut und einen guten Riecher! Eine hervorragende Frage, Haha! Aber, nun ja: Meine Eltern waren nicht gerade arm, aber auch nicht irgendwie reich.
2017 habe ich dann den ersten aufgelassenen Braunkohletagebau gekauft, geboten habe ich einen einzigen Euro!
Zur biologisch einwandfreien Renaturierung und Rekultivierung! Klasse Idee, meine Herren!
Biologisch einwandfrei, trotz aller Benken und Auflagen.

(er lachte schallend, Hohn troff aus der Stimme)

Man hat mir das Gelände dann unter einer Zuzahlung; ihr Lieben, Zuzahlung! von fast zehn Millionen Euro überlassen, sonst wäre der Vertrag als Verstoß gegen die guten Sitten nicht durch die rechtlichen Institutionen unseres Landes gegangen!
Nach dem gleichen Strickmuster habe ich dann noch heimlich, still und leise weitere Tagebaustellen erworben. Das ergab zusammen ein schönes Startkapital!
Mit dem Geld habe ich dann zwei Ideen als Patente auf Neunundneunzig Jahre weltweit wasserdicht gemacht. War nicht einfach, aber ich hatte ja genügend Geld- und einen guten Mentor!
Und bei den lieben Freunden in der Schweiz und in Lichtenstein waren die Anlagemöglichkeiten weitgehend versiegt. Und ich wollte ja mehr Geld machen, sehr viel mehr!
Und für kleines Geld haben mir zwischenzeitlich ein paar Ingenieurbüros möglichst grottenschlechte – Haha -

grottenschlechte Renaturierungspläne für eben diese Tagebauten gemacht.
(die verblüfften Gesichter von Joe und Dirk wurden ignoriert).
Diese Renaturierungen waren ja eigentlich die Grundvoraussetzung für den billigen Erwerb dieser Gelände gewesen!
Die Pläne wurden von den Gremien, Ländern und Gemeinden dann eben, weil sie grottenschlecht waren,- immer wieder verworfen wurden! Haha!
Hat hervorragend funktioniert!
Toller Zeitgewinn, sage ich ihnen, diese typische deutsche Borniertheit in den deutschen Amtsstuben kann durchaus vorteilhaft sein!
Zwischenzeitlich war das Endlagerthema um den alten Atommüll, wie von mir prognostiziert, eskaliert. Der Dreck, er sollte weg, keiner wusste wohin, das Problem *musste* endlich gelöst werden. Hahaha!
Nur, je dichter die Gebiete besiedelt sind, umso heftiger wurde der Widerstand.
Und nach der Hegaugeschichte hatte eigentlich niemand mehr so richtig Vertrauen in Bergbau oder ähnliche Projekte! Und dann, ich hatte ja nun gesellschaftliche Kontakte durch mein Geld, kam ich mit meiner Idee im Gepäck endlich, endlich! in Kontakt zu den Entscheidungsträgern in der Regierung!"

Er sah Joe und Dirk mit leuchtenden Augen an, nahm einen neuerlichen, guten großen Schluck. Dann grinste er bis über beide Ohren, als er hämisch fortfuhr:

„Ich habe den Regierungsfuzzis angeboten, eine riesige, etwa hundertfünfzig Meter tiefe Betonwanne zu bauen. Atommüll rein, noch mal ordentlich Beton drauf, fertig. Der Kanzler hatte das gar nicht gleich gerafft. Sein Staatssekretär hat mich ausgelacht! Viel zu teuer! Die Geologie, Bodenproben, Bevölkerung und lauter so` n Zeug hat der geschwafelt und wollte mich sofort rausschmeißen!

Ich habe dem Kaffernsack eine auf`s Maul gehauen, da hat die Bagage nicht schlecht gestaunt! Haha!
Und dann habe ich mein Ass gezogen, ich hatte ja schon kostenlos eine Baugrube, in einer äußerst Bevölkerungsarmen Gegend!
Das war der auf gelassenen Braunkohletagebau! Haha, Haha!

(Er lachte glucksend, die Begeisterung über seine Idee war im unmittelbar an zu merken).

Prost, meine Lieben, Prost!

(wieder ein richtig tiefer Schluck, der Alte konnte offensichtlich ordentlich was wegsaufen!)

Da fiel denen dann die Kinnlade `runter, die haben Hurra gebrüllt vor Begeisterung, die Scheißer! Hurra! Hurra!
Und dann wollten die mich über den Tisch ziehen, meinten, sie könnten selbst noch schnell den einen oder anderen Tagebau aufkaufen und mich ausbooten. Das war dann schon blöd für die Knäblein und Mägdelein Regierungsfuzzies!

(Ein hässliches Grinsen überzog das Gesicht des Alten)

Einerseits hatte ich mir schon auf Neunundneunzig Jahre Optionsscheine auf alle mögliche Tagebauten und ähnliches gesichert, die hatte man mir ja anfangs förmlich hinterhergeworfen. Außerdem war ja die Methode der Endlagerung mittlerweile auch von mir patentiert! Weltweit auf Neunundneunzig Jahre patentiert! Mein Patent, das gehört mir ganz alleine!
Und da ich das Vorhaben blitzschnell in der Presse platziert und damit einen riesen Konsens in der Bevölkerung, nicht nur in Deutschland, erzielt hatte, gab es kein Zurück mehr.
Zur Strafe für den Ärger habe ich den Regierungsonkels und Tanten die Tarife glattweg verdoppelt, ich brauchte

zu der Zeit dann ja auch eine wirklich hervorragende Leibwache!
(es folgte erneut ein tiefer Rotweinschluck)

Die Schweine von der Regierung wollten mich einfach nur noch umbringen lassen!
Aber (nun zog er Joe und Dirk näher an sich heran, eine grotesk intime Situation) und außerdem:
Ich hatte früher ein schönes Hobby - Wrestling.
Hab` ein paar Titel gewonnen, höchste Gewichtsklasse!

(wieder dieses Grinsen. Eisige graue Augen, die wie Höllenfeuer loderten).

Das hat mir in mancher schwierigen Situation geholfen.``

Er holte tief Luft und sah Joe mit einem eisigen, Mark und Bein durchdringenden Blick an: „Schon blöd für so` nen kraushaarigen Kanacken, wenn er mit der Knarre in der Hand, mit der er gerade noch in meinem Zimmer rumgeballert hat, das Hotelzimmer durchs geschlossene Fenster verlässt! Zumal ich Suiten im Dachgeschoss bevorzuge! Haha! Aber das hat sich zum Glück alles beruhigt, man hat sich ja arrangiert.``

(Er zeigte eine kräftige, geballte Faust zum Ausdruck seiner Stärke)

Dirk warf ein: „Von diesen Oberflächen nahen Endlagern habe ich auch mal gehört. Ich wüsste nur nicht, dass man davon irgendwie noch etwas sieht. Ist da das berühmte Gras über die Sache gewachsen``

Der Alte lachte schallend, die Aufmerksamkeit der anderen Gäste hatte sich mittlerweile ihnen zugewandt:
„Guter Spruch, Gras gewachsen! Haha!
Junger Mann, ich bin Inhaber der drei größten privaten Gefängnisse in Deutschland! Und besitze noch sieben weitere in Europa!

Als die sozialen Unruhen immer heftiger wurden, eskalierten, kamen die staatlichen Gefängnisse an ihre kapazitiven und logistischen Grenzen, wie sie sicherlich wissen?
Kaum war mal Einer oder Eine eingesperrt, war der Ausbruch auch schon perfekt.
Tunnel, Hubschrauber, Tore mit dem Panzer durchbrochen, Geiselnahme, Selbstmordkommandos – die ganze Palette wurde uns geboten! Das habt ihr von der Presse doch sicherlich hautnah` mitbekommen?
(Joe und Dirk konnten nur noch zustimmend nicken)

Stunden könnte ich Ihnen von dem Müll erzählen!
Ich habe dann mein Patent Nr. zwei aus der Tasche gezogen! So schnell hatte ich noch nie auf ein Angebot einen Auftrag erhalten!! Haha, haha!
(während der Senator erneut einen tiefen Schluck nahm, sahen sich Joe und Dirk erneut sprachlos an).
Und wo die Gefängnisse heute stehen? Na – auf einem etwa Hundertfünfzig Meter dicken Fundament aus Beton.
Massiv, ohne Hohlräume, schön angereichert mit Atommüll.
Da gräbt sich keiner durch! Niemals, Niemals! Prost!

(Der Alte ist ja auch heute noch begeistert von seinen Ideen, schoss es Joe durch den Kopf. Währenddessen krümmte sich der Senator vor Begeisterung und vor Lachen. Und wieder, nebenbei, dass gekonnt ausbalancierte Rotweinglas)

Oben auf diesem Betonklotz, meine Freunde, sind drei Ringzonen aus schönen massiven Betonmauern.
Unten bis zu vier Meter dick, zehn Meter hoch, aalglatt und an der Spitze jeweils um vier Meter nach innen geneigt. Und immer noch zwei Meter dick.
Guter, deutscher Stahlbeton, armiert mit Stahlfasern und Glasgranulat.
Mit mechanischen Doppelschleusen als Eingang, nur wenn ein Tor geschlossen ist, geht das andere auch auf. Die

Bolzen an den Verriegelungsgestängen messen nicht weniger als zwanzig Zentimeter im Durchmesser!
Bei einem Schaden muss man sich halt erst mal durch vier Meter Beton bohren, dauert dann schon ein wenig länger.
(die Senatorenstimme troff vor Sarkasmus)
Die äußere Zone dieser Gefängnisse kann man durch diese Schleuse unter strengsten Sicherheitsvorkehrungen, damit meine ich neben Wachen auch Panzer, richtige Panzer und Gyrocopter oder meinetwegen auch Hubschrauber, verlassen.
Zone zwei, das sind so mittelschwere Fälle und Zone drei, das sind die Lebenslänglichen und so Zeug, können sie nur über eine Einmannschleuse verlassen."

„Und wie sieht diese „Einmannschleuse" dann aus?" wollte Dirk Kopfschüttelnd und betroffen blickend, wissen.

Ein sarkastisches Grinsen überzog das Gesicht des Senators: „Die Einmannschleuse ist ein Loch von etwa sechzig Zentimeter Durchmesser, meine lieben Herren von der Presse! Hr. Raubach, Hr. Remmiz!
Sechzig Zentimeter nur!
Mit einem Doppeltor nach dem beschriebenen Muster in der Wand.
Wer raus soll oder muss, das gilt auch für die Kranken und Toten, wird auf einen Schiebeschlitten gelegt. Erst wenn das innere Tor geschlossen ist, geht das äußere Auf und man kann den Schlitten herausziehen.
Seit fünfzehn Jahren läuft der erste Knast nach diesem Muster, es gab noch keinen einzigen erfolgreichen Ausbruch"
Und ich vermarkte dieses Patent weltweit! Weltweit! Mittlerweile sogar ähnlich als Zaun zur Grenzsicherung!"

Der nächste Rotweinschluck folgte, der aufmerksame Kellner hatte mittlerweile diskret die zweite Flasche geöffnet und bereitgestellt.

„Aber wie ist das mit Versorgung, Küche, Reparaturen, Bewachung. Irgendwo muss doch Wachpersonal sein?" warf Joe ein.
„Wachpersonal, Herr Dr. Raubach, ist Schwachpersonal! Also haben wir es reduziert.
Die Anlagen werden von zwei eigenen Satelliten im Minutenabstand überwacht. Dazu natürlich Kameras, Wärmebilderfassung usw. In der ersten Zone, wo sich Untersuchungshäftlinge und ähnliches Kroppzeug befinden, haben wir zusätzlich natürlich die übliche Infrastruktur an Bewachungsmaßnahmen.
Ab Stufe zwei sind die Insassen sich selbst überlassen. Kranke und Tote werden ausgeschleust, um den Rest müssen sich die Mädels und Jungs selbst kümmern.
Ach- und wenn Sie an Gewaltexzesse, Vergewaltigung, Drogen usw. denken, die gibt es nicht. Auch nicht in Stufe zwei oder drei!"

(Joe und Dirk waren nur noch sprachlos und verblüfft. Welche Schweinereien würden der Alte jetzt noch ausspucken?)

Mit einem eisigen Lächeln führte der Senator weiter aus:" Auf Grund des besonderen „Fußbodens", meine Herren, haben wir es dort immer angenehm warm.
Selbst im Winter (und auf die fragenden Gesichter von Joe und Dirk):
Naja, die Reststrahlung des atomaren Mülls, meine Herren, die Reststrahlung! Kostenlose Fußbodenheizung, für mindestens tausend Jahre!"
Und nach einer Sekundenpause, wohl gesetzt, mit satanischem Grinsen fuhr der Senator fort:
„Der Mensch jedoch, meine lieben Herren, das menschliche Wesen besteht zu etwa 70% aus Wasser, es kann ohne Wasser nicht existieren. Trinkwasser aber, meine Herren, Trinkwasser wird von außen zugeführt und gesteuert! Von uns!
Kein Stress, kein Ärger bedeutet genügend Wasser für alle.

Wenn nur Einer oder Eine zickt, gibt´s schlicht nichts mehr zu saufen.
Nicht einen Tropfen, null. Nada.
Und Wasser wird immer nur im Takt von zwölf Stunden ab oder an geschaltet!
Was glaubt ihr denn, wie schnell Störenfriede ausgeliefert werden, wenn die Meute am Verdursten ist?"

Ein eisiger Blick aus undefinierbar grauen, wässrigen Augen durchbohrten Joe und Dirk. Die sahen sich sehr betroffen an. Der alte Senator war nicht nur rechtslastig und proletenhaft, irgendwie wirkte er auch erschreckend brutal!

Ein paar der Gäste näherte sich der kleinen Gruppe um den Senator, Sue voran.
Der Alte war in Fahrt gekommen, er drehte sich leicht nach links: „Kommt nur ran, lasst uns noch ein paar gute Schlückchen genießen!
So jung kommen wir nie wieder zusammen!"
Mit einer heftigen Geste breitete er einladend die Arme aus! Den Kellner, der sich mit einem Champagnertablett der Gruppe von schräg hinten genähert hatte, übersah er. Die Linke des Senators fegte nicht nur die Champagnergläser vom Tablett, sie gaben dem schmächtigen Kellnerburschen mit dem leicht südländischen Aussehen auch einen ordentlich Stoß vor die Brust.
Dieser versuchte, stolpernd das Tablett zu retten. Dabei knickte er in den Knien ein, kippte anschließend nach vorne. Rempelte gegen den Senator, um dann mit Händen und Gesicht im Scherbenhaufen auf dem Boden zu landen.

Der Senator explodierte völlig unerwartet und brüllte mit überschlagender Stimme los:
"Du Kanacke, du Arschloch, du Wichser! ich geb` dir hier `nen Job und du bist so bekifft, dass du mir vor die Füße fällst! Ich tret` dir die Eier aus dem Wanst!"

Während dieser Hasstirade hatte der Senator urplötzlich mehrfach und hemmungslos auf den wehrlos am Boden Liegenden eingetreten.

Der krümmte sich schmerzverzerrt auf dem unter ihm liegenden Scherbenhaufen.

Das Blut strömte in Strömen aus seinen vielen Verletzungen! Der Kellner war zusammengekrümmt wie eine Schnecke und versuchte mit blutverschmierten Händen, seinen Kopf vor den wüsten Tritten zu schützen.

Die Bodyguards waren auf den Senator eingestürzt.

Entweder waren die Jungs kalt wie Hundeschnauze, oder sie waren solche Tiraden gewöhnt. Geschickt wichen sie dem Alten aus, der wie ein Berserker um sich trat und schlug.

Sie brachten mühsam den wild zappelnden und fluchenden Senator weg. Betretenes Schweigen in der Runde. Betroffenheit allenthalben.

Sue hatte ein paar Kellner herbeigerufen, denen sie etwa zuflüsterte.

Diese schleppten ein schlaffes, scheinbar dem Tode näher als dem Leben, blutendes Bündel Mensch davon!

Der schmächtige Kellnerbursche.

Eine solche Aggressivität und Agilität hätten weder Joe noch Dirk dem Alten zugetraut.

Dieses perverse Schwein! Der Alte hatte unter seinen klassisch italienisch wirkenden Schuhen massive Metallbeschläge. Joe hatte sie bei der Treterei aufblitzen sehen!

Mit einem leichten Griff an ihrem PAS hatte Sue die gläsernen Wände des Dachgartens verdunkelt.

Einige neue Hologramme erschienen auf der Innenseite der Glaskuppel. Sie blendeten in großen Buchstaben Gesetzestexte ein! Diese sagten aus, man befinde sich auf Privatbesitz. Dazu kam eine entsprechende Ansage. Höflich, aber bestimmt wurden die Besucher auf die Sonderrechte des Senators aufmerksam gemacht. Als Diplomat und Konsul der seit 2029 unabhängigen

Republik Tubuain Islands besäße er diplomatische Immunität.
Wegen hochrangiger, für den inneren Frieden relevanter Geschäftsverbindungen zum deutschen Staat, dürften Ereignisse auf dem Gelände des Konsulats, auf dem sie sich gerade befinden, nicht öffentlich werden. Zuwiderhandlungen würden mit mindestens fünfzehn Jahren Gefängnis der Stufe zwei bestraft. Man möge sich am Ausgang bitte in die ausliegende Unterschriftsliste einscannen und den gelesen Text per Unterschrift und Iris-Scan bestätigen!

Joe und Dirk waren wie vor den Kopf gestoßen, davon war ihnen und der Öffentlichkeit nichts bekannt!
So etwas hatten weder Dirk noch er jemals erlebt oder auch nur im Entferntesten davon gehört. Das war doch eine riesige Schweinerei. Wieso und warum genoss ein einzelner solche Sonderrechte? Aber nun wurde ihm auch klar, dass soeben Erlebte war kein außergewöhnliches Ereignis! Zumindest nicht für die Masse der hier Anwesenden.

Sue kam auf Joe und Dirk zu. Äußerlich ruhig, schien es in ihrem Inneren heftig zu brodeln.
„Meine Herren, zwitscherte sie: diese Ansagen sind kein Spaß. Diese Vereinbarung gilt auch für sie Beide! Eine Unterschriftenverweigerung können sie sich ersparen, ihre Identität wurde per Irisscanner bereits im Aufzug erfasst und dokumentiert.
(und nach einer winzigen Kunstpause mit einem eisigen Lächeln): Um den Kellner machen sie sich keine Sorgen, er wird versorgt und entschädigt. Wir erwarten sie gemäß unserem Programm morgen früh um 09.15 an der Pier"

Joe sah sie mit eisigem Blick an "Mir kannst du nichts vormachen. Wie oft hat dich der Alte denn schon auf der Schreibtischkante gegen deinen Willen gevögelt, du Kariere geiles Stück Scheiße?"

8.3 Barkasse

Sie waren anderntags pünktlich am Pier. Die Gesellschaft
hatte sich gestern Abend recht schnell aufgelöst. Über
das Ereignis wurde kein Wort mehr verloren. Als hätte es
nie stattgefunden.
Was wohl mit dem Kellner geschehen war?

Ein schäbiger Hund mit zerzaustem Fell streunte einsam
um eine Gebäudeecke, wie der hier wohl überlebte?
Katzen sah man ja praktisch gar nicht mehr. Hartnäckig
hielten sich Gerüchte, wonach solcherlei Getier bei der
ärmeren Bevölkerung im Kochtopf zu landen pflegte!

Joe und Dirk hatten sich nach der denkwürdigen Party
noch einen Feierabenddrink in der mittlerweile wieder
hergestellten Hotelbar genehmigt.
Stimmung wollte keine aufkommen, die Erlebnisse hatten
ihnen beiden sichtlich auf den Magen geschlagen.
Mit Hilfe ihrer PAS hatten sie dann noch längere Zeit
recherchiert.
Tubuai Islands gab` s ja durch die Klimatischen
Veränderungen eigentlich gar nicht mehr.
Zumindest nicht mehr vollständig.
Die auf dem südlichen Wendekreis ziemlich mittig
zwischen Neuseeland und der Küste von Chile liegenden
Winz-Inseln waren schlicht weitgehend abgesoffen.
Rechtzeitig hatte eine Investorengruppe einen Teil der
kärglichen Reste für ein paar lausige US-Dollar gekauft
und dort zwei ausgediente Bohrinseln als Hotels und
Büros verankert.

Wozu wohl?

Im Wesentlichen handelte es sich bei dieser Mini-
Inselgruppe um die beiden im Norden gelegenen Inseln
Rurutu und Rimatara. Rurutu bildete die östliche Ecke
eines Dreieckes, die westliche Ecke wurde durch die Insel
Rimatara dargestellt. Die Dreiecksspitze bildete das Atoll

Maria Islands oder Ilot`s Maria, wie es von den Einheimischen dort genannt wurde.

Nach internationalem Recht wäre dort auf diese Art eigentlich kein autarker Staat mehr möglich gewesen. Es gab ja nahezu kein Land mehr, nur noch Wasserwüste. Aber die Herren mit den Dollarscheinen hatten rechtzeitig vor dem Kauf mit der Restregierung der Inselchen noch einen Gesetzesentwurf durchgepeitscht. Und diesen vor dem internationalen Gerichtshof, der ja in ähnlichen Bauten mittlerweile saß, weil Den Haag ähnliche Probleme hatte, genehmigen lassen. Damit zählte jedes mit der Landmasse verbundene Bauwerk zu den normalen Gebäuden. Das galt für Kontinente wie für Inseln. Und wo Gebäude sind, kann auch ein Staat existieren!
Die Verbindung der Gebäude zur Landmasse der ursprünglichen Inselchen bestand den Veröffentlichungen nach teilweise nur aus ein paar mit dem Felsen verschraubten Ankerketten und Containern!
Ganz schön trickreich!
Aber ausreichend, um Tubuai Islands als autarken, selbstständigen Staat international anerkennen zu lassen!

Unbestätigten Berichten nach war die A.A.S. Ltd. der Geldgeber hinter dem Ganzen....

Zwischenzeitlich waren auch die übrigen Gäste vom Vorabend erschienen, ein paar von den Schönheiten schienen zu fehlen. Auch die Afranerin.
Wahrscheinlich hatten die Damen ihre „Dienste" bereits in der Nacht erledigt.
Der Rest sah zum Teil ganz schön verkatert aus.
Am Pier dümpelte eine größere, aber unscheinbare Barkasse, offensichtlich älteren Datums.
Ein leises Tuckern ertönte, der Kahn besaß offenbar noch einen uralten Dieselantrieb!
Normalerweise, dachte Joe bei sich, sollte so etwas heute nicht mehr möglich sein.

Bei dem Vermögen des Senators hätte er eigentlich irgendetwas Spektakuläres erwartet. Zumindest mal einen schnellen Katamaran oder Trimaran!

So kann man sich irren, ein Blick zu Dirk zeigte ihm, dass dieser wohl in ähnlichen Kategorien dachte.

Das Einschiffen war schnell erledigt, die Haltetaue wurden von der Mannschaft gelichtet.

Jeder bekam eine Rettungsweste umgelegt.

Es waren die heute üblichen, mit einer sehr lange Zeit wärmenden Füllung im Notfall. Die aus paraffinierten, wasserabweisenden Bambusfasern hergestellt wurden.

Der Kahn nahm Kurs auf den auf Reede liegenden Tauchfrachter TF European Future.

Joe versuchte unauffällig, sich umzusehen. Irgendetwas an der Barkasse war merkwürdig. Seine Journalistennase war im Begriff, Witterung auf zu nehmen.

Es gab an Luken und Türen keine rostigen Scharniere, alles aus bestem Edelstahl!

Die scheinbaren, typischen Rostspuren erwiesen sich bei einer dezenten Fingerprobe als täuschend echte Lackierung. Joe zog nach einem sichernden Blick in die Runde ein aufgequollenes, morsches Holzstück vorsichtig vom Untergrund ab, es durfte nicht brechen!

Auch darunter kam massiver, blanker Edelstahl zum Vorschein. Dazu das müde Tuckern eines altmodischen Dieselmotors?

Merkwürdig! Ein Geräuschgenerator etwa?

Er überlegte, ob er versuchen sollte, einen Blick auf die Brücke zu werfen. Aber dann entdeckte er, dass unter der ebenso altmodischen wie rostigen Kettenabsperrung (hier war der Rost echt) eine dezent verdeckte Lichtschranke installiert war.

Der Kahn hatte es offenbar doch in sich! Die Spannung in Joe wuchs!

Nach einer kurzen, ruhigen Fahrtstrecke hatten sie den auf Reede liegenden Tauchfrachter erreicht.

Die TF European Future hatte mit klassischen U-Booten nichts mehr gemein. Ein Tauch-Frachter!
Es gab keinen Turm, keine Aufbauten, nichts.
Einen glatten, stählernen, matt schimmernden Körper besaß dieses Boot.
Die Form erinnerte an einen Fisch mit mächtigem, von spitz auf Oval-rund zulaufenden Kopf, höher als breit.
Fast wie eine Dorade. Man musste schon sehr genau hinsehen, um die schuppenartige Struktur der Stahloberfläche zu erkennen!
Dieser Kopf ging in einen immer schlanker werdenden Körper über, an dessen Enden (das wusste Joe aus den Presseunterlagen) saßen die tiefliegenden, auch als Höhen- und Seitenruder wirkenden Motoren.
Auch dort, am Heck, war der Querschnitt des Rumpfes als vertikales Oval ausgebildet.
Die vom Bug zur Laderaumschottwand durch die Kopfform stark und steil ansteigenden Struktur sowie der anschließend zum Heck stetig abfallende Rumpf waren eines der wichtigsten Merkmale dieser Bootsform.

Ein riesiger, Stahl gewordener Fisch!

Man hatte durch diese Form in Verbindung mit den mit tragenden Containern (das Boot musste für die Seereise und insbesondere für das Tauchen immer zu 100% mit Containern bestückt sein) mit relativ geringem Materialverbrauch, für nautische Verhältnisse–eine extrem belastbarer Bootshülle realisiert.
An den Motoren saßen sogenannte Vorflügel, wie sie oft bei Flugzeugen zu finden waren, wohl zur Reduktion der Ruderkräfte.
Unter dem Rumpf (all` das wusste Joe aus den Daten in der Pressemappe) hingen an kurzen Auslegern, die an V-förmig gespreizte Flossen erinnerten, die sechs Triebwerksgondeln.
Der Bereich der Krananlagen im obersten Deck konnte natürlich nicht mit Containern vollgepackt werden – hier verblieb ein Luftraum.

Dieser wurde sowohl durch die Kranbahn als auch die exakt geparkten Kräne beim Tauchen stabilisiert.
Im Exposé´ des Tauchfrachters hatte man nachlesen können, und der Senator hatte es ja gestern Abend bestätigt, dass auch dieser Luftraum eine Funktion erfüllte: die einer Schwimmblase. Der Frachter wurde bei der regulären Tauchfahrt dadurch tatsächlich in der Vertikalen stabilisiert. Der früher übliche Ballast im Kielbereich eines Bootes wurde nun nahezu überflüssig – auch wieder ein Beitrag zum Energiesparenden vorankommen!
Unglaublich, dachte Joe Kopfschüttelnd bei sich, diese Anhäufung neuester, innovativer Technik!

Ein Turm fehlte dem Boot völlig, anstelle dessen wurde bei Bedarf, wie hier bei der Besichtigung, eine Luke am höchsten Punkt des Bugteils aufgeklappt.
Deren Segmente erinnerten entfernt an die Irisblenden alter, mechanischer Fotoapparate.
Das ganze Boot war auf minimalen Strömungswiderstand getrimmt. Es konnte daher mit vergleichsweise bescheidener Antriebsleistung relativ schnell fahren.
Dazu trug sicherlich die auf Nanotechnik basierende Außenbeschichtung bei, die Fischschuppen imitierten!
Der Tauchfrachter schwamm regelrecht in seinem Treibstoffvorrat, die Aufbereitung von Salzwasser zur Herstellung von Wasserstoff war schon lange technischer Alltag!

Kurz bevor sie die TF European Future zum Längsseits gehen erreichten, tauchte ein Gyrocopter auf.
Eines dieser modernen Zwitterwesen aus Hubschrauber und Propellerflugzeug!
Je ein starrer, horizontal liegender Rotor in Front und Heck verschafften dem Gerät so viel Auftrieb, dass es sich damit alleine unter voller Beladung in der Luft halten konnte.
Seitlich am Rumpf waren zwei leicht gepfeilte, kurze aber breite Tragflächen angebracht.

Diese trugen an ihren äußeren Enden ebenfalls je einen, allerdings etwas kleineren Rotor.
Die Seitenrotoren mit ihren Motorgondeln verfügten über einen weiten Schwenkbereich!
So konnten sie das Fluggerät zum Senkrechtstart befähigen, den Vogel in einem extremen Steilflug, bei nach wie vor waagrechter Kabine nach oben bringen oder klassisch und viel Energie sparend, mit kurzer Startbahn starten oder landen.
Diese Vögel waren gegen die heute häufig anzutreffenden Scherwinde nahezu unempfindlich!

Wahrscheinlich, schoss es Joe durch den Kopf, haben sie bei dem Vogel auch wieder die Tragflächen mit diesem Schaum stabilisiert, in den Helium in Form kleinster Kügelchen eingeschlossen ist. Alles, um Treibstoffe zu sparen!

Der Vogel schwebte über der TF European Future ein. Aus seinem Bauch wurde mit der Winde eine Art Rettungskapsel abgelassen. Orangefarben, sah das Teil wie ein Torpedo aus. In den zwei Seitenwülsten waren wohl die zugehörigen Antriebsmotore untergebracht.
Eine Ladeluke am Frachter öffnete sich, ein massiver Roboterarm erschien. Er bewegte seine vier Klauen, seinen gesamten Arm mit einer unglaublichen Geschwindigkeit und Geschicklichkeit dem orangefarbenen Torpedo entgegen.

Dann hatte der Torpedo eine Position irgendwie mitten in den Klauen erreicht. Man vermeinte, das Klacken zu hören, mit dem die vier Klauen sich über Magnete mit dem Torpedo verbanden.
Joe und Dirk waren sprachlos, auch diese Technik war komplett neu! Davon war noch kein Sterbenswörtchen an die Öffentlichkeit gedrungen!
Der Roboterarm fuhr in eine tiefere Position, verharrte.
Am Torpedo öffnete sich oben eine Luke, ihr entstieg ein

Bodyguard mit Schwimmweste. Dann, nach einem sorgfältigen Rundumblick des Bodyguards, der Senator. Ebenso mit Schwimmweste.
Es folgten drei weitere Bodyguards.

Diese Show war absolut gelungen, der Alte wusste wirklich, sich in Szene zu setzen!
Er winkte ausgelassen zur Barkasse herüber.

Die Barkasse ging am Tauchfrachter längsseits und wurde vertäut.
Der Gyrocopter hatte Abstand zu den Schiffen gewonnen und schwebte in relativ geringer Höhe in einem stabilen Schwebeflug über den sich kräuselnden Wellen.
Dann ging der Gyrocopter erneut in Position. Aus einer zweiten Ladeluke an seiner Unterseite tauchte an einem stabilen Kranarm ein kleiner, etwa 5 x 2,5 Meter großer und geschätzt 2 Meter hoher Container auf.
Der Container wurde in die Ladeluke des Tauchfrachters abgelassen, nach wenigen Sekunden erschien er erneut, dieses Mal an einem Kran des Frachters hängend.
Dieser Kran schwenkte den Container dann über das Vordeck der Barkasse und setzte ihn dort ab.
Hier wurden zweifelsfrei die technischen Möglichkeiten der verschiedenen Systeme demonstriert!
Sue trat auf den Container zu, entriegelte ihn, es gab offensichtlich nichts Selbstverständlicheres auf dieser Welt, und öffnete die Tür.
In diesem Augenblick schaltete sich die Beleuchtung im Inneren des Containers ein, sichtbar wurden schlichte, jedoch gepolsterte Bänke mit Sicherheitsgurten.

„Nehmen Sie Platz, meine Damen und Herren, wir werden in drei bis vier Gruppen übersetzen"
erklärte sie der Meute in ihrem zwitschernden Sing-Sang.

An Bord des Frachters wurden sie vom Käpt`n der TF European Future begrüßt und sofort in eine geräumige Pantry ins Innere des Bootes geführt.

Die Uniform des Kapitäns ähnelte dem Anzug des Senators vom Vorabend, war jedoch in der Materialauswahl deutlich schlichter.
Winzige, eisblaue Augen blitzten aus einem von Wind und Wetter in unzähligen Stunden gegerbten Gesicht, gekrönt von einem eisgrauen, in feinste Löckchen gekräuselten Rauschebart.
Ein Relikt aus der Urzeit der Seefahrt!

Mit einem Champagner wurden sie dort vom Senator persönlich begrüßt. Auf den Vorabend ging dieser mit keiner Silbe ein. Der orangefarbene Torpedo wurde ihnen ebenso wie der Container als Teil eines neuartigen Rettungskonzeptes vorgestellt.
Natürlich patentiert, dieser Torpedo mit seinem kleinen Wasserstoffantrieb, unsinkbar ausgeführt.
Und mit einem starken Notrufsender.
Diesen beschrieb der Alte ausführlich, er war offensichtlich stolz auf dieses Patent. Wohl ein weiteres aus seiner Sammlung.
Ein verblüffend einfaches System.
Über die Wellenbewegungen wurde in einem kleinen, mechanischen System Strom erzeugt, so ähnlich, wie man es früher von mechanisch angetriebenen Automatikarmbanduhren kannte (die es ab und an noch im Museum zu bewundern gab).
Und mit diesem Strom wurde ein Peilsender für Satelliten versorgt. Maximal siebeneinhalb Minuten ohne Satellitenkontakt, egal wo auf diesem Globus.
Eine stolze Leistung!
Und für Zeiten der Flaute, da gab es Piktogramme, nach denen die Passagiere das Gerät zur Stromerzeugung einfach nur ordentlich schütteln mussten, um den nötigen Strom zu erzeugen! Genial!

Passagiere in Seenot konnten in diesem Rettungssystem bis zu dreißig Tage unabhängig von der Außenwelt überleben.

Joe überlegte bei sich, ob wohl für so viele Menschen und so lange Zeit auch genügend Kotztüten an Bord wären? Wenn er den nachdenklichen Ausdruck in Dirk` s Gesicht betrachtete, musste dieser wohl ähnliche Überlegungen anstellen.

Der Container, mit dem sie übergesetzt hatten, war schwimmfähig und unsinkbar. Er diente zum Überholen von kleinen Frachten und Passagieren oder ähnlichem.

Sie konnten tatsächlich die Laderäume, die Umschlagsroboter, die Kajüten, die Kombüse und sogar die Brücke des Tauchfrachters besichtigen.
Es gab offenbar hier nichts, was zu vertuschen war.
Die einzige Einschränkung für die Mannschaften war wohl das Rauch- und Alkoholverbot während der Tauchfahrt.
Joe und Dirk konnten sogar völlig offen Fragen an die Crew richten, auch hier gab es wohl keine Tabus.

Dann ertönte eine altmodische, wohlklingende Schiffsglocke. Der Senator setzte zu einer Rede an.
Der erste Teil ging mehr oder minder an Joe vorbei, der Alte fasste noch einmal die Daten des Frachters vom Vorabend zusammen.

Die Spannung knisterte förmlich in der Luft:
„Gestern habe ich Ihnen, meine lieben Freunde, noch eine Überraschung versprochen.
Wir unternehmen jetzt noch gemeinsam eine kleine Seereise Richtung Helgoland.
Die von uns für den Antrieb der TF European Future entwickelte Motorentechnik hat noch eine weitere, positive Seite. Man kann bekanntlich aus Elektromotoren unter gewissen Voraussetzungen auch Generatoren machen.
Und das, meine lieben Freunde, meine Damen und Herren, ist uns gelungen! (effektvolle Kunstpause!)

Vor Helgoland haben wir, schön diskret und unauffällig, in einem Versuchsfeld von etwa fünf Kilometer Breite und etwa einem Kilometer ins Meer hinein Strömungsgeneratoren aufgebaut!"

Ein erstauntes Raunen ging durch die Anwesenden.

„Diese Strömungskraftwerke sehen ein bisschen ähnlich aus wie unser Rettungstorpedo. Wir haben sie vor drei Jahren ausgelegt. Sie sind in einer Tiefe zwischen siebzig und einhundert Metern am Untergrund verankert und über ein Seekabel mit einer Relaisstation an Land verbunden.
Die Rotoren der Generatoren sind ebenfalls verschleißfrei in Luftlagern oder besser, Wasserlagern geführt. Diese Rotoren sind als Neodym-Dauermagnete ausgeführt, so benötigen wir keine klassischen Schleifringe oder ähnliches zur Energieübertragung.
Die Gehäuse sind beschichtet, wir nutzen hier außerdem den Effekt der Mikroionisierung! Kein Fisch, keine Muschel, keine Alge setzt sich hier fest.
Die Feldhöhe der Ionisierung beträgt dabei nur wenige Zentimeter, um die lieben Fischlein nicht zu sehr zu stören! Details können sie gerne unserer Patentschrift entnehmen! Haha!
(jetzt folgt wieder ein technischer Wasserfall an Daten, dachte Joe bei sich!).
Je nach Ebbe oder Flut ändert sich die Drehrichtung der Rotoren, das ist jedoch bei der Stromerzeugung egal. Wir produzieren jetzt seit etwas mehr als drei Jahren. Vollkommen störungsfrei. Selbst die Unwetter, die ein Teil von Ihnen (sein Blick traf intensiv auf Joe) auf der Insel live erleben konnten, haben unsere Energieerzeugung nicht gestört oder beeinträchtigt.
Der Wirkungsgrad unserer Versuchsanlage liegt jetzt schon bei weit über neunzig Prozent! Und damit bestens im Vergleich zu klassischen Strömungskraftwerken oder Tidekraftwerken.
(ein erstauntes Raunen ging durch die Gästeschar)

Wir rechnen hier mit einer störungsfreien
Anlagenlebensdauer von mindestens siebzig Jahren!"

Tosender Beifall, Hochrufe brandeten auf, auch von der
Crew des Tauchfrachters!
Joe sah vor seinem inneren Auge förmlich die NEK`s
sprudeln.

Es folgten noch ein paar belanglose Details und
Schmeicheleien aus dem Publikum.
Mit dem Glas in der Hand wanderte der Senator umher,
offensichtlich wollte er seine Gäste persönlich begrüßen –
der geplante Programmablauf hatte das wohl vorgesehen.

Joe brannte eine Frage auf der Zunge, als er und Dirk
endlich an der Reihe war: „Hatten Sie, Herr Senator,
während der ganzen Projektphase nie Bedenken, das die
neuen Hybrid-Großsegler mit ihren immensen
Treibstoffersparnissen sie überflügeln könnten?"

Der Alte nahm hinterhältig grinsend einen großen
Schluck, dann legte er Joe jovial den Arm um die
Schulter: „Meine lieben jungen Freunde, sie haben doch
beide als Journalisten eine Fahrt mit dem neuen
Viermaster „Wismar" genießen können? Ja, sie haben
Recht, für kurze Zeit ist die Frachtsegelei noch einmal
aufgeblüht. Die modernen Carbonmasten, die motorisch
angetriebene, vertikale Rafftechnik, die
Computerprogramme. Sie wissen doch sicherlich, der
Kapitän eines solchen Frachters konnte per Computer
entscheiden, ob er kurze, schnelle Routen unter
Motorenkraft oder meist etwas langsamere Routen allein
mit Windkraft zurücklegen wollte?"

Und auf das zustimmende Nicken von Dirk und Joe: „Aber
diese Kähne, meine Freunde, haben eine noch
schlechtere, höhere Schwerpunktlage als ein normaler
Frachter. Und damit sind sie noch empfindlicher auf die
nach wie vor überraschend auftretenden Monsterwellen –

oder auf Methanblasen. Das hat dieser schönen Technik sehr schnell den Riegel vorgeschoben!"
Er lachte sarkastisch, nahm einen tiefen Schluck.

Joe erwiderte: „Aber Methanblasen - die betreffen doch auch ihren Tauchfrachter?"
Der Senator lachte schallend, andere Gäste begannen bereits, ihnen Aufmerksamkeit zu widmen:
„Methan, mein junger Freund, kann uns fast nichts anhaben. Denken sie an unser Konzept des Vorausbootes, des Patachon! Das meldet uns solche Ereignisse rechtzeitig. Selbst wenn der äußerst unwahrscheinliche Fall einer plötzlichen, nur den Tauchfrachter betreffenden Gasblase auftreten sollte: mit unserer Normalfahrttiefe von etwa sechzig Meter besitzen wir noch etwa hundertvierzig Meter Tiefenreserve!
Und um den Frachter noch weiter durchsacken zu lassen, müsste das Wasser mehr als 38,5% seiner Dichte verlieren, so etwas hat weltweit noch keiner gemessen!
Zum Wohle, die Herren."

Der alte Senator wandte sich mit strahlendem Lächeln den nächsten Gästen zu, die weißen Zähne (sicherlich nicht mehr die Originale) blitzten. Dann drehte er sich noch einmal kurz zu Joe und Dirk zurück, schon war die Stimme in den Eiskeller der Antarktis gefallen:
„Und nicht vergessen, meine lieben Freunde: Sie sind hier erneut auf diplomatischem Boden, meine Historie, die zusätzlichen technischen Details, alles streng vertrauliche Informationen, das ist noch nichts für die Öffentlichkeit!"
Sprach`s und ging sarkastisch grinsend zu den nächsten Gästen.

Dirk und Joe konnten sich nur verblüfft ansehen.
„Mir lief gerade eine Eisschauer über den Rücken" meinte Joe, zu Dirk gewandt.
„Ja, antwortete dieser seufzend, das waren soeben die „Bad News" aus der Tiefkühlkammer des Teufels".

Kurze Zeit später wurden sie angehalten, mit dem Container zurück auf die Barkasse überzusetzen. Das war nicht mehr ganz so einfach, trotz klarem, wolkenlosen Himmel und Sonnenschein hatte der Wellengang mittlerweile zugenommen.

Die Schaumkronen der Wellen waren jetzt deutlicher ausgeprägt. Mindestens schon Seegang der Stärke 3 bis 4, schätzte Joe.
Aber die Aussicht, einen der Generatoren live sehen zu können, entschädige alle für die Mühen der Überfahrt.
Eine Tauchmannschaft, wurde ihnen versichert, war wohl schon vor Ort und traf die erforderlichen Vorbereitungen.

8.4   Das Kraftwerk

Obwohl nur (scheinbar?) von einem tuckernden Diesel angeschoben, dauerte die Überfahrt Richtung Helgoland lediglich knapp eineinhalb Stunden. Innerlich grübelte Joe nach wie vor, warum der offenbar Technik versessene Senator nicht mit einem Flugboot, einem schnellen Trimaran oder mit irgend so einem verrückten Ground–Effekt-Gerät wie dem berüchtigten Kaspischen Ungeheuer (der Ekranoplan, eine Entwicklung der Russen, die damals, zur Zeit des kalten Krieges, die Amerikaner mächtig geschockt hatte) aufgetaucht war. Finanziell sollte der sich so etwas ohne Weiteres leisten können!
Gerne hätte er sich mit Dirk darüber ausführlich ausgetauscht. Aber nicht im Beisein des hier anwesenden Publikums! Tief sog er die salzige Meeresluft ein, um sich zu beruhigen. Nur keine Panik jetzt!
Dann beschloss er, nur noch den Ausblick auf das Meer zu genießen. Das sanfte Rund des Horizonts, die lautlos huschenden Wolken. Vereinzelt sah man Seevögel, meist waren es schreiende Möwen.

Ja, (dachte Joe nach einem leisen, inneren Zögern bei sich) ja ok, der Tauchfrachter, die Torpedoähnlichen

Beiboote und der Container waren auch schon spektakulär und Stoff für die Leser der German News genug. So etwas, zumindest die offiziellen Teile, ließ sich in der momentanen „Saure Gurken Zeit" der Presse trefflich ausschlachten!

Der Gyrocopter hatte zwischenzeitlich abgedreht. Offensichtlich war der Alte gewillt, den Rest der Reise gemeinsam mit seinen Gästen zurück zu legen.

Joe hatte noch einmal, während der Überfahrt, kurz Gelegenheit, mit dem gefragten Senator zu sprechen. Nach dem dessen Errungenschaften gebührend gelobt und bewundert waren, zeigte dieser dann auch wieder auskunftsfreudiger.
Joe wollte gerne wissen, wie man die, bei dieser Motorentechnik und berührungslosen Lagern, nicht unerheblichen Axialkräfte der Rotorwellen verarbeitete? Ein altes, bis dato doch noch unzureichend gelöstes Problem?

Der Senator grinste bei der Frage: „Gute Frage mein lieber Herr Raubach! Wieder ein tolles, deutsches Patent, mein Lieber. Aber schön, dass sie sich dafür interessieren. Wir nennen es Pilzlager. Die Wellen sind an Ihren Enden pilzförmig ausgeführt. Sie laufen in einer entsprechend ausgebildeten Gegenpfanne. Durch eine spezielle Form des radialen Lagergehäuses bauen wir mit zunehmender Wellendrehzahl einen nicht unerheblichen Druck entlang der Lagerwelle in axialer Richtung auf. Und zwar immer schön gegen die Kräfte des Antriebes gerichtet! Diesen Druck leiten wir in die Pilzförmige Lagerpfanne, das war` s dann schon. Die Materialien des Pilzlagers sind aus hochverschleißfesten, besten Materialien. Probleme wie Kavitation können ihnen nichts mehr anhaben.
Funktioniert sogar unabhängig von der Drehrichtung! Unsere Generatoren laufen mit 963 Umdrehungen im Normalbetrieb. Damit erzeugen wir problemlos Ströme

von 660 Volt, die erst in den Trafostationen auf die für Überlandtransport erforderlichen Spannungen hoch transformiert werden.

Wir haben im Versuch Generatoren über sechs Monate Nonstop mit fast fünftausend Umdrehungen geknechtet, kein Verschleiß, nix. Das Zeug hält, dadurch sind die teure Herstellung und Installation äußerst wirtschaftlich im Betrieb.

Natürlich säuberlich mit Patenten, mittlerweile meinen Patenten, abgesichert! Sie werden verstehen?

Wir wollen und werden die gesamte Nordseeküste in den nächsten Zehn Jahren damit ausstatten! Vielleicht fangen wir sogar schon in der Straße von Gibraltar damit an. Dann können uns die Kaffer mit ihrem Solarstrom gestohlen bleiben!"

(in Joe blitzte erneut das Bild des schwarzen Bärtchens unter der Nase eines Despoten auf!) Augenblicklich war ein kurzer Schatten des Hasses über das Gesicht des Senators gezogen. Die dicken Adern an seinem Hals pulsierten deutlich.

Dirk warf ein: „Dieses muss doch alles immense Summen gekostet haben, mindestens im mittleren, wenn nicht gar im oberen dreistelligen Millionenbereich!"

Der Senator hatte sofort die Beherrschung wiedergefunden, aus einer Ecke des großen Gemeinschaftsraumes sah Sue skeptisch zu ihrem Chef herüber.

„Mein lieber, neuer Freund, kam die Antwort des Alten: nicht nur drei Stellen bei den Millionen NEK`s. Man braucht gute Geschäftspartner und Investoren, clevere Leute.

Wenn wir auch die Ozeane nie beherrschen werden, ihre Ressourcen werden wir doch wohl nutzen dürfen!"

Er deutete mit einem leichten Kopfnicken in Richtung der beiden Afraner, die sich während der gesamten Veranstaltung heute sehr diskret im Hintergrund gehalten hatten.

„Und wenn sie dann von solchen halb bis dreiviertel Bimbo` s dafür Kohle annehmen, können sie noch dazu mit ruhigem Gewissen von Schwarzgeld reden, Haha! Haha!"
Er lachte schallen laut, der Spruch schien ihn köstlich zu amüsieren. Irgendwie grotesk-faszinierend, wie dieser Mann Stimmungslagen wechseln konnte!
„Nein, mein größten Partner, aber auch diese Antwort ist vertraulich zu behandeln, ist die A.A.S. Ltd. Dieses Boot hier hat übrigens einen mit der Europäischen Union ausgehandelten Sonderstatus. Es zählt ebenfalls zum konsularischen Equipment der Republik Tubuain Islands. Sie befinden sich auf dem Gelände eines Konsulats, meine Herren. Denken Sie daran!"
Seine Stimme und sein Blick hatten erneut blitzartig eine Kälte nahe dem absoluten Nullpunkt erreicht!

Joe und Dirk waren erneut absolut sprachlos, restlos verblüfft. In den weiteren, etwas einsilbig verlaufenden Gesprächen stellte sich heraus, dass die einzelnen Kraftwerkselemente ein ähnliches Notsignalsystem wie die Rettungstorpedos besaßen.

Joe und Dirk kamen aus dem Staunen nicht mehr heraus. Obwohl beide für die Presse arbeiteten und damit eigentlich immer ganz vorne dabei waren, wenn es Neuigkeiten gab. Obwohl sie eigentlich immer ganz oben auf der Liste standen, wenn Unternehmen etwas Neues verbreiten oder sich im Licht und Glanz der Öffentlichkeit sonnen wollten.

Aber die Zauberspielchen, Patente und Tricksereien des Senators, das war eine andere Liga!
Joe und Dirk blickten sich tief in die Augen. Das musste erst einmal verdaut werden.
„Mein lieber Dirk, raunte Joe, ich glaube, wir haben in den letzten Stunden die Spitze eines teuflischen Eisberges gesehen!"

„Oder einen Teil der satanischen Hydra. Ich brauch` jetzt erst mal einen Schnaps zur Verdauung!" entgegnete Dirk zustimmend mit bitterer Stimme.

Sie betraten die Sammelkajüte der Barkasse.
Das Innere dieses Raumes war hell und modern eingerichtet, es bot im Zweifelsfall auf den umlaufenden, üppig gepolsterten Bänken sicherlich etwa sechzig Personen Platz.
Alles war neu, frisch restauriert?
Krasser Gegensatz zu dem außen wohl kunstvoll und leicht dekadent wirkenden, auf Verfall getrimmten Aussehen.
Kurz darauf kam die Silhouette Helgolands (oder das, was davon noch übrig war) in Sicht.
Ein flaues Gefühl breitete sich in Joe`s Magen aus.
Eine leuchtend weiß gestrichene Barkasse dümpelte etwa zwei nautische Meilen vor den traurigen Resten der Insel, deutlich nach Süden versetzt.
Zwei Schlauchboote wuselten um die Barkasse. Das weiße Ding sah aus der Ferne sehr viel moderner und nach sehr viel mehr Technik aus, als der alte Kahn, mit dem sie sich näherten.

Als alle Gäste an Deck waren, wurde Joe erstmals klar, wie sehr der Seegang bereits zugenommen hatte. Einige Gäste standen nahe an der Reling, ihre Mienen deuteten auf baldige Fischfütterung hin.

Fünf Taucher kippten von den Schlauchbooten nach hinten ins Wasser. Auf der Brücke der weißen Barkasse erschien ein kräftiger, jüngerer Mann. Der Kleidung nach, der Kapitän. Er sprach über seinen PAS mit dem Senator. Dann gab er seinen Tauchern Zeichen, die daraufhin einen Ring im Wasser bildeten.

„Im Moment, erklang die Senatorenstimme aus den Bordlautsprechern, geben wir über das Stromkabel Energie auf einen der Generatoren des

Strömungskraftwerkes. Eingelagert in diesen Stromfluss ist ein binäres Signal, dieses leitet den Aufstiegsprozess ein. Zugleich heben wir dabei den Ionisierungseffekt auf. Bei Stromzufuhr werden die Rotoren nun zu Antriebsmotoren. Der in einer Tiefe von hier etwa 62,5 Metern verankerte Generator schwimmt gegen sein Anschlusskabel und steigt dadurch wie ein Segelflugzeug früherer Jahrhunderte auf. Zugleich werden zwei Ballasttanks ausgeblasen, die Druckluft kann der Generator selbst erneut wieder erzeugen und speichern, sobald er an der Oberfläche ist. Geschieht übrigens vollautomatisch!"

Ein erstauntes Raunen ging durch die Gästemenge.

„Und, meine lieben Freunde und Gäste, um ihren Fragen vorzubeugen: sollte im laufenden Betrieb als Generator der Luftdruck in den Speichertanks mal abfallen, erhalten wir in unserer zentralen Überwachungsstation ein Störsignal. Bei gutem Wetter können wir das Gerät dann sofort zum Auftauchen veranlassen, bei widrigem Wetter können wir solch eine Generatoreinheit auch mit dem Bergungsroboter nach oben holen.

Wir haben an alles gedacht."

Der Stolz über dieses immense Bündel von Innovationen strahlte förmlich aus dem Gesicht des Alten!

In gleichen Augenblick tauchte ein schlanker, torpedoförmiger Körper im Wasser auf.

Die Taucher umringen ihn, wie einen Kokon.

Sie kämpften dabei sichtlich mit dem Wellengang, die Bergesituation erschien Joe jetzt schon grenzwertig!

Von grell orangener Farbe, war der Generator sicherlich im Zuge einer Havarie auch von weitem selbst in Wellenbergen gut zu erkennen. Am Bug war ein relativ schlankes, orange-schwarz gemustertes Kabel zu erkennen. Seitlich am Bootskörper waren auf kurzen Stummeln zwei Motorähnliche Gondeln, in deren Ringe je nach Wellengang dreiblättrige Rotoren zu erkennen waren. Auch hier wieder V–förmig nach unten

auseinanderstrebend (wie abstehende Ohren, dachte Joe bei sich).
Eine Art Strichcode war in fetten Lettern auf den fischähnlichen gestalteten Torpedokörper aufgemalt.
Der Wellengang hob den Torpedokörper ab und an etwas aus dem Wasser. Das geschulte Auge des Journalisten konnte erkennen, dass noch eine dritte, untere Stummelflosse gab. Dies war deutlich länger als die V-förmigen Seitenflossen und mit einer wulstartigen Verdickung ausgeführt.

Clever gemacht, dachte Joe bei sich. Da gibt es also neben dem Druckluftspeicher, der wie eine Schwimmblase im Top des Gerätes angeordnet ist, doch noch einen zusätzlichen Ballastkörper, um den Generator im Wasser zu stabilisieren. Raffiniert!

Stimmengewirr brandete auf, alle hatten irgendwelche Fragen. Sue versuchte zu koordinieren. In diesem Moment gellte auf beiden Barkassen nahezu zeitgleich eine schmerzhaft laute Sirene! Alle starrten verwirrt auf die Brücke ihrer Barkasse?
Der Käpt`n nutze seinen PAS für eine Megafonansage. Aus den verdeckten Lautsprechern schallte plötzlich klar und laut ringsum seine Stimme:
„Abbruch, sofort Abbruch! Nordwestlich von uns hat sich in einem Tiefdruckgebiet plötzlich ein schnell wachsender Tornado gebildet. Wenn der seinen Kurs beibehält, erreicht er uns in einer halben bis dreiviertel Stunde. Alle unter Deck! Beeilung, Beeilung!"
Blitzartig kippte die Stimmung an Bord- von liebenswert und nett auf barsch und bestimmt! Die Crew ahnte wohl, was da auf sie zukommen würde!

Joe konnte es geschickt so einrichten, dass er bei den Letzten war, die das Deck räumten.
Der orangefarbene Kraftwerkskörper oder Torpedo oder wie auch immer man das Ding nennen mochte, schaukelte noch heftig an der Wasseroberfläche.

Wahrscheinlich versuchte man noch, so viel Druckluft wie möglich abzuspeichern. Wenn das misslang, konnten die Taucher nach Wetterberuhigung einen Rettungseinsatz für das Gerät üben!
Erstaunlich schnell waren die Taucher und Schlauchboote an Bord der weißen Barkasse. Der Generator versank nun im aufgewühlten Wasser. Die weiße Barkasse wendete unter kräftiger Kränkung und nahm Fahrt auf.
Wirbelnder Schaum, erzeugt von einem unerhört kräftigen Antrieb, brandete an ihrem Heck auf! Das Boot versuchte wohl, ins Lee der Insel zu gelangen!

Joe und Dirk wurden rüde unter Deck ihrer Barkasse geschubst, aus den Augenwinkeln hatte Joe noch erstaunliches registriert.
Antennen und Masten ihrer Barkasse klappten plötzlich in wie von Geisterhand sich öffnende Luken des Decks!
Die Luken hatte man vorher zum größten Teil nicht erkennen können, weil sie von harmlos scheinender Ausrüstung wie Bänken oder ähnlichem bedeckt – oder besser, getarnt waren.
Selbst Seilrollen, die scheinbar lose auf Lukendeckeln lagen, erwiesen sich jetzt als Finte. Sie rutschten keinen Zentimeter von den aufklappenden Deckeln!

Auch die Bänke klappten mit den Luken zur Seite, die Antenne, der Mast verschwand, die Luke schloss sich, die Bank oder was auch immer, alles stand oder lag scheinbar völlig unverändert an seinem alten Platz!
Vor die großen Fenster der Brücke hatten sich massive, stählerne Schutzschilde wie aus dem Nichts herausgeschoben. Das ganze Oberdeck glich nun mehr einem militärischen, getarnten Schnellboot als einer simplen Barkasse!

Am Horizont, der sich zu einem schmalen, bogenförmigen Spalt zwischen schmutzig-grauer Nordsee und ebensolchem Himmel zusammengezogen hatte, war in der Ferne mittlerweile ein kräftiger himmelwärts zeigender Finger zu erkennen!

Ein Tornado!

Scheiße, Scheiße, Scheiße, dachte Joe bei sich. Er würgte gegen eine aufsteigende Übelkeit an! Dieser beklemmende, finstere und beängstigende Anblick des Tornadofingers, verdammt noch mal!
Tief in seinem Inneren begann Panik zu rumoren, er musste irgendwie dagegenhalten!
Dirk erschien es ähnlich zu gehen. Der war kreidebleich im Gesicht, die Augen panikartig weit aufgerissen.
Da steckt Petrus mal wieder den Finger in die Suppe und rührt kräftig um! Und Joe war mal wieder mittendrin!
Dirk hatte wohl Vorstellungen oder Befürchtungen gleicher Art!

Unter Deck hatte das Staunen dann kein Ende.
Was beim ersten Betreten des großen Raumes wie normale Steppnähte in der Polsterung ausgesehen hatte, waren in Wirklichkeit Klappen. Aus diesen ragten nun massive Haltegriffe heraus. Einige wenige freie Sicherheitsgurte baumelten herum.
Die meisten Gäste waren bereits angeschnallt, Sue ebenfalls. Der Senator hatte offensichtlich mit seinen Bodyguards einen anderen Aufenthaltsort gewählt.
Mit einem deutlichen Klacken verriegelte die Tür, das war kein normales Schloss!

„Los, los, festschnallen, zwitscherte Sue aufgeregt: es wird ungemütlich! Ziehen sie sich bitte unter ihrem Sitz einen Spuckbeutel hervor! Sie fühlen die raue Lasche! Die Beutel sind absolut reißfest und widerverschließbar! Wer daneben spukt, der putzt diese Kajüte oder er kann draußen die Fische füttern!"
Trotz des zwitschernden Tonfalls, das war kein Spaß, diese Ansage war jetzt todernst!

Joe hedderte mit seinen Gurten. Die Barkasse hatte mit einer kräftigen Schräglage wohl den Kurs geändert. Das Tuckern des Diesels war verstummt, immer heller klang das Sirren mehrerer elektrischer Hochleistungsantriebe auf!

Der Dieselantrieb war nur Show, um die wahren Qualitäten dieses Kahnes zu verbergen- verrückt!

Man spürte, wie sich der Bug stark aus dem Wasser erhob.

Und dann nahm dieser auf den ersten Blick so leicht zerfleddert wirkende Kahn nimmer endend Fahrt auf!

Ab und an war ein Jaulen zu hören, wenn die Stabilisatoren, über die dieser Kahn offenbar auch noch verfügte, an ihre Leistungsgrenzen kamen!

Das leichte Zittern und Beben der Struktur ließ erahnen, mit welchem Speed der Kahn nunmehr immer wieder auf die Wellenkronen aufschlug!

Am kurzzeitigen, zeitweise auftauchenden Flackern der Beleuchtung und der beiden großen Bildschirme, die Non-Stopp die Wettermeldungen aktualisierten, wurde erkennbar, welche Höchstleistung der Maschinentechnik hier abgerungen wurde.

Wahrhaftig - ein Höllenritt!

9 DARMSTADT

9.1 Lenie

Der Höllenritt der Rückfahrt von dieser Kraftwerksbesichtigung hatte sich tief in Joe`s Gehirnwindungen eingebrannt.
Letztendlich waren er und Dirk jedoch wohlbehalten Zuhause angekommen.
Der Tornado hatte auf Helgoland, soviel war mittlerweile klar, erneut einige heftige Schäden verursacht!
Das Hotel in Altona, mittlerweile Spurenfrei, die Rückfahrt mit dem Transpress, die Problemlosigkeit der Rückreise nach all` den voran gegangenen Ereignissen war schon verblüffend.
Keine marodierenden Banden, keine Junkies, keine Wetterkapriolen. Einfach nur eine ruhige Reise!
Irgendwie wünschte sich Joe solche Normalität viel, viel öfter. Wehmütig dachte er an seine Jugend, da war diese Normalität noch Alltag gewesen.

Er hatte dann mit Dirk einen gemeinsamen Bericht bei der German News abgegeben, der in mehreren Teilen veröffentlicht werden würde.
Eine Gratwanderung dessen, was veröffentlich werden durfte, was man zwischen den Zeilen verstecken konnte und wo man besser schwieg.
Merkwürdig war schon, das Dr. Munk bei der Erwähnung der A.A.S Ltd. und den Tubuai Inseln leicht blass wurde.
Er verschloss sich aber jeder weiteren Nachfrage.
Merkwürdig, sehr merkwürdig.

Am folgenden Wochenende hatte Lenie sich unverhofft gemeldet. Sie wollte ihn gerne mal wieder besuchen. Da er noch ein paar Kleinigkeiten zu erledigen hatten, bot er ihr an, sie auf dem Rückweg mit zu nehmen.
Das war schließlich ökologischer, als mit zwei Fahrzeugen die Strecke zurück zu legen.
Gerade war er in dem etwas versteckt und abseits gelegenen Laden eingetroffen, in dem man immer noch

guten Cognac kaufen konnte, als die Nachricht von Lenie eintraf, sie war abholbereit.
War schon merkwürdig, trotz aller technischen Innovationen hatte dieses Mitteilungssystem SMS aus der Steinzeit der mobilen Telefonie überlebt.
Er checkte kurz darauf im Parkhaus von Lenie`s Wohnanlage ein, kurz darauf trat sie aus der Schleuse.
Sie war heute ganz klassisch gekleidet- hinreißend. Eine schlichte, weiße Bluse, enganliegende Jeans (aus echter Baumwolle!), die blonden Haare mit einer knalligen, roten Schleife zu einem glatten Pferdeschwanz gebunden.
Überm Arm trug sie ein hauchdünnes Jackett im gleichen Farbton.
Höflich stieg Joe aus und begrüßte sie mit einer Umarmung und einem liebevollen Kuss auf die Wange.

„Die SMS habe ich erhalte, guter Sex wäre mir lieber gewe… Autsch!" das Grinsen war schlagartig weg, Lenie hatte ihm volle Kanne auf den Fußzeh getreten!
Autsch, das tat nachhaltig weh!
Der blöde Zeh hatte sich doch gerade etwas erholt!

„War doch nur ein Scherz"
Ihre Augen funkelten: „Ich habe ja auch nicht richtig hingetreten".
Sie nahmen sich in den Arm! Die typische, liebevolle Begrüßung zweier Freunde. Die Fahrt entwickelte sich zur Fragestunde für Joe. Lenie wollte alles Erlebte bis ins Detail wissen, insbesondere der Saunabesuch und seine Folgen interessierten sie brennend.
Joe wand sich wie ein Aal, gab aber irgendwann mal ihrer bohrenden Fragetechnik nach.
Als er von Dirks "Segelstange" berichtete, wollte sie sich vor Lachen fast ausschütten.

In Joe`s Appartement angekommen, ging die Fragerei weiter. Der frisch erworbene Cognac wurde dabei ausgiebig verkostet.

Lenie war jedoch völlig aus dem Häuschen, als Joe dann die Wettersituation mit dem Tornado hinter Helgoland schilderte.
„Joe, ich sage dir, bei all` deinen Zweifeln, die du in deiner Technikgläubigkeit hast, unsere gravierenden klimatischen Veränderungen sind zum größten Teil von Menschenhand gemacht!"

Er sah sie zweifelnd an: „Begründung, Zuckerschnecke, Begründung? Einmal eine stimmige Begründung!"

Sie schüttelte den Kopf: „Du weißt, ich bin weder Fachfrau noch habe ich dieses Thema studiert. Alle unsere Rechenmodelle versuchen ja nur, Ordnung in ein chaotisches, globales System zu bringen. Weißt du, Joe, ich stelle mir das so vor:
Dass die Erde sich mit dem um sie rotierenden Mond um die Sonne dreht, ist Fakt. Dass die Sonne Teil einer rotierenden Galaxie ist, ebenfalls.
Dass die Gestirne in einem engen Zusammenhang von Gravitationskräften stehen, ebenfalls.
Wie wir mittlerweile wissen, erreichen ja sogar die Gravitationswellen des Universums unsere Erde!"

Joe konnte nur zustimmen nicken.

„Vermutlich, sehr wahrscheinlich sogar, gilt das auch für die Kräfte in allen Galaxien, möglicherweise sogar für Galaxien untereinander."

„Bis hierhin, Lenie, kann ich dir nicht widersprechen"

„Siehst du Joe, das war das Makro, jetzt lass` uns mal die Mikroebene in diesem Zusammenhang betrachten.
Unser Erdball ist umhüllt von der Sauerstoffatmosphäre – mit ihren unterschiedlichen Schichten, wie beispielsweise dem Ozon.
Der Äquator ist der Sonne näher als die Polkappen.

Darum haben wir am Äquator höhere Temperaturen als an den beiden Polkappen, die dem eisigen Weltall sehr viel mehr ausgesetzt sind, also sehr viel kälter sind. Die warme Luft am Äquator steigt auf, kalte Luft von den Polarkappen strömt Richtung Äquator nach. Am Äquator werden diese Strömungen dann zusätzlich permanent durch die Erdrotation nach Westen abgelenkt.
Das sind die berühmten Passatwinde, die auf der Corioliskraft beruhen.
Und die aufgestiegene, warme Äquatorluft streicht über das Eis der Polarkappen um dann als Kaltluft zum Äquator zurück zu fließen."

„Na also, meinte Joe: dann hast du doch soeben die Begründung dafür geliefert, warum es seit ewigen Zeiten einen Wechsel von Eiszeiten und Warmzeiten gibt! Irgendwann sind die Polkappen abgeschmolzen, dann kommen diese von dir beschriebenen Strömungen vom Äquator mangels Temperaturdifferenz zum Stillstand – sie können sich ja kaum noch abkühlen an den dann eisfreien Polen!
Vielleicht sind es ja dann dramatische Stürme, die sich in einem tropischen Weltklima oder irgend so etwas entwickeln, die die nächste Eiszeit auslösen! Mit zunehmender Strömungsgeschwindigkeit kühlen Gasströme ab, das ist bekannt. Und wenn dann der alte Globus noch ein bisschen eiert oder mal eben für ein paar tausend Jahre die Sonne etwas weniger hustet, will sagen, mal weniger Sonnenstürme oder was auch immer hat- dann wird` s halt wieder mal kalt.
Meinetwegen müssen wir dann mal wieder Iglu` s bauen!"
Er lachte bei diesen Worten leise und zog sie fest an sich heran.

„Joe, Joe, dem will ich ja gar nicht widersprechen, entgegnete Lenie erregt: Aber - siehst du nicht, dass wir Menschen diese Prozesse beschleunigen?

Industrialisierung, Joe, ein Prozess der letzten zweihundert Jahre,etwa!

Haben sich noch im Mittelalter die Menschen in ihren Zelten, Hütten, Häusern und Burgen um ein einsames Feuerchen gekauert, sie dir mal den Globus heute an! Du hast auf der Nordhalbkugel den Speckgürtel der Menschheit!

Die USA, zig Jahrzehnte ein Energieverschwender unglaublichen Ausmaßes! Europa, die Wiege der Industrialisierung!

China, mit seinem explosionsartigen, rücksichtslosen Wachstum etwa seit dem Ende des letzten Jahrtausends! Die Abwärme abertausender Wohngebäude ging über Jahrzehnte ungebremst an die Atmosphäre über. Die Abwärme unzähliger Antriebsmaschinen, das gleiche! Wie lange haben wir von Wirkungsgraden von 15, 20, vielleicht 25 % gesprochen - der Rest ging als Abwärme in die Atmosphäre!

Flugzeuge, Schiffe, Autos, Kriege, wir haben die Ressourcen von abertausenden von Jahren innerhalb weniger Jahrzehnte verplempert.

Und gleiches gilt doch auch für die CO_2 Emissionen, Joe! Riesige Staudämme, geballte Hochhaussiedlungen, unzählige gerodete Wälder! In diesem Mikrokosmos haben wir die Strömungsparameter an wahnsinnig vielen, ja an unzähligen Stellen verändert."

Tieftraurige, klagende Augen sahen Joe an.

„Oder denk` doch nur mal an das Thema Stickstoff. An unser immer weiterwachsendes Ozonloch! Oder: seit Jahrzehnten diskutieren und schreiben wir über eine Umkehr im Stickstoffhaushalt! Überdüngung, anthropogene Überfrachtungen, der „Critical Load" ist doch vielerorts schon seit Jahren überschritten!

Sieh dir doch mal die Pflanzen, die Reste unserer Heide, Hochmoore und Wälder an!

Europaweit, ja, mittlerweile rings um den Globus!

Oder denke doch mal an die Nitratbelastung unseres Trinkwassers. Wo und wann gibt es für uns Normalos

noch Wasser der Stufe Null oder Eins zu erschwinglichen Preisen, in unbegrenzten Mengen. Wie viele Menschen und Kinder verdursten mittlerweile täglich weltweit? Vom Vieh ganz zu schweigen?
Wie weit kann das noch gehen, wo ist die Grenze unserer Ökosysteme? Haben wir sie nicht längst schon überschritten?"

Lenie hatte sich in Rage geredet, ihr Kopf war mittlerweile hochrot. Die Thematik berührte sie zutiefst. Sie atmete schwer.
Und Joe? Diese flammende Anklage hatte ihn nachdenklich gemacht! Es dauerte, bis seine Antwort kam: „Ja, Lenie, wenn man die Zusammenhänge mal so betrachtet! Vielleicht, nein, eher sicher doch, hast du Recht! Hier muss ich doch wohl noch mal nachdenken oder sogar umdenken!"

Sie hatte sich eng an ihn geschmiegt, ihre Hand war unter sein Hemd gewandert, umfasste wärmend seine Taille. Und mit einer rauen, brüchigen Stimme, die tief aus ihrem Innersten kam, fuhr Lenie fort:
„Joe, ich habe Angst. Angst vor der Zukunft, vor dem Morgen, vor dem, was aus diesem Globus noch wird. Angst vor einer globalen Katastrophe! Und wie mir geht es vielen, sehr, sehr vielen! Und wir Frauen sind in manchen, in vielen Dingen sensibler, nein: Wir haben unsere Sensibilität auf anderen Feldern. Vielleicht ist es ja diese tief wurzelnde Zukunftsangst, die die Fruchtbarkeit in uns Frauen mittlerweile weltweit hindert! Vielleicht wollen wir ja - unbewusst - keine Kinder mehr diesem Chaos aussetzen?"

Ihre Augen waren Tränenerfüllt.
Mit Entsetzen stürzte die glasklare Erkenntnis auf Joe herein: Der Urwunsch des weiblichen Wesens, durch Fortpflanzung den Bestand der Art zu erhalten, war einer abgrundtiefen Verzweiflung gewichen!

Nach ein paar Cognac `s stellte sich dann heraus, dass Lenie`s Neugier an diesem Wochenende bis tief unter Joe`s Bettdecke reichte.

So nahe waren sie sich in all` den vergangenen Jahren noch nie gewesen. Die Körper traten in den Hintergrund, Seelen verschmolzen!

9.2 Rapport

Anderentags folgte ein umfangreicher Rapport bei Dr. Munk, der hatte damit mal wieder jede Menge Material für seine German News.
Dankbar registrierte Joe die reichliche Getränkeauswahl. Der gestrige Abend mit Lenie hatte einen enormen Durst bei ihm hinterlassen. Zielsicher griff er nach einem Wasser aus dem Quellgebiet der Premich, einem der wenigen, noch völlig unbelastetem Quellwässer. Aus der Rhön! Salzklasse Null! Köstlich!

Die nachfolgende Diskussion hatte sich dank Schneewittchen, Schaller und Lenie mal wieder bei Drogen, Adoptionen und Ökonomie und Ähnlichem festgefahren. Dirk hielt sich dezent im Hintergrund. Er musste erst mal den mittlerweile erhaltenen, heftigen Strafbescheid über den Verlust seines PAS verdauen.

Dr. Munk hatte die Daumen in den Ärmellöchern seiner Weste eingehakt. Er schritt erregt vor den umher Sitzenden auf und ab und dozierte heftig aus dem Stegreif:
„Betrachten wir doch einmal das Ist der heutigen Zeit, meine lieben Kolleginnen und Kollegen, bitte! Wir leben zurzeit in einen Staat in wirtschaftlicher Agonie! Das trifft im Kern auch für die meisten der restlichen EG-Länder und insbesondere die Nicht- oder Nichtmehr- EG-Länder zu.
Diese Agonie ist eine Spätfolge der Bankenkrisen aus dem Beginn unseres 21. Jahrhunderts sowie den

gravierenden klimatischen Veränderungen der letzten zwanzig, vielleicht fünfundzwanzig Jahre. Die Amerikaner haben mit ihrer Gelddruckerei zu den gravierenden globalen Wirrungen der Finanzmärkte massiv beigetragen, diese vielleicht sogar ursächlich ausgelöst! Unsere Bevölkerung lebt nur zum geringen Teil in den modernen, urbanen und sturmsicheren oder besser: klimasicheren, neuen Gebäuden, wie zum Beispiel unser Kollege, Hr. Dr. Raubach.

Die Masse der Bevölkerung haust mehr oder weniger in Altbauten, zum Teil Ruinen, zum geringen Teil sehr aufwändig einigermaßen klimasicher hergerichtet!

Nur ein winziger Teil der Bevölkerung verfügt über ausreichend frei verfügbares Einkommen, ein sehr geringer Teil der Bevölkerung, dazu zähle ich all` die hier Anwesenden, kann sich gerade noch einen Lebensstandard in mehr oder minder angemessenen Art und Weise erlauben.

Die Masse unserer Bevölkerung vegetiert dahin, wird kaum mit den Grundanforderungen des Lebensalltages versorgt! Unser Staat, wie so viele andere Staaten auch, kann auf Grund des wirtschaftlichen Einbruches der letzten Jahre aber nicht mehr leisten, er ist an seinen ökonomischen Grenzen!"

(diese Worte sind an Eindringlichkeit kaum noch zu überbieten, dachte Joe bei sich) Dr. Munk fuhr nach einer winzigen Gedankenpause fort:

„Ausnahmen gibt es praktisch nur noch bei Schwangeren und Kindern, um dem Bevölkerungsschrumpfen entgegen zu wirken. Die Aufnahme immer neuer Asylanten, und ich bin gewiss sehr sozial und politisch sicherlich sehr weit links angesiedelt, stößt genau wie die vermehrte Adoption mit genetisch fremdem Erbgut an ihre kapazitiven Grenzen.

Irgendwann ist nämlich von *dem deutschen Volk* nichts oder nur noch eine winzige Spur in einem Mix vorhanden!

Und sehen sie sich diese Hydra von Drogen an! Wir alle haben geglaubt, mit der Ächtung und dem globalen Verbot von biologischen oder chemischen Drogen dieses Eitergeschwür der Menschheit, diese Geisel, ausgerottet zu haben.

Und wo sie heute hinsehen, finden sie Bekiffte, Junkies, ja, man kann es leider nicht mehr anders sagen.

Und ich bin überzeugt, dass draußen, da auf dem Land, wo die Menschen darben und leiden, wo unser Sozialstaat so richtig tief die Knie gegangen ist und versagt, da draußen, meine Lieben, da ist es sicherlich, davon bin ich sehr überzeugt, noch um ein Vielfaches schlimmer!

(er legte eine kurze Pause ein, um seine Erregung nieder zu kämpfen)

Traurig für mich persönlich sind daran insbesondere die Ursachen all` dieser Übel und Widrigkeiten.

Wir als Volk, wir, das Volk der Dichter und Denker, haben über Jahrhunderte mit einem prosperierenden Mittelstand eine Art Nachhaltigkeit gelebt. Es gab soziales Verantwortungsbewusstsein in einer breiten, führenden Mittelschicht. Wir hatten eine ausreichende Massenversorgung gehabt. Mit sozialen Leistungen wie zum Beispiel Gesundheitsfürsorge, Schulen und Altersvorsorge beispielsweise. Und wir, meine Damen und Herren wir in Deutschland, in Mitteleuropa, wir im Wesentlichen, haben mit Innovationen diesen Globus bereichert.

(er legte erneut eine wenige Sekunden lange Pause ein)

Im etwa letzten Drittel des zwanzigsten Jahrhunderts kippte dieses bewährte System! Nicht unerwartet! Von führenden Wirtschaftsfachleuten und auch von Politikern aller Couleur prophezeit!

Ausgerechnet die USA, der Kontinent, der Europa und insbesondere Deutschland nach 1945 wirtschaftlich wieder auf die Füße geholfen hatte, ausgerechnet dieser Kontinent hat dieses Kippen, diese Krise ausgelöst! Genau diese Amerikaner, die mit z.B. Henry Ford ein leuchtendes Beispiel hatten, wie Wachstum eines Unternehmens durch Erfolgsbeteiligung von einerseits

Beschäftigten und andererseits Lieferanten zu einer steil
steigenden Wachstumsspirale führen kann!
Die mit John Maynard Keynes schon Anfang des
zwanzigsten Jahrhunderts einen führenden
Wirtschaftstheoretiker hatten, der letztendlich ebenfalls
Nachhaltigkeit und langfristige Gewinnoptimierung statt
kurzfristiger Gewinnmaximierung gepredigt hatte!
Ausgerechnet von diesem Kontinent Amerika kam dieser
üble, neue Trend, nachdem Kaufleute und Banker dort
endgültig das Sagen übernommen hatten.
Kurzfristigste Gewinnmaximierung führte zu
Perversionen, insbesondere im Bankwesen.
Um 2015 gab es weltweit unter den Dollarmilliardären
etwa 100, denen etwa 50% des globalen Vermögens
gehörten! Heute ist diese Gruppe auf etwa 130 Milliardäre
angewachsen- aber diese verfügen mittlerweile über weit
mehr als fünfundsiebzig Prozent des globalen Vermögens!
Pervers!
Meine Damen und Herren, das ist wirklich pervers!
(und nach einer weiteren Gedenksekunde)
Und was haben die USA in und nach der Bankenkrise
gemacht, sie, dieses mehrfach am Rande des
Haushaltskollaps stehendes Volk, die sich oft nur mit
Fristen von wenigen Wochen vor einem drohenden,
geplatzten Haushaltsetat zum Nächsten retteten, was
haben sie gemacht?"

Munk`s Kopf war jetzt hochrot, der Kragen lag sichtlich
straffer an. Er war in Fahrt! Gestikulierte heftig!

„Sie haben Rating-Agenturen auf die Welt losgelassen.
Rating–Agenturen!
(das war nur noch ein Ausspucken von Verachtung aus
dem Munde eines sonst so beherrschten Menschen!)
Liebe Kolleginnen und Kollegen! Rating!
Sie, die USA, die selbst von der Hand in den Mund lebten,
die keine wirklich wettbewerbsfähige Automobilindustrie
mehr hatten, keinen Schiffsbau, keinen global
wettbewerbsfähigen Maschinenbau, kein *Dies* nicht und

kein *Das* nicht- sie haben *Andere* in ihrer
Leistungsfähigkeit bewertet!

Und alle haben ihnen geglaubt! *Alle!* Sind ihnen gefolgt
wie die Lemminge!
(aufgeregt stapfte Munk hin und her, die Daumen in der
Weste waren mittlerweile erneut einer heftigen
Gestikulation gewichen)
Und die USA haben damit, und mit ihrer Bankenkrise,
eine Wirtschaftskrise ohne Ende in Europa losgetreten!
Weil wir ihnen verfallen waren und geglaubt haben, wir,
besonders unsere Politikerkaste!
Ganze Staaten hingen am Tropf, immer weniger
Leistungsträger, wie unser Deutschland, mussten immer
mehr Schwache mit sich schleppen.
Und dazu, von den Amerikanern ermutigt, die viel zu
schnelle Erweiterung der EU bei viel zu großen
Unterschieden in der volkswirtschaftlichen
Leistungsfähigkeit, den Sozialsystemen und den
Rechtswesen! Um nur ein paar Punkte zu benennen!

Viel zu spät hat Europa, hat Deutschland das System
hinter diesem Rating erkannt.
Hast du als Staat einen Wettbewerber, oder einen Markt,
der sich dir verschließt- Rating ist die Lösung!
Besser wie jeder Waffeneinsatz!
Benote ihn schlecht, diesen Staat.
Mach` ihn mies, sage, verkünde Allen: dieser Staat ist
ein Taugenichts. Siehe Griechenland, Portugal, Spanien
usw.
Du wirst sehen, wie die berühmten Lemminge folgen dir
Alle, alle an der Börse glauben an diese heilige Kuh
„Rating „denn du, die USA, du bist ja der gute Uncle
Sam!
(er legte eine Pause ein, musste erst einmal wieder zu
Atem kommen)
Und wenn in diesem „vom Rating" befallenen Staat die
Wirtschaft in die Knie geht, wenn der ganze Staat
pleitegeht- wunderbar! Hervorragend! Endlich!

Aus Insolvenzmassen, und um nichts anderes handelt es sich bei den betroffen Saaten dann, war schon immer trefflich zu kaufen! Nur geht es hier nicht um ein paar Bürostühle oder mal eben eine Fertigungshalle. Nein, da kaufst aus dieser Insolvenzmasse ganze Industrien, du löschst Mitstreiter, Wettbewerber am Markt aus, du kannst Wissen, Werte billigst abschöpfen. Kannst Kaufkraft und Konsumentenverhalten lenken und beeinflussen.

Kannst dir selbst Märkte schaffen, in denen die Menschen ihre Bedürfnisse mit dem Ramsch aus deinem Heimatland, den USA abdecken, weil sie sich auf Grund der Ereignisse Qualität auch nicht mehr ansatzweise leisten können.

Darüber hinaus wächst der Klub der Milliardäre in deinem Heimatland und als Bonbon on Top! – du kannst die Verwertung von Trinkwasserressourcen steuern!

Und wir blöden Europäer, allen voran wir besonders blöden Deutschen, haben selbst nach den groteskesten Ausspähaffären immer noch an den lieben, guten alten Uncle Sam geglaubt!"

Dr. Munk hatte sich wirklich sehr ereifert! So deutliche Worte war man aus dem Munde dieses stets um Stil und Würde bemühten Mannes wirklich nicht gewohnt.

Er war mittlerweile zu seinem Schreibtisch gewandert, einem Relikt aus der Frühzeit des zwanzigsten Jahrhunderts. Speichel troff aus seinem Mundwinkel, dass hatte es ja noch nie gegeben!

Schwer atmend stütze der alte Mann sich auf, um dann, nach einem tiefen Atemzug, langsam mit glasigem Blick in die Knie zu sinken!

Schneewittchen, Schaller und Joe sprangen auf und konnten Dr. Munk gerade noch vor dem Umkippen bewahren. In diesem Moment hatte sich Munk auch schon wieder gefangen. Völlig verwirrt blickte er umher, er benötigte einige Sekunden, um sich im Jetzt wieder zu orientieren.

Alle stimmten für einen Abbruch des Meetings und Verschiebung, Dr. Munk war der einzige, der dem widersprach.
Aber er stand auf verlorenem Posten.
Man verständige sich noch kurz auf Termine anderntags, es gab nichts, was nicht verschiebbar gewesen wäre….
Dann ließ sich Dr. Munk murrend von seiner Sekretärin nach Hause fahren, ein wahrhaft seltenes Ereignis bei diesem doch immerhin über siebzigjährigen Mann.
Die Versammlung löste sich danach mit betroffenen Mienen und nachdenklichen Gesichtern langsam auf.

Anderntags fand sich Joe wie gewünscht und außerdem sehr pünktlich in der Redaktion ein.
Draußen war miesestes Wetter, in England sagten sie „it`s raining cat`s and dog`s" zu so etwas.
Joe dachte bei sich, wenn Hundescheiße vom Himmel fallen würde, das wäre wohl kaum schlimmer.
Im Gebäude der German News wurde er von Herrmann, dem Pförtner, freundlich begrüßt.
Thereza, die Sekretärin war anscheinend noch immer in betrübter Stimmung. „Joe, unser Doktorchen hat sich vom gestrigen Ereignis gut erholt. Trotzdem mache ich mir um ihn Sorgen! Er hat sogar heute Morgen mal wieder ein Liedchen bei seinem ersten Kaffee gepfiffen! Heute sogar mit `nem Cognac dazu! Ich soll sie einfach durchgehen lassen, hat der Chef gesagt, also bitte!"

Das passt doch irgendwie nicht zusammen, dachte Joe bei sich. In diesem Augenblick zeigte Thereza hinter sich zur Tür. Joe warf ihr einen Handkuss zu, den das hübsche Mädel mit einem Grinsen zur Kenntnis nahm.
Ihre Haltung auf dem Stuhl straffte sich, der ohnehin üppige Busen wurde noch etwas weiter herausgedrückt! Toller Anblick!

Joe trat durch die angelehnte Tür ein, er sah Dr. Munk im ersten Moment nicht. Sein Blick ging nach rechts, tatsächlich, da saß der Gute!

Ein Schock durchfuhr Joe, eiskalt lief ihm eine Gänsehaut über den Rücken!
Das war doch nicht Dr. Munk!
Nein, Nein, Nein!!! schrie sein Innerstes! Sein Magen verkrampfte sich, Übelkeit stieg in Joe auf.
Das war nicht Dr. Munk! Nicht der Munk, den er kannte!
Das konnte doch nicht sein! Nein, niemals, Nie!

Auf der Couch saß zusammengekrümmt eine aschfahle Gestalt. Die Brille verrutscht, die Haare wirr. In einer zitternden Rechten hielt dieser über Nacht um Jahrzehnte gealterte Greis, der einst Dr. Munk gewesen war, ein Glas.
Einen sehr, sehr großen Cognacschwenker, nahezu randvoll!

Joe trat an ihn heran, Munk wandte sich zu ihm. Tränen in den Augen, Tränenspuren auf den Wangen.
Das Hemd zur Hälfte aufgeknöpft, verschütteter Cognac hatte bereits Spuren hinterlassen. Die sündenteure, schwarz-rot gepunktete Fliege lag auseinander gezogen achtlos am Boden.
Trittspuren überdeckten das Muster des Fußbodens.
Joe wollte etwas sagen, der alte Mann schüttelte den Kopf. Er bedeute Joe, neben sich Platz zu nehmen.
Der überschwappende Cognacschwenker wurde ignoriert!
Zitternde Hände ergriffen ein zweites Glas, füllten es mühevoll gut zur Hälfte.
Joe versuchte etwas zu sagen, der Alte ergriff seinen Arm, zog ihn zu sich heran und schüttelte den Kopf.
„Hr. Dr. Rauba..., ach nein, Joe, Joe, bitte hören sie mit zu!"
Die Stimme war monoton leise, fast nur ein Flüstern.
Schweratmend rang der alte Mann mit seiner immer wieder versagenden Stimme.

„Joe, wie sie sicherlich wissen, waren mir eigene Kinder nicht vergönnt, nie, nie! Ich habe in meinen

Partnerschaften vieles versucht, es ist mir nicht gelungen, es war mir nicht vergönnt.
Wie sie sicherlich ebenfalls wissen, lebe ich seit über fünfzehn Jahren mit Laura-Louise zusammen.
Gemeinsam konnten wir keine Kinder bekommen.
Laura Louise aber hatte man über In-vitro-Fertilisation zu einem sehr viel früheren Zeitpunkt dazu verholfen.
Obwohl ihr Sohn zu dem Zeitpunkt, da ich ihn kennen lernen durfte, bereits ein junger Mann war, er war mir nach kurzer Zeit wie ein eigenes Kind.
Er arbeitete bei der Polizei in Ingolstadt, hatte schon ein paar Karierestufen erklommen.
2031 gab es einen skandalösen Zugüberfall im Transpress von Salzburg nach Ingolstadt.
Damals wurden sieben jugendliche Mädels, zum Teil Kinder, dazu Passagiere und Wachpersonal aus dem fahrenden Zug geworfen! Erinnern sie sich, Joe?"

Der Befragte nickte erstaunt. Dieser Zusammenhang war ihm neu! Mit tonloser Stimme fuhr Dr. Munk fort.
„Mein-ja Stiefsohn, Felix mit Namen, hat, ausnahmsweise die Blackbox mit den Aufzeichnungen an sich genommen und wollte sie in seinem Wagen mit zum Polizeipräsidium nehmen.
De Befehl dazu, so viel konnte später ermittelt werden, kam von ganz, ganz weit oben aus dem politischen Lager.
Mehr war nicht zu ermitteln, bis heute nicht. Man stößt auf eine Mauer des Schweigens!
Auf der Rückfahrt wurde Felix in einen Unfall verwickelt, bis heute unaufgeklärt!
Ein LKW hat ihn an einer Kreuzung gerammt, darüber gibt es Aufzeichnungen.
Felix stand, völlig korrekt, die Ampel für ihn war rot.
Dann rammt ein LKW ungebremst mit über 100 km/h hinten in seinen Wagen!
Der Wagen von Joe flog über sechzig Meter durch die Luft, die Batterien explodierten.

Den LKW hat man wenig später in einer nicht von Kameras überwachten Industriebrache entdeckt! Völlig ausgebrannt, keine Spuren mehr.
Die gesamte Sicherheitssensorik, Abstandradar usw. war offensichtlich total ausgefallen.
Alle Technikexperten sagen mir bis heute, dass solche Unfälle nur mit massivsten Manipulationen möglich sind.
Wir konnten bis zum heutigen Tag nichts, absolut gar nichts aufklären!

Laura–Louise hat dieses Trauma noch immer nicht überwunden, wird sie nie! Verlust eines Kindes, unsagbar schlimm!"

Angewidert von der Schilderung seines eigenen Berichtes nahm Dr. Munk erneut einen großen Schluck aus seinem Glas. Er schüttelte den Kopf, als Joe den Ansatz des Sprechens machte.
Wieder ergriff er Joe`s Arm.
Tonlos fuhr er mit leiser Stimme Kopfschüttelnd weiter fort.
„Aus meiner eigenen Familie habe ich, hatte ich- nur noch eine einzige Nichte, Helene-Marie.
Eine schöne, junge Frau, klug und gebildet.
Sie lebt- äh- lebte, ach egal (die bebende Stimme versagte, erst nach einem erneuten großen Schluck aus dem Cognacschwenker fuhr Dr. Munk fort): sie lebt mit ihrem Mann etwas außerhalb von Hannover.
Haben sich ein älteres Haus wettersicher umbauen lassen, mit modernster Sicherheitstechnik. Schön gelegen, mit Blick auf die Leine, aber Hochwassersicher.
Er arbeitet bei der Polizei in Hannover als Polizeiarzt.
Der aber war aber wegen seiner profunden Kenntnisse zur Drogenproblematik nach Hamburg abgestellt. Sollte dort auch im Zuge einer Tagung zum wiederholten Male referieren.
Hat mit Mitte dreißig schon einen doppelten Titel, Dr. Dr. Kurt-Harald Läntzen."

Joe spürte einen imaginären, heftigen Schlag in der Magengrube. Eine eisige Faust krallte sich um sein Herz! Der Boden unter seinen Füßen schwankte- geriet jetzt seine Welt völlig aus dem Ruder?

„Und gestern Nachmittag, Joe, gestern haben meine Nichte Helene und Kurt-Harald den Geburtstag, den dritten Geburtstag ihrer Tochter Daliah gefeiert!
Und jetzt, Joe (die Stimme war kaum noch zu vernehmen) jetzt kam vor wenigen Minuten _das_ als Nachricht zu mir. Für mich privat, vertraulich, von der Polizei Hannover.
Aufgenommen von der Überwachungskamera über der Terrassentür am Haus von Helene, Daliah und Kurt–Harald. Und mühsam rekonstruiert. Der Ton ist noch nicht wiederhergestellt. Aber, sehen sie sich, ach Joe, sieh` dir das selbst an!"

Der alte Mann richtete sich mühevoll etwas auf, nahm wiederum einen tiefen, sehr tiefen Schluck, der Schwenker war nunmehr lehr!
Dann startete er die von der Polizei übermittelte Aufzeichnung. Seine Augen schwammen dabei in dicken Tränen.

Es lief ein für Überwachungskameras typisch breitwinkeliges Bild an. Im Vordergrund war ein Terrassenboden erkennbar. Eine blonde Frau lief zu einem langen Gartentisch in einem fast parkartig wirkenden Garten.
Seitlich waren recht alte, wunderschöne Bäume erkennbar. Sonnenstrahlen zauberten ein Bild der Idylle. An der Tafel saßen sechs, sieben Erwachse, drei Paare und ein Mann. Dazwischen fünf Kinder, alle so im Alter zwischen drei und etwa fünf Jahren.

(Der Film hatte ja keinen Ton, es war jedoch zu erkennen, dass munter durcheinander geplappert wurde.

Man vermeinte, fröhliches Kinderlachen und Juchzen zu vernehmen)

Am Kopfende saß der einzelne Mann, Dr. Dr. Kurt-Harald Läntzen. Unverkennbar, Joe hatte ihn ja in Hamburg erst kürzlich kennen gelernt.
Neben ihm ein festlich geschmücktes, etwa dreijähriges Mädchen, sicherlich Daliah. Mit einer überquellenden Lockenpracht, in der Farbe reifer Kastanien.
Die Tafel war überborden mit bunten Bändern und allerlei Nettigkeiten für Kinder.
Neben Daliah war ein Platz frei. Die in das Blickfeld der Kamera getretene Frau, offensichtlich Helene, die Mutter von Daliah. Sie balancierte mit einem Kuchen aus dem Haus auf die Lücke zu!
Oben auf dem Kuchen flackerten drei Kerzen!
Die Frau nahm neben Daliah Platz, dann begann die Zeremonie des Kerzenausblasens.
Der Erfolg wurde von den anwesenden Erwachsenen und Kindern mit langem Beifall bedacht.
Am anderen Tafelende war ein Junge, einer der älteren, auf etwas aufmerksam geworden.
Er war aufgesprungen, zeigte heftig gestikulierend nach oben!
Es näherte sich schwankend ein etwa Tablet großer Gyrocopter, in typischen, flammenden Spielzeugrot.
Diese Spielzeuge waren seit vielen Jahren der Renner bei Kindern und Jugendlichen, erfreuten sich großer Beliebtheit.
Es gab unzählige Varianten davon.

Obwohl ohne Ton, konnte man das fröhliche Juchzen der Kinder förmlich spüren, die sich vor Freude über diesen Gag nicht mehr beruhigen konnten.
Der Gyrocopter trug an seiner Unterseite ein etwa Zigarettenschachtelgroßes Etwas? Ein Geschenkpäckchen?
Bunt eingepackt, mit lustigen Bändchen!
Eine tolle Idee, ein Kindergeschenk so zu überreichen!

Die Kinder tosten vor Begeisterung, die Erwachsenen sahen sich Schulter zuckend und sprachlos oder kopfschüttelnd an.
Der feuerrote Gyrocopter hatte nunmehr schwankend die Nähe der Torte erreicht, leicht im Wind taumelnd, senkte er sich ab.

Schwarz – nur noch rieselndes Grau auf dem Bildschirm...?

Dr. Munk sah Joe an, seine Augen waren nur noch in Tränen schwimmendes Leid:
„Die Polizei hat schon jetzt ermittelt, dass dieser Typ von Spielzeug-Gyrocopter exakt 124 Gramm tragen kann. In dem Päckchen, welches er mitbrachte, müssen demnach etwa Einhundertzehn bis einhundertzwanzig Gramm „Semtex Neunzehn" plus Elektronik gewesen sein.
Ein absolutes Teufelszeug.

Es gibt nicht einen Überlebenden, nichts.
Das Haus ist schwer beschädigt, dort, wo die Geburtstagsgesellschaft saß, ist jetzt ein Krater mit vierzehn Meter im Durchmesser, die größte Tiefe beträgt fast dreieinhalb Meter!"

9.3   Das Revier

Dr. Munk hatte einige Tage benötigt, bis er die Ereignisse einigermaßen verdaut hatte.
Nach einer knappen Woche war er erstmals wieder in der Redaktion erschienen.
Die Linien in seinem Gesicht hatten sich noch viel tiefer eingegraben.
Sein Haar war innerhalb weniger Tage jetzt schlohweiß geworden. Es schien, als habe er in den wenigen Tagen massiv Gewicht verloren, der einst auf Maß perfekt sitzende Anzug hing in Falten. Aus dem einst blühenden, beliebten Chef war wirklich ein uralter Greis geworden!

Dirk war unterwegs. Irgendwo oben im Raum Köln-Duisburg hatte es mal wieder in einer der verbliebenen Chemiebuden gekracht. Eines der wenigen Unternehmen noch in Privathand. Im Frühjahr noch hatte es einigen Wirbel um den Laden gegeben.

Der Haupteigner und Mitgründer waren verstorben, die Erbengemeinschaft hatte sich öffentlich und lautstark um den Fortbestand gestritten.

Ein Teil der Erben wollte das Übernahmeangebot eines Wettbewerbers annehmen, die anderen pochten auf die Selbstständigkeit. Die Angebote wurden immer besser, bis sich herausstellte, dass die A.A.S. Ltd. hinter der Bieterei steckte.

In der entscheidenden Verhandlung war einer der Befürworter des Verkaufes, ein Senator der „Vereinigten Ostsee Hansestädte" mitten im Redeschwall umgekippt. Einfach so.

Als er am Boden aufschlug, war er bereits tot.

Daraufhin hatten die Gegner des Verkaufes die Überhand, das Übernahmeangebot der A.A.S war damit endgültig aus dem Rennen.

Es gab einen Riesenaufschrei von der Seite der Verkaufswilligen. Man vermutete heimtückischen Mord, Sabotage, alles Mögliche. Der Staatsanwalt wurde auf den Plan gerufen, der Tote obduziert.

Dabei stellte sich ein anormal vergrößertes und geplatztes Blutgefäß im Kopf des Betroffenen als Ursache heraus. Eine Anomalie, sehr selten, aber Schicksal eben!

Das lag nur ein paar Monate zurück. Und die Katastrophe jetzt? Soviel war schon durchgesickert, die Mannschaft im Leitstand des Werkes hatte wohl während der Arbeitszeit mit ein paar Mädels aus der Produktion heftig einen auf Party gemacht!

Alkohol, Drogen, menschliche Unvernunft oder ein Mix aus allem, gezielte Bestechung- das war noch nicht klar. Klar war nur, dass eine Fabrikationshalle für Chlorderivate explodiert war! Im Umkreis einiger Kilometer hatte es gravierende Schäden gegeben.

Dieser Chemieladen war, so viel war bekannt, auf eine ununterbrochene Energieversorgung angewiesen und hatte daher ein altes Kohlekraftwerk quasi im Stand-By-Betrieb nebenherlaufen.
Ein Anachronismus in der heutigen Zeit.
Und in diesem Kraftwerk war als Folge der Hallenexplosion der Dampfkessel, so aus Sympathie? mit in die Luft geflogen.
Joe fühlte Übelkeit in sich aufsteigen. Bilder der Vergangenheit versuchten, ihn zu übermannen. So viele zufällige Zusammenhänge bei einer Katastrophe, das konnte doch nie und nimmer stimmen. Ob er mit Dirk Kontakt aufnehmen sollte?

In seinen Grübeleien wurde er von Dr. Munk unterbrochen. Er bekam einen neuen Auftrag. Also musste der Kontakt zu Dirk erst mal warten.
Joe sollte zeitnahe in der Region südlich und südöstlich von Darmstadt eine breit angelegte Recherche durchführen.
Drogen, Alkohol, Adoptionen, In-vitro-Fertilisation, Kommunikationsanbindung, Bandenunwesen, Polizeipräsenz waren die wesentlichen Schlagworte auf seine „To do" Liste.
Diese Hügellandschaft dort im Süden bzw. im Südwesten, im großen Rahmen begrenzt durch Rhein, Neckar und Main, wurde überwiegend geprägt von der Landschaft des Odenwaldes, eines sanften Mittelgebirges.
Joe hatte dort noch einen älteren Onkel wohnen, zu dem er nur mehr sporadisch Kontakt hatte. Aber ein schwacher Anknüpfungspunkt ist besser als gar keiner.

Lenie wollte ihn unbedingt begleiten, Dr. Munk war dagegen. Viel zu unsicher, viel zu gefährlich! Was da draußen auf dem Lande vorging, wo Bürger zu überleben suchten oder wo marodierende Banden ihr Unwesen trieben, das war nicht so exakt feststellbar.

Schaller stürmte herein, er hatte ein Problem. Er sollte eigentlich einen wirklich dringenden Außentermin in der Nähe von Gießen war nehmen.

Sein Twizzer, den er gebucht hatte, streikte komplett. Die Elektronik hatte anscheinend einen Totalabsturz erlitten, die Servicetechniker der German News konnten jedoch keine Ursache finden.

„Weil die Elektrofuzzys doch eh´ einen an der Klatsche haben" wie sich Schaller ereiferte.

Und es gab im Moment kein Ersatzfahrzeug, keine wirklichen Alternativen. Kurz und gut, ob denn Joe ihm seinen reservierten Twizzer abtreten könne, er habe doch bestimmt noch länger in der Redaktion zu tun usw. usw.

Joe war von der Idee gar nicht begeistert. Schaller zählte ja auch nicht wirklich zu seinem guten Freundeskreis?

Dr. Munk mischte sich ein: „Treten sie, lieber Joe, doch dem Kollegen das Fahrzeug ab. Ich wollte heute sowieso noch zu Florian Götzmann, da nehme ich sie bei der Gelegenheit mit!"

Damit war Joe die Argumente entzogen. Jovial legte er Schaller die Hand auf die Schulter und meinte:

„Na gut, mein lieber Schwalleisen, bitte schön!"

Schaller bekam einen hochroten Kopf und verbat sich diese Art von Kollegialität, Dr. Munk musste schlichten.

Die Formalitäten des Fahrzeugtausches waren per PAS schnell erledigt.

Als Schaller das Büro von Dr. Munk verließ, bemerkte Joe zu seiner Verwunderung, dass Schallers Jackett bei flüchtigem Hinsehen eine große Ähnlichkeit mit dem seinen besaß. Von hinten sahen sie sich jetzt sicherlich auf den ersten Blick zum Verwechseln ähnlich!

Hatte der Typ mittlerweile so etwas wie Geschmack entwickelt?

„Musste das eben sein, Herr Dr. Raubach? Wir wissen alle um die Marotte des Kollegen Schaller, das er sein über hundert Jahre altes Waffeleisen aus Familienbesitz hütet

wie andere ihre Augäpfel! Aber, doch bitte in Zukunft etwas mehr kollegialen Respekt."
Joe nickte höflich zustimmend, innerlich grinste er auf Hochtouren. Schwaller brauchte diese kleinen Frotzeleien, sonst wurde er gar zu übermütig!

Das Gespräch mit Dr. Munk wandte sich dann anderen Themen zu. Munk berichtete, dass Florian Götzmann, der Polizeirat, sein Domizil wohl mittlerweile in Darmstadt habe. Das dortige Präsidium lag viel näher an den Schnellstraßen, außerdem war er dort dem Landstrich näher, in dem viele eine gewisse Hochburg des Drogenhandels vermuteten.
Munk wollte Götzmann und Joe miteinander bekanntmachen. Einerseits sollte Joe so eine gewisse Rückendeckung bei seinen Aktionen erfahren. Andererseits galt es Joe abzusichern. Sollte er real mit Drogen in Kontakt geraten, dann war es sinnvoll, die Polizei über die Hintergründe seiner Aktivitäten im Vorfeld informiert zu haben.

Nach einem leichten Imbiss in der gut besuchten Kantine der German News machten sie sich auf den Weg.
Dr. Munk verfügte über einen permanent auf ihn reservierten Van der neuesten Generation. Eine absolute Ausnahme in der heutigen Zeit! Die Fahrt war recht kurzweilig, nachdem die Automatik das Steuer übernommen hatte.

Munk wandte sich Joe zu: „Schön, dass wir jetzt mal unter uns sind. Manchmal habe ich den Verdacht, die Wände in unserer Redaktion haben Ohren! Lassen sie mich hier unter uns noch ein paar Details zu ihrem Auftrag erwähnen.

Wir, meine Freunde bei der Polizei und ich, hegen den Verdacht, dass vieles, wenn nicht alle diese Geschehnisse ihre Ursache in den Drogen und auch dem Handel mit diesem Teufelszeug haben.

(Bitternis schwang tief in seiner Stimme)
Geschehnisse, damit meine ich im Wesentlichen
Gewaltexzesse, Sexualstraftaten und Ausschweifungen,
Raub, ja, sogar gezielte Morde.
Vielleicht gibt es ja sogar einen Zusammenhang, wie
auch immer, mit dem Thema Adoptionen, In-vitro-
Fertilisation usw. Aber das, lieber Joe, ist nur eine sehr
vage Vermutung von mir persönlich.
Immer, wenn wir der Meinung sind, Einer oder Eine habe
im Detail einen kleinen oder großen Fortschritt bei der
Aufklärung erzielt, verschwindet derjenige oder diejenige
kurze Zeit später von der Bildfläche.
Oft sehr spektakulär, so wie bei meiner Nichte und ihrem
Mann Läntzen. Die Schweine machen noch nicht mal
mehr vor Kindern halt! Und wir sind so rar an Kindern in
diesem Land! Irgendeine Gruppe muss hinter dem
ganzen stecken, das können keine Einzeltaten mehr sein.
Der oder die, die kennen scheinbar keinerlei Skrupel!
Aber wo, wo, Joe, wo ist der rote Faden- wo?
Wir hegen schon lange einen Verdacht, Drogen bestehen
nicht mehr wie früher nur aus einem Stoff. Da muss noch
irgendetwas anderes im Spiel sein, wir wissen nur noch
nicht, was! Immer wieder enden die Spuren im Nichts!
Der dringende Termin von Kollege Schwaller geht in diese
Richtung. Deswegen habe ich sie um die Überlassung des
Fahrzeuges gebeten! Eigentlich hatte ich Sie dort
angemeldet, aber dann kam die Einladung von Götzmann
dazwischen.“
Munk sah Joe fragend, um Zustimmung bittend an.
Dieser nickte nur stumm.
Munk fuhr fort: „Schaller wird einen wichtigen
Informanten treffen, ich verspreche mir davon sehr, sehr
viel. Die German News ist auch finanziell zu einigem
Engagement bereit, wenn wir hier die Ersten mit
konkreten Nachrichten sein können.“
Und nach einer kurzen Pause:
„Ach, übrigens Iris Herbst, unsere vielversprechende
Volontärin, wird Herrn Schaller begleiten.
Ich glaube, sie kennen Frau Herbst?“

Joe bejahte, er kannte das Mädel als Kollegin flüchtig.
Der Rest der Fahrt war nachdenkliches Schweigen. Dann
waren sie auch schon bald in Darmstadt oder besser
gesagt, in einem ehemaligen Industriegebiet zwischen
Weiterstadt und Darmstadt angekommen.
Die Polizei hatte aus dem verlassenen, kleinen
Einkaufszentrum einen Hochsicherheitstrakt mit bester
Verkehrsanbindung gemacht.
Die Zutrittskontrollen waren sehr umfangreich oder
schlicht und einfach nur noch nervig.

Kurz darauf wurden sie zu Florian Götzmann vorgelassen.
Dr. Munk wurde herzlich, Joe hingegen sehr reserviert
begrüßt. Götzmann hatte Stil, er ließ sogar Tee servieren!
Wie der Kerl wohl heute noch an solche Raritäten
herankam, unglaublich?
Götzmann selbst war eine unauffällige Allerweltsgestalt.
Für einen Polizisten sicherlich die beste Tarnung.
Er sah irgendwie übernächtigt aus, wirkte auf`s äußerste
angespannt.

Nach ein paar Begrüßungsfloskeln platze es dann aus
Götzmann heraus: „Dieses Drogenelend, Hr. Dr. Munk,
dieses Elend, diese Schweinereien! Jetzt hat es
offensichtlich schon unsere Polizeischule in der Nähe von
Wiesbaden erwischt!
Stellen sie sich vor, heute Nacht noch wurde ich dort hin
berufen. Eine Gruppe von sieben Polizeischülern, darunter
vier Mädels, sind vollkommen ausgerastet.
Sie hatten sich im Aufenthaltsraum zusammengesetzt
und angeblich! angeblich! nur ein paar Dosen Bier aus
dem Automaten gezogen.
Dazu fanden wir ein paar Schachteln Zigaretten, also
nichts Außergewöhnliches.
Klar, Bier aus Belgien, ist einfach in. Genauso wie das
Nikotinfreie Himalayakraut oder das Zeug aus Georgien,
welches heute so gerne geraucht wird.

Das Zeug ist zwar sündenteuer, aber Nikotinfrei. Und einen kleinen Luxus haben sich die Menschen schon immer gegönnt.

Wir haben mal wieder alles Mögliche untersucht, nichts zu finden. Unser Labor arbeitet immer noch fieberhaft, aber ich sage ihnen jetzt schon, die werden wieder nichts finden! Keinen Krümel, keine noch so winzige Spur, es ist wie verhext!

Die sieben jungen Kollegen hatten ein paar Freistunden am Nachmittag, waren in Wiesbaden bummeln.

Wie sie sicherlich wissen, gehört Wiesbaden zu den letzten Städten mit einer Einkaufsstraße. Wenn auch die Kirchgasse lange nicht mehr das ist, was sie einst war! Boutiquen, Cafés, ein paar Parfümerieläden, nichts, wirklich, eigentlich nichts Besonderes mehr. Sieht man einmal davon ab, dass, insbesondere die Mädels, stanken wie ein ganzer Parfümladen.

So zumindest die übereinstimmende Aussage der Jungs! Und plötzlich, urplötzlich, sind die ausgetickt. Alle! Haben randaliert, Mobiliar zerschlagen, sind übereinander hergefallen.

Wir stehen vor einem Rätsel, vom Dienst sind sie natürlich komplett erst einmal suspendiert!"

Munk und Joe waren sprachlos! Die Geschehnisse nahmen immer schlimmere Dimensionen an. Nach kurzer Diskussion kam man auf Dr. Munk` s Idee zu sprechen. Nachdem dieser seine Pläne geschildert hatte, stimmte Götzmann schmunzelnd zu. „Die Idee ist hervorragend! Wir sind in der Region mehr als „unterrepräsentiert", wir wissen fast gar nichts Aktuelles.

Und ein Mann, der seinem alten Onkel, na ja, sagen wir, einen Abschieds Besuch macht, bevor der Onkel von diesem Globus verschwindet, das hat etwas.

Könnte sogar glaubhaft wirken!

Wir mutmaßen seit geraumer Zeit, dass da draußen auf dem Lande, vielleicht in einer alten Chemiebude oder irgendetwas Ähnlichem, möglicherweise etwas gemixt wird, was uns unserer Drogenproblematik oder besser, ihrer Lösung, näherbringt.

Es gab zu allen Zeiten Kräuter und ähnliches mit berauschenden Wirkungen. Uns Stadtmenschen ist ja das Wissen darüber nahezu komplett verloren gegangen. Und diese Himalaya–Zigaretten, kein Nikotin, nichts. Nur Kräuter.
Bei dem Zeug aus Georgien, ebenso nichts!
Aber vielleicht finden wir ja mal auf diese unkonventionelle Art eine erste Spur!
Uns ist im Moment jeder Strohhalm recht."

Er blickte Joe mit durchdringendem Blick an, nachdem sowohl dieser als auch Dr. Munk mit stillschweigendem Nicken ihre Zustimmung signalisiert hatten, fuhr er fort:

„Wir werden ihren PAS ein wenig modifizieren, Hr. Dr. Raubach. Wir können und dürfen das!
(Joe staunte nicht schlecht, auch wieder eine neue, nicht öffentliche, gesetzliche Regel. Wieder näher hin zum gläsernen Bürger, dachte er mit zunehmender Verärgerung). Sie sind dann über einen größeren Radius für uns zu orten und wir können ihnen bei Bedarf zu Hilfe eilen.
Und sie sind in der Lage, das zeigen ihnen unsere Spezialisten, praktisch jedes Gespräch als Live–Mitschnitt über spezielle Codewörter oder Tastenkombinationen an uns senden. Mit herkömmlicher Funktechnik ist das nicht zu realisieren!
Aber meine Kollegen und meine Freunde bei ESA II haben da einiges in der Hinterhand.
Und sie sind natürlich juristisch abgesichert, falls sie real mit Drogen kontaminiert werden, sie brauchen also keine Gefängnisstrafe zu fürchten."

„Aber der Innenraum des Fahrzeuges wird nicht verwanzt, protestierte Joe, ein bisschen Privatsphäre muss sein!"

„Meinetwegen" knurrte Götzmann widerstrebend und verschwand im Nebenraum, wohl um einige Anweisungen zu erteilen. Er blieb länger als erwartet. Munk wurde schon langsam unruhig.

Dr. Munk goss sich noch einen Cognac nach, den Götzmann mit der Aufforderung zur Selbstbedienung zum Tee hinzu gestellt hatte. Joe lehnte den zweiten Cognac dankend ab.

Als Götzmann zurückkam, war er blass im Gesicht.

Er ging auf Dr. Munk zu: „Mein lieber Freund Friedel, bleiben sie bitte sitzen! Ich muss ihnen eine schlechte Nachricht übermitteln. Ihr Mitarbeiter, Hr. Schaller und eine junge Frau, an deren Identifizierung wir noch arbeiten, sind vor wenigen Minuten sehr schwer verunglückt.

Auf Grund der Verkehrslage hatte sie die Leitzentrale automatisch über Limburg nach Gießen geschickt. Dieser Umweg ist uns noch völlig unerklärlich, denn die direkte Autobahn von Frankfurt nach Gießen war zu dieser Zeit nahezu verkehrsfrei!

Schaller war wohl ziemlich schnell unterwegs, er hatte den Automatik Modus ignoriert. Diese Fahrt hätte ihre Redaktion ordentlich viele NEK`s gekostet!"

Dr. Munk war sichtlich entsetzt. Joe mischte sich ein: „Und warum, Hr. Götzmann, landet ein Verkehrsunfall bei ihnen, dem Polizeipräsidenten? Da stimmt doch schon wieder etwas nicht!"

Götzmann nickte zustimmend. „Gut erkannt, Herr Doktor Raubach. Bei Idstein gibt es eine ziemlich hohe Brücke, die Theiss Talbrücke, wie sie sicherlich wissen. Dort hat ein unbekannter Täter wohl mit der Laserwaffe in den Twizzer von Hr. Schaller geschossen. Wahrscheinlich von hinten, also aus einem Fahrzeug heraus. Wir haben mehre Einschusslöcher entdeckt, sie sind sofort aufgefallen.

Schaller wurde dadurch verwundet, hat es aber fast bis zum anderen Brückenende geschafft, auf der Fahrbahn zu bleiben. Die Schleuderspur ist fast siebzig Meter lang!

Irgendetwas an der Elektronik des Fahrzeuges muss ebenfalls versagt haben. Normalerweise greift doch auch im manuellen Modus in solchen Situationen ein Notprogramm, welches das Fahrzeug dann sicher zum Stehen bringt!
Dann haben ihren Kollegen aber wohl die Kräfte verlassen und er hat das Lenkrad verrissen. Der Wagen ist dadurch im rechten Winkel von der Brücke abgeflogen.
Wie schwer die Verletzungen von ihm und seiner Begleiterin sind, wissen wir noch nicht.
Wir erwarten in jeder Minute nähere Informationen!"

10 ODENWALD

10.1 Der Süden

Um Frankfurt, die einstmals als „Mainhatten" bekannte Bankenzentrale, gibt es eine Vielzahl von Mittelgebirgslandschaften.

Im Norden der Taunus, im Nordosten den Vogelsberg, dann die Wetterau mit im Südosten anschließendem Spessart. Im Südwesten, durch den Rhein abgegrenzt, die Pfalz.

Der Odenwald, südlich gelegen, war eine Besonderheit seit Jahrhunderten.

Vielleicht lag das an seiner Eingrenzung durch die drei großen Flüsse Rhein, Main, Neckar. Oder an seiner seit Jahrhunderten vollzogenen, administrativen Vierteilung.

Der größte Teil zählte zu Hessen, das war der sogenannte Kernodenwald. Aber auch Bayern und Baden-Württemberg hatten Anteile. Und es gab noch die Enklave „kleiner Odenwald", eigentlich nur ein südlich des Neckars gelegenes, kleineres Tal.

Vielleicht waren die Besonderheiten dieser Landschaft ja auch mal wieder nur ein Mix von allem!

Daran musste Joe während seiner mühevoller Recherche oft denken. Nach einigen Anlaufschwierigkeiten gelang es tatsächlich, telefonischen Kontakt zum alten Onkelchen herzustellen. Dieser, Nick genannt, hieß mit richtigem Vornahmen tatsächlich Nikolaus!

Eine Videokonferenz war zwar nicht möglich, aber das Onkelchen zeigte sich dennoch über die Kontaktaufnahme hocherfreut! Ob das an Joe`s Angebot lag, ein paar Geschenke mitzubringen?

Auf jeden Fall hatte sich Nick binnen weniger Tage mit einer erstaunlich präzisen Wunschliste an technischem Gerät und ein paar Medizinartikeln gemeldet. Dabei hatte Joe ursprünglich nur an Lebensmittel und Hochprozentiges gedacht!

Aber Dr. Munk und auch Florian Götzmann hatten die Wünsche als unbedenklich eingestuft, Joe konnte unbesorgt einkaufen. Die German News übernahm alle Kosten!

Joe hatte sich für zwei Wochen gezielt einen erkennbar älteren Hybrid Van angemietet. Dazu hatte es einiger guter Beziehungen bedurft, wurden doch solche Zuteilungen heute üblicherweise per Zufall und PC gefällt! Und die Polizei sollte in diesem Stadium besser außen vor bleiben.
Er wollte jedoch in dieser unsicheren Gegend nicht mit einem neuwertigen Fahrzeug aufkreuzen.
Das Vehikel verfügte neben der aktuellen Wasserstofftechnik noch über einen größeren Akkuspeicher, so dass man damit weitgehend autark war. Von undefinierbarer, beiger Farbe, war das Gefährt außerdem ziemlich unauffällig.

Auf Wunsch von Hr. Götzmann wurde das Fahrzeug schließlich in der Werkstatt des Polizeipräsidiums einer umfassenden Durchsicht unterzogen. Dabei wurden auch einige kleine elektronische Schweinereien zur besseren Ortung eingebaut, von denen Joe im Detail lieber nichts wissen wollte.
Er bat nur nochmals darum, die „verbesserte" Innenraumüberwachungen zu unterlassen. Irgendwie wollte er ja auch noch ein wenig Privatsphäre.
Dann gab es als Dreingabe sogar noch ein kleines Fahrtraining. Joe war verblüfft, was man mit einem Fahrzeug alles anstellen konnte! Bislang war selbstständiges Fahren für ihn ausschließlich ein ruhiges Mitschwimmen in einem großen Strom gewesen!

Die Vorbereitungen zogen sich hin, Lenie hatte noch mehrmals um die Gelegenheit zum Mitfahren gebeten. Letztendlich hatten sich alle, Joe, Dr. Munk und auch Götzmann dazu breitschlagen lassen.

Vielleicht war das ja eine noch bessere Tarnung! Männlein und Weiblein vereint auf Onkelchen Tournee!

Zwischendurch erreichten sie neue Nachrichten. Iris Herbst, die hübsche, vielversprechende Volontärin hatte den Unfall mit Schwaller zusammen leider nicht überlebt. Schwaller selbst war noch nicht über den Berg, aber stabil. Er hatte wohl eine Schussverletzung im linken Schulterblatt. Schwerwiegender waren die Verletzungen seiner Wirbelsäule! Da hörte man nur Übles, aber nichts Exaktes.

Onkel Nick hatte Joe eine Routenempfehlung gegeben. Von Darmstadt aus führte eine alte Schnellstraße in Richtung Odenwald, südlich von Erbach wollte Onkel Nick sich mit Joe treffen. Um den genauen Ort hatte Nick konsequent ein Geheimnis gemacht!

Am Dienstagmorgen, bei relativ ruhigem Herbstwetter, begaben sich Joe und Lenie auf den Weg. Schon auf der Höhe von Dieburg, kurz vor dem Abzweig in Richtung Odenwald, war der Verfall der Infrastruktur erkennbar. Je weiter sie nach Süden kamen, desto öder, verlassener wirkte die Landschaft.
Verfallene Häuser, Ruinen von Einkaufszentren. Einzig die Feste Otzberg übte ihren Jahrhunderte alten, finsteren Blick. Mahnend waren die zerfallenden Reste der weißen Rübe, des Turms als Wahrzeichen zu erkennen! Kaum noch Menschen irgendwo!
Klar, Kinder sah man heute sowieso nicht mehr. Zumindest nicht unbeaufsichtigt, dafür waren sie zu selten, zu kostbar!
Hunde, Katzen, Pferde - sie waren nahezu von der Bildfläche verschwunden. Den Luxus eines Haustieres konnte sich heute keiner mehr leisten.
In Joe keimte mal wieder der Verdacht, dass diese Viecher mittlerweile für viele Menschen Teil der Nahrungskette waren!

Ab und an in den Seitentälern, das wusste er von den Satellitenaufnahmen der Polizei, fand man noch kleine und kleinste Viehgruppen.
Die wohl alle massiv bewacht wurden, eine auch für die Polizei verblüffende Entwicklung!

Es entwickelte sich eine nette Plauderei mit Lenie.
Diese endete abrupt, als sie kurz vor Höchst, sie hatten gerade eine steile Kuppe hinter sich gelassen! Vor einer unübersichtlichen, scharfen Kurve in der Ortsumgehung wurden sie plötzlich mit einer eiligst aufgehäuften Straßensperre und einer Horde von etwa zehn jungen, verwahrlost wirkenden Männern und Frauen konfrontiert!

Straßenräuberei!

Mit äußerster Mühe konnte Joe den schleudernden Van abfangen, unterstützt von viel Elektronik! Halb im Graben neben der brüchigen Straße versuchten die ackernden Räder Traktion zu gewinnen!
Der Allradmodus hatte sich blitzartig zugeschaltet, Dreck spritzte in hohem Bogen!
Als die ersten Hände an den Türgriffen zerrten, gelang es ihm, mit dem linken Fuß den zusätzlichen Knopf neben den Pedalen zu betätigen.
Der Stromschlag war wohl ordentlich, augenblicklich waren die randalierenden Hände und Körper verschwunden!

Das Fahrzeug hatte sich gefangen, Joe war in die Mitte der Fahrbahn zurück gelangt.
„Deine Polizeischulung hat sich schon jetzt bezahlt gemacht, äußerte Lenie mit bleichem Gesicht: war das ein Stromschlag, der diese Vandalen platt gemacht hat?"

Joe nickte: „Das kann ja heiter werden, ich beginne, die Vorsicht von Onkel Nick zu verstehen. Aber du darfst sicher sein, schon morgen oder übermorgen, so ganz zufällig hat mir der Florian Götzmann versichert, wird es

hier in der Ecke mal wieder eine richtig ordentliche Polizeirazzia geben.
(und auf den fragenden Blick von Lenie)
In den Scheinwerfen und Leuchten, selbst in den Spiegeln dieses Fahrzeuges sind Minikameras und noch ein paar mehr Schweinereinen installiert.
Und mit der aktuellen Gesichtserkennungssoftware flimmern wahrscheinlich schon jetzt bei dem lieben Florian die ersten gestochen scharfen Bilder auf dem Bildschirm auf!
Die Qualität ist so gut, da kannst du mittlerweile jeden Pickel auf dem Milchgesicht beim Namen nennen!
Aber lass` uns ein wenig konzentrieren, wir kommen jetzt durch ein paar kleine Nester, die mehr neben der Straße angesiedelt sind.
Auf Erbach und Michelstadt bin ich gespannt, da müssen wir ja mehr oder weniger mitten durch."

Die Weiterfahrt gestaltete sich erstaunlich problemlos. Der Verfall der Infrastruktur wurde indes zunehmend deutlicher.

„Meine Güte, Joe, mit diesem Ausmaß an Verfall hätte ich in der kurzen Zeit nie und nimmer gerechnet. Wenn ich an die schönen Feste denke, die wir hier noch vor wenigen Jahren feiern konnten. Apfelblütenfest in der Unterzent, Brunnenfest in der Oberzent"

„Hast ja völlig Recht, entgegnete Joe mit Bitterkeit in der Stimme. Ich denke da eher an Wiesenmarkt oder Bienenmarkt. In kürzester Zeit- nix mehr. Die Leute sind massiv verarmt, den Jux konnte sich keiner mehr leisten, die Schaustellerei war ruck zuck ausgestorben. Und wenn ich erst an die Greueltaten bei den letzten Festen denke, da schüttelt es mich heute noch! Schlimm, ganz schlimm!"
Lenie antwortete mit einem tiefen Seufzer.

Kurz hinter Erbach erreichte Joe ein Anruf, Onkel Nick war in der Leitung. Die Verbindung war schlecht, aber so viel war klar, sie sollten an der Abzweigung zum Marbachsee vorsichtig und langsam machen. Sich dort rechts, Richtung Weinheim halten. Nick würde dann kurz darauf zusteigen.

Hinter der genannten Abzweigung standen plötzlich drei bewaffnete Männer mitten auf der Fahrbahn. In ihren fleckigen Overalls wirkten sie wie die Arbeiter früherer Zeiten, wären da die bedrohlichen Waffen aus kalt schimmerndem Stahl nicht gewesen! Richtige, echte Schusswaffen!
Lenie reagierte panisch, klammerte sich an irgendwelchen Haltegriffen fest! Joe konnte sie kaum beruhigen, auch ihm war schlagartig flau im Magen.
Einer der drei trat hervor- Onkel Nick! Gott sei Dank, Joe fiel ein Stein vom Herzen! Nick war deutlich älter geworden, aber dieses freundlich grinsende Gesicht mit den eisblauen Augen unter dem Wildwuchs eines Bartes war unverkennbar!
Wenn auch der Bart und das Haupthaar mittlerweile schlohweiß waren.

Joe entriegelte die Türen, meinte skeptisch: " Ihr müsst zusammenrücken, mit einem solchen Komitee hatte ich nicht gerechnet!"

Nick schüttelte den Kopf, er musterte sie beide eingehend: „Meine Freunde gehen zu Fuß zurück. Es ist heute nicht mehr ratsam, alleine durch Feld und Wald zu streifen oder an einer Wegegabelung zu warten. Sie haben mich nur begleitetet.
Seid mir willkommen, mein Haus sei euer Haus, meine Freunde sollen Eure Freunde sein."

Und zu Lenie gewandt, mit einem beruhigenden, herzlichen, lauten Lachen: „Hallo Lady, lange schon hab` ich so etwas Hübsches nicht gesehen!"

Der Händedruck von Onkel Nick hatte eine Qualität, da konnte jeder Schraubstock neidisch werden. Die Tür schlug zu, die beiden Freunde von Nick waren verschwunden, noch bevor Joe irgendetwas registriert hatte.

Schon eigenartig. Irgendetwas stimmt hier noch nicht, meldete sich Joe`s Verstand, im Widerstreit mit seinem Herzen, denn das war Onkel Nick zugetan.

Hinter der nächsten Kurve spürte Joe plötzlich einen scharfen Druck in der Seite.
Dachte ich mir` s doch, schoss der Gedanke durch Joe` Kopf. Panik stieg in ihm auf.
Nick hielt ihm einen Revolver an die Hüfte. Überdeutlich sprangen Joe die leichten Rostspuren ins Auge.
„Joe, es tut mir leid, bleibt ruhig, alle beide! Niemand will euch etwas tun. Es gibt für alles eine Erklärung. Und du, Lenie, dir geschieht garantiert nichts, dafür stehe ich! Es ist nur so, dass wir, die wir versuchen, ein halbwegs normales Leben zu führen, uns schützen müssen.
Vor den Wetterkatastrophen, marodierenden Banden und vor allem vor der Polizeiwillkür.
Die machen hier draußen bei ihren Razzien leider keinen Unterschied mehr zwischen Gut und Böse!
Hinter der nächsten Biegung hältst du rechts an, wir laden blitzschnell um und fahren mit einem anderen Wagen weiter. Euer Auto wird noch ein wenig bewegt und dann versteckt.
Eure PAS könnt ihr gleich auf neunundneunzig Stunden stellen und hier in diese Tasche stecken, da werden sie zuverlässig abgeschirmt!"

Hinter der nächsten Biegung kam rechts ein fast zugewachsener, leicht ansteigender Waldweg zum Vorschein. Gut versteckt war darin ein wirklich alter, angerosteter Van von unscheinbar grauer Farbe zu erkennen.

Dieses Mal war es drei Männer mit Gesichtsmasken, die in den Weg sprangen.
Der Druck des Revolvers in Joe`s Seite sagte ihm: Widerstand war zwecklos...

Mit kundigen Händen wurden die in den Rückleuchten, den Spiegeln und Außenleuchten verborgenen Kameras mit abschirmender Folie überklebt. Gleiches wurde der Satellitenantenne angetan. Wagenunterboden und Kotflügel wurden ausgeleuchtet, das Umladen in den alten Van erfolgte blitzartig.
Götzmann wird heftig fluchen, dachte Joe bei sich.

Sie wechselten die Fahrzeuge. Nick nahm erneut hinten Platz. Joe war mittlerweile richtig sauer, Lenie nur noch verängstigt, klammerte sich an ihn.
Er versuchte, etwas Ruhe und Normalität einzubringen:
„Sag mal Onkelchen, wir sind hier doch in unmittelbarer Nähe vom Marbachsee? Existiert der denn noch?"

Nick lachte bitter:
„Ganz recht, mein lieber Joe. Besser gesagt, in der Nähe des Sumpfloches, das nach der Hegau-Katastrophe 2018 davon übriggeblieben ist. Damals ist die Staumauer gerissen, im ganzen Mümlingtal bis an den Main gab`s Chaos!
Schlimmer noch wie damals, 1953. (und auf den fragenden Blick von Joe) Damals, 1953, gab es ein Unwetter, ein Jahrhunderthochwasser. Höchst zum Beispiel war fast komplett abgesoffen.
Aber das mit dem Marbachsee war weitaus schlimmer!
In Erbach stand der Schlossplatz komplett unter Wasser, in Michelstadt hatte es den Bahnübergang weggespült.
Der See hatte zu der Zeit halt zufällig seinen höchsten Pegelstand. Und je weiter du dem Fluss abwärts gefolgt bist, umso schlimmer wurden die Schäden!
Das ging bis nach Obernburg, an die Mündung!
Um den Rest hat sich keiner von der Saubande Politik und Verwaltung je richtig gekümmert!"

Nick ließ die Verblüffung in Joe kurz nachwirken, dann
kam die nächste Ansage:
„Joe, fahr` zurück, Richtung Beerfelden. Immer schön
der Straße nach. Ach Junge, schön dich mal wieder zu
sehen! Es gibt sicher irre viel zu erzählen. Wir sind alle
sehr gespannt.
(warum noch immer der Revolver? Lenie sah aus, als
wollte sie jeden Moment vor Angst ins Auto kotzen)
In Hetzbach machst du langsam, dort lotse ich dich.
Schaut mal nach links, dass Himbächlviadukt, oder
besser, seine traurigen Überreste.
Seit der Hegaukatastrophe nicht mehr befahrbar!
Kaum war der Bahnverkehr zum Neckar `runter
eingestellt, haben Diebesbanden die Gleise und
Stahlschwellen geklaut.
Und die Wetterkapriolen haben dem Bauwerk dann den
Rest gegeben! Traurig, nur noch traurig!"

Onkel Nick schüttelte heftig den Kopf mit der grauen
Mähne!

10.2 Krähbergtunnel

Joe kam aus dem Staunen nicht mehr heraus.
Nick hatte sie zum nördlichen Portal des Krähbergtunnels
gelotst! Das Portal war verschlossen durch ein massives,
zweiflügeliges Gittertor.
Eine etwa zwanzig Personen umfassende Gruppe aus
freundlich auftretenden Männern und Frauen trat heraus
und begrüßte die Ankömmlinge.
Der Revolverdruck in seiner Hüfte verschwand so plötzlich
wie er gekommen war.

Die Menschen waren schlicht, aber zweckmäßig gekleidet.
Viele Kleidungsstücke sahen nicht mehr oder kaum noch
nach den modernen Industriestoffen aus. Da musste wohl
vieles von Hand gemacht sein!

Eigentlich unmöglich, dachte Joe verwundert bei sich.
Er war noch immer reserviert, Lenie hingegen spürte man
ihre Ängste deutlich an.
Ihre Hand hatte die seine gesucht und fest umklammert.
Ehe sie sich versahen, war der alte Wagen dank der
vielen Hände entladen und in den Tiefen des umliegenden
Waldes verschwunden.

Die technischen Wunschartikel von Nick wurden mit Hallo
und Freude begrüßt. Das Hallo steigerte sich enorm, als
drei Wodkaflaschen zum Vorschein kamen!

Sie wurden tiefer in den Tunnel hineingeführt. Kaum
fünfzig Meter im Tunnelinneren drinnen, erschienen zwei
versetzte, überlappende Querwände.

Dahinter waren- ja Räume, Raumzellen unterschiedlicher
Größe abgeteilt.
Sie waren breit, aber nicht sehr tief. Der ehemals
eingleisige Tunnel hatte nur einen sehr begrenzten
Querschnitt und irgendwo musste auch noch ein Gang
bleiben.
Eine durchgehende Beleuchtung sorgte für Orientierung.

Nick führte sie noch tiefer in den Tunnel, in eine der
größeren Zellen. Das kaltblaue Licht von
Energiesparleuchten einfachster Bauart erhellte den
Raum, gemildert durch das flackernde Licht von Kerzen.
Joe traute seinen Augen nicht, echte Bienenwachskerzen!
So etwas kannte er nur als schwache Erinnerung aus
seiner Jugendzeit!

Seine Nase weitete sich, er zog den schwachen,
wunderbar warmen und weichen Duft tief in sich hinein!
Eine andere Note kam immer deutlicher hinzu, in Kannen
auf den Tischen duftete köstlich ein Tee unbekannter
Herkunft mit den Bienenwachskerzen um die Wette!
Sogar eine kleine Schale einfaches Gebäck wurde
offeriert.

Die Begrüßungsgruppe hatte mit ihnen Platz genommen, Nick stellte alle mit Namen vor, unmöglich, sich diese in der Kürze alle zu merken. Dann begann der alte Onkel mit seiner Begrüßung:

„Schön, dass ihr da seid, wir freuen uns. Der Kontakt in die Städte ist schon seit geraumer Zeit nahezu vollständig erloschen.
Seine Stimme wurde eisig, die Augen blitzten:
Ich habe mich mit meinen Freunden abgestimmt, nachdem wir im Rahmen unserer Möglichkeiten über Euch beide recherchiert haben. Wir werden Euch gegenüber völlig offen und vertrauensvoll sein, von Euch erwarten wir das Gleiche.
Sollte ihr uns enttäuschen, verschwindet ihr für alle Zeiten von der Bildfläche.
Ob ihr die Sonne noch mal seht, es liegt in Eurer Hand! Hier im Tunnel gelten unsere eigenen Gesetze!"

Das saß! Lenie und Joe waren erst einmal ordentlich geschockt. Joe verspürte einen tiefen Wunsch, dem Onkel an die Gurgel zu springen, hatte der sie gelinkt? Sorge um Lenie breitete sich in ihm aus!
Schützend legte er den Arm um ihre Schulter und zog sie demonstrativ an sich heran.

Nick hatte das sofort registriert, schmunzelnd fuhr er fort: "Nach dem die Wirtschaft bei uns nahezu völlig zum Erliegen gekommen war, war ja auch der traurige Rest unseres Staates weitgehend aus der Fläche verschwunden...
Wir Landmenschen sind nur noch Gegenstand von Razzien und Lieferanten von Kindern!
Es ist, wie ich schon draußen schilderte, der blanke Horror! (er schüttelte sich, zutiefst angewidert)
Wir kämpfen mit dem Klima, aber da haben wir mit dem Tunnel eine ganz brauchbare Lösung gefunden.

Bei diesem eingleisigen Ding sind wir jedoch mit etwa zweihundertfünfzig Leuten an der Kapazitätsgrenze, jeder braucht auch irgendwie noch ein wenig Privatsphäre! Wir kämpfen gegen Banden und manchmal auch noch gegen Einzelne, auch da haben wir hier ganz gute Karten. Weiter unten, am Unterlauf der Mümling, ist es viel schlimmer. Da ist die bayrische Grenze nicht weit, und unsere Polizei hat das kleinstaatliche Denken leider noch immer nicht überwunden!
Nur hier, bei Razzien, da ist unsere Polizei präsent. Ohne Rücksicht auf Verluste, ob Mann oder Frau, wer hier draußen in der Region erwischt wird, erhält brutalste Prügel und wandert in den Bau! Es gibt hier einige unter uns, die solchen Attacken gerade noch entwischen konnten!"

„Ja aber, wie konnte sich das entwickeln, wie kam es dazu? Das hier draußen Menschen versuchen, „NORMAL" zu leben, ist uns schon klar! Aber doch nicht unter diesen Bedingungen! warf Joe heftig erregt ein: Selbst wir Presseleute erfahren vom Staat immer nur, dass es hier draußen schwierig sei. Aber im Grunde herrscht doch angeblich Friede, Freude, Eierkuchen!
Und- na ja, marodierende Banden gibt es, Drogen gibt es, es werden erstaunlicherweise immer wieder mehr! Jedoch, letztendlich sind es aber eigentlich doch nur vermehrt auftretende Einzelfälle- oder doch nicht?"

Joe versuchte mit diesen Aussagen und Thesen auch, Nick aus der Reserve zu locken. Er sah dem Onkel tief in die Augen, was diesen absolut nicht störte. Erstaunlich!

Dann, nach ein paar nachdenklichen Sekunden, lachte Nick bitter, in der Runde war allgemeines Kopfschütteln zu erkennen: „Joe, genau das Gegenteil ist der Fall! Exakt das Gegenteil!
Der Staat gaukelt euch, uns, vielleicht sogar seinen Funktionären wie zum Beispiel der Polizei eine nicht mehr reale Welt vor!

Alles statistische Material wird von der Regierung gefiltert, geschoben, geschönt, sortiert!
Das wissen wir hier aus zuverlässigen Quellen!
Einige wenige hier draußen haben sich zu funktionierenden Gemeinschaften zusammengeschlossen.
Und soweit wir in Erfahrung bringen konnten, hält diese Entwicklung an Deutschlands Grenzen nicht an!
(und fuhr auf die Nachdenklichkeit in Joe`s Gesicht, mit Nachdruck fort)
Wenn du aber deinen Arsch nicht mal mehr `ne halbe Stunde der Sonne aussetzen kannst, ohne auf die Bewachung von Freunden angewiesen zu sein, dann ist doch wohl einiges oberfaul!"

Nach einer kurzen Sekunde des Zögerns, begleitet von einem tiefen Seufzer: „Und wie es dazu kam? Die Versorgung ist immer mehr zusammengebrochen, Lebensmittel gab` s kaum noch.
Wer hält denn noch einen Supermarkt offen, wenn einerseits kein Nachschub kommt und auf der anderen Seite die Kunden mit dem Messer zwischen den Zähnen einkaufen?
Anfänglich hat unser Staat den darbenden Menschen noch seine Almosen überwiesen, aber schnell war das auch nur noch Anlass für brutalste Überfälle.
Wer etwas hatte, dem wurde genommen, es galt und gilt nur noch das Recht des Stärkeren!
Die Polizei hatte sich doch schon längst aus der Fläche zurückgezogen.
Sicher, hier und da gab es Präsenz, gab und gibt es Aktionen!
Aber, das war nicht die Realität, nicht der Normalzustand!
Der Staat konnte und wollte, des schnöden Mammons wegen, sein Gewaltmonopol nicht mehr wahrnehmen!
Die Aktionen, die wir letztendlich noch vereinzelt sahen oder sehen, waren oder sind schlicht „Werbemaßnahmen"! Damit konnte man in den Medien immer mal wieder ein hohes Maß an Sicherheit vorgaukeln!"

Ein vielstimmiges, zustimmendes Raunen und Murmeln gingen durch die Anwesenden!
Nick hatte einen Schluck aus seinem Teebecher genommen. Behutsam, fast zärtlich, setzte der so grobschlächtig scheinende Mann den Becher ab, um dann mit abgesenkter Stimme fort zu fahren:

„Wer konnte, hat sich mit Gleichgesinnten in alte Burgen, Einkaufszentren, Industriebrachen oder ähnliches zurückgezogen. Da brauchst du dann oft nur ein oder zwei Tore zu bewachen! Und auf den Türmen von Burgen zum Beispiel lässt sich mit ein bisschen Solartechnik auch noch Strom gewinnen.
Oftmals haben diese alten Gemäuer auch noch Brunnen, die man reaktivieren kann oder konnte.
Hat man auf dem Breuberg und dem Otzberg geschafft.
Und unten am Neckar findest du solche Beispiele haufenweise!
Manchmal flüchten sogar Menschen aus der Stadt zu uns, die von Drogen und staatlicher Gängelei die Nase voll haben!"

Lenie meldete sich erregt zu Wort: „Dann muss das hier draußen wirklich ein sehr, sehr bitteres Leben sein, wenn Menschen dafür freiwillig in einem alten, feuchten Bahntunnel leben!"

Nick lachte bitter: „Besser im Tunnel leben als im Freien sterben! Dieser Tunnel hier ist 3.100 m lang, Mädel. Zwar nur eingleisig- aber immerhin der längste eingleisige Eisenbahntunnel Deutschlands.
Er hat schon manches Beben im Rhein-Main-Gebiet unbeschadet überstanden!
Anfangs haben sich nur ein paar wenige hierher verkrochen, zum Schutz vor marodierenden Banden.
Dann hat man gemerkt, von der anderen Tunnelseite kommen ja auch Menschen, mit dem gleichen Gedanken.
Aus anfänglicher Rivalität wurde Gemeinschaft.

Und diese Gemeinschaft - wir sind heute etwa zweihundertfünfzig Menschen, von jung bis alt, Männer und Frauen - haben sich dann zusammengetan. Hat den Tunnel beidseitig gesichert, eine Infrastruktur eingebaut. Was ihr hier seht, ist nur ein Bruchteil dessen.

Wir haben eine Energieversorgung, die diskret an mehreren Stellen überwiegend aus Wasserkraft gewonnen wird. Der Tunnel wird permanent belüftet, um eine ausreichende Sauerstoffversorgung der Bewohner sicher zu stellen.
Es gibt Gemeinschaftseinrichtungen so wie diesen Raum. Küchen, vier Bäder- für zweihundertfünfzig Menschen! Sogar ein Solarium. Wir leiden hier sehr unter dem Mangel an natürlichem Sonnenlicht.
Rückzugsräume für Einzelne, Paare gibt es, ja sogar für Familien!
Wir haben hier in der Nähe zwei Gewächshäuser, dazu das, was wir in der Natur an Essbarem finden. Unser Fleisch gewinnen wir durch versteckt in den Wäldern weidendes Vieh oder Rot- oder Schwarzwild.
Im Moment bauen wir noch eine Algenzucht auf, allerdings nicht in Glasröhren. Wir haben ein altes Patent mit transparenten Schläuchen aufgegriffen, es entwickelt sich nach anfänglichen Rückschlägen ganz gut.
Und wir haben über Brunnen da draußen genügend gutes Trinkwasser!"

„Ja aber, entgegnete Joe erstaunt: wo habt` ihr den die ganzen Materialien für diese Infrastruktur her?"

Nick lachte erneut: "Es gab überall hier in der Umgebung kleinere und größere Fabriken, Schlossereien, Schreinereien und, und... Halt eben alles Mögliche. Man musste nur eifrig suchen und sich etwas zusammentragen.
Und das im Tunnel vorhandene wie z.B. eine Feuerlöschleitung nutzen.

Außerdem, hier auf dem Lande hatten sich die Menschen doch noch ein paar handwerkliche oder auch landwirtschaftliche Geschicklichkeiten bewahrt, die euch Stadtmenschen absolut fremd sind. Mit ein wenig Improvisationstalent lässt sich vieles bewirken.
Nur künstliche Befruchtung, das wollen wir nicht. Definitiv nicht! Wer weiß schon, was dabei alles schief gehen kann!
(seine Stimme war wieder hart und eiskalt geworden)
Unsere wenigen Kinder werden natürlich gezeugt, wir schicken sie dann meist nach kurzer Zeit in die nahen Städte, wo sie ja heute unter dem wirklich besonderen Schutz des Staates stehen! Sie haben es dort besser als hier. Leicht fällt der Verzicht auf die eigenen Kinder gewiss nicht!"
(Seine Stimme zeugte in diesem Moment von tiefster Bitternis und, ja auch von Verzweiflung)

Joe warf ein: „Das kann ich jetzt gar nicht verstehen. Künstliche Befruchtung, In-vitro-Fertilisation, das ist doch heute medizinischer Standard, wird vom Staat massiv unterstützt!"
Lenie ergänzte: „Und Adoptionen sind doch auch kein Problem mehr. Klar, ganz für umsonst geht das nicht, ein bisschen Geld müssen die Eltern schon beisteuern!"

Schlagartig brandete eine erregte, heftige Diskussion auf, es war, als hätten sie in ein Wespennest gestochen. Die Wogen zu glätten, war alles andere als einfach.
Der Tenor der Tunnelbewohner war indes eindeutig: man vertraute den ganzen Techniken nicht! Es herrschte eine große Unsicherheit. Was wurde da in den Retorten wirklich zusammen gemischt, wer kontrollierte das tatsächlich?

Nick brachte es für alle auf den Punkt: „Wisst ihr zu hundert Prozent, was in den Retorten und Reagenzgläser zusammengeschüttet wird? Habt ihr irgendeine Ahnung, welche genetischen Dispositionen diese ganzen

Adoptivkinder haben? Ist es nicht merkwürdig, dass wir hier in Europa plötzlich so ein riesiges Potenzial an Adoptivkindern überhaupt haben?
Und seht euch mal das Thema Afraner an: wo in den vergangenen Jahrhunderten hat sich schon mal die Afrikanische Menschheit mit denen aus Asien gemischt? In diesem Ausmaß! Normal ist das doch alles nicht!"

Er zündete sich eine selbst gedrehte Zigarette an, betretenes Schweigen ringsum. Dann fuhr er fort und wurde ernst, sehr ernst: „Es gibt nur sehr wenige Tabuthemen hier drinnen. Gewalt gegen Andere und Drogen. Klar, wir brauen uns unser Bier, unseren Schnaps, Tabak! Richtig klassischen Tabak.
Keltern den guten, alten Äppelwoi. Scheiß´ doch auf die ganzen, nichtsnutzigen Gesetze!

(und nach einer kurzen Pause, die den Schlusssatz in aller Deutlichkeit unterstrich)
Aber: wer hier mit Drogen erwischt wird, hat absolut verloren!"

„Was bedeutet das, absolut verloren?" kam zögerlich und ängstlich die Zwischenfrage, allerdings einstimmig von Joe und Lenie.

„Das bedeutet, Joe, eine einzige Chance, mit dem Dreck aufzuhören. Beim zweiten Mal fällst du in den Neckar. Oder die Wölfe oder die Wildschweine oder beide fressen dich!"

Und, Nick, nochmals, jetzt nach einer längeren Pause: „Joe, verstehst du jetzt unsere Sicherungsmaßnahme? Es muss sich etwas ändern. Es muss sich sogar sehr viel ändern.
Und weil ich dich kenne, von Kindheit an kenne, deine Arbeiten kenne, weil du bei der Presse arbeitest und einen wirklich guten Ruf hast, deswegen gehen wir hier das Wagnis des Kontaktes ein! Wir wollen nicht, dass die

Polizei heute Nacht hier einfällt und alles zerstört, was wir uns mühsam aufgebaut haben!
Deswegen die ganzen Sicherheitsmaßnahmen, unser Risiko ist jetzt schon groß genug!
Und was wir uns wirklich wünschen würden, wäre auch mal wieder ein Minimum an medizinischer Versorgung!
Wir müssen mit dem wenigen, was wir in der Natur noch finden, klarkommen. Und in der Natur findest du heute kaum noch etwas. Wir spüren den Klimawandel extrem deutlich! "

Joe und Lenie sahen sich erschüttert an, Joe holte tief Luft: „Nick, mir fällt ein Stein vom Herzen. Dieses Problem mit den Drogen nimmt wahrhaftig draußen in den Städten ebenfalls überhand! Seit Jahren schon! Wir alle, die noch einen Rest von Verstand in der Birne haben, suchen verzweifelt nach der Ursache!
Eigentlich sind wir ja sogar deswegen hier, weil wir hofften, hier eine Spur zu finden!"
Lenie nickte zustimmend, dabei brauste ein erstauntes, teilweise empörtes, aggressives Raunen durch die Versammlung.
Eine aggressive, bedrohende Stimmung stand urplötzlich im Raum, die Luft schien zu schwer zum Atmen.
Feindseligkeit stand plötzlich wie eine Wand im Raum!
Lenie hatte sich instinktiv eng an Joe geklammert.

„Und da wir augenscheinlich gemeinsame Ziele haben, sollte ich vielleicht mal von dem „Draußen" berichten" meinte Joe beschwichtigend und sah in die Runde.
In viele, viele Augenpaare, deren Blick er standhalten musste und die ihn durchdringend ansahen.
Zum Schluss sah er Lenie dabei tief in die Augen.

Die Anspannung legte sich langsam. Die Bewohner des Tunnels hatten verstanden, dass er, das beide, Lenie und Joe, nicht gegen die Tunnelheimer agieren oder kämpfen wollten!

Nick lachte: „Gerne, aber dazu werden wir mal den mitgebrachten Wodka köpfen und auf das Besenkraut (er meinte damit sicherlich die sündhaft teuren, so beliebten und Nikotinfreien Himalaya-Zigaretten oder auch die aus Georgien) bin ich ganz besonders gespannt."

10.3 Diskussion

Aus dem frühen Nachmittag wurde eine lange, abendfüllende und intensive Diskussion. Dabei kam eine interessante These zum Vorschein, die offensichtlich von mehreren Tunnelbewohnern ernsthaft getragen wurde.
Nick versuchte anschließend, dass für die Tunnelbewohner Wesentliche zusammenzufassen.
Es ging um die wahren Ursachen der Weltwirtschaftskrise vom Anfang des Jahrhunderts.
Die Fakten verblüfften Joe und Lenie enorm. So sehr, dass sie sich erstmal aufs Zuhören beschränkten.

Die Tunnelgemeinschaft führte die Krise und die Folgen, an denen heute alle litten, auf den Londoner Vertrag von 1953 zurück. Sicher, Klimaveränderungen spielten eine nicht unerhebliche Rolle.
Aber: mit diesem Vertrag wurden dem ehemaligen Kriegstreiber Deutschland von seinen alliierten Gegnern mehr als die Hälfte aller Schulden erlassen. Auf Reparationen wurde damals „vorübergehend" verzichtet.
Die Westmächte wollten damit einerseits ein starkes politisches Bollwerk gegen den zu dieser Zeit bereits erkennbar aufstrebenden Kommunismus in Europa errichten.
Außerdem war den Mächten klar, dass ein nach dem Morgenthau-Plan strukturiertes Agrarland, also das spätere Westdeutschland, niemals auch nur einen Bruchteil der Schulden würde zurückzahlen können. Von Zins und Zinseszins ganz zu schweigen.
Anders sähe die Welt aus, würde man die unstrittigen deutschen Tugenden wie Disziplin, Innovationsfreude, Präzision und Schaffenskraft zum Wiederaufbau einer

exportorientierten Nation und im Soge dessen, auch für den Wiederaufbau Europas nutzen.

Mit anderen Worten: der Drehbank ist es egal, ob sie für die Herstellung von Granaten oder von Kochtöpfen gebraucht wird.
Und keine Entwicklung, kein Patent ist so sicher, dass es nicht andere über kurz oder lang ebenfalls nutzen können!

Damit war damals, 1953, die Entscheidung für den Anschub des Wirtschaftswunders gegeben.
Und die braven Deutschen glaubten an den lieben Uncle Sam und die Kraft der eigenen Leistung!
Das System funktionierte! Der Wiederaufstieg Deutschlands hatte eine Sogwirkung auf viele andere Länder, insbesondere in Mittel- und Südeuropa. Ganz so, wie von den drei westlichen Siegermächten geplant. Schulden konnten sogar teilweise zurückgezahlt werden. Nur gab es Entwicklungen, die im Plan so nicht vorgesehen waren. Die Stabilisierung und Ausbreitung der Demokratien in großen Teilen Europas. Der dramatische Klimawandel. Oder der wirtschaftliche Niedergang der kommunistisch beeinflussten Länder, bis hin zum Mauerfall und dem Zusammenbruch der Sowjetunion. Oder Gastarbeiter und Klimawandel. Und viele weiteren kleineren oder größeren Veränderungen, die als mögliche Verästelung im ursprünglichen Plan nicht vorgesehen waren.

Auch das „Willkommen" einer Kanzlerin außerhalb aller parlamentarischen Regeln! Damit wurde schließlich eine Völkerwanderung in Gang gesetzt, die letztendlich zum Brechen der einstigen Europäischen Union geführt hatte. Zähneknirschend hatten sich die Länder Österreich und Schweiz mit Lichtenstein, Andorra und Monaco verbündet.
Im Osten hatten sich, beginnend bei Polen und Tschechien, eine Balkangruppe etabliert.

Im Norden waren es Schweden, Norwegen, Irland, Island und Großbritannien.
Unter Frankreichs Führung reiften Spanien, Portugal, Italien zu einem mächtigen Block.
Deutschland hatte sich dann mit den Beneluxländern verständigt. Eine andere Wahl gab` s ja nicht mehr.
Sicherlich, es gab noch immer oder besser gesagt, erneut regen Austausch auf politischer Ebene. Es gab Wirtschaftsabkommen, mittlerweile sogar ab und an Kulturprogramme.
Eigentlich ein Rückfall in die Vielstaaterei!

Vor diesem Hintergrund, vor lahmenden Exporten, negativem Wirtschaftswachstum, kollabierenden Sozialsystem, manchmal sogar der Aufgabe des staatlichen Gewaltmonopols, wurde das Schattendasein der Regierenden, als Marionetten der wirklichen Mächte, immer deutlicher!
Aber nun hatte in diesen in Zentraleuropa gelegenen Ländergruppen (anders als weiter östlich) auch nicht die Militärs das Sagen, sondern der Wildwuchs der Banken und Kaufleute!
Diese gut miteinander harmonierenden, vernetzten Strukturen und Gruppen hatten die Macht, die wahre Macht mit Vehemenz und Elan übernommen!
Amerika, die einst weltbeherrschende Macht, schwächelte ja ebenfalls. Sie taumelte seit Jahren durch ihre Banken- und Immobilienblasen am Rande eines immer wieder aufflackerten Kollaps` entlang.
Und Uncle Sam befand sich plötzlich damit zwischen neuen Mühlsteinen: China, dem gesamten Osten praktisch mit Korea, Japan usw. auf der einen Seite und den russischen und baltischen Staaten auf der anderen Seite.
Dazwischen ein torkelndes, geschwächtes Europa, sichtlich bemüht, auf der Bühne der Weltwirtschaft erneut Fuß zu fassen.
Selbst den härtesten Betonköpfen in den USA war nach den desaströsen Ereignissen in Vietnam, Afghanistan

usw. klar, dass ein konventioneller Krieg gegen den Osten als Ultima Ratio ausschied! Das war nicht mehr zu gewinnen.
Weder gegen die Russen, noch gegen die Chinesen.
Also musste man sich dem anderen Mühlstein zuwenden, Europa. Die Stärke des einen in einer Partnerschaft ist ja meist auch die Schwäche des anderen.
Und umgekehrt.
Gewalt zur Veränderung der Machtverhältnisse war hier absolut undenkbar. Seit Jahrzehnten schon undenkbar.

Aber es gab und gibt ja die Macht des Geldes.
Tja, und mit dem Mittel des „Rating" hatte man dann ein plötzlich sehr schnell wirksames Mittel gefunden, Veränderungen zu initiieren.
Manche profitierten davon. Griechenland zum Beispiel.
Das, was diese Nation Anfang der 1950er Jahre als Schuldenschnitt den Deutschen zugestanden hatte, kam mit dem eigenen Schuldenschnitt 2024 nebst üppiger Zinsen und Zinseszinsen wieder zurück!

Leider funktionierte auch dieser, von Kaufleuten erdachte Plan in vielen Details nicht nach seinen Sollvorgaben.
Viele vertraten die Meinung, er sei nur einfach zu kurzfristig orientiert gewesen.
Vor diesem Hintergrund erschien natürlich auch die Diskussion um die von der „Neuen Deutschen Bundesbank" nach wie vor ausgelagerten Goldreserven (in England, Frankreich und vor allen bei „Uncle Sam") plötzlich in einem völlig anderen Licht!

Die Diskussion erging sich noch in viele Details und Facetten. Oft auch in für Joe und Lenie unbekannte Tiefen und Verästelungen der unterschiedlichsten Themen.

Es wurde dann noch ein langer, sehr langer und zum Schluss freundschaftlich-fröhlicher Abend!

10.4 Die Gemeinschaft

Anderen Tags erwachten Joe und Lenie nebeneinander in einem einfachen, aber gemütlich wirkenden Bett. Schon alleine die warmen Stoffe! Nichts wirkte so künstlich und so- glatt. Völlig ungewohnt gegenüber ihrem Leben und Alltag in der Stadt.

Die Einrichtung ihrer kleinen Kammer war schlicht und gemütlich! Man sah ihr an, dass sie weitgehend von Menschenhand gemacht war. Die kühle Sachlichkeit der modernen Stadtwohnungen aus der Retorte fehlte völlig! Gestern Abend hatten wohl alle zum Schluss einen Rausch gehabt, aber weit entfernt von dem, was Joe und Lenie von Drogenexzessen kannten.

Selbst die Zigaretten und der Wodka hatten, anders als in Hamburg, nicht geschadet.

Aber der KO, den Joe in Hamburg erlebt hatte, lag ja, wie sich mittlerweile herausgestellt hatte, auch an der „Spezialtransfusion" dieses verdammten Weibes, Veronika…

Und Lenie, na ja, die beklagte sich heute früh über einen mittelprächtigen „Haarspitzenkatharr".

Dieses Häuflein Menschen hier war einfach nur nett und fröhlich. Sie hatten sich mit den Gegebenheiten arrangiert. Es gab wohl mehrere Gruppen in dem Tunnel, die unterschiedliche Aufgaben wahrnahmen. Die sich aber bei wichtigen Entscheidungen wie dem Besuch Fremder wirklich demokratisch abstimmten.

Es klopfte " Ich brauche euch möglichst schnell", das war die Stimme von Onkel Nick.

Die beiden beeilten sich. Obwohl der Abend zuvor und die lange, intensive Diskussion mit den neuen wirtschaftlichen Sichtweisen der Tunnelbewohner garniert, doch noch etwas nachwirkten.

Als Lenie mit Joe blinzelnd nach draußen in das Licht des Tunnels trat, sahen sie einen entspannt wirkenden Nick vor sich.

„Wir haben heute Morgen bereits beraten und abgestimmt. Unsere Gruppe ist von eurer Ehrlichkeit überzeugt. Nun sind wir bereit, Euch alles zu zeigen, alles zu erklären. Wir sollten aber mit deinem Hr. Götzmann Kontakt aufnehmen, damit der hier nicht mit der Kavallerie erscheint. Und wir hätten gerne seine Zusage, dass wir hier in Frieden gelassen werden"

Joe entgegnete mit einem heftigen Kopfnicken: „Kann ich gut verstehen, Onkelchen! Mit unseren PAS sollte die Kontaktaufnahme kein Problem sein, dann sind wir für Götzmann auch eindeutig identifiziert. Lass` uns doch draußen ein Stück weit gehen, wir müssen ja nicht sofort alle auf den Tunnel aufmerksam machen."

„Gute Idee" kam es von Nick zurück, so wurde der Plan auch umgesetzt. Götzmann zeigte sich über den Kontakt hoch erfreut und versprach bei Allem, was ihm lieb und teuer war, die Gruppe um Onkel Nick unbehelligt zu lassen.
Lenie hatte sich zwischenzeitlich mit ein paar jüngeren aus der Tunnelgruppe sichtlich gut unterhalten. Na ja, dachte Joe bei sich, darüber werden wir uns auch noch austauschen können.

Nach einem einfachen, aber wohlschmeckenden Frühstück in großer Runde konnten sie sich dann der weiteren Erkundung widmen.

Es gab an beiden Tunnelenden Wachtruppen, Spezialisten für die Jagd, das Vieh. Einige kümmerten sich um die Infrastruktur, andere wiederum um die Gewächshäuser. Eine geschlechtsspezifische Zuordnung der Berufe war nicht erkennbar. Jetzt wurde Joe auch klar, was ihn gestern noch irritiert hatte. Hier, bei dieser Gruppe, gab es die Gleichberechtigung noch! So, wie er sie aus seiner frühen Kindheit in Erinnerung hatte! Verblüffend, aber irgendwie auch ein gutes, positives Gefühl erzeugend.

Innerhalb der nächsten zwei Tage, die wie im Flug vergingen, lernten sie beide noch viele Details kennen. Erste Freundschaften bahnten sich an.

Als sie bei gutem Wetter zu einer Viehherde unterwegs waren (eigentlich waren es nur drei Milchkühe mit einem Kalb sowie ein paar Schafe und Ziegen), erfuhren sie hautnah, warum diese Menschen nicht mehr alleine nach draußen gingen.
Nick hatte Waffen verteilt.
Nein, kein Revolver, keine Pistole, kein klassisches Gewehr. Die Dinger gab es wohl, aber sie waren wirklich rar, vor allen Dingen war die Munition äußerst kostbar! Man benutzte diese daher wohl nur, wenn zu befürchten war, dass die eigenen Entwicklungen entdeckt werden könnten!

Nick schilderte, dass es anfänglich Versuche gab, mit Bogen oder Armbrust Wild zu erlegen. Mit bescheidenem Erfolg. Eine kleine Gruppe von handwerklich geschickten Leuten hatte etwas Neues entwickelt. Im Prinzip war es ein modifiziertes Luftgewehr mit zwei Trommeln, ähnlich einem Trommelrevolver. In der vorderen, längeren Trommel steckten sieben gut handlange und knapp kleinfingerdicke Pfeile. In der hinteren Trommel wurde ein Druckluftvorrat in sieben Einzelkammern gespeichert, der sogar im freien Feld über einen Repetierhebel wieder aufgefüllt werden konnte. Die in der Spitze hohl gebohrten Pfeile hatten eine Reichweite von knapp 40 vierzig Metern.
Nick meinte nicht ohne Stolz: „Das hohl Bohren der Pfeilspitze hat den Durchbruch gebracht. Der Pfeil zerlegt sich beim Eintritt in einen Körper. Durch die dann entstehende, großflächige Verletzung können wir selbst ausgewachsene Keiler oder auch einen Hirsch mit einem Schuss absolut kampfunfähig machen.
(Und dann, mit Hass erfülltem Unterton aus dem tiefsten Inneren seiner Seele) Von den scheiß` Wölfen ganz zu schweigen!"

Lenie lachte: "Joe, dein Onkel will uns jetzt aber auf die Schippe nehmen, Wölfe hier, mitten in Deutschland. An den östlichen Grenzen, ja ok, vielleicht noch im Süden Bayerns!"

Joe schüttelte den Kopf "Das kann ja gar nicht sein, so dicht an Frankfurt, Mannheim, Heidelberg oder so! Da sind doch noch genug aktive Städte im Umland! Ich kenne keinen einzigen Bericht- und ich bin Journalist!"

Nick wurde ebenfalls kopfschüttelnd ernst: „Ihr Städter habt ja wirklich keine Ahnung! Ihr habt eine Entwicklung komplett verschlafen, auch als Presseleute!
Und die Regierungsfuzzies setzen alles daran, solche Dinge unter den Teppich zu kehren! Habt` ihr `ne Ahnung! (da war das Onkelchen aber richtig sauer! Und schon ging es weiter mit der Tirade)
Um die Jahrhundertwende wanderten die ersten Wölfe aus dem Osten nach Mecklenburg und Brandenburg ein, ihr zwei Träumer!
Es gab viele kritische Stimmen, die sofort Einhalt forderten. Durchgesetzt haben sich falsch verstandene Tierschützer und Fanatiker.
Um 2019 wurden dann bereits erste Einzelexemplare im östlichen Hessen, der Rhön, im Bayrischen Wald und im Siegerland gesichtet. 2021 gab es dann einen Riesenaufstand, eine Waldkindergartengruppe mit Betreuern, so etwas gab es damals noch, war von einem streunenden Wolfsrudel angefallen worden. Mit Toten und Verletzten!
Da war es aber zu spät, der Staat hatte kein Geld mehr. Krisen zeichneten sich ab, die Polizei war überlastet. Und die private Jagd war in vielen, ja den meisten Revieren auch mehr oder weniger erloschen. Und die Viecher haben keine natürlichen Feinde mehr bei uns!"

Joe entgegnete: „Wenn ich an alles gedacht hätte, daran nicht. Das lässt natürlich auch die Bewaffnung der Landmenschen in einem anderen Licht erscheinen.
Ich glaube sogar, dass die Polizei hiervon keine Kenntnis hat. Bin mal gespannt, was der gute Götzmann dazu sagt! Nick, hier liegen noch gewaltige Aufgaben vor uns, auch die der Aufklärung! Hattet ihr hier den etwa auch schon Kontakt mit Wölfen?"

Nick kämpfte mit seiner Stimme, fahle Blässe überzog plötzlich das vom einfachen Leben geprägte Gesicht. Es rumorte deutlich erkennbar in ihm. Er kämpfte sichtlich aufgewühlt mit sich selbst:
„Es war ganz am Anfang, meine Frau war mit zwei weiteren Ladys beim Wasserholen. Nach einer knappen Stunde wurden wir misstrauisch, haben sie gesucht. Eine der Frauen haben wir schwer verletzt vorgefunden, sie hat das nicht überlebt. Meine Frau und die Dritte waren bereits tot, zum Teil schon von den scheiß Viechern angefressen! Heute überlebt es keines dieser Viecher mehr, wenn ich ihrer habhaft werde!"
Seine Stimme kippte, versagte den Dienst. Nick kämpfte mit den Tränen.

Betroffenheit allenthalben…

Die folgenden Stunden vergingen im Flug, es war Zeit, die Rückreise zu planen. Nick hatte sich mit seinen Mitbewohnern kurzgeschlossen: „Wir raten euch, den gleichen Weg zurück zu nehmen. Der Weg über den Neckar ist unnötig lang, von der Durchquerung Heidelbergs raten wir euch ab. Wir haben keinerlei Informationen, wer dort das Sagen hat.
Der Weinheimer Tunnel ist teilweise zusammengebrochen, ihr müsstet dann also durch Weinheim fahren. Auf Grund der Landesgrenze und der nahen Flüsse Neckar und Rhein herrscht dort unten blanke Anarchie!"

Joe schüttelte den Kopf, dass die Infrastrukturen in Deutschland bereits nach so wenigen Jahren in diesem Ausmaß zerfallen waren! Wie konnte, dass nur geschehen? Wo, verdammt noch mal, blieb da denn die Kommunikation der Polizeibehörden? Man musste sich ja wirklich langsam fragen, ob es diese noch gab oder ob man selbst auf einer der wenigen Inseln der Seligen lebte?

Dann stand, Joe und Lenie waren richtig verblüfft, ihr eigener, unauffällig-beiger Van vor der Tür.
Bereit zur Abfahrt. Viele Hände mussten geschüttelt werden. Alle Abklebungen waren sauber entfernt. Ein Beweis des neuen Vertrauens?

„Nick, liebe neue Freunde und Freundinnen, die wir hier in der Kürze finden konnten! Danke, vielen Dank für Eure Gastfreundschaft. Was wir suchten, haben wir nicht gefunden, zum Glück. Was wir aber gefunden haben, rückt unser Weltbild in ein anderes Licht. Wir werden mit aller Macht, die einem Haus wie der German News und seinen Kontakten zur Verfügung steht, an den notwendigen Veränderungen arbeiten. Wir versprechen Euch, dieser Kontakt reißt nicht ab!"

Es gab ein umfangreiches Händeschütteln, sogar vereinzelte Umarmungen.
Nick schaffte es, trotz Kratzbart, Lenie einen scheuen Kuss auf die Wange zu drücken. Joe durfte sich (zum Glück, dachte er) mit einem richtig kräftigen Händedruck begnügen: „Kommt bald wieder, Lenie, Joe, kommt bald wieder!"

10.5 Präsidium

Die Rückfahrt war, von den üblichen Wetterkapriolen abgesehen, harmlos verlaufen.
Erbach, Michelstadt, wie ausgestorben.
Höchst, Dieburg- alles ruhig.

Offenbar hatten die mittlerweile erfolgten Razzien ihre Wirkungen gezeigt. Wenn auch wahrscheinlich war, dass dieser Effekt nicht sehr lange vorhalten würde.

Am anderen Tag war Besprechung bei Florian Götzmann und mit Dr. Munk angesagt.
Sie wollten die Gelegenheit nutzen, den präparierten beigen Van der Polizei zurück zu geben. Dr. Munk würde sie mit seinem Wagen wieder in Ihren Wohnungen absetzen.
Bei einem der wahrscheinlich letzten, schönen Herbsttage begrüßte sie Götzmann auf einem etwas abseits gelegenen, windgeschützten Balkon des Polizeipräsidiums mit einem Kaffee.
Eigentlich war der „Balkon" nichts anderes als die einseitige Verlängerung des Podestes einer Rettungstreppe.
Schweigend hörte Götzmann sich den Bericht an, schüttelte nur ab und an den Kopf.
„Hr. Dr. Raubach, Frau Roden-Stein, lassen sie uns zum Du übergehen. (Und nach dem zustimmenden Kopfnicken allerseits) Sie- äh, du Joe, warst mit Lenie nur wenige Tage da unten im Süden. Aber ihr habt uns eine große Fülle von Erkenntnissen mitgebracht. Auch wir, die Polizei, haben wohl massiv Fehlern gemacht.
Ja, es stimmt, Kommunikation mit anderen Dienststellen, ganz besonders, wenn sie über „Grenzen" hinweg geht, ist schlicht miserabel. Nicht nur aus technischen Gründen, Organisation, politische Einflussnahmen, wirtschaftliche Intrigen, wir kämpfen an allen Fronten.
Wir fühlen uns als Staatsdiener, als Ordnungsmacht, als Exekutive und damit Basis unserer Wertegesellschaft, seit Jahren allein gelassen!
Schlimm ist, dass sogar wir als Staatsdiener von unserer Regierung so hinterhältig betrogen werden!
Wir müssen jetzt als Bürger und als Staatsdiener in des Wortes ehrlicher Bedeutung an der Herausarbeitung der Wahrheit arbeiten. Die wenigen, verbliebenen Gutbürger da draußen haben es wirklich verdient!

Unser Idealismus reicht alleine nicht mehr.
(er blickte beide lange und intensiv an, um dann tief Luft zu holen) Lasst` uns nach drinnen gehen, ich stelle euch noch ein paar interessante Kolleginnen und Kollegen vor!"

Der kleine Kreis überraschte Joe, genauso wie Lenie und Dr. Munk. Irgendwie hatten wohl alle mit mehr „Personal" gerechnet.
Florian Götzmann begann mit der Vorstellung, nach dem er die Gäste offiziell begrüßt hatte: „Frau Dorothea Bergheim, Polizeipräsidentin aus Frankfurt mit ihrem Assistenten, Hr. Frank Walter. Hr. Norman Miller, Präsident der Direktion Mainz/Wiesbaden. Er legt übrigens großen Wert auf die Feststellung, dass seine Familie schon seit drei Generationen in Deutschland lebt, mit Hr. Mike Üzgün als Assistenten. Meinen Assistenten, Herrn Hillmar Neukirch haben sie ja schon kennen gelernt.
Dieser Kreis ist bewusst extrem klein gehalten, aber wir müssen hier mit der Bekämpfung der Drogen, in der wir die Ursache für viele Gewalttaten sehen, weiter vorankommen"

Diese Aussage wirkte auf Dr. Munk und Joe gleichermaßen schockierend! Das mit dem Hinweis auf die Familienbande von Miller war verständlich, der Mann war tiefschwarz, von eindeutig negroidem Aussehen. Seine tiefdunkelbraunen Augen signalisierten, keine Spur von Afraner! Innerlich atmete Joe auf.

Dann fasste Joe ihre Erfahrungen kompakt zusammen, von Lenie ab und an kommentiert. Es entwickelte sich daraus eine lange, intensive Diskussion.
Die wohl erstmals richtig deutlich gewordene, systematische Irreführung der Polizei durch ihren Dienstherren erregte großen Widerwillen! Hier wurde offensichtlich eine neue Denke angestoßen!

Es zeigte sich jedoch auch Erstaunliches: Die Assistenten, alle drei, waren unisono für eine knallharte Linie gegen Rechtsbrecher jeglicher Couleur weiterhin!
Dr. Munk hatte sich völlig im Hintergrund gehalten. Götzmann und Miller vertraten eine sachlich-differenzierte Meinung. Ordnung auf dem Lande ja, aber immer den oder die Verursacher im Blick.
Frau Bergheim wirkte die ganze Zeit etwas zurückhaltend und differenziert. Dann warf sie die Frage auf:
"Haben wir denn irgendeine Möglichkeit, Gewaltursachen statistisch zu differenzieren? Daran müssten wir doch arbeiten! Bevor wir unsere Kräfte auf die Drogen bündeln, sollten wir wissen, wie hoch ihr Anteil an den Gewalttaten ist!"

Miller platzte der Kragen: „Das geht doch jetzt schon wieder in Richtung Sozialgefasel. Der arme Bube, den hat in der Kindheit beim Fahrradfahren irgendeiner schief angeguckt! Kein Wunder, das er jetzt die Oma erschlägt!"
Erregt sprang er auf, seine baumlange Gestalt beugte sich zur Bergheim hinüber, es sah aus, als wolle er sie jetzt leibhaftig fressen!
Der Stuhl von Miller war umgekippt, sofort hatte sich Miller wieder im Griff. Er bückte sich, um den Stuhl mit einer Hand auf zu richten.
Joe, der direkt daneben saß, warf zufällig einen kurzen Blick auf die Stuhlunterseite.
Sein Blick verfinsterte sich, für Sekundenbruchteile konnte er noch näher hinsehen, dann stand der Stuhl schon wieder auf seinem Platz. Ein schwer atmender Norman Miller saß krachend obendrauf!

Joe wandte sich nach links, legte Florian die Hand vertraulich auf die Schulter: "Florian, lass` uns doch alle zur Beruhigung und Entspannung der Situation einen Kaffee auf dem Balkon nehmen. Das Wetter scheint noch mitzuspielen."

Götzmann sah ihn ungläubig fragend an, beim zweiten Tritt gegen das Schienbein unter dem Tisch verstand er, Joe wollte mehr als nur Kaffee trinken!

Aber nicht in diesem Raum!

Der Vorschlag wurde überraschend willig von den anderen angenommen. Offenbar war eine Pause zur freien Diskussion über die „staatlichen neuen Erkenntnisse" sehr willkommen. Die Assistenten marschierten fast im Gleichschritt, um Kaffee für alle zu organisieren.

Frau Bergheim hatte sofort Lenie und Dr. Munk mit Beschlag belegt.
Joe sah sich im Gang um, zog Florian am Ärmel zu sich, Miller drehte sich misstrauisch um.
„Joe, sie, ähm du kannst mit ruhigem Gewissen in Gegenwart von Norman reden. Für den Burschen und auch für Frau Bergheim lege ich meine Hand ins Feuer. Ich kenne beide schon seit der Schulzeit."
Und mit einem breiten Grinsen fuhr er fort:
„Frau Bergheim ist der soziale Gegenpol zu uns Hardlinern, die Assis (er deutete auf die in Richtung Kaffee wandernten Assistenten) übernehmen gerne mal die Funktion der Wadenbeißer."

Joe bedeutete den beiden, näher zu kommen:
„Florian (es war nur noch ein leises Flüstern nur für die beiden anderen) du hast doch schon mehrfach den Verdacht gehegt, dass ihr eine undichte Stelle im Präsidium habt?"
Florian und Miller nickten erbleichend und zustimmend. Waren aber verblüfft, total erstaunt über diese Wendung des Gesprächsverlaufes?

Joe fuhr leise fort: „Als Journalist mit großer Zuneigung zur Technik habe ich vor Monaten mal einen Fachkongress für Nanotechnik besucht. Ich kam dann mit

einem der Referenten, einem Professor, Namen müsste ich suchen, ins Gespräch. Der hat mir dann von der Entwicklung eines Sprachspeichers, eines für etliche Stunden vollkommen autarken Sprachspeichers erzählt. So mit Energieversorgung über Kondensatortechnik und was die Nanofritzen heute noch so alles draufhaben! Als vorhin ihr Stuhl, er deutete auf Miller, umkippte, habe ich zufällig das Firmenschild auf der Stuhlunterseite gesehen. Es ist verrutscht! Und es ist doppelt! Eine Ecke steht ab!
Ich fress` nen Besen, wenn da nicht irgendeine Schweinerei drin verborgen ist!"

Götzmann kämpfte sicherlich mit einer inneren Explosion, die Fäuste geballt, der Brustkorb hob und senkte sich heftig!
Miller war unter seiner tiefschwarzen Haut aschfahl geworden.
Auf dem Balkon wurde die Neuigkeit dann im Flüsterton weitergegeben, zum Entsetzen aller. Man einigte sich darauf, die Diskussion noch kurz zum Schein fortzusetzen- ohne konkrete Beschlüsse, und sich dann zu vertagen.

Joe musste nur mit einem Lachen kämpfen, als der baumlange Miller, schaukelnd auf dem „besonderen" Stuhl, zu Götzmann sagte: „Bei allem Verständnis für knappe öffentliche Kassen, Florian, beim nächsten Mal hätte ich gerne einen Stuhl, der nicht kurz vor dem Auseinanderfallen ist!"

11 ARBEITSTAGE

11.1 Statistik

Florian Götzmann war durch den Verdacht, die Folie unter dem Stuhl könnte seinen Besprechungsraum abhören, nicht nur beunruhigt. Er war schlicht und einfach sauer, dass solche Dinge in ein Polizeipräsidium hineingeschmuggelt werden konnten!

Alle am Meeting Beteiligten wurden diskret zu strengstem Stillschweigen verdonnert.

Der Stuhl wurde wegen „Defekt" auf dem ganz normalen Dienstweg über sein Sekretariat an den Hausmeister des Präsidiums gemeldet, der kam daraufhin umgehend mit einem Ersatzstuhl.

Der „defekte" Stuhl wanderte in den Recyclingcontainer, der „zufällig" am gleichen Tag abgeholt wurde. Die mit dem Recycling beauftragte Firma zerlegte ihn noch am gleichen Tag. Am folgenden Morgen waren die Reste des Stuhles bereits auf dem Weg zum Hochofen.

Stahl lässt sich durch Einschmelzen schließlich wunderbar wiederverwerten….

Merkwürdig war nur: schon am gleichen Tag, an dem der Stuhl auf dem Weg zum Hochofen war, wurde in der Recyclingfirma eingebrochen. Aber so ein paar Werkzeugdiebstähle und aufgebrochene Spinde in den Personalräumen sind ja in der heutigen Zeit nicht wirklich besonders erwähnenswert, oder?

Dass die getroffenen Maßnahmen und die Vermutungen hinsichtlich der Abhörfolie ziemlich richtig waren, bestätigte sich bei den Untersuchungen zwischen „Abholen" und „Entsorgen" umgehend.

Die Truppe von Götzmann`s technischem Labor freute sich diebisch. Sie hatten den „echten" Stuhl aus dem Meeting in ein funktechnisch abgeschottetes Labor verbracht, in den Recyclingcontainer war ein Duplikat gewandert. Bei einem Massenartikel wie einem einfachen

Stuhl aus dem Sitzungszimmer einer Behörde war das kein Problem.

Schon nach kurzer, jedoch sehr intensiver Untersuchung wurde Joe`s Verdacht bestätigt.

Die Nanofolie in Form eines Firmenaufklebers war nur wenig dicker als der Originalaufkleber.

Sie enthielt einen Kondensatorspeicher zur Energieversorgung, die Experten schätzen seine Kapazität auf etwa 15 bis 20 Stunden Betriebsdauer. Soweit feststellbar, war diese Hightech Bauteil mit einer Standby-Schaltung ausgerüstet, zur Energieersparnis. Eingeschaltet wurde es automatisch durch Stimmen, Geräusche alleine genügten nicht! Realistisch betrachtet, konnte man einen Raum damit länger als 24 Stunden überwachen. Am Stuhl gehalten wurde die Folie über Adhäsionskraft. Mit dem richtigen Lesegerät konnte man die Sprachaufzeichnungen auch noch nach Wochen auslesen.

Der „Vertriebsweg" war relativ schnell ausfindig gemacht. Ein in der Putzkolonne beschäftigter, älterer Afraner besaß scheinbar sehr geschickte Finger. Während er die Stühle mit einem Feudel, heftig fuchtelnd, abwischte entnahm er die Folie, um sie an seinem Putzmitteltrolleys diskret zu befestigen.

Auf gleichem Weg wurde eine neue Folie im Wechsel schnell und geschickt angebracht. Nur manchmal halt auch ein klein wenig schief...

Wer um den Vorgang nicht wusste, hätte sich die Überwachungsvideos des Besprechungszimmers bis zum Erbrechen ansehen können, er hätte nichts bemerkt.

Die nächste Station auf der Reise der Folie war der Sammelraum für Putzmitteltrolleys, Putzmittel und Non-Food Küchenzubehör. Dort wurden täglich von einem Serviceunternehmen Putz- und Hygieneartikel ergänzt.

Hier war es eine ältere, unauffällige Frau, die den Service leistete. Die Folie wanderte vom Trolley in ein vorbereitetes Kuvert, um ganz klassisch mit der Briefpost (welch ein Anachronismus!) ihre Reise an zu treten.

Natürlich waren sowohl der Afraner als auch die Frau kleinste Räder im Getriebe. Sie wurden beide unter dem Vorwand des Diebstahls intensiv verhört. Von den beiden gab es jedoch keinerlei nützliche Informationen.

Mit relativ großem polizeilichem Aufwand wurde die Adresse, die man auf dem Kuvert gefunden hatte, polizeilich untersucht. So richtig mit Sondereinheit, mit umstellen des Gebäudes, das ganze Programm halt. Es stellte sich leider heraus, dass man im Begriff war, eine leerstehende, verwahrloste Industriebrache zu stürmen?

Verdammt, wo waren die Briefe geblieben?

Im Nachhinein musste Joe dann über die Raffinesse schmunzeln! Diese Technik war wirklich faszinierend. Die Aufklärung hatte der Polizei sehr viel Mühe bereitet. Die Briefe wanderten in ein Verteilzentrum in der Nähe von Darmstadt. Dort wurden sie elektronisch eingelesen. Dann mit einer unter Normallicht nicht erkennbaren Markierung versehen, die für die weitere Verteilung und Bearbeitung maßgeblich war. So ersparte man sich an jeder der unzähligen Stationen des weitverzweigten Verteilnetzes das erneute Einlesen der Adressen.

Und genau diese zentrale Lesestation war manipuliert. Ein Brief mit einer einliegenden Nanofolie wurde automatisch erkannt und erhielt elektronisch und unsichtbar eine völlig andere, eine Postfach-Adresse.

Als die Polizei dort ankam, war die Postfachanlage wenige Minuten zuvor, so zeigten es die Bilder der Überwachungskameras, von besoffenen oder bekifften Jugendlichen gesprengt worden…

Es erinnerte an die uralte Geschichte von Hase und Igel….

So saßen sie wenige Tage später erneut in vertrauter Runde, diese Mal am frühen Vormittag. Sicherlich war diese intensive Form der Zusammenarbeit zwischen

Polizei und Presse nicht alltäglich. Aber beide Seiten hofften nach wie vor, gerade darin den Schlüssel zur Lösung der dringendsten Problem zu finden, allen voran der Drogenproblematik.
Das Besprechungszimmer wurde jetzt vor jedem Meeting akribisch untersucht....

Florian Götzmann berichtete von einer neuen Initiative. Angeregt durch Dorothea Bergheim, die Polizeipräsidentin Frankfurts, wurden jetzt auf nationaler und europäischer Ebene Daten und Fakten zur Drogenproblematik gesammelt.
Joe lauschte den Ausführungen mit zunehmender Faszination!
Denn bei den Recherchen erwiesen sich statistische Unterlagen als hilfreich, die ein Hamburger Kollege im Nachlass von Samuel F. Gräubach gefunden hatte. Der raffinierte Hund hatte unter einem Reserveanstecker, der ihn als Implantat Träger auswies, eine winzig kleine Nanofolie versteckt. Beim, zugegebenen mühevollen Auslesen, hatte man eine verblüffend gute Statistikdatei gefunden.
Legte man nämlich über alle Schandtaten, die irgendwie mit exzessiver Gewalt, Drogenverdacht, Trunkenheitsverdacht, sexueller Gewalt oder Ausschreitungen zu tun hatten, ein klares und einheitliches Bewertungsraster, dann gab das ein erschreckendes Bild. Das Ausmaß der Drogenproblematik war, auch europaweit, erheblich größer, als bislang eingeschätzt.
Diese Fehleinschätzungen der Vergangenheit resultierten aus den völlig unterschiedlichen Bewertungen und Katalogisierung der einzelnen Taten in den unterschiedlichsten Dienststellen, Ämtern und Ländern.
Und der Knabe Gräubach oder auch Samuel F. genannt, hatte in einer wahren Sisyphusarbeit eine irrsinnige Datenmenge gesammelt und aufbereitet!
Was für ein Ergebnis, dem Knaben Samuel F. konnte, ja musste man posthum noch Dankbar sein!

Unter den Beteiligten entwickelte sich eine heftige
Diskussion. Sicher, es gab einige Häufungen in der
Statistik. Aber an manchen Stellen irgendwie auch
wiederum kein klares Bild.
Jugendliche, männlich und weiblich, waren weit
überdurchschnittlich oft an Drogen- und Gewaltdelikten
beteiligt. Die allermeisten davon waren Adoptivkinder
oder durch In-vitro-Fertilisation gezeugt.
Sie entstammten meist begüterten oder zumindest
finanziell besser gestellten Elternhäusern. Und ebenso
häufig waren diese Eltern irgendwo an herausragenden
Stellungen in der Wirtschaft, Wissenschaft oder Politik
tätig.

Erfolgreich waren Razzien meist in Diskotheken oder
Tanzlokalen. Immer war Alkohol im Spiel, vorzugsweise
Wodka oder das beliebte Belgische Bier.
Und immer waren dabei diese Modezigaretten aus dem
Himalaya mit anzutreffen. Oder ihre Gegenstücke aus
Georgien. Da die Musik, die abgespielt wurde bei solchen
Gelegenheiten ähnlich war (auch naheliegend) hatte man
selbst diesen potentiellen Weg ergebnislos untersucht.
Selbst Lichteffekte hatte man versucht zu analysieren –
kein Erfolg.

Sie waren in einer Sackgasse gelandet.
Götzmann regte eine „schöpferische Unterbrechung" für
einige wenige Tage an.
Dr. Munk schlug vor, dass sich die German News an
dieser Stelle etwas zurückziehen sollten. Man wollte auf
journalistischem Wege noch mal mit kleinem zeitlichem
Abstand einen neuen, dieses Mal diskreteren Vorstoß
unternehmen. Es warteten bei diesem brennenden Thema
wahrlich noch viele dringliche andere Aufgaben.

Die nächsten Tage vergingen mit Alltagsarbeiten.
Kollegen hatte eine kleine Serie zum Thema Islam
vorbereitet. Diese Glaubensrichtung hatte in den

vergangenen Jahrzehnten eine regelrechte Aufspaltung erfahren. Die größere Gruppe hatte sich gemäßigt-modern weiterentwickelt, den Gegenpol bildete eine deutlich kleinere Gruppe stark traditionell ausgerichteter, oft radikaler Anhänger. Da bahnte sich im Moment eine üble Entwicklung an. Eigentlich wäre der Bericht die Aufgabe von Schaller gewesen, aber der stand zumindest im Moment noch nicht wieder zur Verfügung.

Denn nun gab es neue, beunruhigende Berichte. Die nördlichen und nordöstlichen Anrainer von Afghanistan hatten systematisch begonnen, ihre Grenzen mit massiven, mehrere Meter hohen Betonwänden zu umgeben. Bilder von Turkmenistan, Usbekistan, Tajikistan und sogar vom indischen Zipfel der Grenze erschienen bei den Nachrichtenagenturen und im Internet. Beunruhigende Bilder: mit schwerem Räumgerät wurde der Boden eingeebnet, dann wurden die massiven Betonelemente aufgestellt. Meist war es die Armee, die diese Arbeiten ausführte.

Ein Reporter von CNN beschrieb diese Elemente mit überschlagender Stimme wie folgt:
Unten bis zu vier Meter dick, zehn Meter hoch, aalglatt und an der Spitze jeweils um beinahe vier Meter nach innen geneigt. Und immer noch zwei Meter dick.
Sie werden in jeweils etwa 3 m breiten Teilsegmenten angeliefert und vor Ort mit Beton wie ein Legobaukasten zusammengefügt.
Die Tornischen sind so knapp bemessen, das gerade noch ein einzelner LKW hindurchpasst. Selbst Panzer können so eine massive Mauer nicht mehr durchbrechen.
Da kommt weder einer heraus, noch kommt einer ungefragt hinein!

Joe musste dabei an das Gespräch mit dem Senator Heinrich-Enno Hansen denken. Erinnerungen an die vom Senator beschriebene Bauweise der Gefängnisse wurden wach. Wenn das so weiterging, was diese vereinzelten

Meldungen der großen Agenturen verkündeten, dann gab es in Kürze Staaten, die schlicht und ergreifend komplett eingemauert waren.
Entweder, um sich selbst zu schützen. Oder, viel schlimmer, sie wurden von ihren übermächtigen Nachbarn ummauert und isoliert!
Das roch nach richtig gewaltigem, internationalem Ärger!

Als Joe am späten Nachmittag die Redaktion verließ, tickerte eine Eilmeldung über den Großbildschirm in der Empfangshalle.
Die Städte Kufstein und Kiefersfelden, an der Deutsch – Österreichischen Grenze gelegen, wurden von den Behörden wegen massiver, wiederholter Murenabgänge und Schlammlawinen ab sofort aufgegeben, die restliche Bevölkerung zwangsweise sofort umgesiedelt. Die Menschen im Büro nahmen diese Meldung (wenn überhaupt) mit Gelassenheit zur Kenntnis. Solche Ereignisse zählten bei den klimatischen Veränderungen mittlerweile zum Alltag….

Die Realität holte Joe bereits am folgenden Morgen ein. Er war vor wenigen Minuten in der Redaktion eingetroffen. Besprach letzte Details zu einem Bericht mit Kolleginnen und Kollegen, als er zu Dr. Munk gerufen wurde.

Dieser saß blas auf seinem Sofa, er war tief erschüttert. Wirr hing sein Haar hing in seine Stirn, die von Schweißtropfen reichlich bedeckt war. Munk zeigte auf seinen Bildschirm: "Joe, sehen sie, äh …sieh dir das an! Soeben hat mich Hr. Götzmann informiert.
Seine Kollegin, Frau Dorothea Bergheim war vorgestern zu einem Mittagessen mit mehreren Frankfurter Stadtteilbürgermeistern und Dezernenten eingeladen. Nach der Pressemitteilung, die die Stadt Frankfurt heute früh veröffentlicht hat, hat man dabei wohl auch ausführlich über die Drogenproblematik gesprochen. Details dieses Gespräches haben wir noch nicht.

Als Frau Bergheim dann gestern nach Hause kam- sie wohnt in einem modernen Gebäude, ähnlich wie sie, Joe- fanden dort Reparaturarbeiten an einem der beiden Tore statt.
Nach den Überwachungsvideos hatten mal wieder Jugendliche, besoffen oder bekifft, irgendwie den Schließmechanismus sabotiert!
Ich kann es nicht mehr hören! (er schüttelte heftig den Kopf)
Als Frau Bergheim heute früh in ihren Wagen stieg, ist dieser in die Luft geflogen! Soweit bis jetzt feststellbar, war der Sprengsatz in der Attrappe einer Überwachungskamera installiert!"

11.2 Überraschung

Das Attentat auf Frau Bergheim war für die Polizei ein herber Schlag. Einerseits war diese Kollegin ihrer sozialen Kompetenz wegen sehr geschätzt. Andererseits zeigte aber dieses Ereignis, das man insbesondere mit den Themen Gewalt und Drogen offensichtlich in einem Wespennest herumrührte!
In Joe keimte der Verdacht, dass zu dieser Ereigniskette noch mehr gehören könnte. Schallers Unfall und damit der Tot der jungen Kollegin Iris Herbst zum Beispiel.
Oder die Nanofolie unter dem Stuhl im Besprechungszimmer.
Die Ereignisse im Hotel in Hamburg, und, und, und.
In Joe`s Kopf kreiselten die Gedanken, wie ein wirres Knäuel, nur gelang es nicht, den Anfang oder das Ende zu erhaschen!
Wo, verdammt noch mal, wo war der rote Faden?
Übelkeit ob dieser Hilflosigkeit breitete sich in ihm aus!
Vielleicht, ja vielleicht sollte er sich mal eine kreative Auszeit gönnen, um in sich hinein zu lauschen? Vielleicht, ja, sicher, sicherlich!

Der Alltag schleppte sich in den nächsten Tagen dahin.
Lenie glänzte meist durch Abwesenheit (zu Joe`s
Bedauern). Auch Dr. Munk hatte seine Anwesenheit in der
Redaktion deutlich zurückgefahren.
Mittwochs war allerdings meist ein Meeting, bei dem doch
alle Präsenz zu zeigen hatten.

Lenie und Joe hatten mehrfach Vorstöße unternommen,
einen Artikel oder eine Serie über die möglichen
wirtschaftlichen Zusammenhänge des 1953 Vertrages von
London mit der aktuellen Situation näher zu
recherchieren und zu veröffentlichen.
Erstaunlicherweise waren sie dabei bei dem sonst so
offenen Dr. Munk auf eine eisige, glasharte Mauer der
Ablehnung gestoßen!
So war es auch an diesem Mittwoch, einem trostlos-öden,
mit grauen, Wolken verhangenen Spätseptembertag.

Florian Götzmann hatte sich angesagt, Norman Miller und
sein Assistent Mike Üzgün wollten ihren längst
überfälligen Antrittsbesuch abstatten.
Miller und Üzgün sagten mal wieder in letzter Minute ab.
Irgendwo in Mainz hatte es wohl einen üblen Raubüberfall
gegeben…
Götzmann erschien mit leichter Verspätung, Dr. Munk
war bereits mit der gesamten Redaktion versammelt.
Kaum war die Begrüßung beendet, sie wollten sich
gerade eben den einzelnen Tagungspunkten zuwenden,
als ein Anruf im Besprechungszimmer einen
Überraschungsbesucher ankündigte.
Sie sahen sich fragend an, keiner hatte eine Vorstellung,
wer das sein konnte.
Und diese blöde Kuh von Sekretärin hatte doch wohl
tatsächlich irgendwie den Besuchernamen vergessen! Joe
konnte sich über solche Kleinigkeiten tierisch aufregen! In
seiner momentanen seelischen Verfassung sowieso!

In diesem Moment klopfte es, irgendjemand rief „Herein".

Zur Überraschung aller stand, nein, besser: saß in der offenen Tür, Frieder Schaller!

In einem klassischen Rollstuhl, hinter sich zwei junge Pflegerinnen, natürlich supergut gebaut und gutaussehend.

(Joe dachte bei sich, der Schwerenöter kann` s wirklich nicht lassen!).

Ein theatralisches Bild: Schaller mit dickem Kopfverband, den linken Arm in einer Trageschlaufe.

Im Gepäckkorb zwischen den Rädern des Rollstuhles lag ein Medikamenten-Sammelsurium.

Es gab ein großes Begrüßungshallo, alle fragten wild durcheinander.

So langsam kristallisierte sich ein Bild heraus. Florian Götzmann hatte von dem Besuch Kenntnis, da Schaller nach wie vor unter polizeilicher Bewachung und Schutz stand.

Aber er hatte natürlich kein Sterbenswörtchen verraten, die Überraschung war gelungen.

Die Begründung für die Überwachung von Schaller lag in den Manipulationen am Verkehrsrechner, der Schaller am Unglückstag über Idstein nach Norden geschickt hatte. Zwischenzeitlich hatte die Polizei herausgefunden, dass sich am besagten Tag ein Hacker im Verkehrsrechner ausgetobt hatte. Die Spur war allerdings im Sand verlaufen.

Schaller selbst hatte einen Laserschuss im Schulterblatt, das hatte die plastische Chirurgie mit ein bisschen hochwertigem Kunststoff schon wieder ganz gut in den Griff bekommen. Am Kopf einige heftige Schürfwunden. Nur auf Krücken abstützen konnte er sich noch nicht. Am schlimmsten hatte ihn ein Bruch der Lendenwirbel getroffen, Schaller war unterhalb des Bauchnabels gelähmt.

Und Schaller fing auch sofort an, lautstark zu berichten: „Es ist schon eine ganz gewaltige Scheiße, da liegst du in der Klinik, lauter junge, hübsche Dinger um dich rum,

und dieser alte Sack von Körper ist unter dem Nabel tot. Mausetot.
Du kannst es noch nicht mal genießen, wenn sie dir den Strullermann in die Pinkelflasche halten, du merkst rein gar nichts!
(hämisches Grinsen breitete sich auf den Gesichtern des männlichen Teils der Runde aus, Schaller legte eine kleine Kunstpause ein)
Aber, meine Freunde, freut euch nicht zu früh! Für den lieben Frieder ist das kein Dauerzustand! Es war ja, zum Glück ein Arbeitsunfall. Und da sind wir ja, zum Glück, gut richtig versorgt!
In den letzten drei Tagen hatte ich Dauerbesuch von den Weißkitteln! Die haben mich elektrisiert! Nein, ihr blöden Säcke, ihr sollt nicht lachen! Das ist tatsächlich so!
Die können dir heute haarfeine Elektroden in irgendwelche Nervenbahnen schieben und mit dem grauen Einheitsbrei da oben in der Hohlkammer (damit meinte er wohl das Gehirn) verbinden. Noch ein bisschen feinste Elektronik, und du kannst wieder gehen.
Naja, so ganz perfekt wird es nicht sein, aber ich wollte auch noch nie Tango tanzen!
Es dauert seine Zeit, du muss unter Umständen bestimmte Hirnareale neu konditionieren.
Damit haben die in den Anfängen unseres Jahrhunderts erste Versuche gemacht. So um 2013 / 2014 hatte die damalige Freiburger Uni einen ersten Prototyp einer Kunsthand entwickelt, die dem Patienten Rückmeldungen geben konnte, ob ein harter oder weicher Gegenstand angepackt wurde!"

Schneewittchen (also Erika-Sophie, Freifrau von Steimbach und Lenz) begriff mal wieder überhaupt nichts: „Was hat das den bitte mit ihnen zu tun? Sie sind doch sicherlich ab jetzt auf Lebenszeit an den Rollstuhl gefesselt? Sicherlich wird die German News, die ja sehr sozial eingestellt ist, ihnen eine alternative Position anbieten? Zum Beispiel als Pförtner! Ein Reporter im Rollstuhl ist ja wohl nicht mehr tragfähig!"

Empörte, unüberhörbare Arroganz schwang in ihrer Stimme mit.

Schaller tönte los: "Schneewittchen, deine Bildung ist so flach wie deine Titten! Die Weißkittel werden mein Gehirn mit den Nerven der unteren Region verknüpfen, mit ein paar simplen Drähten! Dann bin ich wieder ganz oder fast der Alte!"

Das saß, Schneewittchen hatte mittlerweile einen hochroten Kopf. Und Schaller legte noch einen nach: „Dann ist meine Standhaftigkeit nur noch von ein paar Elektrönchen abhängig- haha! Da wirst du blass vor Neid"
Aber Schwaller hatte ja noch mehr auf der Platte, sein Spitzname kam nicht von ungefähr:
„Da staunt ihr, was der alte Frieder schon wieder alles herausgefunden hat. Naja, wenn die unteren Körperregionen unterbeschäftigt sind, muss man halt die oberen umso mehr fordern!
Und ihr` blöden Weiber, glaubt bloß nicht, dass so etwas bei meinem besten Stück nicht auch funktioniert!
Und wenn` s wirklich elektronisch nicht klappt, dann lass` ich mir die gute alte Luftpumpe einbauen, dann kann ich` s euch besorgen, bis die Rauchwolken aufsteigen! Dir aber garantiert nicht, mach dir bloß keine Hoffnungen!"
Sein rechter Zeigefinger war nach vorne gestoßen, er hatte eindeutig auf Schneewittchen gezeigt. Diese sprang von ihrem Stuhl auf, der kippte krachend nach hinten, es berührte sie nicht. Unter heftigem Protest verließ sie mit hochrotem Kopf die Sitzung.
Die beiden Pflegerinnen hinter dem Rollstuhl hatten mittlerweile ebenfalls eine Gesichtsfarbe, deren kräftiges Rot in wunderschönem, deutlichem Gegensatz zu ihren weißen Berufskitteln stand.

Der Kerl war wirklich nicht klein zu kriegen, dachte Joe bewundernd bei sich. Auf jeden Fall hatte Schaller mal wieder die Lacher auf seiner Seite.

Munk spendierte nach der allgemeinen Beruhigung noch `ne ordentliche Lage Schampus! Einen großen Raum in dem anschließenden Gespräch nahmen dann unter allgemeinem Bedauern der Tod und die Bestattung von Iris Herbst ein.
Deren Tod hatte Frieder sichtlich mitgenommen.
Erstaunlich, dass der Kerl auch solche Regungen zeigen konnte!

Als der Wagen bei dem vor wenigen Wochen erfolgten Attentat auf Schaller von der Brücke abkam, war er fast zwanzig Meter tiefer unter der Brücke aufgeschlagen.
Der Twizzer überschlug sich nach dem Aufprall mehrfach.
Zuletzt knallte er heftig auf einen Felsen!
Da hatten dann auch die Airbags und Sidebags im Wagen nichts mehr genutzt.
Frieder konnte sich zwar nicht erinnern, er wusste jedoch die Details aus dem Polizeibericht.
Iris hatte dabei multiple Schädelfrakturen erlitten, an denen sie dann kurz darauf verstorben war.

Frieder wollte ihr Urnengrab nach der Feuerbestattung in den nächsten Tagen unbedingt besuchen. Dort war noch keiner aus der Redaktion gewesen, die Beisetzung hatte auf Wunsch der Angehörigen vor wenigen Tagen im engsten Familienkreise stattgefunden.

Dann ergriff Frieder erneut das Wort, dieses Mal sachlich und ernst wie selten zuvor:
"So, meine Freunde, zum wahren Grund meines hier seins. In drei Wochen habe ich den ersten OP Termin, da werden mir die Löcher in die Birne gebohrt. Angeblich ist das ja alles heute Routine und angeblich völlig harmlos. Aber das kennt man ja. Dann muss der Chirurg plötzlich niesen, oder der Strom fällt aus. Und am nächsten Tag wachst du auf, bist tot oder bescheuert und merkst es noch nicht einmal!

Ich kann den Termin auch nicht hinausschieben. Noch sind die Muskeln nicht verkümmert, die Nerven wissen auch noch, wozu sie da sind.
Je länger man wartet, umso schwieriger wird die Reaktivierung, hat mir der Professor geschildert.

Nochmals, ich hatte ein riesiges Glück, dass dieses ein Arbeitsunfall war! Zweifelsfrei! Dadurch brauche ich mir über die Kosten dieser Maßnahmen keine Gedanken zu machen.
Also deswegen bin ich hier, daher lade ich Euch alle, wie ihr hier sitzt, ein. Für kommenden Freitag zu einem Überraschungsabend! Fahrzeuge lasse ich auch reservieren, macht euch auf einen langen Abend gefasst! Ich muss meinen zusätzlichen Geburtstag feiern! Wer weiß, ob ich auf dem OP-Tisch noch mal so ein Glück habe!"

11.3 Diskothek

Welch ein Schuppen!
Schaller hatte drei Vans gebucht. In einem hatte er Platz genommen, begleitet von den zwei blutjungen, bildhübschen Krankenschwestern. Dr. Munk übernahm die Aufgabe des Fahrers für Schaller, das hatte er sich nicht nehmen lassen.
Florian Götzmann hatte es sich mit Frank Walter, dem Assistenten der verstorbenen Frankfurter Polizeipräsidentin Dorothea Bergheim sowie mit Vera Fairmann, der Volontärin der German News und zwei weiteren Mädels aus dem gleichen Dunstkreis gemütlich gemacht. Joe, Lenie und Dirk saßen im dritten Wagen, zusammen waren sie also zwölf Personen.
Die Diskothek lag etwa eine halbe Fahrstunde Nord-nordwestlich von Frankfurt.
In irgendeinem brach liegenden Industriegelände im hinteren Taunus. Eine schmale, mehrfach gewundene, ewig lange Straße führte in diesigem Novembergrau

durch eine unwirtlich scheinende Welt aus alten Gebäuden, Containerstapeln und Unrat.
Dann tauchte aus dem grauen, zähen Dunst ein mehrstöckiges Gebäude auf. Im schwachen Lichte einzelner Laternen waren mehrere parkende Fahrzeuge schemenhaft zu erkennen.
Sie fuhren auf eine durch Leuchtreklame gekennzeichnete Tür zu, um die Zufahrt zum Parkplatz zu suchen.

Plötzlich waren sie von einer Gruppe von sechs Männern umringt. Aus dem grauen Nichts aufgetaucht, wie eine Wand! Alle von der gleichen, bulligen Statur. Alle mit schwarzen Jeans, schwarzen, enganliegenden Lederjacken, die die muskelbepackten Oberarme mehr als deutlich erkennen ließen. Alle mit dem typischen, kaum mehr als millimeterkurzen schwarzen Haarstreifen auf dem Kopf:
Ein greller Taschenlampenstrahl versetzte das innere von Schallers Van in gleißendes Licht!
„Öh, Oller, Krankenhaus issi hier nicht. Haste dich verfahren? Kannst die Bräute hierlassen- du Krüppel, hau ab!"

Typisch Türsteher, dachte Joe. Wadenbeißer und Rausschmeißer! Idioten, hirnamputierte Idioten!

Götzmann wollte sich einmischen, aber Schaller winkte ab: „Schwing deinen Hinter hierher, und wenn du die Karte nicht lesen kannst, dann hol` dir einen, der dir laut vorliest! Und beweg` dich, sonst schleift dir dein Chef die Eier!"
Der Typ war von dieser Ansage total verblüfft! Seine Kinnlade fiel herunter, wie ein fauler Apfel vom Baum.
Er bewegte sich bei diesen Worten tatsächlich, aggressiv stampfend trat er an Schallers Van heran. Schaller hielt eine scheckkartengroße Plastikkarte in der Hand. Die Taschenlampe konzentrierte sich auf die Karte und die Welt änderte sich schlagartig!
Das Kärtchen hatte Wunder bewirkt.

Der Redeführer entschuldigte sich mehrfach bei Schaller, die übrigen Jungs mit dem Stiernacken und den enganliegenden Lederjacken waren plötzlich höflich und freundlich wie Konfirmanden vor dem Altar!
Das Einparken der Fahrzeuge wurde von der Gruppe der Stiernacken übernommen.
Schaller und seine Gäste wurden ins Gebäude begleitet, ein ehemaliger Lastenaufzug (innen über und über mit Grafity beschmiert) führte sie in die dritte Etage.
Hier oben öffnete sich eine neue, andere Welt!

Helles Licht, ein nobel und sündhaft teuer eingerichteter Empfang. Vier weitere, schleimig freundliche Stiernacken flankierten die Eingangstür. Rechts davon gab es eine Garderobe. Die Dekolletés der drei Mädels dort waren alleine schon einen Bericht wert. Als ob sie gerade dem Playboy entsprungen wären!
Ihre, Schallers Gruppe wurde bereits von einem etwas ölig wirkenden, baumlangen Afraner mit stechenden, wässrig blauen Augen erwartet.
Mit asiatischer Höflichkeit verneigte er sich mehrfach und entschuldigte sich für den Irrtum unten am Eingang...
Der Laden, obwohl kaum nach 22.00 Uhr, war schon gut gefüllt. Es gab allerdings noch ein paar freie Sitzgruppen, zum Teil auf unterschiedlich hohen Emporen. Wegen des Rollstuhles von Schaller wählten sie eine freie Sitzgruppe nahe der Tanzfläche. Dort mussten sie keine zusätzlichen Stufen überwinden.
Die Einrichtung im inneren der Diskothek übertraf den Empfang an Glanz und Pracht um ein Vielfaches.
Auffallend war das Überwiegen des weiblichen Gästeteiles, meist blutjunge, wirklich gut gebaute und bildhübsche Dinger.
Sie bewegten sich rhythmisch zuckend zum Takte des BUMM – BUMM - BUMM. Der DJ versuchte, dass Gedröhne als Musik unter die Menschheit zubringen.
Zigaretten (die guten aus dem Himalaya oder ihr etwas herberes Pendant aus Georgien), Whiskey, Wodka wurden angeboten.

Ein leichter, süßlicher-milder Duft hing in der Luft. Keine Spur von der Schwere eines normalen Tabakqualmes.

Schaller tönte großzügig: „Langt zu, sauft ordentlich einen, ihr braucht an nichts zu sparen!"

Dirk sah ihn erstaunt an: „Schaller, Frieder, hast du in der Lotterie oder beim Kartenspiel gewonnen? Oder willst du dein Erbe unter die Menschen bringen? Ich versteh` s nicht? Allein` der Eintritt hier muss ein Vermögen kosten!"

Frieder grinste, schüttelte den Kopf: „Später, Dirk, später. Du wirst sehen, das ist das absolute Nonplusultra in der heutigen Zeit und im weiten Umkreis!"

Dr. Munk hatte um einen doppelten Cognac gebeten, er meinte, den Lärm hier nur unter Alkohol ertragen zu können.
Nach kurzer Zeit begann ein kurzweiliges Rahmenprogramm. Viele junge, bildhübsche Tänzerinnen. Einige wenige, ebenso gut gebaute Tänzer.
Joe fragte sich manchmal schon, wie man soweit ausgezogen überhaupt noch angezogen wirken konnte.
Schaller hatte Stielaugen, Götzmann und Munk ebenfalls.
Er selbst wurde von Lenie immer wieder eingebremst, die sich eng an ihn geschmiegt hatte.
Der Alkohol zeigte bei der ganzen Gruppe mittlerweile Wirkung, „locker drauf" war schon eine ganz gute Umschreibung.

Es gab erneut einen Musikabschnitt, dann wurde unter dem Gejohle des Publikums ein kleines Podest herein gerollt. Zeitgleich hatten sich die Mädels und Jungs vom Service mit Sektkübeln unter das Publikum gemischt, sie verteilten Lose.
Rote für die Frauen, blaue für die Männer.
Schaller grinste von einem Ohr zum anderen.

Der Mistkerl kannte augenscheinlich diese Prozedur!

Mit dramatischer Musikbegleitung erschien der Ölige vom Empfang, begleitet von drei seiner Tänzerinnen. Eine blonde, eine rothaarige, eine mit ebenholzschwarzer, samtig glänzender Haut.
(In Joe türmten sich bereits jetzt bergeweise Fragezeichen)
Die Truppe ging auf Schaller zu, der Afraner verneigte sich tief. Schaller deutete ohne zu zögern auf die Rothaarige, diese Entscheidung wurde vom Publikum mit frenetischem Beifall bedacht!
Der Ölige zog sich mit der Blonden und der Ebenholz farbenen Schwarzen zurück.
Die Rothaarige sprang mit einem Satz auf das Podest!
Was nun folgte, war ein astreiner Table Dance, der insbesondere Schaller tiefste anatomische Einblicke in die Rothaarige gewährte!
Das ihr Tanga am Ende der Vorstellung wie ein Ohrring an Schallers linkem Ohr baumelte, wurde von der Menge mit frenetischem Beifall honoriert!

Splitternackt sprang die Rote vom Podest, lief völlig ungezwungen durch die Menschenmenge in Richtung Backoffice. Dort verschwand sie!
Joe war sprachlos: „Schaller, du alter Sack! Raus mit der Wahrheit!"

Schaller grinste bis über beide Ohren: „Ich hatte von diesem Kracherschuppen gehört, in den du nur als sehr, sehr gut aussehende, junge Frau oder als Knilch mit Kohle oder Beziehungen oder Politiker, besser noch mit mehreren dieser „besonderen Eigenschaften" hineinkommst.
Ich habe dann mit meinem Presseausweis gewunken, einen auf fürchterlich wichtig gemacht und tatsächlich Einlass bekommen!
Umsonst! Für nix, nicht einen Cent oder NEK musst` ich damals bluten!

Und dann habe ich bei der Verlosung auch noch den ersten Preis des Abends gewonnen!
Das war die Bonuskarte von vorhin. Für eine Sause mit Freunden gewonnen! Maximal 12 Leute, alles gratis! Ich war der Sieger des Abends, ist noch gar nicht so lange her! Das schwarze Ölauge von eben hatte sie mir damals persönlich überreicht!
Bin mal gespannt, was es heute zu gewinnen gibt!"

Jetzt waren alle platt! Schaller war und blieb einfach ein grandioses Schlitzohr! Glück fiel ihm nicht in den Schoß, nein, Schaller tappte hinein wie andere in Hundekacke!

Mit großem Trommelwirbel und Brimborium wurde der Höhepunkt des Abends verkündet:
Eine erneute Tanzeinlage der Künstlertruppe, dieses Mal aber mit Strippen für alle!
Männlein und Weiblein im Adamskostüm!

Ein Gejohle brandete auf! Die Meute konnte die Frischfleischshow kaum erwarten.

Dr. Munk schüttelte den Kopf! Das war weder seine Welt noch sein Stil. Aber er machte gute Miene zum bösen Spiel.

„Und dann, und dann, der Ölige überschlug sich nahezu vor Begeisterung, weil wir hier und heute 1.000 Tage „Red Coach-Diskothek" feiern dürfen, gibt es heut *zwei* ganz besondere Preise: Je ein weiblicher und ein männlicher Gast, die wir noch auslosen werden, dürfen sich aus der Künstlertruppe einen Begleiter oder eine Begleiterin für die nächsten vierundzwanzig Stunden aussuchen! All inklusive! All Inklusive!"

Der Beifall wurde erneut frenetisch, das Publikum trampelte vor Begeisterung ein wildes Stakkato in den

Boden. Da wurden wohl die wildesten Hoffnungen geweckt!
Die Künstlerinnen und Künstler erschienen in neuen, leuchten roten und grünen Kostümen auf der Bühne.
Joe fragte sich, ist das jetzt Puff oder Disko oder ein neuartiger Mix von beidem?

Ein furioser Tanz begann, erneut zum hämmernden, fordernden Stakkato der Musik.
Weißer Nebel quoll auf, um die Show zu unterstreichen.
Verhüllte wabernd nach und nach den gesamten Raum.
Bunte Laserstrahlen irrten zuckend und blitzend durch den Dunst.

BUMM, BUMM!

Die Musik hämmerte noch lauter Stakkato!

BUMM, BUMM; BUMM!

Lichter flackerten, gelb, rot lodernd!

BUMM, BUMM! Dröhnte es schmerzhaft in den Ohren! Als wolle jedes Bumm! Die Augen aus dem Kopf treiben!

BUMM; BUMM; BUMM!

Der weiße Nebel wurde dichter. Kratzte im Hals.
Die Welt begann plötzlich, sich um Joe zu drehen, kein Halten mehr!
Panische Bilder stiegen in ihm auf, sogar Lenies Gesicht verschwamm zu einer grinsenden Fratze.
Joe wollte sich wehren, aber die wabernden Schwaden ringsum schienen ihn mit einem Gespinst aus zähen, klebrige Gummifäden zu umhüllen.
Panik schoss in ihm hoch, eine eiserne Faust umklammerte sein Herz!
HEGAU – die finstere, düstere Aschewolke lähmte seinen Atem mit beißendem Lungenschmerz!

HELGOLAND – die Brandung wollte ihn mit gierigem Schlund fressen!
Dichter, noch dichter der Nebel, finster grau, Konturen wurden zu grausamen Schemen- lohende Flammen, gleisendes Licht!
Zuckende Menschenleiber um Joe.
Heiß, sehr heiß, loderndes Licht- Feuer?
Die Welt drehte sich immer schneller um Joe.
Lenie, wo? Lenie!! Wo? Leniiiie!

Eine Fratze erschien erneut vor ihm, die Welt drehte sich mittlerweile immer schneller! Etwas wollte ihn fressen – Panik schoss ihm hoch - Rauch biss mit Rattenscharfen Zähnen in die Tiefen seiner Lungen!
Lodernde Lichter – Nebel – die Welt rotierte irrwitzig schnell!

Aus!

11.4 Lagerhalle

Hustend und spuckend erwachte Joe.
Schwarz vor seinen Augen.
Es lichtete sich.
Autsch!
Irgendetwas hatte gegen seinen Allerwertesten getreten!
Das Schwarz entwickelte sich zu einem grinsenden, bekannten Gesicht: Norman Miller, der Polizeimensch aus Mainz-Wiesbaden.
Riesengroß stand das Gesicht über Joe, verdammt, er selbst lag hilflos in der Waagrechten!
Eine riesige, schwarze Pranke tätschelte über Joe`s Wange, zerrte an seinem Ohrläppchen.

„Joe, das war soeben ein sanfter Weckruf von unten gegen ihr Feldbett, los auf, die anderen warten schon. Mitkommen!" Miller grinste freundlich von einem Ohr bis zum anderen!

Benommen rappelte Joe sich hoch. Es kratzte beim Atmen in der Kehle und der Lunge.
Sein Kopf dröhnte, ihm war nach Schlaf, Kaffee, einem abgedunkelten Raum zum Ruhen.
Aber nichts von alledem! „Scheiße, große Scheiße" waren seine ersten, fluchend und krächzend ausgestoßenen Worte! Verdammt, das kratzte im Hals!

Er blickte sich um. Sie waren in einem großen Saal, ziemlich vollgestellt mit einfachen, olivgrünen Feldbetten. Die meisten davon waren noch belegt, Männer und Frauen in – naja – Ausgehkleidung. Sanitätspersonal huschte umher, augenscheinlich waren auch ein paar Ärzte oder Ärztinnen darunter.
Der Saal selbst wirkte wie eine in aller Eile entrümpelte Lagerhalle. Die Fenster grau vor Schmutz, mit Spinnweben übersät. Von den Wänden bröckelte Putz, zum Teil kam darunter rostiger Stahl zum Vorschein.
Wankend und schwankend folgte er Miller in einen fensterlosen, durch provisorische Strahler hell erleuchteten Nebenraum.
Vor dessen türloser Zugangsöffnung standen Polizisten Wache. Drinnen war ein Teil der Truppe von gestern versammelt. Irgendjemand drückte Joe einen dampfenden Kaffeebecher in die Hand.
Das Gebräu weckte beim Schlucken millimeterweise die Lebensgeister in ihm!
Ziemlich zerknittert standen Dirk, Florian Götzmann, Frank Walter, Lenie und Vera Fairmann herum.
„So, damit ihr Euch nicht unnötig sorgt, begann Miller: das Wichtigste zuerst: Dr. Munk haben wir vorsorglich zur Beobachtung in die Klinik bringen lassen, der hatte einen Schwächeanfall.
Hr. Schaller und seine beiden Rollstuhlassistentinnen konnten wir ebenfalls in ihre Klinik zurückbringen lassen. Schaller geht es übrigens besser als den beiden Mädels.
Die übrigen beiden Mädels aus Eurer Redaktion konnten wir schon identifizieren, die liegen noch draußen unter den anderen.

(und dann, mit deutlichem Zorn in der Stimme)
Euch alle hier müsste ich einbuchten, wegen
Drogenkonsum! Ihr habt heute Nacht bei der
Rettungsaktion viele, sehr viele Probleme bereitet!
Ihr Alle! Alle! Zugekifft bis in die Haarspitzen!"

Ungläubiges Staunen in der ganzen Gruppe. Florian
ergriff entrüstet das Wort "Norman, du glaubst doch nie
und nimmer, dass ich bewusst kiffe! Erzähl` doch keinen
Mist! Du spinnst!"

Normann grinste: „Und warum um alles in der Welt hast
du heute Nacht auf der Feuerleiter partout einen Strip
hinlegen wollen?"

Das saß! Götzmann wurde sichtlich bleich.

„Ok, fuhr Miller fort, der Reihe nach. Die nahe
Polizeiwache hat gegen Mitternacht mehre Beschwerden
bekommen, die Zufahrt zur Diskothek sei gesperrt und
das ohne Vorankündigung!
Weil auf der Wache auch nichts derartige bekannt war,
hat man eine Streife zur Überprüfung losgeschickt. Zumal
es meist irgendwelche VIP` s waren, die anriefen.
Unsere Leute haben dann Eingangs der Zufahrtstraße zur
Disko auch eine richtige, ordentliche Straßensperre
gefunden. Mit Beleuchtung, Umleitungsschild und allem
was so dazu gehört.
Wie wir mittlerweile wissen, folgten diesem ersten
Hinweisschild noch mehrere, die Umleitung endete in
einem stillgelegten Steinbruch.
Da haben wir zwischenzeitlich einige Autos samt Insassen
gefunden und abschleppen lassen. Die kamen nämlich
aus eigener Kraft nicht mehr heraus. Und das Anrufen
funktionierte auch nicht, die Steinbruchsohle ist ein
hundertprozentiges Funkloch! Entzückend!
Naja, zum Glück hatte sich unsere erste Streife von dem
Umleitungsschild nicht beirren lassen.

Hinter der ersten Kurve war Bauschutt aufgeschüttet – eine Straßensperre.

Das kam unseren Leuten doch merkwürdig vor! Sie haben Verstärkung angefordert, ihren Wagen stehen lassen und sind zu Fuß weiter.

Hinter der nächsten Biegung haben sie dann die ersten Flammen aus dem Obergeschoss des Gebäudes lodern sehen. Die Disko brannte bereits lichterloh!

Die Feuerwehr war schnell vor Ort, hat den Bauschutt notdürftig beiseite geräumt und dann umfahren.

Das Dachgeschoss des Diskogebäudes stand mittlerweile in hellen Flammen, Notausgänge waren von außen versperrt. Die Eingangstür war verkeilt, zwei Türsteher haben wir etwas abseits erschossen vorgefunden, drei weitere lagen gefesselt und teilweise übel zugerichtet in der Disko!

Die Feuerwehr hat mit viel, sehr viel Mühe alle retten können! Einige über eiligst aufgebrochene Notausgänge, ein paar auch mit der Drehleiter aus dem dritten Stock! Wir gehen zu hundert Prozent von Brandstiftung aus."

Götzmann sah Miller entsetzt an: „Ich schwöre dir – außer diesen Scheiß Himalaya-Zigaretten und ein paar Wodka oder Whiskey hat keiner von uns etwas angerührt!"

Joe wurde es ganz flau im Magen. Ein Gedanke schoss durch seinen brummenden Schädel.

Mit nachdenklichem Ton sagte er:

„Florian, wer weiß, vielleicht sind alle „Guten" Dinge drei? Habt` ihr schon mal daran gedacht? Klar, ich hatte gestern ein paar von den verdammt guten Whiskeys getrunken. Die habe ich auch gemerkt, ohne Frage.

Und ein paar Zigaretten habe ich ebenfalls geraucht, wie alle anderen auch.

Aber- so richtig rund ging`s mir im Kopf erst, als dieser Diskonebel aufkam! Dieses weise, wabernde Zeug!"

Florian war die Kinnlade heruntergefallen. Völlig verblüfft und perplex sagte: „Stimmt!"

12 AUCKLAND

12.1 Einladung

Der Brandanschlag in der Diskothek hatte auch in der Öffentlichkeit für einigen Wirbel gesorgt.

Neben den beiden Türstehern gab es mittlerweile drei Tote unter den Gästen, diese waren an Rauchvergiftung gestorben.

Der ölige Afraner war ebenfalls unter den Opfern, er hatte allerdings eine massive Platzwunde am Hinterkopf. Ob er sich die beim Sturz als Folge der Rauchvergiftung zu gezogen hatte oder ob er erst niedergeschlagen wurde, würde niemand mehr klären können. Es gab viele Opfer mit mehr oder weniger schweren Rauchvergiftungen, aber auch einige zum Teil mit schwersten Verbrennungen.

Unter diesen Opfern waren besonders viele der Künstlerinnen und Künstler. Ihre Kostüme waren wohl, erstaunlicherweise, extrem leicht entflammbar.

Ein Fehler oder vielleicht sogar Absicht bei der Bedienung oder Programmierung des Fashion-Printers!

Das war diesen armen Menschen zum Verhängnis geworden!

Der Bauschutt als Straßensperre entstammte einer der Diskothek nahen Abrissstelle eines Industriegebäudes. Dort hatten die Täter wohl auch die Maschinen und Materialien gestohlen, um die Sperre zu errichten.

Schaller war recht gut davongekommen. Da er im Rollstuhl saß, hatte er von dem vorwiegend von der Decke aus sich ausbreitenden Brandrauch oder Nebel nicht viel mitbekommen.

Er konnte jedoch die Beobachtung von Joe bestätigen, dass dieses „High-Sein" in unmittelbaren zeitlichen Zusammenhang mit der Nebelmaschine zu bringen war.

Leider war von der technischen Ausstattung der Diskothek nach dem Brand nicht mehr viel übrig geblieben….

Wieder eine Spur, die im Sande verlief!

Dr. Munk hatte seinen Schwächeanfall überwunden. Als er zum nächsten Termin in der Redaktion erschien, war er ein nochmals gealterter, schlohweißer Greis, der sich auf einen edlen Krückstock stützte. Die übrigen Mitglieder der verhunzten Schaller-Fete hatten alle mit mehr oder minder leichten Rauchvergiftungen überstanden.

Florian Götzmann war nicht mehr wiederzuerkennen. Die unfreiwillige Stripeinlage auf der Feuerwehrleiter hatte sich herumgesprochen. Natürlich wurde sie meist falsch wiedergegeben. Sein Ruf war ganz schön ramponiert! Dazu der unfreiwillige, jedoch offensichtliche Kontakt mit dem Rauschmittel, jetzt war der Bogen überspannt. Nun war die Suche nach Aufklärung der Drogenproblematik für Götzmann keine reine Polizeiarbeit mehr, sein persönlicher Ehrgeiz war betroffen. Die Polizei startete von Darmstadt aus ein regelrechtes Aktionsprogramm.

Nach dem Joe davon in einer der Redaktionssitzungen erstmals Kenntnis hatte, meinte er zur Teils hämischen Freude vieler Sitzungsteilnehmer voller Sarkasmus: „Hurra - wir suchen! Wir wissen zwar weder wo, wer, was - aber wir suchen mit aller Macht! Armer Florian Götzmann!"
Jedoch die Lage besserte sich dadurch auch nicht. Stochern im Heuhaufen, einfach fürchterlich.

Grauer Novemberalltag machte sich breit, das Jahr neigte sich bereits seinem Ende entgegen. Lenie war in eigene Arbeiten eingespannt. Dr. Munk verkündete, das er sich im nächsten Jahr intensiv um einen Nachfolger bemühen wollte. Er selbst wollten noch ein paar Jahre in Ruhe genießen. Irgendwie hatte der die Spielregeln der Zentralsozialkasse wohl umschifft.

Denn im Gegensatz zur Masse der Bevölkerung würde er die Ruhe vor dem natürlichen Ableben auch genießen können.

Joe dachte mit Grausen an das, was da möglicherweise mal auf ihn zukam. Er fühlte sich noch so jung! Diese verdammte Zentralsozialkasse war aus einem Zusammenwurf von verschiedenen Krankenversicherungen und Rentenversicherungsträgern hervorgegangen.

Bevölkerungsschwund, steil abgefallenes Bruttosozialprodukt, Völkerwanderung und die einstmals deutlich höhere Lebenserwartung der Bevölkerung hatten die ursprünglichen Kostenträger in ein finanzielles Fiasko gestürzt.

Sicherlich hatte dazu auch die mehr als ungerechte Verteilung der Lasten sowie die Finanzierung von Fremdaufgaben zum Anfang des Jahrhunderts beigetragen.

Mit dem Schnitt und der Umstellung auf die Zentralsozialkasse war eine vorübergehende, aber nur leichte Besserung eingetreten. Verwaltungsaufwand konnte zwar in sehr hohem Maße gesenkt werden. Aber einen erheblichen Teil dieser Einsparungen fraßen die Abfindungen und Pensionen der Bosse und Führungskräfte in der ersten und zweiten Verwaltungsebene auf. Die hatten sich via Verwaltungsbeschluss oder Vorstandentscheidung noch rechtzeitig goldene Nester gebaut!

Natürlich per Übergangsgesetz und in völliger Übereinstimmung mit den Regierenden zweifelsfrei abgesichert! Spitzenmäßig! Joe schüttelte sich angewidert.

Und heute? Mit Fünfundfünfzig Jahren kam man normalerweise automatisch in das Sparprogramm! Nicht unmittelbar lebensrettende Operationen gab es nur noch gegen hohe, private Zuzahlung.

Medikamente meist von der Ramschtheke, zig- Skandale durch in Fernost billigst hergestellten Ersatzschund hatte es mittlerweile gegeben.

Bekam man heute ein Probleme mit einem verschlissenen Knochen, wie beispielsweise einem Hüftgelenk und war

über Fünfundfünfzig, dann gab es maximal noch schmerzstillende Mittel für den Rest des Daseins.
Pflege und Leben im Alter, das war für die meisten Bürger ein Abschiebebahnhof.
Vegetieren auf niedrigstem Niveau!

Wer immer es sich leisten konnte, versuchte rechtzeitig auszusteigen oder ins Ausland auszuweichen.
Die wenigsten schafften das. Und da die klassische Großfamilie de Facto ausgestorben war, nahm im höheren Alter die Suizidrate mittlerweile signifikant zu!

Allerdings gab es ja auch noch den „Qualifizierten Abschied". Ein neuartiges Programm, von der Regierung legalisiert. Wer sich dafür entschied, hatte ab dem Fünfundfünfzigsten Lebensjahr bis zum Sechsundsechzigsten eine deutlich bessere medizinische Versorgung.
Irgendwann im sechsundsechzigsten, vom Computer ausgelost, kam dann die Einladung zum „Qualifizierten Abschied". Man hatte genau zwei Monate Zeit, seine Hinterlassenschaften zu regeln und sich von seinen Angehörigen zu verabschieden. Dann ging` s in ein „Sanatorium". Dort hatte man, ebenfalls nochmals per Computer ausgelost, vier weitere Wochen bis sechs Monate Zeit, bevor man unauffällig und diskret mit den Speisen, einem Getränk, mit einem Gas im Bad oder irgend so etwas ins Jenseits befördert wurde.
Vollkommen legal!
Wer nun dachte, dieses System bescheißen zu können, der hatte Pech! Die Unterschrift unter den Kontrakt war unwiderruflich. Wer sich weigerte, wanderte ohne Umschweife in den Knast, dritte Stufe. Dort gab es nun wirklich überhaupt nichts mehr zu lachen...

Es waren beschissene Aussichten.

Der Kontakt zu Götzmann hatte sich etwas reduziert.
Trotz der Erkenntnisse und Ereignisse um den

Diskothekenbrand hatte es keine Fortschritte gegeben. Das Aktionsprogramm drohte, im Sande zu verlaufen. Man trat verzweifelt auf der Stelle!

Die Menschheit in Deutschland beschäftigte sich mit einem Skandälchen bei der In-vitro-Fertilisation (da hatte wohl irgendjemand mal wieder Samenspenden in größerem Umfang durcheinandergebracht) und mit einem ebenfalls etwas größeren Bestechungsskandal in Norddeutschland beim Thema Adoptionen.

In der Schweiz war es durch einen Felssturz zu einem Zugunglück gekommen. Erodierte Felsmassen hatten sich in dem Moment gelöst, als ein Zug der Schweizer Bundesbahn bei Kandersteg den Lötschbergtunnel verlassen hatte. Es hatte den gesamten Zug regelrecht von den Schienen gespült. Die Bilder waren grauenhaft. Aber auch solche Unglücksfälle hatten sich in den letzten Jahren gehäuft.

Von geringerem Interesse waren da die Vorbereitungen zur nächsten Olympiade 2038. Nach der als „Putinspiele" weltweit in der Presse verhöhnten Winterolympiade 2014 hatte dieses Großereignis sichtlich an Reputation verloren. Zu offensichtlich war die Verquickung von Sport und Kommerz geworden, die Menschheit hatte andere Probleme.
Dieser egozentrische Machtpolitiker hätte damals, 2014 bis 2016, nahezu den dritten Weltkrieg durch die Annexion der Krim und von großen Teilen der Ukraine ausgelöst. Von den Aktivitäten in Nahost ganz zu schweigen.
Die Lunte war eigentlich schon am Brennen gewesen... Aber dann hatte sich dieser Typ mal wieder selbst darstellen müssen, mit Eistauchen in aller Öffentlichkeit in der offenen Beringsee am 1. Januar 2021. Schön Publikumswirksam, am Rande eines Gipfeltreffens.
Die Ärzte hatten dann einen plötzlichen Herztod diagnostiziert. Schlicht einen Herzinfarkt.

Es hielten sich aber jahrelang die Gerüchte von einem Attentat. Angeblich sehr gut ausgebildete Marinetaucher, die flüssigen Stickstoff über lange, lanzenartige Sonden unter Wasser in Putin` s Nähe freigesetzt hätten. Mit solch einem lokalen Kälteschock konnte man ausgewachsene Wahlfische umbringen!
Absolut spurlos!
Oder, denn dafür war das Verfahren einst entwickelt worden, durch Kältebruch Schiffsantriebe lahmlegen. Wenn Schiffschrauben oder Ruder als Folge dieser Kälteeinwirkung brachen, dann wurde das meistens als „Materialermüdung" diagnostiziert! Der Rest verlief dann im Sand.
Die dennoch durchgesickerten Berichte über derartige Versuche an Tieren hatten einen weltweiten Proteststurm ausgelöst. So etwas konnten doch nur hochqualifizierte Helmtaucher in entsprechend isolierten, der Öffentlichkeit nicht zugänglichen Spezial-Tauchanzügen umsetzen und überleben. Und diese Anzüge waren „zufällig" in den USA entwickelt worden....

Von Schaller hörte man, dass der Einbau der Elektroden gut verlaufen war, er machte Fortschritte. So, wie es sich abzeichnete, würde aber das linke Bein in der Leistung gegenüber dem rechten auf Dauer etwas zurückbleiben. Die Schaller-typische Antwort in dem Telefonat war: „Hauptsache, das mittlere der drei Beine bleibt aktiv!"
Über das für Frieder sicherlich wichtigste Thema, die Reaktivierung seiner Männlichkeit, war von den Medizinern noch kein Wort aus der Klinik nach draußen gedrungen.
Gutes oder schlechtes Zeichen, wer konnte das schon deuten?

Joe überlegt, ob er, so lange es noch möglich war, Lenie zu einem gemeinsamen Kurzurlaub über den Jahreswechsel motivieren sollte. Nach diesem ereignisreichen Jahr wäre das sicherlich nicht schlecht!

In die nächste Mittwochssitzung platzte Dr. Munk mit einer Überraschung.
Die Linke auf den Krückstock gestützt, hielt er in der Rechten freudig wedelnd einen Papierausdruck!

Nanu, Papier? Das musste wichtig sein!

„Joe, Joe, es gibt auch noch angenehme Überraschungen! Unsere Redaktion hat eine Einladung zu einem kleinen Kongress ausgewählter, weltweit anerkannter Spezialisten erhalten! Von dem Kongress wusste ich bis vor wenigen Minuten auch nichts! Wir sind als eine der wenigen Redaktionen akkreditiert!"

Es gab ein großes Hallo und Verwunderung in der Runde. Schnell stellte sich heraus, dass kurz vor den Weihnachtsfeiertagen ein viertägiger Kongress mit etwa fünfunddreißig bis vierzig hochrangigen Wissenschaftlern in der Nähe von Auckland auf Neuseeland stattfinden sollte. Das lag zwar am anderen Ende der Welt, aber wer lässt sich solch eine Einladung entgehen!
Der Inhalt des Kongresses war ein globales, Nationen und Kulturen übergreifendes, interdisziplinäres Brainstorming. Ein detailliertes Programm war beigefügt.
Themen von Arbeitstag eins sollten Möglichkeiten und Chancen eines reaktivierten, globalen wirtschaftlichen Wachstums sowie einer deutlich verbesserten Zusammenarbeit sein.
Am zweiten Tag sollten Ideen zur verbesserten globalen Bekämpfen von Gewalttaten gefunden werden.
Für Tag drei waren Themen wie die drohende Überalterung der Weltbevölkerung und klimatische Veränderungen angesetzt. Außerdem sollte das Ungleichgewicht in der explosionsartigen Vermehrung der Bevölkerungen in sogenannten Schwellenländern und gleichzeitig der Schwund und das mangelnde Wachstum in den sogenannten Industrienationen Thema sein.

Der Kohlenstoffdioxydausstoß und die Stickstoffproblematik waren Randthemen des dritten Kongresstages.
Tag vier war dem Thema Drogen und einem möglichen Beschluss oder Aufruf der Teilnehmer gewidmet, Bingo! schallte es durch Joe`s Kopf!

Abgerundet wurde das Ganze von einem neunstündigen Zwischenstopp in Singapur während des Hinfluges, die Entfernung war für einen Non–Stopp–Flug einfach zu lang.
Nach der Ankunft in Auckland sollte der Transfer in den „Shakespeare Regional Park" erfolgen, dort war ein Tag zur freien Verfügung und zum Relaxen eingeplant.
Der Rückflug war dann abermals mit einem Stopp in Singapur verbunden, dieses Mal aber nur knapp zwei Stunden.
Alles in allem, eine schön ausgefüllte Woche!

Das Ganze wurde von mehreren, global operierenden Firmen gesponsert.
Die Schirmherrschaft hatte die A.A.S. Ltd. übernommen.
Irgendetwas war für Joe nicht stimmig? Das übliche Werbegeschrei und Marketinggedudel fehlten völlig!
Absolut unverständlich, warum ein solch hochrangig besetzter Kongress nicht mehr in der Öffentlichkeit beworben wurde? Diese, gerade diese Art von Sponsoren, schmückten sich sonst doch mit jedem möglichen Federchen?
Hatten die ihre soziale Ader entdeckt?
Oder hatte das Internet irgendetwas gefressen?
Merkwürdig. Er schüttelte heftig den Kopf!

Es kristallisierte sich heraus, dass die Einladung für zwei Leute aus der Redaktion galt, Joe und Dirk Remmiz waren „auf Grund ihrer profunden und vielseitigen Kenntnisse und ihrer hervorragenden, journalistischen Detailarbeit" ausdrücklich als Teilnehmer gewünscht.
Um eine kurzfristige Zusage wurde gebeten.

Die Daten für Flug und Hotel würden umgehend zur Verfügung gestellt, First-Class und kostenlos, irgendwie verrückt!
Schon in der Folgewoche, am Montagmorgen sollte der Flug ab Frankfurt starten. Die nötigen Beschlüsse waren in der Redaktion schnell gefasst. Über aktuelle Reisepässe brauchte man heute nicht mehr zu diskutieren, die wurden bei Journalisten genau wie bei Normalbürgern durch den PAS ersetzt. Und über die Bereitschaft zum Reisen gab es in dem Berufsstand sowieso keine Fragen.
Lenie blickte betreten und sehr enttäuscht drein.
Joe sah ihr an, dass sie gerne seine Begleitung gewesen wäre. Ihm ging es ja ähnlich.

Doch Planung bedeutet oft auch nur, den Zufall durch den Irrtum zu ersetzen.
Samstags herrschte plötzlich helle Aufregung. Dirk hatte ein paar Besorgungen gemacht, in seiner Eile war er eine Rolltreppe im Einkaufscenter heruntergelaufen.
Blöd war, dass er am unteren Treppenende ins Straucheln kam. Er war sich sicher, über ein gestelltes Bein gestürzt zu sein, aber kein Übeltäter war auffindbar!

Letztendlich stolperte er so unglücklich, dass er sich dabei einen komplizierten, treppenförmigen Bruch des linken Schienbeins kurz über dem Knöchel zuzog!
Damit war an einen Flug nicht mehr zu denken. Auch nicht bei den heutigen Möglichkeiten der Medizintechnik.
In einer Blitzaktion und unter Aufbietung aller möglichen Beziehungen der German News wurden der Flug und das Hotel in Auckland auf Neuseeland umgebucht.

Joe`s Begleiterin war jetzt, zu ihrer beiden großen Freude, Lenie.

12.2 Horten

Dr. Munk hatte es sich nicht nehmen lassen, seine beiden Delegierten zum Frankfurter Großflughafen zu begleiten. Gepäckaufgabe und Check-In waren schnell erledigt. Von dem Trubel früherer Zeiten waren sie hier am Abflug „B" heute weit entfernt.

Fliegen war teuer geworden. Sehr teuer! Nicht nur wegen dem deutlichen Mangel am Kerosinmarkt.

Biotreibstoffe waren zwar mittlerweile auch im Bereich Avionik zugelassen, allerdings konnten die produzierten Mengen den Bedarf bei Weitem nicht decken. Und Wasserstoff war im Flugzeug im Gegensatz zur Schifffahrt keine echte Alternative.

Es hatte hinreichend Versuche mit dem Teufelszeug gegeben. Super Triebwerksleistung, lange Standzeiten bis zur Triebwerksüberholung, relativ geringe Treibstoffkosten pro Flugstunde.

Wasserstoff, tolle Technik, alles wunderbar!

Nur- technische Defekte waren auch nach mehr als hundert Jahren Luft- und Raumfahrt nicht auszuschließen. Und gerade im Langstreckenflug saßen die Crew und die Passagiere im Prinzip auf einer gut gefüllten Wasserstoffbombe.

Wenn da etwas schief ging - und es war einige Male in den letzten Jahren etwas schief gegangen - dann brauchte man noch nicht mal mehr nach der Unglücksursache zu suchen.

Die Explosionen, die dann stattfanden, waren wirklich abartig! Da blieben dann selbst von einem Großraumflugzeug nur noch Krümel übrig.

Das Umdenken wurde durch einen grauenhaften Unfall damals in Stockholm eingeleitet.

Eine Transportmaschine, ein umgebauter Dreamliner von Boing, hatte beim Start in Spanien einen Reifendefekt am Hauptfahrwerk erlitten. Der Start konnte nicht mehr abgebrochen werden, die Geschwindigkeit war zum Zeitpunkt, als der Reifen platzte, bereits zu hoch. Also abheben und alles für eine kritische Landung vorbereiten.

Ein oder auch zwei platte Reifen am Hauptfahrwerk sind eigentlich kein großes Problem.

Also Treibstoff (ergo: Wasserstoff) ablassen, und dann nix wie runter.

Alltagsroutine für erfahrene Piloten.

Zu einem Problem wurde das Ganze, als sich über Stockholm dann das Hauptfahrwerk nicht mehr korrekt ausfahren ließ! Irgendwelche Reifentrümmer blockierten wichtige Teile!

Also kam es zu einer Bauchlandung auf einem Schaumteppich. Der Treibstoffvorrat des Fliegers war weitestgehend abgelassen, alles schwierig, aber beherrschbar.

Aber dann brach die Maschine aus unerklärlichen Gründen sehr früh auf dem Schaumteppich aus! Sie schlidderte quer über das Vorfeld und krachte in einen Airbus. Und der hing just in dem Moment an der Wasserstofftankanlage. Der Airbus drehte sich um seine eigene Achse, riss die gesamte Tankeinrichtung ab. Eine Stichflamme schoss durch sämtliche Sperrvorrichtungen bis in den Haupttank des Flughafens!

Die Explosionen waren bis in den tiefsten Süden von Stockholm zu spüren, der Flughafen Arlanda war danach eigentlich nur noch ein Trümmerhaufen.

Die wahre Zahl der Toten konnte nie ermittelt werden.

Joe spürte wieder dieses mulmige Gefühl im Magen, wie sich seine Nackenhaare aufrichteten, wie Panik in ihm aufstieg.

Er gab sich einen Ruck! Diesen Job noch, mit und vor allen Dingen, auch wegen Lenie. Dann würde er sie nach einem langen, gemeinsamen Urlaub fragen. Auf der Reise konnte man dafür sicherlich gute Vorarbeit leisten.

Der reine Passagierflug war nach diesem Unglück wegen der immensen Kostensteigerungen bei den Treibstoffen deutlich zurückgegangen. Der Schwerpunkt der Fliegerei hatte sich eindeutig auf das Thema Frachten verlagert.

Dr. Munk verabschiedete Joe und Lenie herzlich, er wünschte guten Flug und vor allen eine baldige und gesunde Rückkehr.

Ganz gegen seine Art schüttelte der den beiden nicht nur die Hände, er stellte seinen Krückstock zur Seite und nahm beide nacheinander herzlich in den Arm!

„Joe, Lenie, ich bin alt und habe ein merkwürdiges Gefühl im Bauch! Mir ist, als würde ich euch beide heute zum letzten Mal sehen!"

Seine Stimme war deutlich erkennbar belegt und rau.

Sie konnten ihn dann doch noch beruhigen. Mit müden Schritten wandte sich Dr. Munk dem Ausgang des Terminals zu. Im Gegensatz zu seinen sonstigen Gepflogenheiten drehte er sich allerdings nicht einmal mehr um. Die Ereignisse der jüngsten Vergangenheit lasteten wohl sehr schwer auf seinen mittlerweile tief herabhängenden Schultern.

Da sie noch ein wenig Zeit hatten, suchten sie die Aussichtsplattform auf, um ein wenig auf`s Vorfeld hinaus zu sehen. Diese Plattform war Teil des weit vorspringenden Hallenvordaches. Über die Verglasung im Boden konnte man das Be- und Entladen der verschiedenen Flugzeugmuster von oben beobachten.

Überwiegend Frachtmaschinen standen dort. Dreamliner von Boing, Jumbos, verschiedene Airbusmodelle. Im Hintergrund waren noch vereinzelt ein paar andere klassische Flugzeugmuster zu sehen. Manchen der Flugzeuge sah man die nachträgliche Umrüstung auf Frachter noch an.

Aus dem rechten Winkel des Blickfeldes schwebte ein dreiecksförmiges Gebilde heran, ein Horten!

Joe war sofort hellauf begeistert, die Dinger fand er faszinierend.

Lenie sah ihn entsetzt an: „Mit so einem Ding sollen wir fliegen?"

Joe nahm sie in den Arm: „Ja Lenie, keine Sorge. Du wirst sehen, besser, komfortabler und sicherer wie in jedem Jumbo oder so! Wirst schon sehen."

Zwischenzeitlich hatte der Horten eine Bilderbuchlandung hingelegt! Obwohl die rot-weiß gestreiften Windsäcke heftig-böigen Seitenwind angezeigt hatten.

Unter dem Fenster hatte ein Pusher damit begonnen, einen weiteren Horten an die Einstiegsrampe heranzuschieben. Von oben sah man die tiefschwarze, glänzende und hoch aufgewölbte Tragflächenoberseite des Nurflüglers.

Ein Bumerang förmiges Dreieck, mit ausgeprägten Winglets zur Verbesserung des Strömungsabrisses an den Tragflächenenden.

Die beiden doppelten Triebwerksgondeln waren neben den Konturen der Kabine kaum auszumachen. Der Bug endete in einer kurzen Spitze mit kleinen Vorflügeln.

An die längliche Kuppel der Kabine schloss sich das Mittelteil des stark gepfeilten Flügels an. Dort war ein stark nach hinten gefeiltes, deutlich V- förmig angestelltes und schlankes Doppelseitenleitwerk angebracht. Den Grund der V-förmigen Seitenleitwerke bildete ein in einem schuppenförmigen Bogen nach hinten auslaufendes Höhenruder.

Fenster in der Passagierkabine gab es von hier aus nicht zu erkennen.

In diesem Moment wurden sie auch schon zum Einsteigen aufgefordert. Lenie hakte sich fest bei Joe ein, gab ihm lachend einen Kuss auf die Wange: „Dann will ich mich mal dir und deinem Wissen anvertrauen, du kleiner Technokrat. Wir haben jetzt nahezu vierundzwanzig Stunden Flug vor uns, ich hoffe, du kannst mich in der Zeit zu einer Hortenexpertin machen!"

Joe gab den Kuss lachend zurück: „Dann präge` dir mal das Bild von hier oben ein, das werden interessante Stunden."

An den Kontrollstellen zur Rampe loggten sie sich über ihre PAS ein, diese erhielten im Gegenzug einen Code, mit dem die Geräte auf Flugmodus automatisch umgeschaltet wurden.
Das Heck des Hortens stand unter dem weit auskragenden Vordach der Abfertigungshalle.
Die Rampe war bereits in die Einstiegsposition gefahren, sie endete kurz hinter dem Höhenruder des Horten-Nurflüglers. Am Flugzeug war ein Teil des hinteren, leicht kuppelförmig gewölbten Kabinendaches weit nach oben geschwenkt.
Darunter kam der Einstieg des Hortens zum Vorschein. Begrenzt wurde dieser Einstieg rechts und links durch aufragende Einbauten, das waren Küche, Toiletten und Ruheraum für die Crew, wie Joe erläutern konnte.

Einem Finger gleich schob sich ein Laufband aus der Front der Einstiegsrampe. Mit respektvollem Abstand tauchte es vorsichtig zwischen das V-förmige Seitenleitwerk. Nachdem es ein Stück weit unter das hochgestellte Kabinendach getaucht war, senkte es sich leicht zitternd ab. Mittlerweile war aus dem Heck des Hortens eine fünfstufige Treppe nach oben geschwenkt worden. Die oberste Stufe war besonders tief und Blutrot lackiert und mit zwei dicken, schwarzen Kreuzen markiert.
Diese Trittstufe diente nun dem Laufband als Auflage, dabei wurde das Band in den beiden schwarzen Kreuzen mit einem deutlichen, harten Klacken arretiert.
Aus den Seiten des Laufbandes schwenkten Geländer nach oben, die Passagiere wurden blockweise auf das Laufband zum Aussteigen entlassen. Immer vier nebeneinander, drei hintereinander.
So einen Aufriss konnte man sich auch nur in der Luftfahrt erlauben!

„Meine Güte, Joe, hat das Ding den auch Notausstiege? Und warum keine Fenster, da sehe ich ja gar nichts!"

„Keine Bange, Notausstiege sogar mehr als bei normalen Flugzeugen. Im Rumpf sind für die maximal 358 Passagiere und die sieben Crew-Mitglieder insgesamt sieben Notausgänge eingebaut. Alle mit faltbaren Rutschen, wie wir sie schon seit Jahren kennen. Die internationalen Standards für die Notevakuierungen werden damit locker eingehalten.
Sicherlich sind die Sitzaufteilung und auch die Lage der Notausstiege sehr komplex strukturiert. Das ist jedoch der Tatsache geschuldet, dass wir es hier mit einem Nurflügler ohne klassischen Rumpf zwischen Tragfläche und Leitwerk zu tun haben!

Wir haben also je Rumpfseite zwei Notausgänge. Je Seite einer im Bugbereich und etwa in Rumpfmitte. Dazu noch ein je zentraler mittig vor der Pilotenkanzel sowie hinten, zwischen den Seitenleitwerken. Insgesamt also sechs. Und Fenster, Leni, die schwächen nur die Struktur der Zelle. Und brauchen oder nutzen kannst du sie eh` nur bei Start und Landung, meistens jedenfalls. Die gibt es beim Horten heute nur noch im Bug, für die Crew. Den Rest übernehmen heute große Bildschirme, mal von den Spitzenplätzen ganz vorne abgesehen."

Es war Zeit, einzusteigen. Die technischen Details und die Sitzeinteilung verblüffte Lenie total.
Bedingt durch die Rumpfform des Nurflüglers ähnelte die Sitzanordnung einem Eioval, mit der Spitze im Heck.
Wie bei klassischen Flugzeugen üblich, gab es einen relativ breiten Mittelgang, vom dem aus Seitengänge zu den Notausstiegen abzweigten.
Darüber hinaus gab dort, wo das Eioval am breitesten war, zusätzlich links und rechts je einen weiteren, schmalen Längsgang. Aber dort saßen eben auch bis zu zwanzig Passagiere nebeneinander, aber halt in vier Gruppen je fünf Passagiere. Natürlich diente dieses

Gängesystem vorrangig dem Komfort beim Service oder Ein- und Aussteigen.

Die ersten beiden Sitzgruppen hinter der Pilotenkanzel bildeten in diesem Anordnungssystem eine Besonderheit. Wie in einem Kino lagen sie stufenartig tiefer wie die übrigen Sitzreihen. So konnten die Passagiere eben dieser ersten Sitzgruppen wie im Kino über die vor ihnen Sitzenden hinweg schauen. Leicht Bogenförmig schmiegten sich diese beiden ersten Sitzreihen um die Pilotenkanzel. Sie bestanden rechts und links aus je zwei Blöcken mit acht Sitzen.
Diese Sitzreihen lagen in unmittelbarer Nähe der Notausgänge im Bug. Zum freudigen Erstaunen von Lenie wurde sie mit Joe zu den vordersten Sitzreihen dirigiert!

In die Türen der Notausgänge waren die Sitze für die siebenköpfige Crew integriert. Die Stewards oder Stewardessen konnten sich, wie gewohnt aussuchen, wo sie sitzen wollten.
Es erfolgte das übliche Gewusel, das Handgepäck (nur die Hälfte des sonst üblichen war bei diesem Flugzeugmuster möglich) wurde unter den Sitzen verstaut. Irgendwo gab es eben auch beim Fliegen Kompromisse!
Dann erfolgte das Stewardkabarett, also die üblichen Ansagen zu Flug, Notausstiegen usw.
Daran hatte sich bis heute nichts geändert.
Ein leichter Ruck ging durch die Maschine, der Käpt`n meldete sich mit seiner klassischen Begrüßungsansage. Zeitgleich wurde die verglaste Trennwand zwischen Kabine und Pilotenkanzel auf transparent umgeschaltet. Die in den vordersten Reihen Sitzenden konnten dem Piloten und Co–Piloten über die Schulter, bei ihrer Arbeit zusehen.
Erstaunlich für alle Laien war die geringe Anzahl großer, sehr breiter Bildschirme. Dieser Eindruck änderte sich schlagartig, als der Kapitän die Anzeigen hochfuhr, nun wurden die Bildschirme in viele Einzelsegmente und Anzeigen unterteilt.

Über die gesamte Front der ersten Sitzreihe wurden jetzt mit leichtem Rumoren Blenden vor den Fenstern hochgeklappt. Joe und Lenie konnten dadurch das Schauspiel des Roll–Out`s zur Startposition und den Start aus der besten Position beobachten.

„Mensch, Joe, warum lassen die die Fensterläden nicht während dem ganzen Flug offen?"

Joe lachte: „Lenie, das sind keine Fensterläden, das sind Landeklappen zur Verbesserung des Auftriebes bei Start und Landung. Später dienen sie dem Schutz der Verglasung während dem Flug, außerdem sind wir so besser vor der UV-Strahlung in großen Höhen geschützt. Du wirst sehen, spätestens über den Wolken macht der Käpt`n seine Kanzel wieder blickdicht. Dann wird hier ganz anderes, großes Theater geboten!"

Lenie schüttelte staunend den Kopf, das war für sie schon langsam Zuviel an Technik. Angst schwang in ihrer Frage: „Hält denn das mit dem vielen Glas, Joe?"

„Keine Bange, Lenie, keine Bange. Eigentlich ist das ja schon eine mehr als hundert Jahre alte Technik!"
Und als er die staunende Verwunderung in ihren Augen sah, fügte er hinzu:
„Schon um 1930 gab es bei einem der wenigen, großen Landflugzeuge, der Junkers G38, Passagierplätze in den Tragflächen, mit Verglasung! Und das war nicht der einzige Typ mit einer solchen Ausstattung!
Aber damit konnte der alte Junkers gegenüber seinem Konkurrenten Dornier, der sich auf Flugboote wie die Do X verlegt hatte, richtig punkten!"
Lenie schüttelte verständnislos staunend den Kopf!

Der Start verlief reibungslos, schon wenige Meter über der niedrig hängenden Wolkendecke blitzte das strahlende Azurblau des Firmamentes auf. Doch nur kurz, dann waren die Landeklappen eingefahren, die Fenster damit verschlossen. Die Kanzel der Piloten versank erneut im tiefen Schwarz.

Getränke wurden gereicht, beide orderten sich einen Dornfelder. Die Luftverkehrsgesellschaften hatten gelernt, gute Rotweine gab es, obwohl mittlerweile eine Rarität, auch in Deutschland.

Lenie krümelte sich liebevoll an Joe: „So, mein lieber Technicus, jetzt erzähl mir mal was von Firma oder Herrn Horten. Da haben sich ja die Freaks von der Technikfraktion mal wieder etwas völlig Neues ausgedacht! Und deine ersten Lektionen habe ich mittlerweile verdaut!"

Joe prostete ihr zu und nahm einen tiefen Schluck: "Du wirst überrascht sein, Lenie! Die ersten Muster dieser Flugzeugbauart, Nurflügler mit Strahltriebwerk, so wurden die Vögel und ihre Antriebe damals genannt, haben die Brüder Horten gegen große Widerstände bereits im zweiten Weltkrieg gebaut. Sie kamen jedoch über ein paar Versuchsmuster nicht hinaus. Amerikaner haben später, als sie ihre ersten Stealth-Bomber bauten, festgestellt, dass diese Form, also ein Bumerang ähnliches Dreieck, auf dem normalen Radar kaum zu erkennen ist. Also Tarnkappentechnik vom Feinsten, und das schon im zweiten Weltkrieg! Bis heute halten sich Gerüchte, dass die Ami`s bereits in den fünfziger Jahren des letzten Jahrhunderts mit den ersten Dingern, noch Originale nach den Mustern von Horten, Versuche in den Staaten unternommen haben. Zumindest stieg dort und damals zeitweise die Zahl der UFO-Sichtungen dramatisch an! Die Menschen haben die Dinger schlicht für Ufos gehalten!"

Lenie sah Joe mit großen Augen an: „Das ist jetzt nicht dein Ernst! Das sind dann ja schon fast hundert Jahre, von der ersten Entwicklung bis heute!"

Es war an Joe, zu lachen: „Ja Lenie, da hast du Recht.
Manche Dinge sind einfach ihrer Zeit voraus, gerade in
der Technik. Als man vor etwa zehn Jahren diese
Bauform in Europa wiederbelebte, hat sich dann sehr
schnell der Begriff „Horten" als Gattungsbezeichnung für
diese Flugzeugtypen eingebürgert.
Wenn das auch manche Ewig–Gestrige in den Behörden
nicht gerne sehen, die Brüder Horten haben diese späte
Ehre durchaus verdient!
Die Flugeigenschaften diese Modelle wurden anfänglich
oft als sehr kritisch eingestuft. Heute, bei den
Rechnerleistungen in der Technik und ganz besonders im
Flugzeugwesen, ist das kein Thema mehr.
(und als er den nachdenklichen Blick von Lenie sah, fügte
er ergänzend hinzu)
Es war die Summe der Details, die die Vorzüge dieser
Bauform erst richtig zur Geltung brachten. Die Vorflügel,
die Winglets, die relativ starke Überhöhung des
Kabinenmittelteils ist vorteilhaft für die Festigkeit der
Struktur, dass Höhen- und Seitenleitwerk hat ganz
besonderen Anteil an den heute gutmütigen
Flugeigenschaften.
Angeblich ist auch, wo immer es möglich war, nach den
mathematischen Regeln des goldenen Schnittes
gearbeitet worden."

Ein verständnisvolles Leuchten glitt über Lenies Gesicht
„Davon habe ich auch schon gehört, meinte Lenie, das
wussten doch schon die alten Griechen – Euklid - wenn
ich mich nicht irre?"

„Richtig, entgegnete Joe, dieses Verhältnis von 61,8 etwa
zu 38,2 hat im Bauwesen und in der Physik oft schon zu
verblüffenden Ergebnissen geführt. Und in der Kunst
wirken so gestaltetet Gegenstände oft besonders
harmonisch.
(und wiederum nach einer kurzen Verdauungspause für
Lenie`s Geist)

Bei diesen Dingern hier hat die Anwendung dieser Formel angeblich sehr zu dem extrem geringen Treibstoffverbrauch beigetragen. Übrigens genauso, wie auch die schwarze Rumpfoberfläche beiträgt, da sie in großen Höhen die Auftriebssituation durch thermische Effekte nochmals verbessert. Oder auch der schuppenartig strukturierte Speziallack. Der absolute Knaller ist jedoch das Fahrwerk!"

„Ja, meinte Lenie. Ist mir aufgefallen. Die Haupträder sitzen ja wirklich ganz extrem weit außen!"

„Genau das. Hast du gut beobachtet! So ein Fahrwerk bringt irre Kräfte in die Rumpfstruktur ein, deswegen sitzt das Hauptfahrwerk bei klassischen Flugzeugmustern auch in aller Regel im Rumpf oder unmittelbar daneben.
Wir haben auf Grund der klimatischen Veränderungen aber mittlerweile sehr häufig mit plötzlichen Winden zu tun. Die werden in der Luftfahrt Scherwinde genannt, wenn sie quer zum Flugzeug auftreten.
Und genau diese Scherwinde sind von den Piloten gefürchtet wie der Teufel. Eben weil ein klassisches Flugzeug in Querachse bei Start und Landung einfach nicht viel Schräglage verträgt.
Und du hast ja mehrfach mitbekommen, welch` grauenhafte Unfälle es da in den letzten Jahren deswegen vermehrt gegeben hat!"

Lenie nickte zustimmend, mit betroffenem Ton in der Stimme. „Oh ja, Joe, das weiß ich, das wissen wir zur Genüge. Eine Großtante von mir ist so vor vielen Jahren ums Leben gekommen. Damals hat es einen Flieger, einen alten Jumbo, beim Start, kurz und unmittelbar nach dem Abheben, mit der Tragflächenspitze in den Boden gedrückt. Und der hatte natürlich in dem Moment jede Menge Treibstoff an Bord. Kerosin war das damals! Grauenhafte Bilder!"
Sie schüttelte sich heftig bei dem Gedanken an die schreckliche Erinnerung.

„Naja, meinte Joe mit bitterem Lachen: und diese Dinger hier haben eine völlig andere Struktur, können ihre Hauptfahrwerke daher sehr weit außen anordnen. Sind deswegen schon mal bei Veränderungen der Querlage nicht mehr so empfindlich. Außerdem reagiert diese Flugzeugform kaum auf Scherwinde. Also, alles Bestens!"

Mit einem tiefen Seufzer kuschelte sich Lenie an Joe. Eine warme Hand zwängte sich zwischen den Knopfreihen seines Hemdes hindurch, legte sich wärmend auf das Sonnengeflecht, zwischen Brustkorb und Magengrube. Ein ihm wohlbekanntes Zeichen, Lenie wollte jetzt nur noch Ruhe und wärmende Nähe.
Damit war auch klar, genug der Technik!

Zwischenzeitlich wurde das Unterhaltungsprogramm gestartet. Während die Passagiere auf den hinteren Sitzreihen sich mit kleineren 3D Monitoren begnügen mussten, konnten die auf den vordersten vier Sitzreihen Sitzenden holographische Darstellungen genießen.
Joe hatte ihren Platz bereits in der Redaktion nach der Programmvorschau ausgewählt. Backbordseitig, also links, wo sie beide saßen, wurde ein Klassiker aufgeführt.

Nabucco, im Original, auf Italienisch.
Sie griffen nach den Kopfhörern, räkelten sich gemütlich in die Sitze hinein und genossen aneinander kuschelnd und später Händchen haltend die Darbietung.

12.3 Die Fähre
Den Zwischenstopp in Singapur nutzten sie zu einem kurzen, aber vergnüglichen Stadtbummel. Das schwül–warme Klima war für den an Novembergrau gewöhnten Europäer eine Herausforderung. Dazu kam eine beeindruckende Vielfalt neuer Gerüche und Düfte. Zum Mittagessen hatten sie Vorsichtshalber nach europäischen Gerichten Ausschau gehalten.

In einem kleinen, in einer Seitenstraße liegenden Restaurant fanden sie das Gesuchte. Ein Taxifahrer hatte es ihnen empfohlen.
Dort trafen sie zu ihrer Verwunderung noch mehr Gäste aus ihrem Flug an. Unter anderem eine Gruppe von sieben Afranern, die in den hintersten Sitzreihen des Hortens ihren Platz hatten. Ein Gespräch kam nicht zustande, die Afraner verhielten sich sehr abweisend und kühl, ja reserviert.
Zwei der vier Männer und eine der Frauen machten auf Joe einen merkwürdigen Eindruck.
Er diskutierte mit Lenie leise und diskret darüber, als sie wieder beim Bummeln waren.
„Joe, du könntest Recht haben, irgendetwas stimmt mit den dreien nicht. Sie erinnern mich in ihrem Verhalten an Autisten! Über diese Art der Behinderung habe ich in meinem ersten Volontariat mal geschrieben!"
Joe antwortete mit einem verständnislosen Kopfschütteln. Noch so was Merkwürdiges!
Das Gespräch wurde jedoch nicht weiter vertieft. Ein Wolkenbruchartiger, warmer Regen hatte eingesetzt. Der Run auf die Taxi` s begann, sie waren heilfroh, als sie eines ergattert konnten.
Hier, in diesem Teil der Welt, hatte sich die Elektromobilität erstaunlicherweise noch nicht in dem Maße durchgesetzt, wie das in Deutschland oder in Europa oft der Fall war.
Allenthalben konnte man den Lärm klassischer Motoren vernehmen. Der Abgasgestank war eine permanente Beleidigung der Nase!
Der Fahrer schien die Fahrt zum Flughafen als freies Training für ein Speed–Rennen missverstanden zu haben. Joe und Lenie bangten um ihr Leben, während der Fahrer fröhlich und zwitschernd vor sich hinsang.
Der gequälte Motor des Gefährtes gab währenddessen ordinäre Laute von sich!

Sie schafften es trotz widriger Erwartungen unfallfrei und rechtzeitig zum Airport. Wieder stand ein Horten bereit. Am Hoheitszeichen konnte man erkennen, es war eine andere Maschine. Auch die Crew hatte mittlerweile gewechselt.

Start und Flug verliefen reibungslos.
Neben Joe und Lenie hatte ein älteres Paar seine Plätze eingenommen. Die beiden kamen wohl auch aus Deutschland, sie diskutierten leise über das Programm „Würdevoller Abschied", diese absurde Idee der Zentralsozialkasse. Über Vor- und Nachteile.
Hellhörig wurden Joe und Lenie, als die beiden Alten Gerüchte diskutierten. Gerüchte, wonach bei ärmeren Bürgern die Verweildauer im Sanatorium der Endphase in der Regel eher und meistens kurz, sehr kurz ausfiel...
Lenie und Joe sahen sich vielsagend, aber schweigend an. Auf dieses Thema einzugehen, war jetzt leider nicht die richtige Zeit.

Der Landeanflug auf Auckland war allerdings- ähnlich wie in Singapur, eine Klasse für sich.
Mit einem Gong wurde die Aufmerksamkeit der Passagiere auf die Pilotendurchsage gelenkt.
Die Innenbeleuchtung wurde heller, sie passte sich den Lichtverhältnissen „draußen" an.
Dann hörte man das Rumoren von elektrischen Antrieben, die Landeklappen schoben sich zurück. Der Blick wurde frei auf einen in Azurblau strahlenden Himmel.
Weiter hinten im Rumpf wurde der Landeanflug in 3D live auf alle Monitore übertragen.

Zu ihren Füßen, scheinbar zum Greifen nahe, Wolkenfetzen und tief darunter die Ausläufer einer Stadt. Stecknadelgroße Wesen bewegten sich, Menschen. Hart, sehr hart reagierte der Horten auf kleinste Veränderungen der Luftdichte, auf sogenannte Luftlöcher.

Joe erinnerte sich, mal mit Dirk über dieses Verhalten des Flugzeuges diskutiert zu haben. Klassische Flieger wie der Airbus oder der Dreamliner haben auf Grund der Elastizität der weit auskragenden Tragflächen die angenehme Eigenschaft, Luftlöcher elastisch abzufedern.

Ein Horten mit seiner extrem steifen Struktur konnte das nicht. Dirk hatte stets den Vergleich zwischen der watteweichen Federung eines alten Rolls Royce und der knüppelharten eines Rennwagens gezogen.
Die neueste Horten Generation verfügte daher im äußersten Tragflächendrittel über eine bewusst hinein konstruierte Elastizität.
Jetzt kam der Belastungstest für die Passagiere der ersten Reihen. Plötzlich stürzten graue Wände auf das Flugzeug ein, es gab kein oben, kein unten.
Der Flug durch die zum Greifen nahen Wolken war immer wieder ein besonderes Erlebnis!
Dann tauchte urplötzlich und riesengroß das Rollfeld unter ihnen auf. Sie schienen regelrecht darauf zuzustürzen.
In dieser Sekunde wurde der Horten in einer scharfen Kurve nach rechts oben abgefangen, er drehte sich um fast 180°, nahezu auf der rechten Tragflächenspitze stehend.
Die Schwerkraft presste alle in ihre Sitze.
Der Pilot baute mit diesem scharfen Slip auf kürzester Strecke Geschwindigkeit ab. Die linke Tragfläche gab sanft nach. In Horizontallage schwebte der Horten noch wenige Meter über der Rollbahn, ehe er butterweich aufsetzte und kurz ausrollte.
Es ist für den Normalbürger wohl doch ein erheblicher, mentaler Unterschied, ob er im Landeanflug aus dem seitlichen Seitenfenster eines „Normalfliegers" herausschaut, oder ob sich vor ihm eine gläserne Panoramafront auftut!
Und ob der Boden und die Landepiste plötzlich zum Greifen nahe auf ihn zustürzen!

Das Auschecken und Abholen des wenigen Gepäcks gingen reibungslos. Im Gegensatz zu den anderen Passagieren würdigte sie der exotisch aussehende Zöllner Trupp keines Blickes, man winkte sie beide einfach durch.

Glück muss der Mensch haben, dachte Joe bei sich.
Für den Shuttleservice zum Hotel, einem Vier-Sterne-Haus, hatten sie die Fähre gewählt. In einer guten Stunde würde sie nur wenige Taximinuten vom Hotel entfernt anlegen. Im Bus hätten sie sowieso nur erneut eingekeilt zwischen anderen Passagieren gesessen.

So ergab sich eine gute Gelegenheit, die Füße ein wenig zu vertreten und gleichzeitig eine ordentliche Prise frische Meeresluft zu schnuppern!
Sonne auf der Haut, frische, salzige Meeresluft, eine sanfte Brise, Lenie im Arm! Joe`s Blut wallte in Vorfreude auf die Überfahrt, die kommenden Nächte.
Noch beim Check-In, in der Warteschlange, legte er Lenie die Hand auf die Schulter. Kraulte leicht ihren Nacken. Der leichte Druck, mit dem sie an ihm lehnte, wurde stärker.
Die Zartheit dieses Nackens faszinierte Joe stets aufs Neue. Prompt stieg Erregung in ihm auf! Er zog seine Hand zurück, diese Erregung sollte noch ein klein wenig warten!

Die Fähre war ein altmodischer, strahlend weiß gestrichener Kahn, der beim Ablegen mächtige Rußwolken aus seinen beiden Schornsteinen blies.
Aber sie waren ja nicht wegen der antiquierten Schifffahrt hier, und neue Technologie hatten sie in den letzten Stunden schon zur Genüge erleben dürfen.
Bei traumhaftem Südseewetter konnten sie jetzt die Überfahrt an der Reling entlang bummelnd genießen.
Eine entspannende Wohltat nach den langen Flugstunden.
Dazu ein nahezu spiegelglattes Meer, exotische Vögel und jede Menge kreischender Möwen in der Luft. Menschen

mit fremdartigem, exotischem Aussehen und freundlichem Wesen ringsumher.
Es schien, als stünden sie an der Tür zu einem unbekannten Paradies. Händchenhaltend genossen sie beide eng aneinander geschmiegt diese glücklichen Momente.

Der braungebrannte Kapitän stand hoch aufgerichtet auf der Brücke. Er hielt ständig ein Fernglas vor seinen Augen. In der Zeit von Satellitennavigation und Bildschirmtechnik eigentlich ein Anachronismus.
Irgendwie hatte Joe das Gefühl, der Käpt`n sei nervös und Lenie bestätigte ihm dieses Empfinden.
Die beiden hatte irgendwie kein gutes Gefühl, kaum dass die Fähre abgelegt hatte. Aber, es war zu spät für eine Umorientierung.
Sie hatten dem Gefühl nach etwa zwei Drittel der Strecke zurückgelegt, als die Alarmsirene der Fähre gellend die Aufmerksamkeit auf sich zog.
Unter der Besatzung brach schlagartig Hektik aus! Der Kapitän war blitzartig im Ruderhaus verschwunden. Die in breitem, neuseeländischem Englisch verbreitete Warnmeldung forderte die Passagiere auf, sofort unter Deck zu verschwinden. Dort sollten sie, soweit vorhanden, die Sicherheitsgurte nutzen oder sich zumindest festen Halt suchen.
Die Besatzung wuselte auf Deck umher, sie versuchten offensichtlich, Stahlplatten mit winzigen Sehschlitzen vor den Fenstern der Brücke hoch zu klappen.
Bevor sie das Deck verließen, suchte Joe noch einmal den Horizont ab. Er konzentrierte sich auf die Nord – nordöstliche Richtung, in die der Käpt`n zuletzt geblickt hatte.
Er erschrak, stieß kreidebleich Lenie an, die sich eng an ihn geklammert hielt.

Als er sie ansah, blickte er in vor Entsetzen unnatürlich weit aufgerissene Augen! Sie hatte es auch schon entdeckt!

„Du großer Gott, Lenie, sieh dir, dass mal an!" stieß Joe
aus!
Gemeinsam blickten sie jetzt nordöstlich!
Die sanfte Krümmung des Horizontes war auf breiter Linie
durch einen tiefschwarzen, dicken Strich unterbrochen.
Und dieser Strich verbreiterte sich mit rasender
Geschwindigkeit.

Das war eine gewaltige Monsterwelle, die auf sie zuraste!

Die Fähre hatte ihren Kurs geändert, in direkter Linie
strebte sie auf das am Horizont liegende Pier der Hobbs
Bay zu. Den Motoren wurde jetzt Höchstleistung
abverlangt! Deren nahezu kreischender Geräuschpegel
klang mittlerweile allerdings auch nicht mehr sehr
vertrauenerweckend!

Zwischenzeitlich hatten sich die Passagiere unter Deck
versammelt. Ein junger, unter seiner Bräune sichtlich
erbleichter Schiffsoffizier erschien. Er versuchte, die
Passagiere zu beruhigen:
„Auf die Hobbs Bay rollt im Moment eine Monsterwelle
von etwa dreiundzwanzig Meter Höhe zu. Die
Meteorologen hätten schon seit Tagen vor dieser
möglichen Entwicklung gewarnt."
Die Schifffahrt in diesem Teil der Welt kämpfte seit
nunmehr über zwanzig Jahren mit diesem immer häufiger
und immer plötzlicher auftretendem Phänomen.
Das Schiff sei durch zahlreiche Modifikationen sehr, sehr
sicher, betonte der Offizier noch ausdrücklich.
Man wolle mit äußerster Kraft voraus in die Hafennähe
gelangen, um dann mit einer scharfen 180° Wende den
Bug gegen die Welle auszurichten! Zum Anlegen würde
die Zeit allerdings nicht mehr ausreichen!
Auf das entsetzte Aufstöhnen der Passagiere fügte er
hinzu: „Das Schiff kann rechnerisch Wellen bis
achtundzwanzig Meter Scheitelhöhe abreiten"
Die Bildschirme in den Aufenthaltsräumen flackerten auf.

Alle für die Passagiere relevanten Daten würden dort nun permanent eingespielt werden, man solle auf das Team der Fähre vertrauen.
Trotzdem sollten bitte alle Passagiere schnellstens die unter den Sitzen liegenden Rettungswesten und dann die Sicherheitsgurte als reine Vorsichtsmaßnahme anlegen.

Mit diesen beschwichtigenden Worten verschwand der Offizier.

Joe half Lenie beim Anlegen der Weste. Es waren ganz altmodische Schwimmwesten, die keinen vertrauenswürdigen Eindruck machten.
Auf den Bildschirmen wurde in großen Lettern die Entfernung zum Festland und zur Welle angezeigt.
Der Schiffsrechner wurde offensichtlich permanent mit aktualisierten Sattelitendaten gefüttert, um den optimalen Zeitpunkt für die 180° Kehre zu ermitteln.
Diese Frist wurde in großen, roten Lettern als Count-Down angezeigt.
Die Bildschirme begannen zu flackern, als sich die Anzeige stabilisiert hatte, hatte der Count Down einen gewaltigen Sprung gemacht!
„Scheiße, schoss es durch Joe`s Kopf: da war doch wieder mal ein irrer Rechenfehler drin"
Noch bevor er Lenie etwas sagen konnte, rumorte es heftig im Inneren der Fähre.
Gleichzeitig bekam der Kahn heftige Schräglage nach links, was Entsetzensschreie unter den Passagieren auslöste.
Lenie war kreidebleich, aus großen Augen sah sie Joe verzweifelt an.
„Bleib ruhig, Lenie, bleib ruhig. Die versuchen im Moment mit der Ruderanlage und den Antriebsschrauben gemeinsam hart Steuerbord zu fahren, um den Bug des Kahns gegen die Welle aus zu richten. Schau` nur auf den Bildschirm, es scheint zu gelingen!" Er hatte seinen Arm um Lenie`s Hüfte gelegt und zog sie schützend an sich heran, soweit es die Sicherheitsgurte erlaubte.

Die Bildschirme zeigten nunmehr eine von rechts auf das Schiff zurasende Welle. Die erschien aus der Kameraperspektive bereits Turmhoch!

Passagiere schrien, andere beteten. Wieder andere trommelten verzweifelt gegen die verriegelten Türen.

Und wieder andere kotzten einfach nur hemmungslos vor sich hin!

Die Woge hatte nunmehr die gesamte Bildschirmbreite eingenommen. Eine dunkle, finster drohende Wand aus Gischt und Wasser beherrschte die gesamte Bildschirmfläche!

Dann ging alles rasend schnell!

Ein Ruck ging durch das Schiff, zugleich wurde der Bug bedrohlich steil angehoben. Über die Kameras war eine Wasserwand hinweggerauscht, grieselndes Grau nur noch auf den Bildschirmen!

Gefühlt stand der Kahn jetzt nahezu senkrecht im Wasser, den Bug steil aufragend in den Himmel gerichtet. Die Geschwindigkeit, das spürten alle, hatte ruckartig abgenommen. Man hatte den Eindruck, das Schiff sei abrupt zum Stehen gekommen.

Kackender, knirschender und zum Zerbersten vibrierenden Boden, der Stahl ächzte und schrie! Dieser Kahn drohte, jede Sekunde auseinander zu brechen!

Für eine gefühlte Ewigkeit schien der Kahn so unentschlossen in der himmelwärts gerichteten Steillage zu verharren.

Würde er sich rückwärts überschlagen, zur Seite kippen und Kentern? Panik schoss in Joe hoch, der Druck von Lenie`s Händen überschritt schlagartig die Schmerzgrenze!

Dann kippte das Ganze, mit der gleichen Steillage schoss der Kahn, rapide Fahrt aufnehmend, bergab. Zugleich verloschen die zuvor schon flackernden Lichter!

Abrupt und mit einem heftigem Schlag erreichte der Kahn das Wellental, um sich nach einer gefühlten Ewigkeit mit quälerischer Langsamkeit erneut auf zu richten!

Abgrundtiefe Schwärze füllte den Raum aus. Das Ganze Schiff war nur noch ein gellender Aufschrei von Menschen in Todesangst. Erneut ging ein fürchterlicher Ruck durch das Schiff, wieder begleitet von beängstigendem Knirschen und Krachen.

Eine zweite, deutlich schwächere Welle aus dem Nachlauf des Monsters hatte das Boot erneut getroffen.

Dabei rollte der Kahn bedächtig nach Backbord, er schien nahezu fünfundvierzig Grad Schräglage zu bekommen, – um im nächsten Moment nach Steuerbord zurück zu rollen.

Dieses Rollen wiederholte sich mehrfach, die Kränkung ließ dabei von Mal zu Mal nach. Auch die Motoren hatten ihre Leistung wohl etwas zurückgefahren. In diesem Moment flackerten auch die ersten Lichter wieder auf.

Mit einem knirschenden Geräusch wurde die Tür - mehrfach ruckend, geöffnet. Offenbar hatte sie sich verzogen!

Der junge Offizier erschien, käsebleich und schweißgebadet, mit Blut verschmiertem Hemd. Eine mächtige, ebenfalls blutende Wunde an der Stirn. Einen Verband hatte er noch nicht.

Er bekreuzigte sich und verkündete mit bebender Stimme "Wir haben die Welle besiegt und danken unserem Käpt`n."

Erleichterter Beifall brandete auf.

12.4 Shakespeare Regional Park

Es hatte noch fast zwei Stunden gedauert, bis sie im Chaos der Hobbs Bay anlegen konnten.

Die Monsterwelle hatte ordentlich Schaden angerichtet.

Mittlerweile hatten sie durch eine Ansage des Kapitäns erfahren, das Wellen dieser Mächtigkeit und Geschwindigkeit doch sehr außergewöhnlich seien.

Auch hier, auf diesem Teil des Globus!

Einige Bootsstege waren nur noch Schrott.
Kleinere Boote lagen mit Schräglage im Wasser, bei dem
einen oder anderen versuchten Eigner oder wer auch
immer, offenbar Lecks ab zu dichten oder zumindest
eindringendes Wasser ab zu pumpen.
Noch während sie anlegten, versanken zwei dieser
kleinen Boote.

Welch ein Empfang!

Diesen ersten, freien Tag waren sie in der Gulf Harbour
Lodge untergebracht. Direkt am Harbour Village Drive
gelegen, nur wenige Meter von der Verlängerung der
Hobbs Bay entfernt.
Der Check-In war schnell erledigt, allerdings hätten sie
mehr Gäste in dem Haus erwartet.
Eine irgendwie eigentümliche Ruhe und Stille lagen über
dem Anwesen.
Die Zahl der Kongressteilnehmer und Journalisten waren
in der letzten Vorankündigung mit knapp vierzig
angegeben. Es war schon recht spät, also vielleicht daher
diese Stille?
Laut Programmablauf würden sie morgen den Tag über
entspannen können, an der Bay oder im Park. Nach mehr
als achtunddreißig Stunden Flug und Zwischenstopp
freuten sie sich beide auf eine heiße Dusche mit richtig
viel Wasser und auf ein gemütliches Bett.

Ein kurzer Rundgang führte sie in die traumhaften
Außenanlagen des Hotels. Toller Meerblick, ein kleiner,
schneeweißer, üppig verzierter Pavillon am Rande des
Pools.
Exotische, farbenprächtige Pflanzen wucherten im
Überfluss. Über all` dem lagen der Gesang und das
Schreien wilder, unbekannter Vögel!
Das Haus war in den vergangenen Jahren erweitert
worden, wie eine Tafel im Eingangsbereich verkündete.
Es verfügte über dreiundfünfzig Zimmer und Suiten.

Ihr Zimmer war ein geräumiger Traum mit Blick aufs
Meer und einem einzigen, superbreiten, richtig
einladenden Bett. Wie gemacht für Zwei!
Kein Vergleich mit dem schon „geräumigen Appartement"
von Joe oder gar Lenie`s Standard Unterkunft.
Das wenige Gepäck war schnell verstaut. Schade nur,
dass sie hier mit ihren PAS nahezu keinen Empfang
hatten. Aber das konnte auch bis Morgen warten.

Das Klima schien Auswirkungen auf das weibliche Gemüt
zu haben. Lenie war unter der Dusche deutlich heißer als
das Wasser aus dem Brausekopf!

Am nächsten Morgen waren sie zeitig unterwegs, sie
wollten ein ausgiebiges Continental Breakfast genießen.
Ihre Erwartungen wurden voll erfüllt.
Der Kellner bat um ihre Zimmernummer, um das
Frühstück einzubuchen.
Dann wollte er noch etwas über ihren Tagesplan wissen,
und ja, die übrigen hier eingebuchten Kongressteilnehmer
würden erst im Laufe des Tages eintreffen. Gegen Abend
sei ein gemütliches Essen für alle als Überraschung
geplant. Mit buntem Rahmenprogramm, wo und wie
genau dürfe er nicht verraten.
Na also, dachte Joe bei sich, da würde ja dann doch noch
ein wenig Leben in die Bude kommen!

Nach der ewigen Sitzerei wollten sie sich gemeinsam
ausgiebig die Beine vertreten. Den Schock der
Monsterwelle gab es auch noch zu verdauen.
Auf den angrenzenden Shakespeare Regional Park waren
sie durch ihre Recherchen kurz vor Reiseantritt
aufmerksam geworden.
Ihren freien Tag wollten sie nun dort verbringen....

Dieser Park liegt, wie auch das Hotel, auf der Nordinsel
Neuseelands. Also beides in unmittelbarer Nachbarschaft.
Nord-nordöstlich von Auckland gelegen, auf der weit nach
Osten ins Meer ragenden Halbinsel Whangaparaoa.

Man hätte auch über eine gut ausgebaute Straße dorthin gelangen können, aber die Entscheidung für die Fähre hatte ursprünglich eindeutig bessere Entspannung versprochen.
Und von Monsterwellen und ihren Folgen war im Prospekt kein Wort erwähnt worden...

Im Park standen ihnen drei Hauptwanderwege zur Auswahl. Sie entschieden sich für den Lookout Trail, den Empfehlungen der Rezeption zufolge sollte dieser ihnen die besten Aussichten bieten.
Das bestätigte sich auch tatsächlich während der Wanderung an vielen Stellen.
Die Aussichten auf ein oft grünblaues, friedlich schimmerndes Meer waren einfach grandios.
Das schwül-warme Klima, die exotische Vegetation mit ihren Düften, die vielen Tiere - ein Genuss für die Sinne.
Manchmal konnten sie ein huschendes Etwas in den Bäumen entdecken, in unterschiedlichsten Farben und Formen. Hier schien die Tierwelt noch in weiten Teilen intakt zu sein.
An einem geschützten Platz setzten sie sich ins Gras.
Joe musste auf Lenie`s eindringliche Bitte die Fläche erst mal im weiten Rund auf irgendwelche Viechereien absuchen...
Händchenhaltend schmiegte sich Lenie an Joe.
Wieder mal wanderte eine Hand unter sein Hemd.
Sie genossen die Wärme und Stille und den phantastischen Blick über eine schier endlose, grün – blau schimmernde See. Still und ruhig lag diese leicht kräuselnd vor ihnen.
Als hätte es noch nie irgendeine Katastrophe gegeben, kam es Joe erneut in den Sinn. Unglaublich!
Eine laue, sanfte Brise ließ das Laubwerk der Bäume sanft rascheln. Dazwischen Vogelstimmen- für den Europäer ein kaum mehr gekanntes Naturkonzert!
Die sanfte Krümmung des Horizontes wirkte fast wie ein scheuer Kuss des Erdenballes gegen den Horizont. Eng

aneinander geschmiegt genossen sie die stille Zeit der Zweisamkeit.

Hier konnte man glauben, die gestrigen Ereignisse seien nur ein böser Traum. In den letzten paar Stunden, vielleicht unterstützt durch die Ereignisse, waren sie sich wieder sehr nah gekommen. Möglicherweise sogar näher als je zu vor!

Vielleicht sollten sie es doch noch einmal intensiv und wirklich auf Dauer miteinander versuchen sollten? Ob in Lenie sogar Kinderwunsch keimte? Von ihr wusste er, dass sie zu den wenigen, noch auf natürlichem Weg fruchtbaren Frauen zählte.

Auf seinem inneren Barometer sah Joe die Chancen für einen sehr langen, gemeinsamen Urlaub deutlich steigen! Ein wohliges, warmes Gefühl breitete sich in ihm aus.

Völlig, ja gänzlich anders als die Erregung, die er sonst gerne und oft in Lenie`s Nähe verspürte.

Am frühen Nachmittag wechselten sie dann entspannt zum Strand der nahen Hobbs Bay.

Auf dem Weg dorthin fanden sie Gelegenheit für einen kurzen, aber köstlichen Imbiss.

Direkt am Strand zubereitet. Eine Bilderbuchartig dicke, freundliche, tiefschwarze Mama, in ein schreiend buntes Kleid gekleidet. Die krausen Haare von einem Kopftuch mit irrsinnig großem Knoten über der Stirn bedeckten. Sie rührte in einem zerbeulten, wenig Vertrauen erweckenden, von Ruß geschwärztem Kessel. Ein rattenscharf gewürzter, exotischer Eintopf, aus fangfrischem Fisch, von nie geahnter Köstlichkeit! Für den überwiegend an industrielle Nahrung gewohnten Europäer eine Explosion von Aromen auf Zunge und Gaumen, ein einmaliges Erlebnis!

Joe und Lenie scherzten, ob man nicht doch besser Europa und insbesondere Deutschland den Rücken kehren sollte.

Nach ein paar nachdenklichen Minuten meinte Joe:
"Wenn hier wieder die Taifune wüten und Atolle oder
ganze Inseln samt ihren Bewohnern im Meer versinken,
und keine Hilfe ist weit und breit in Sicht, dann sieht die
Welt hier auch anders aus! Und gestern das Ereignis, war
das nicht abschreckend genug?"

Lenie antwortete mit einem tiefen Seufzer und einem
kräftigen Druck ihrer zarten Hand, eng an ihn
geschmiegt.

Sie versuchten, einen ersten Zwischenbericht an Dr.
Munk schicken, aber die PAS hatten auch hier Probleme
mit dem Satellitenempfang. Also dann halt später, das
Hotel hatte ja schließlich auch noch einen klassischen
Internetzugang.

Kurze Zeit später kehrten sie um, Lenie wollte eine Pause
im Hotel einlegen! Sie würden noch einen kleinen Bogen
entlang der Hobbs Bay schlagen.
Joe grübelte schon, ob es bei der Pause im Hotel bleiben
würde. Diese Frau war wie ausgewechselt, er konnte sich
als Mann darüber nur freuen!
Ihre Schuhe baumelten zusammengebunden über der
Schulter, Lenie liebte das! Es war wirklich sehr
angenehm, den feinen, pudrig weißen, warmen Sand
zwischen den Fußzehen zu spüren.

Wirklich berauschend war der Anblick des Strandes noch
nicht. Die Welle hatte massenweise Treibgut an Land
gespült oder vielleicht auch der Insel entrissen.
Zwischen allerlei Trümmern entdeckten sie die Überreste
eines oder zweier Kalmare. Das Viehzeug musste mal
jeweils nahezu drei Meter lang gewesen sein.
Lenie erschrak, musste sich erst einmal fangen. Dann
brach die Reporterin in ihr durch, sie versuchte, möglichst
gute Bilder mit ihrem PAS zu machen.

„Joe, über diese Viecher habe ich gelesen, kurz nachdem wir in der Redaktion zum ersten Mal über diese Reise hier gesprochen haben. Ich wollte das nicht glauben. Aber es gibt wohl seit etwa zehn, vielleicht fünfzehn Jahren das Auftreten dieser gefräßigen Monsterviecher. Niemand wollte es bislang wirklich wahrhaben, ich hielt es auch für einen PR Gag. Man hat mittlerweile sogar schon von Schwimmern und Tauchern berichtet, die davon angegriffen wurden. Und es sind auch schon Schwimmer, Taucher oder kleinere Boote in letzter Zeit häufiger spurlos verschwunden, einfach unglaublich!"

Joe schüttelte misstrauisch den Kopf und stocherte mit einem Stock in den beiden Tieren herum. Bei dem Wissenstand konnten einem die langen Fangarme mit ihren vielen Saugnäpfen und der kräftige Schnabel schon heftigen Respekt einflössen. Aber die beiden hier waren mausetot und höchstens noch ein Fall für einen Meeresbiologen oder ähnliches. Er warf den Stock zur Seite, legte den Arm um Lenie und meinte: „Dann sollten wir das Tauchen oder Schwimmen hier in der Region vorerst lieber lassen". Der Satz wurde von einem innigen Kuss begleitet, den Lenie mit sichtlichem Genuss erwiderte.

Wenige Minuten später kamen ihnen vier junge Männer in einheitlichen, dunklen Anzügen und Turnschuhen entgegen, mit asiatischem Aussehen. Die schlenderten entspannt den Strand entlang, genossen wohl irgendeine Pause.
Zwei von ihnen trugen an Riemen zusammen gebundene Bücher über der Schulter, der Dritte hatte ein Buch unter den Arm geklemmt. Nummer Vier trug eine Art ledernen Seesack. Sie verharrten ab und an, um zu fotografieren. Danach waren die vier offensichtlich in eine heftige Diskussion vertieft. Harmlose, friedliche Studenten sicherlich. Bestimmt irgendwie mit einer Bestandsaufnahme der Schäden durch die gestrigen

Ereignisse beschäftigt, ging es Joe durch den Kopf. Sein Interesse galt mehr dem engen Kontakt mit Lenie.

Die Vierergruppe beachtete Lenie und Joe überhaupt nicht. Lenie und Joe gingen Arm in Arm an der Gruppe vorüber, grüßten höflich. Ein harmloses, europäisch aussehendes, verliebtes Touristenpaar! Eine harmlose Gruppe junger Männer, Studenten wohl...

„Dr. Raubach!" gellte plötzlich ein harter, scharfer Ruf hinter ihnen! Im typisch asiatisch geprägtem Tonfall! Joe zuckte zusammen, stutzte, schüttelte den Kopf, sah Lenie fragend an?
„Dr. Raubach", erneut! Deutlich, klar und laut gellte der Ruf, wenn auch jetzt mit klarem Nachdruck!
Sie drehten sich herum- und sahen in die Mündungen einer abgesägten, doppelläufigen Schrotflinte und von mehreren, großkalibrigen Revolvern.

Die Bücher waren achtlos auf den Boden gefallen, eines der Bücher war aufgeklappt.
Der Wind spielte leise in den Seiten.
Die Buchseiten waren ausgehöhlt, die Revolver waren wohl teilweise in den Büchern, die Schrotflinte sicherlich im Seesack versteckt gewesen!

Ehe sie sich versahen, waren sie von den vier Asiaten umringt, die Schrotflinte bohrte sich schmerzlich in Joe`s linke Seite!
Einer, offenbar der Anführer, sprach Deutsch:
„Umdrehen, zurück zum Strand!"
„Was – wie – soll das ein Überfall sein – wir sind hier Touristen – unsere Habseligkeiten sind im Hotel!" brach es stotternd aus Joe heraus.
Ein schmerzlicher Stoß mit dem Lauf der Flinte landete als überdeutliche Antwort in Joe`s Magengrube. Er krümmte sich vor Schmerz, es flimmerte bedenklich dunkel vor seinen Augen.

Es blieb ihnen wohl nichts anderes übrig, als der Aufforderung Folge zu leisten.
Der Entsetzensschrei von Lenie drang durch einen Filter aus dichter, dicker Watte in seine Ohren!

13 FINAL LAP

13.1 Ekranoplan

Die paar Schritte zum flachen Strand waren schnell zurückgelegt. Joe kämpfte nach dem Magenstoß noch immer mit seiner Atmung. Das gab sicherlich einen heftigen, blauen Fleck!

Angewidert sah er, dass einer der Typen Lenie am Arm gepackt hatte und wie einen nassen Sack hinter sich her schleifte! Sie stolperte mehr, als das sie lief!

Und hinterließ mit ihren nackten Füßen auch deutliche Schleifspuren im Sand.

Mit hohem Tempo näherte sich ein grau-schwarz geflecktes Schlauchboot. Hart klatschte der Bug stets erneut auf das leicht kräuselnde Wasser. Ehe sie sich versahen, waren sie beide unter dem Druck der Schrotflinte und der Revolver die paar Schritte durchs Wasser gestapft und in das Schlauchboot gestolpert.

Das Schlauchboot wurde von den vier Asiaten ins freie Fahrwasser zurückgedrückt, dann sprangen diese ebenfalls ins Boot.

Nasse Hosenbeine und die total durchnässten Schuhe waren für die vier Typen völlig belanglos.

Das Schlauchboot nahm unwahrscheinlich Fahrt auf, im ersten Moment schien es, als wollte es aus dem Wasser springen!

Der Motor musste eine Wahnsinnsleistung haben!

Hart hämmerte der Bug des Bootes immer wieder erneut auf die sich sanft kräuselnden Wellen der Bay.

Die Fahrt dauerte jedoch nur kurz.

Kaum im offenen Wasser der Hobbs Bay angekommen, näherte sich ein zweites Boot. Es hatte wohl hinter der Landzunge in Deckung gelegen. Ein langer, schlanker Rumpf. Der Stahl in einem matten, gefleckten graublauen Tarnanstrich lackiert.

Nahezu unsichtbar schon bei leichtem Wellengang.

Irgendwo, so schätzte Joe, so zwischen sechzehn und achtzehn Metern lang.

Die flache Kabine duckte sich kaum wahrnehmbar über dem schlanken Rumpf. Typische Konturen eines Tarnkappenschiffes!
Ein Außen-Ruderstand war Steuerbordseitig angebracht, hinter einer ab klappbaren Schutzscheibe. Dort stand ein breitbeiniger Hüne von Mann, eine schwarze Lochmaske über dem Gesicht.

Was jetzt folgte, schien tausendmal trainiert. Zwei Asiaten kletterten mit einer Affenartigen Gewandtheit über die ausgeklappten Leitern am Heck auf das Deck des grauen Bootes. Die Revolver verschwanden dabei blitzartig in den Hosenbünden.
Die Kerle bückten sich kurz, danach erhoben sie sich, mit abgesägten Schrotflinten in den Händen.
Der deutsch sprechende hinter ihnen schubste sie an:
„Los, umsteigen, schnell.
Und wenn ihr Fluchtversuche machen wollt, bitte gern. Sehen Sie aber vorher mal nach links.
Hier gibt es viele Haie, meine Freunde haben zur Sicherheit ein paar von ihnen angefüttert!"

Joe wurde blass, Lenie war bleich wie ein Bettlaken. Man sah ihr an, dass sie gegen einen heftigen Brechreiz würgend ankämpfte! Keine hundert Meter von den Booten entfernt sah man mehrere Dreiecksförmige Rückenflossen aus dem Wasser ragen.
Leichte Schaumkronen um kräuselten sie.
Mehre Haie umkreisten die beiden Boote!

Joe und Lenie waren wie gelähmt, war das Realität oder ein übler Traum? Es blieb nur ihnen nur der stille Gehorsam. Zwei der Asiaten waren im Schlauchboot zurückgeblieben. Sie drehten John und Lenie den Rücken zu. Das Schlauchboot nahm, sich entfernend, Fahrt auf. Joe konnte aus den Augenwinkeln noch erkennen, wie sich die Männer im Schlauchboot in die Haare griffen. Sie zerrten kurz daran, dann flogen Gummimasken samt Perücken ins Wasser.

Was hat das zu bedeuten, wohin geht die Reise? Ist das einer der berüchtigten Piratenüberfälle? Tausend Fragen wirbelten durch Joe`s Kopf! Und im Magen rumorte ein mächtiger Speiteufel, gegen den er ständig ankämpfen musste! Zu allem Überfluss begannen jetzt auch noch Bilder von Hegau, von Helgoland in ihm auf zu steigen. Er würgte heftig!

Ein schmerzhafter Schlag zwischen seine Schulterblätter riss ihn in die Wirklichkeit zurück!

„Heih, los, ab unter Deck!"

Die Stimme des hässlich grinsenden Asiaten duldete keinen Widerspruch.

Joe und Lenie wurden sofort unter Deck geführt, der Maskierte am Ruder hatte noch immer kein Wort von sich gegeben.

Ohne weiteres Aufheben fesselte sie der Redeführer mit ein paar brutalen Griffen und Handschellen an eine karge Bank.

Dann legte er ihnen Sicherheitsgurte an, Vierpunktsicherheitsgurte!

Wozu diesen Quatsch, dachte Joe bei sich noch.

Lenie protestierte, als der Redeführer die Gurte nicht nur hart anzog, sondern wohl auch ausführlich prüfen wollte, ob diese auf der Brust richtig gut anlagen...

Die Antwort war eine schallende Ohrfeige für Lenie!

Sie wimmerte leise vor sich hin, Blut sickerte aus ihrer Nase und ihrer aufgeplatzten Lippe.

Joe versuchte, protestierend nach dem Rohling zu treten. Doch dieser wich ungerührt und geschickt aus, offensichtlich waren ihm Reaktionen dieser Art nicht neu!

Der Asiate grinste feixend von einem Ohr zum anderen, dann tätschelte er Lenie auch noch die Wange.

Lenie versuchte verzweifelt und angewidert, erneut auszuweichen. Ein undeutlicher Ruf erklang, blitzartig verließ der Asiate die Kajüte.

„Mein Gott, Lenie, wo sind wir hier gelandet"

Trotz Gurten und Handschellen versuchten beide, soweit als möglich aufeinander zu zurücken.

Lenie schluchzte leise vor sich hin, dicke Tränen kullerten über ihre Wangen.

Sicherlich schossen ihr Gedanken durch den Kopf, was für sie als Frau noch alles auf dem Spiel stand.

Joe atmete tief, versuchte, die Beherrschung und Kontrolle wieder zu erlangen.

Er sah sich um, hier unten gab es Null Luxus!

Null! Reiner Pragmatismus!

Die Bullaugen waren von innen mit einer matt spiegelnden Folie verklebt.

Jetzt fiel Joe auf, das an allen Ecken und Enden der Kajüte Möglichkeiten zur Befestigung von Handschellen oder ähnlichem gegeben waren.

Im Halbdunkeln schälten sich weitere Sicherheitsgurte heraus.

Ob die dunklen Flecken im Boden Blutreste waren?

Das Ganze wirkte wie das Arbeitsboot eines Schmugglers! Eines Menschen- oder Rauschgiftschmugglers oder beides!

Die Kabinentür fiel hart in Schloss, sie wurde von außen knirschend verriegelt. Jetzt waren sie beide alleine hier unten im Halbdunkel der Kajüte.

Wummernd sprangen zwei gewaltige Schiffsdiesel an! Zwei solche Kaliber für das bisschen Boot dachte Joe noch bei sich? Schlagartig ging ein Ruck durch das Boot, es nahm hart Fahrt auf. Was das Schlauchboot geboten hatte, war Peanuts gegen das, was jetzt folgte.

Dieser Scheißkahn war ein perfekt getarntes Speedboot!

Die Fahrt dauerte zum Glück nicht lange.

Nach wenigen Minuten härtester Schüttellei (die den beiden Unglücklichen deutlich klar machte, wozu man Vierpunktsicherheitsgurte in der Kajüte brauchte) verstummte das Wummern der mächtigen Diesel nahezu völlig. Sie brabbelten nun in einem heißeren Leerlauf vor sich hin.

Das Boot hatte in einem harten, scharfen Turn offensichtlich auf kürzestem Wege Fahrt abgebaut.
Der Asiate kam in Begleitung eines schmächtigen, mit einer schwarzen Lochmaske versehenen Begleiters in die Kajüte. Beide hielten großkalibrige Revolver in der Hand.
Die Handschellen und Gurte wurden schweigend gelöst.
Als sie blinzelnd ins helle Sonnenlicht traten, stand der Typ an der Ruderanlage noch genauso, wie beim Betreten des Bootes.
Breitbeinig, cool und lässig.

Hinter ihm war eine Insel zu sehen. Joe war sich sicher, dass konnte nur Tiritiri sein.
Sie hatten wohl nur den kurzen Weg zurückgelegt, um von der sich öffnenden Hobbs Bay zur östlichen, also vom Land abgelegenen Seite der Tiritiri-Insel zu gelangen.
Diese war etwa vier Kilometer vor der Küste der Halbinsel Whangaparaoa vorgelagert.

Aber ihre Entfernung zur Insel selbst betrug doch mehr, sicherlich gut sechs bis acht Kilometer!
Bei genauem Hinsehen konnte man den Einzug der Hobbs Bay auch schwach im Hintergrund der Insel erkennen.
Zwar schwierig zu schätzen, aber immerhin.
Das Boot musste, bei der zurück gelegten Entfernung, wirklich einen aberwitzigen Speed gehabt haben!

Ein Revolver in der Seite bedeutete Joe, weiterzugehen und sich umzudrehen.

„Allmächtiger! Ich werde verrückt, dass, das ist doch ein Ekranoplan! Was anderes kann das doch gar nicht sein!" entfuhr es Joe verblüfft!

Lenie war nach der heftigen Ohrfeige vorhin immer noch mächtig eingeschüchtert: „Joe, was ist das denn? Sind dem die Flügel amputiert oder abgebrochen worden? Da kann man doch nicht einsteigen?"

„Vorwärts, beeilen" das war der Asiate. Er verlieh seinen Worten mit heftigem Revolvergeschubse deutlichen, schmerzhaften Nachdruck.

Kurz unterhalb der breiten, kurzen Tragflächen des Fahrzeuges (oder sollte man es amputiertes Flugboot nennen, schoss es Joe durch den Kopf), aber hinter deren Ende, wurde eine Luke sichtbar.

Bodeneffektfahrzeug. So nannte man die Dinger im amtlichen, deutschen Sprachgebrauch. Die Einstiegsluke selbst war bereits geöffnet. Vom Boot aus wurde ein matt–grau gestrichener Steg zur Luke hinüber geklappt. Das Einsteigen würde aber selbst bei der ruhigen See sicherlich wackelig werden.

Es gab keine Zeit zum Nachdenken. An der Luke empfing sie- ein Asiate. Trotz der scheinbar obligatorischen schwarzen Lochmaske an den geschlitzten Augen gut zu erkennen.

Hinter der Luke führten zwei Trittstufen in die Kabine.

Joe kam aus dem Staunen nicht mehr heraus.

Rechts an die Luke schloss sich wohl der Laderaum dieses Gefährtes an, er verjüngte sich deutlich zum Heck.

Überall war nackte Technik zu sehen. Verkleidungen gab es wohl nur, um die Technik zu schützen. Alles, was sichtbar war, schimmerte in der charakteristischen Struktur von Carbon! Also ultraleicht bei höchster Festigkeit.

Überall an Wänden, Boden, Decke waren Anschlagmöglichkeiten für Spanngurte zu sehen.

Kleine weiße Zahlenreihen darunter signalisierten die maximal zulässige Spannkraft und die zulässige Zugrichtung!

Technik pur! schoss es Joe durch den Kopf!

Der Revolverdruck zwang ihn zu einem Turn nach links.

Ein schmaler Durchgang zeigte sich, man konnte bis ins Cockpit blicken.

Links von Joe war wohl eine sehr schmale Bordtoilette, wahrscheinlich nur für das Allernötigste.

Rechts war das Pendant, eine Art Minikombüse, auch nicht größer.

Bei näherem Hinsehen entdeckte Joe, das die Seitenwände dieser „Komforteinrichtungen" aus stark verstrebten Carbonprofilen bestanden! Dann hatte die Platzwahl dieser Einrichtungen wohl mehr den Zweck, den an dieser Stelle extrem belasteten Rumpf zu verstärken!

Hinter dem Durchgang wurden rechts und links je zwei Reihen spartanischer Doppel-Sitze mit fingerdünnen Polstern sichtbar. Dazu zwei Einzelsitze hinter dem Piloten bzw. Co-Piloten. Dass die Sitze ebenfalls aus dem sündhaft teuren Carbon waren, wunderte Joe nun schon gar nicht mehr!

Im gesamten Passagierbereich war das Gerät, Flugzeug konnte man es ja nicht nennen, genauso nackt wie im Frachtraum.

Kein einziges Fenster im Fracht– oder Passagierraum schwächte die Struktur der Zelle!

Das konnte nur bedeuten, dieser Ekranoplan war ein Fracht- ja Fahrzeug. Absolut auf maximale Nutzung der Transportkapazität ausgelegt.

Ehe sie sich versahen, waren sie mit ihren Handschellen an die Sitze gefesselt.

Noch während sich die Luke mit sanftem Flop schloss, klappte der links sitzende Käpt`n drei rote Klappen am Instrumentenbord hoch und betätigte drei ebenfalls rote Kippschalter.

Von hinten sah man von ihm nur das glatte, etwas wirr vom Kopf abstehende schwarze Haar.

Der Co–Pilot drehte sich mit einer geflüsterten Frage zum Piloten um, die Antwort war unwirsch. Das konnte man trotz der fremden Sprache erkennen. Dieser Co war eindeutig ein Asiate.

Augenblicklich hörte man drei Strahltriebwerke hochlaufen, rasend schnell an Drehzahl gewinnen.

Durch die Sichtfenster im Pilotenbereich konnte sie ein mattgraues Speedboot mit hoher Geschwindigkeit Kurs auf die offene See nehmen sehen.
Hoch aufgerichtet war die Silhouette eines Hünen erkennbar. Breitbeinig und seelenruhig am Ruder steuerbords stehend.

„Mein Gott, Joe, was ist das denn hier?" Lenie hatte sich ängstlich an ihn gekauert, so gut es ging.

„Ich würde sagen, ein Ekranoplan!"

„Ein Ekranowas?"

Joe lachte, trotz der angespannten Situation. „Ach, Lenie. Du armes Mädel, was musst du mit mir nur alles erleben!
(vielleicht konnte er ja mit einer sachlichen Erklärung Lenie ein wenig ablenken und beruhigen)
Etwa 1964 / 1965 haben die Russen, damals im sogenannten „Kalten Krieg", auf dem Kaspischen Meer das erste große Exemplar dieser Fahrzeug- oder auch Bootgattung zu Wasser gebracht.
Kleine Versuche gab es schon seit langer Zeit immer wieder mal, aber was die Russen damals gebaut hatten, war gigantisch. Deren erste Ekranoplan hatte bei etwa hundert Metern Länge eine Spannweite von immerhin etwa 40 Metern. Hoch war das Ding etwa 22 Meter. Das sind Acht bis Neun Stockwerke!" fügte Joe trocken hinzu.

„Mein Gott, Joe! Funktioniert das alles den auch bei dem Ding? Das ist doch kaum zwanzig Meter lang und höchstens zehn, vielleicht zwölf Meter breit!"
Das Gefährt hatte unterdessen bereits mit heulenden Triebwerken Fahrt aufgenommen.
Die vorher scheinbar harmlosen Wellen schlugen einen heftigen Takt gegen den Rumpf, der das Metier Wasser verlassen wollte.

„Klappe halten, Zähne zusammenbeißen!" verkündete der Pilot in einwandfreiem Deutsch- mit leicht schwäbelndem Akzent!
Lenie und Joe blickten sich sprachlos verblüfft an- dieser Dialekt hier?
Wenige Sekunden später wussten sie, warum sie sich festhalten und schweigen sollten. Das Gefährt nahm mit einer aberwitzigen Geschwindigkeit Fahrt auf.
Hart, immer härter kamen die Schläge durch, wenn der Rumpf eine Welle tangierte. Wer jetzt redete, lief Gefahr, sich zumindest sehr heftig auf die Zunge zu beißen!
Zwischen den beiden Piloten war eine doppelte Speedanzeige erkennbar.

Die obere Anzeige war mit NM/h, also wohl nautischen Meilen pro Stunde gekennzeichnet.
Darunter, in ebenfalls digitalen, roten Lettern, die bekannten Ziffern km/h.
Als die rasend schnell sich abspulenden Lettern die Hundertvierzig Stundenkilometer überschritten hatten, klopfte die See nur noch einen letzten Gruß gegen den Rumpf.
Man hörte jaulendes Rumoren aus dem Bereich der Tragflächen.
Die Geschwindigkeit, die kurz zwischen 210 und 230 km/h verharrt hatte, steigerte sich abermals.
Der Abstand zur Wasseroberfläche wurde größer, die Geschwindigkeitsanzeige kletterte immer noch. Sie blieb bei Vierhundertfünfundvierzig km/h stehen.
Die Höhenanzeige stand jetzt bei 120 Fuß stehen, fast 40 Meter!

Joe war absolut verblüfft, solche Leistungswerte hatte er nicht erwartet. Aber, Lenie sollte ihre gewünschte Aufklärung erhalten.
"Der Ekranoplan der Russen damals verfügte über acht mächtige Strahltriebwerke über den Tragflächen und zwei weitere im Bereich des Heckleitwerkes. Startgewicht bis zu Fünfhundertfünfzig Tonnen! Da konnte damals kein

Flugzeug mithalten! Gedacht war das Ganze als schneller Truppentransporter oder Raketentransporter.
Einsetzbar über Seen, Flüssen oder auch der Tundra oder über Eiswüsten! Ganz schön clever, von den Igors und Iwanowitschs damals!
Als die Amis das Ding in den neunziger Jahren erstmals auf ihren Satellitenbildern entdeckt haben, fielen sie bald in Ohnmacht. Die dachten erst sicherlich an grüne Männlein vom Mars oder so.
(Joe grinste heftig, trotz der ernsten Situation)
Wie viele von den Apparaten jemals gebaut wurden, ist bis heute unbekannt.
Du kannst das auch russische Geheimhaltung nennen.
Anfang unseres Jahrhunderts gab es neue Versuche, auch mit kleineren Typen, erneut auch in Russland. Aber auch davon ging kaum je eine Information an die Presse.
(Lenie war mit vor Staunen geöffnetem Mund nur noch sprachlos, Joe spulte weiteres Wissen ab)
Die Dinger nutzen den Bodeneffekt, eine Art Luftwalze, die sich bei hohem Tempo unter den Tragflächen bildet.
Die Russen konnten mit dem Ding bei voller Beladung Flughöhen zwischen etwa vier und vierzehn Meter einhalten.
Du kannst mit so einem Gerät über flachem Land – wie eben Steppe, Tundra, Wüste oder so Geschwindigkeiten um fünfhundert bis sechshundert Km/h erreichen!
Und auf dem Wasser, wo selbst schnellste Speed Boote kaum auf Dauer in die Nähe von Zweihundert km/h kommen, bist du mit so etwas klar im Vorteil.
In technischen Büchern wurde bisher von etwa Dreihundert km/h maximal über Wasser ausgegangen!"

Der Pilot schaltete sich wieder ein, diesmal mit anerkennendem Unterton: „Sie haben ihren Ruf als technisch exzellenter Journalist doch nicht zu Unrecht" (und wieder dieses deutlich wahrnehmbare Schwäbeln).

„Joe, kann man uns den nicht irgendwie in dem Ding hier finden?" das war Lenie`s ängstlich-hoffnungsvolle Frage.

Den Kommentar des Piloten hatte sie wohl völlig ausgeblendet.

Dieser schüttelte den Kopf: "Nein Lenie, das ist ja mit ein Grund, warum vor allen Dingen das Militär diese Fahrzeugform weiterentwickelt hat. Für das Sonar von U-Booten zum Beispiel bist du unsichtbar, weil du ja keinen Kontakt zum Wasser hast. Und für die meisten Radaranlagen bist du zu tief, um entdeckt zu werden. Hier auf diesem Teil unseres Globus, wo es von Inseln nur so wimmelt, sind diese Dinger sicherlich unschlagbar. Sie konnten sich bisher aber kaum durchsetzen, weil sie wohl relativ teuer in der Anschaffung und im Betrieb sind. Da musst du schon sehr, sehr lukrative Geschäfte betreiben, bis sich das rechnet!
(und nach einer kleinen Pause)
Ich denke aber, dass du auch einen sehr guten Kontakt zum Wettersatelliten brauchst. Monsterwellen musst du nämlich umfahren, drüber weg geht nicht immer!"

Der Pilot hatte jetzt wohl den Autopiloten aktiviert, er drehte sich zu ihnen um.
Ein Bilderbuch von Afraner sah sie an.
Glattes, aber struppig vom Kopf abstehendes Haar. Von glänzendem, tiefem Schwarz!
Die typischen, schlitzartigen Augen und Stupsnase eines Asiaten, eines Chinesen oder Japaners. Erschreckend war in diesem Gesicht- das eisige, beinahe wässrige Blau der Augen!
Surreal! Absolut irre!
Dazu die tiefschwarze, fast ebenholzfarbene Haut und die grellroten, wulstig vor gestülpten Lippen, die viele Naturvölker Mittel– und Südafrikas auszeichnete.
Im rechten Ohrläppchen trug er ein recht dickes, daumennagelgroßes, garantiert echt goldenes Modell des Ekranoplans!
Die direkt hinter ihm sitzenden Asiaten, die Lenie und Joe entführt hatten, wollten protestieren.
„Klappe halten, sonst schmeiße ich euch raus!"

Der sonderbare, schwarze Typ hatte absolute Befehlsgewalt! Die angesprochenen Asiaten verstummten sofort.

Der Afraner hatte sich umgedreht, lässig seinen Kopf auf seinen Armen abgelegt. Die Arme hatte er in seinem Necken gekreuzt. Er schien sichtlich entspannt in seinem Pilotensessels! Er grinste so breit, dass Joe fürchtete, das goldene Ding im Ohr des Gegenübers könnte herausfallen.
„Heii, Zuckerschnecke, dein Stecher hat unser Vögelchen ja wirklich gut beschrieben, alle Achtung!"
(bestes Schwäbisch!)
„Dann haben sie mich aber neugierig gemacht, meldete Joe sich unerschrocken und mutig zu Wort: Sie fliegen deutlich höher und deutlich schneller als das russische Original oder die vielen Einzelstücke, die es bis dato gab? Wie geht das denn?"

Der Typ war sichtlich stolz auf seine Gefährt: „Zum einen haben wir einen ultraschnellen Autopiloten und ein ebenso schnelles Wetterradar, wegen der Wellenproblematik.
Das haben sie je richtig erkannt.
Also von daher- No Problem!
Das waren die Grundvoraussetzungen. Dann haben wir eine Art Landeklappensystem, welches die Tragflächen unter etwa 240 km/h deutlich vergrößert, für die langsamere Fahrt.
Mit der Höhe von etwa 120 Fuß, oder etwa 40 m, sind wir mit genügend Abstand über den bislang bekannten, kritischsten Wellen. Noch höher zu fahren, macht wenig Sinn. Der Bodeneffekt reicht nicht mehr aus.
Außerdem kämmen wir dann auch zu leicht schon wieder in den Erfassungsbereich der meisten Radarstationen. Rechtzeitig, bevor wir unser Ziel erreichen, werden wir langsamer werden und deutlich tiefer gehen. Dann sind wir für das Radar praktisch unsichtbar. Und von oben ist

der Vogel so bemalt, dass ihn Kamerad Sputnik nicht identifizieren kann! (er schüttelte sich vor Lachen) Wir haben auch jetzt noch etwa sechseinhalb Stunden Fahrt vor uns."

Der rechts hinter dem Platz des Co- Piloten sitzende Asiate wollte erneut protestieren. Den Faustschlag sah er nicht kommen, als der Afraner seine Hand zurückzog und sie regungslos am Overall abwischte, hinterließ er dabei rote Spuren.
„Der nächste Schlag geht auf`s Kinn, dann wachst du definitiv bei den Haien wieder auf"

Keine Frage, hier an Bord hatte nur einer das Sagen: der Pilot!

Lenie hatte sich etwas gefasst: „Und woher können sie so gut deutsch?"

Das Grinsen spaltete den Afranerkopf erneut vom linken bis zum rechten Ohrläppchen. Er wandte sich den beiden erneut zu. Zwischen tiefdunklen, blutroten Lippen wurde eine makellose Reihe schneeweißer Zähne sichtbar.
„Hello Lady, heii Mr. Raubach! (es folgte ein angedeutetes Kopfnicken) Mein Name ist Armin! Ich könnte mich bekringeln, wenn ich sehe, was diese Schwachköpfe hier, sein Kopfnicken deutete in Richtung der Asiaten, für Probleme mit der Aussprache dieses Namens haben!
Ich erzähle ihnen ein bisschen was. Verkürzt die Fahrt, und Schaden kann es keinen mehr anrichten, wie ich den Boss kenne! (in den letzten Silben schwang verächtliche Grabeskälte. Armin holte tief Luft)
Eigentlich bin ich ein Produkt der In-vitro-Fertilisation! Mein Vater war Professor für Mathematik. Musik und Statik waren sein Hobby, richtig uralter deutscher Adel. Meine Mutter stammt aus Schweden, sie hatte mit Kunststofftechnik promoviert.

Nur Kinder haben sie keine hinbekommen, obwohl die beiden selbst im höheren Alter noch geübt haben, dass die Decke bebte! (er lachte schallend)
Sie haben es dann mit der Reagenzglasmethode probiert. Herausgekommen bin ich dabei, die beiden Alten sind daran bald verzweifelt. Irgendeiner oder irgendeine hat da wohl Durcheinander im Reagenzglas gemacht. Ich wüsste auch gerne, wer meine biologischen Erzeuger sind!
Aufgewachsen bin ich auf der schwäbischen Alb.
So Gottverlassen, dass sich noch nicht mal mehr Fuchs und Hase guten Nacht sagen!
Und mit so `ner Fresse war das kein Zuckerschlecken, sogar im Job ist es das heute oft immer noch nicht.
Aber unser großer Boss hat `nen Narren an mir gefressen, meine Idee mit dem Vogel hier hat ihn wohl echt beeindruckt.
War Teil meiner Promotionsarbeit über Ökonomie und Avionik."

13.2 Tubuai Island

Nach einer weiteren, knappen halben Stunde Small Talk hatte der Pilot, der sich als Armin vorgestellt hatte, ihnen die Handschellen abgenommen.
„Aussteigen ist sowieso zwecklos" war sein grinsender Kommentar.
Die beiden Asiaten waren Mucksmäuschen still.
Armin hatte sich mit Joe in viele weitere Details des seltsamen Gefährtes vertieft. Lenie kuschelte eng an Joe angelehnt. Sie hielt seinen Arm nahezu krampfhaft und Schutz suchend fest. Mehrfach war sie im Begriff, einzuschlafen.
Joe schubste sie stets erneut diskret an.

„Wohin, Armin, soll denn die Reise gehen, irgendwo ins Nirgendwo? Das müssen doch bei dem Speed fast 3.000 km sein, die wir zurücklegen werden?"

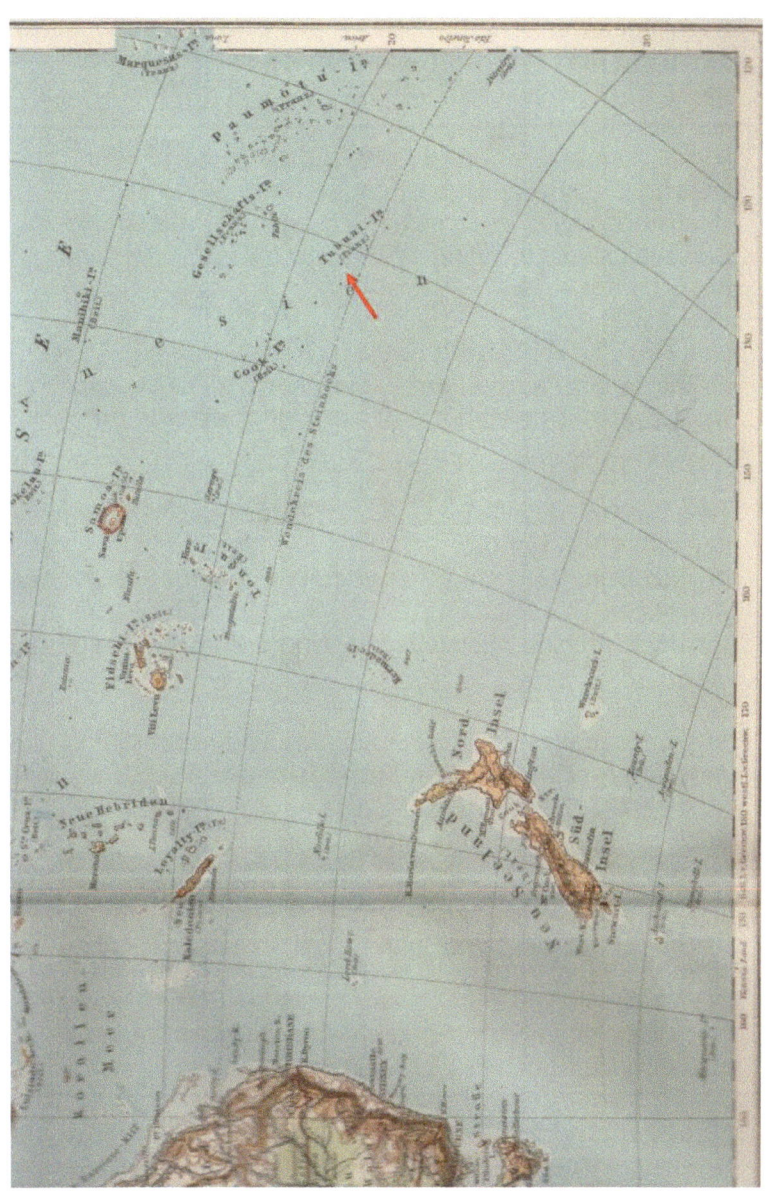

Tubuai Island

Der Angesprochene grinste sie an: „Warum soll ich Euch das nicht verraten? Von dort führt sowieso kein Weg mehr weg. Abgesehen von irgendwelchen Booten oder Mariechen."
Dabei stampfte er auf den Boden zu seinen Füßen, das Gefährt hatte also einen Kosenamen!
„Mein Boss wird Euch sicherlich noch einiges erzählen. Das tut er gerne, wenn er Besuch hat. Sehr seltenen Besuch, der Alte!"

Das Gesicht von Armin hatte sich erneut versteinert.
Es folgte eine kurze Pause, die niemand zu durchbrechen wagte. Armin holte tief Luft, es klang fast wie ein Seufzer.

„Wir fahren nach Tubuai Island. Oder besser zu dem Teil, der der A.A.S gehört.
Rurutu, Rimatara sind die offiziellen Inseln. Für „Normal Sterbliche".
Ihr dürft mit ins Allerheiligste, in die Zentrale, nach Ilot`s Maria."

Joe war sprachlos. Lenie auch. Joe widersprach protestierend: „Von dem Firmensitz der A.A.S habe ich schon gehört, aber Ilot`s Maria sagt mir gar nichts! Da ist doch nichts! Gar nichts mehr!"

Armin lachte bitter: „Das war ja auch nur ein Atoll, bevor es unser Boss ausbauen ließ! Völlig autark. Da kommt so schnell keiner vorbei. Und erst recht nicht wieder weg!"

Und mit eisiger Stimme nach einer kurzen Pause:
„Da kommt auch wirklich keiner mehr weg!"
Die Unterhaltung war beendet, abrupt wandte er sich seinen Instrumenten zu. Seine Körperhaltung hatte nun irgendwie etwas Verkrampftes an sich. Der Rest der Fahrt verging schweigend.
Lenie und Joe dösten bald aneinandergeschmiegt vor sich hin, über sich das monotone Dröhnen der Motore.

Sobald sie sich regten, waren die beiden asiatischen Wächter hellwach.
Armin saß regungslos auf seinem Pilotensitz, in einer stoischen Ruhe betrachtete er seine Instrumente.

Joe und Lenie wurden durch einen veränderten Motorenklang wieder wach.
Irgendwie schmerzten alle Knochen von der unbequemen, aneinander gekauerten Sitzhaltung.
Die Geschwindigkeitsanzeige und der Höhenmesser hatten sich verändert.
Die Speedanzeige stand nun bei zweihundertdreißig km/h, der Höhenzeiger bei dreißig Fuß.

Armin drehte sich zu ihnen um: „Kein Holidayflug, so ein Ritt! Ist halt ein Arbeitstier, mein Mariechen! Wenn der Alte mitfährt, bauen wir ihm vorher `nen schönen Relaxsessel ein.
(erneutes Grinsen! Wie schaffte es der Kerl, dabei die Kinnlade nicht auszuhaken?)
In knapp fünfundvierzig Minuten sind wir da, bei der Höhe sieht uns kein Radar mehr. Muß mich jetzt um Mariechen kümmern."
Es klang fast wie eine Entschuldigung.
Kurze Zeit später legte ihnen einer der beiden Asiaten erneut die Handschellen an.
Er hatte sich darüber wohl mit Armin verständigt.
Armin drehte sich nur kurz um und meinte: "Muß halt sein..."
Dann konzentrierte er sich wieder auf sein Gefährt.
Es dauerte in der Tat ziemlich exakt fünfundvierzig Minuten, bis sie nach einer sanften Wasserung Ilot`s Maria vor sich sahen. Maria Islands war die im gängigen Sprachgebrauch übliche Bezeichnung.
Es dunkelte bereits, in Kürze würde die Sonne hinterm Horizont verschwinden.

Das Atoll, oder besser seine Reste, hatten eine Form zwischen Omega und Hufeisen.

Armin manövrierte sein Gefährt in die Lagune im inneren des Atolls. Ein Steg auf Schwimmern schob sich, offenbar ferngesteuert, heran.
Joe und Lenie wurden die Hände jetzt in Handschellen auf dem Rücken gefesselt. Ihre asiatischen Begleiter verschwanden, kaum sie am Steg angedockt hatten.
Vom Steg aus war erkennbar, dass die Lagune ziemlich seicht und versandet war. Boote würden es schwer haben, hier anzulanden.

Was vor der Wasserung, von oben, noch wie mürbes Felseneiland ausgesehen hatte, stellte sich als hervorragende Tarnung heraus.
Ein breiter Gebäudekomplex mit vor gelagertem, schmalem Sandstrand. Unter einem weit überkragenden, in unregelmäßigen, welligen Strukturen verlaufenden Dach zog sich ein schmales Fensterband hin. Der kleine Sandstrand wurde davon fast völlig überdeckt.
Die Dacheindeckung musste irgendetwas Kunststoffartiges sein.
Dort, wo das Dach zur Lagune hingeneigt war, konnte man Lamellenartige Bänder auf der Dachfläche erkennen. Wenn der Wind in ihnen spielte, veränderten sie im Sonnenlicht durch Reflexion ihre Farbe, von tiefem Ozeanblau über sanftes Meergrün bis hin zu dem charakteristischen Weiß gekräuselter Wellen.
Deswegen konnte man das Gebäude auf Satellitenaufnahmen nicht erkennen!
Der ständige, leichte (zuweilen auch Orkanartige Wind) ließ die Dachoberfläche von oben auf Satellitenbildern wie eine Wasseroberfläche erscheinen!
Eine perfekte Tarnung!

Türen waren in dem Gebäude auf Anhieb nicht erkennbar. Armin führte sie zielsicher an das Gebäude heran, jetzt öffnete sich eine Tür. Sie war nahezu nahtlos in das Gebäude eingefügt, kaum erkennbar.

Diese Tür verfügte nur über eine Griffmulde anstelle einer klassischen Türklinke, auch deswegen war sie so schwer auszumachen gewesen!
Sie betraten einen geräumigen, kahlen Raum.
Schmucklose, metallisch schimmernde Wände, Decke und Boden.
Zwei Asiaten in ebenso einfachen wie schmucklosen Uniformen nahmen sie in Empfang. In den Händen trugen sie Lasergewehre, Typ G 27. Joe konnte an der Stellung der Bedienelemente erkennen, dass sie auf Streustrahl mit geringer Leistung eingestellt waren.
Zumindest wollte man sie nicht sofort erschießen oder irgendetwas in diese Richtung! Das hätte ihn auch nach dem Transportaufwand sehr verwundert.

In der linken, hinteren Raumecke war eine Tür erkennbar, sie wurden zielsicher dort hingeführt. Hinter der Tür zweigte ein breiter Gang nach links ab. Nach wenigen Metern gabelte sich der Weg, rechts lag ein langer, leicht abfallender Gang.
Er ging in ein verglastes Treppenhaus über. Man konnte einen kurzen Blick in einen tiefer liegenden, großen Raum erhaschen. Ihre beiden Wächter führten sie ein Stück weiter, dann zweigte nach rechts erneut ein weiterer, schmaler Gang ab. Offensichtlich führten die abzweigenden Gänge in den Ring des Atolls hinein oder vielleicht, wahrscheinlich sogar zur Gegenseite, die der offenen See zugewandt war? Joe fehlte die Orientierung völlig!
Am Ende dieses Ganges stand eine Tür einen Spalt offen.
Sie betraten einen schmucklosen Raum, Joe schätzte ihn auf etwa 6 x 6 m. In der Ecke stand ein niedriger Tisch, davor zwei Sessel. Auf dem Tisch eine Flasche Wasser, regionales Obst, zwei Gläser. Rechts hinten ein geräumiges Doppelbett, dazu ein kleiner Schreibtisch mit Stuhl. Es hätte irgendein beliebiges, anspruchsloses Hotelzimmer irgendwo auf der Welt sein können.
Nur die Fenster fehlten!

Joe spürte den Gewehrlauf im Rücken, dann wurden ihm und Lenie die Handschellen abgenommen. Kein Wort war mehr gefallen, seit sie das Bauwerk betreten hatten. Die Tür schloss sich hinter den Wächtern. Deren Silhouette war in der in einem matten weiß gestrichenen Wand kaum zu erkennen. Da Griff und jegliche Möglichkeit zur Handhabung fehlten, waren sie jetzt eingesperrt. Und auf Gedeih und Verderb dem Inhaber dieses Eilandes ausgeliefert.

Joe sah sich weiter um, er spürte, dass Lenie seine Rechte mit beiden Händen umklammerte.
Ein gummiartiger Belag bedeckte den Boden, er war wie die Decke ebenfalls in mattem Weiß gehalten. Links vorne ging eine matt verglaste Tür in ein kleines Bad.
Auch hier gab es kein Fenster.
In diesem Moment flammte überraschend ein Bildschirm auf, dieser war nahezu unsichtbar in der Wand eingelassen.
Der Schriftzug A.A.S. füllte den Bildschirm aufflammend orange–rotem Untergrund nahezu völlig aus.

Eine weibliche Stimme verkündete mit hoher, typisch asiatischer Stimmlage, jedoch in perfektem, freundlichem Deutsch:
„Sie sind Gast der A.A.S. Ltd. Wir hoffen, sie hatten eine angenehme Anreise. Selbstverständlich werden wir versuchen, ihren Aufenthalt so angenehm wie möglich zu gestalten. Bitte wählen sie aus dem Menü ihre Mahlzeit aus, sie wird ihnen in Kürze serviert.
Bitte entscheiden sie, welches Frühstück sie morgen früh bevorzugen. Ihre Mahlzeiten werden ihnen über eine Serviceklappe serviert. Ausbruchversuche über diese Klappe sind sinnlos, die Gegenklappe steht unter Hochspannung.
Genießen sie ihr Bad, es gibt keine Beschränkungen des Wasserverbrauches. Die Geschäftsführung hat entschieden, von einer Raumüberwachung bis morgen früh Abstand zu nehmen.‟

Joe und Lenie sahen sich sprachlos an. Da sie beide Hand in Hand mit offenem Mund vor dem Bildschirm standen, mussten sie in diesem Augenblick auf einen verborgenen Beobachter wie ein total vertrotteltes Touristenpärchen wirken.

Das Symbol der A.A.S. verschwand. Es erschienen nacheinander zwei Speisekarten mit holographischer Schrift vor dem Bildschirm. Die Auswahl an Speisen war begrenzt. Wenn man auf knapp einen Meter an den Bildschirm herantrat, konnte man die Speisenbeschreibung scheinbar mit dem Finger berühren. Dann erschien rechts davon ein dreidimensionaler Knopf mit der Aufschrift „ok". Damit konnte man ordern, oder ein paar Sekunden warten, dann erschien erneut die Speisekarte.
Sie entschieden sich für Reis, etwas Gemüse aus regionalem Anbau und Shrimps sowie ein kontinentales Frühstück.
Kaum waren die Mahlzeiten geordert, erschien auf dem Bildschirm der nächste Hinweis: „Unterhaltungsmodus aktiv, wählen sie ein Programm".

Das konnte warten, jetzt wollten sie beide erstmal den Raum und das Bad näher inspizieren.
Alles wirkte blitzblank, nahezu steril. In Deckennähe entdeckten sie in regelmäßigen Abständen kreisrunde, etwa fünf cm im Durchmesser messende Öffnungen, die alle mit einer weißen Blende verschlossen waren.
Sicherlich waren das die hoffentlich abgeschalteten Kameras.
Das Bad war perfekt ausgestattet. Zahnbürsten, Einwegrasierer, Badeartikel, Alles–für–die–Frau, verschiedene Parfums, Bademäntel, eine geräumige Dusche mit einem vielfach verstellbaren Brausekopf und eine Toilette.
Sie entschieden sich für eine gemeinsame Dusche, keiner von beiden wollte jetzt auch nur für Sekunden allein sein.

Kaum waren sie im Zimmer zurück, ertönte ein leiser Gong. Über dem Schreibtisch hatte sich eine Klappe geöffnet, darin stand ein Tablett mit ihrer Mahlzeit. Sogar eine Flasche Weißwein, gut gekühlt, war dabei. Ein edler Grauburgunder, ein Kaiserstühler aus Deutschland!

Jetzt erst merkten sie, wie hungrig sie beide waren.
Das Essen war tatsächlich wohlschmeckend!
Sie versuchten, einen Nachrichtensender zu bekommen, vergebens. Es gab nur ein Unterhaltungsprogramm.
Etwas klassisches, Operetten von Strauß. Zwei uralte Musicals, Hair und Cats. Ein paar klassische Konzerte, Vivaldi und Bach waren darunter.
Und natürlich jede Menge Krimis, uralte Western, irgendwelche Soap-Serien.
Nach kurzer Zeit entschieden sie sich fürs Schlafen, keiner wusste, was der Tag morgen bringen würde.
Sie waren sich beide unsicher, ob das mit dem „Nicht beobachten" tatsächlich stimmte.
Die ganze Atmosphäre des Raumes hatte etwas Surrealistisches. Obwohl hell und freundlich eingerichtet, düster und bedrohlich wirkend!
Deshalb wollte auch kein Gespräch aufkommen.
Leise wispernd wünschten sie sich eine Gute Nacht.
Eng aneinander gekuschelt und Händchen haltend wie kleine Kinder schliefen sie bald tief und traumlos ein.

13.3 Der Boss

Ein Gong ertönte, er weckte zwei verschlafene Kuschelkinder. Was auch immer gestern geschehen war, sie hatten beide schnell und traumlos-tief geschlafen.
Die Stimme vom gestrigen Abend verkündete, das Frühstück werde in dreißig Minuten bereitstehen. Und in einer Stunde würden sie für den weiteren Programmablauf abgeholt werden.
Die Stimme sprach tatsächlich von: „Programmablauf".

In Joe rotierte die Frage, ob der tiefe Schlaf Ausdruck der Erlebnisse der Vortage oder irgendwelcher Zusätze im Abendessen gewesen sei?

Sie schafften es gerade rechtzeitig mit ihrer Morgentoilette, da verkündete der Gong die Ankunft des Frühstücks. Der Kaffee war erträglich, der Orangensaft traumhaft. Der Rest war eher bescheiden, aber wer wusste schon, was als Nächstes kommen würde?

Sicherlich auf die Sekunde pünktlich öffnete sich die Tür, vier Asiaten mit dem schussbereiten G 27 im Anschlag. In den Mündungen wieder dieses leichte Glühen.
Keine Handschellen, wie das, schoss es durch Joe`s Kopf?
Sie wurden den Gang zurückgeführt, dann nach links.
Nach wenigen Metern ging es wieder nach links, den leicht abfallenden Gang zum Treppenhaus hin.
Wortlos wurde ihnen bedeutet, die Tür zu öffnen und die Treppe hinab zu gehen.
Schwer fiel die Tür hinter ihnen ins Schloss.
Die Treppe führte etwa zwei Stockwerke in die Tiefe, nach jedem halben Stockwerk endete sie in einem Podest, um dabei die Laufrichtung zu ändern.
Von den Podesten konnte man durch die Verglasung in den darunter liegen Raum spähen.
Unten angelangt, mussten sie erneut eine Tür öffnen.

Vor Ihnen lag ein Omega förmiger, nicht übermäßig heller Raum. Die Tür, durch die sie mit ihren Begleitern gekommen waren, bildete die offene Stelle im Omega.
Edle, holzgetäfelte Decken, Wände, Fußboden! Vielleicht- Bambus?
Schwer fiel die Tür hinter ihnen mit sattem, bedrohlich endgültig wirkendem Plopp ins Schloss.

Die Raumbreite lag bei vielleicht knapp fünfzehn Meter, die Tiefe mochte um gut achtundzwanzig Meter betragen.
Sah irgendwie wieder nach goldenem Schnitt aus.

Im hinteren Drittel ging der Boden über vier Stufen in ein Podest über, auf dem links ein riesiger, aber extrem schlichter Schreibtisch stand.
Eigentlich war es nur ein mattgrauer Quader aus einem unbekannten, schimmernden Metall.
Verblüffend war der Gewölbebogen des Omegas, er stand in krassem Kontrast zu der schlichten Geradlinigkeit des Schreibtisches.
Dieser Gewölbebogen bestand aus einer etwa neun Meter breiten und knapp sechs Meter hohen, gewölbten Glasfront. Aus einem einzigen Teil!
Einer liegenden, breiten Kuppel gleich.
Scheinwerfer tauchten die Welt hinter der Glasfront in ein helles Licht. Es sah aus, wie ein riesiges Aquarium! Man war in diesem Raum offensichtlich auf der dem Meer zugewandten Seite des Atolls, aber knapp unter dem Meeresspiegel.
Joe´s Blick wanderte nach oben, fast am oberen Rand der Glasfront konnte man kleine, schaumgekrönte Wellen anklopfen sehen. Diese Glasfront schottete den Raum tatsächlich gegen das Meer ab!
Er spürte Lenie`s Händedruck in seiner Rechten, das Mädel hatte ein eiskaltes, Schweißnasses Händchen-Angstschweiß!

„Willkommen, Herr Raubach"

Joe musste blinzeln, gleißendes, kaltes Licht war urplötzlich aufgeflammt! Eine Eisdusche hätte auch nicht kälter wirken können als diese Stimme! Nachdem sich seine Augen zögernd an die Helligkeit angepasst hatten, konnte er den Urheber dieser Stimme erkenne.

Ein im ersten Blick altersloser wirkender, hagerer Afraner in einem schlichten schwarzen Anzug stand urplötzlich hinter dem Schreibtisch.
Wie aus dem Nichts aufgetaucht!

Mit merkwürdig stakenden Schritten trat dieser Afraner seitlich neben den Schreibtisch. Er stand damit fast frontal vor Joe, nur eben mit knapp zwanzig Meter Abstand. Wässrige, eisgrau-blaue und zugleich winzige, geschlitzte Knopfaugen mit einer unmenschlichen Kälte durchbohrten Joe.

Ein kaum wahrnehmbares Kopfnicken, zwei der vier asiatischen Wachsoldaten nahmen Stellung auf dem Podest ein, fast am rechten Ende der Glasfront.
Ihre G 27 zielten lässig auf Lenie und Joe.
Die beiden übrigen Wachen hatten sich ebenfalls bewegt, sie standen nun jeweils etwa einen halben Meter seitlich rechts und links neben Lenie und Joe.

„Willkommen im Herzen der A.A.S. Ltd.
Ich bin der Boss, ich bin der Kopf hinter Allem!
Mein Name ist nicht relevant. Sie werden mir zuhören, Unterbrechungen sind nicht statthaft!"

Die Ansprache war eisig, laut, klar und einzig an Joe gerichtet. Lenie wurde mit keinem Blick, keiner Silbe gewürdigt.

Die Mimik der Asiaten und des Bosses ließen keinerlei Zweifel an der Ernsthaftigkeit der Aussage! Darum hatten die Wachen auch ihre Position verändert, sie sollten freies Schussfeld haben!
„Ihre brennenden Fragen werden sicherlich den Grund ihres Aufenthaltes hier betreffen?"

Es folgte eine kurze Pause. Die Luft schien spannungsgeladen zu knistern! Joe wagte noch nicht einmal, zu nicken.

„Nun- sie stören unsere Arbeit, Hr. Dr. Raubach!
Sie stören unsere Pläne und Entwicklungen!
Sie stören uns schon lange, sie stören uns immer wieder, sie sind ein lästiges Ungeziefer, das es auszurotten gilt!"

Der mit ruhigen Worten begonnene Satz endete in einer explosiven, rasenden Wut! Mit einer unglaublichen Kraft und Heftigkeit hatte der Afraner auf den Tisch eingedroschen! Ein normaler Mensch hätte sich die Hand gebrochen, schoss es Joe durch den Kopf.
Der Afraner und auch die Wächter verzogen keine Miene.

Joe war wie vor den Kopf geschlagen. Die kühle Sachlichkeit der Ankunft, der Unterkunft.
Und nun dieser wahrlich cholerische Gefühlsausbruch seines Gegenübers! Diese absurden Gegensätze galt es erst einmal zu verdauen.

Der Boss griff schwer atmend hinter den Schreibtisch. Eine Zigarette erschien nach wenigen Sekunden glimmend in seiner zitternden Hand. Tief inhalierte er den süßlichen Rauch, Totenstille ringsum. Es schien, als hätten alle Angst, auch nur einen falschen Atemzug von sich zu geben.
Der Alte tat noch zwei, drei weitere tiefe Züge. Offensichtlich versuchte er, seiner Gefühlswallungen Herr zu werden.
Als sich seine Rechte mit der Zigarette dem Schreibtisch näherte, schwenkte aus diesem seitlich ein Ascher aus. Achtlos fiel die Zigarette hinein, der Ascher zog sich in den Schreibtisch zurück.

Mit kühler Stimme, triefend vor Verachtung, fuhr der Alte fort:
„Ihr Europäer habt auf breiter Front versagt. Aus Geldgier euer Wissen verschleudert. Ihr Deutsche habt die Überflutung der Grenzen mit irren Völkermassen ermöglicht! Ami, Russen, Inder, Chinesen, keiner ist auch nur einen Deut` besser!
(die Stimme wurde schriller, einem Stakkato gleich prasselten die nächsten Worte mit aller Härte aus dem Alten heraus)
Wir sind hier der Anfang! Wir sind der Neubeginn!

(und theatralisch, die geballte Rechte zum Himmel gereckt!)
Lemurian wird auferstehen! Lemurian!

Nicht der versunkene Kontinent, pah! Unsere Macht wird den Globus umspannen!
Der ganze Globus wird Lemurian sein, gelenkt von hier!
Hier von diesem Ort, von meiner Zentrale! Von mir!"
In seine Augen irrlichterte der Wahnsinn, seine Stimme hatte sich binnen weniger Silben zu einem keifenden Tremolo gesteigert!
In den nun folgenden Sätzen lag keine asiatische Gleichmütigkeit mehr, das war nur noch blanker, bebender, innigster und abgrundtiefer Hass!
Abgrundtiefste Verachtung!

„Ein paar Beispiele nur, Mr. Joe Raubach:
Sie haben uns mit ihren Recherchen zur Tiefenbohrung in Hegau, die haben wir finanziert, sehr, sehr viele Schwierigkeiten bereitet.
Sie und Ihr Kollege Dirk Remmiz haben uns durch ihre Arbeiten beim Bau der Transpress Trassen in Deutschland und einigen anderen, europäischen Ländern massiv gestört. Vielfach massiv gestört!
Auf Helgoland, vor wenigen Wochen erst, haben sie unsere Mannschaft wiederum mit bohrenden Fragen ständig gequält.
Ihre Hunderttausend Fragen zu Adoption und In-vitro-Fertilisation, stets und ständig und immer wieder!
Und auch bei Senator Hansen! Sie stellen zu viele und vor allen Dingen, sie stellen die falschen, die falschen!
Fragen! Am falschen Ort, zur falschen Zeit! Sie recherchieren über mangelnden Nachwuchs und alle Ersatzmöglichkeiten! Sie, Sie, Sie…"

Die Stimme überschlug sich wiederum vor Hass!
Das Gesicht war zu einer Fratze verzerrt!
Er trommelte mit beiden Fäusten ein verzweifeltes Stakkato auf den Tisch!

Schwer atmend stützte sich der Afraner auf die Schreibtischkante. Dann, nach ein paar erneuten, tiefen Atemzügen richtete er sich auf.

„Und jetzt bohren Sie auch noch im Drogenthema herum! Ihre Aktionen mit der Polizei! Sie haben ihr Leben verwirkt, Sie, Sie!"

Seine rechte Hand zeigte bei jedem Wort mit einem wie ein Dolch nach vorne gestoßenen Finger erneut auf Joe. Der Afraner trat einen halben Schritt vom Schreibtisch weg.

Schwer atmend griff er sich an den Schädel, die grauhaarigen Strähnen flogen in hohem Bogen hinter den Schreibtisch! Das war eine Perücke gewesen! Unter einer kahlen Schädelhaut war eine Vielzahl kaum erbsengroßer Erhebungen zu erkennen. In einem netzartigen Raster überzogen sie den kahlen, von Altersflecken stark pigmentierten Schädel.

„Ich habe mir ein Imperium aufgebaut, Ich, Ich! Und sie, Herr Raubach, sie stören und gefährden es. Die A.A.S. Ltd. wurde von dem gegründet, der mich im Reagenzglas zusammengeschüttet hat!"

Triefende Verachtung lag erneut in der Stimme, Joe war nur sprachlos. Lenie stand bleich und bebend neben ihm. Ihre Hand presste die seine wie in einem Schraubstock!

„In-vitro-Fertilisation wird das genannt. Während ihr in Europa noch diskutiert habt, und die Amerikaner überlegten, zu welchen militärischen Zwecken sie diesen Dreck nutzen konnten, hat mein Vater diese unsägliche Scheiße zu einer industriellen Reife gebracht! Aber (er holte keuchend Luft und begann dabei wie irre zu kichern), man kann Allem auch etwas Gutes abgewinnen, Haha, Haha - Haha! Denn da die Menschheit verrückt auf Kinder ist, aber kaum noch Kinder zeugen kann, lässt sich damit hervorragend Geld verdienen. Und ihr Idioten habt ihm, meinem Erzeuger, mit dem Zusammenbruch der Grenzen in der ersten großen

Flüchtlingswelle auch noch das Rohmaterial für seine Experimente geliefert, Hahaha!
Unregistrierte Männer, Frauen, Kinder! Zuhauf!
Menschen, nach denen nie einer gefragt hat, HAHAHA!
(er lachte erneut, mit geiferndem Spott, Speichel troff aus seinen Mundwinkeln. Der Boss richtete sich abrupt steil auf.)
Und mit Geld und Macht kann man dann dafür Sorge tragen, dass andererseits auch genügend Kinder für Adoptionen zur Verfügung stehen.
Auch damit lässt sich trefflich Geld verdienen!
Für die Quantensprünge in den genetischen Forschungen meines „Erzeugers" habe ich mich anfänglich überhaupt nicht interessiert. Es hat lange gebraucht, bis ich die finanziellen Möglichkeiten darin wirklich entdeckt habe!
Der Durchbruch, mein lieber Herr Raubach, der Durchbruch kam mit dem weltweiten Antidrogenkampf und dem Verbot der Drogen!"

Er lachte erneut laut, sehr laut und sehr schallend!

Joe konnte nicht an sich halten, zornig entfuhr es ihm: „Dann sind sie oder auch die A.A.S. Ltd. tatsächlich diejenigen, die hinter unseren ungelösten Drogenproblem stehen?"

Der Boss holte erneut tief, sehr tief Luft und antwortete mit sichtlichem Stolz und Nachdruck: "JA!"

Dann kippte die Stimme erneut ins Eisige: „Und sie waren wieder mal unmittelbar davor, unsere vielen, unsere unzähligen kleinen Geheimnisse zu lüften. SIE, SIE!
Ich habe viele Berichte von Drogenkartellen rings um die Welt gesehen und verfolgt. Alle haben die gleichen Fehler gemacht. Sie haben versucht, kleinste Mengen an Drogen, die auch noch nachweisbar waren, gegen horrende Summen an einige Wenige zu verkaufen. Unter einem irrsinnigen Aufwand, mit vielen Risiken.

Wir (und jetzt wechselte der Klang der Stimme ins
theatralische) sind, ich bin einen andern Weg gegangen.
Einen sehr, sehr erfolgreichen Weg.
Meine, unsere Drogen sind dreigeteilt!"

Das war ein Donnerschlag! Joe fühlte den Boden unter
sich schwanken, seine Knie wurden weich. Die Gedanken
rasten, die Diskothek, der Nebel, Götzmann, Hegau,
Helgoland...
Ein eisernes Band umschlang seine Brust mit gnadenloser
Härte.

„Einen Teil verstecken wir in sehr beliebten Zigaretten,
aus dem Himalaya oder auch aus Georgien. Die zweite
Komponente steckt für euch Europäer in belgischem Bier
oder bestimmten Wodka- oder Whiskeysorten. Die dritte
Komponente verstecken wir in Parfums oder Raumdüften
oder ähnlichem.
Keine Komponente alleine fällt in irgendwelchen Tests
auf. Nanopartikel, die ihr selbst mit Gaschromatographie
kaum erkennen könnt!
Entdeckt ein Chemiker eine Substanz, wird er sie als
Verunreinigung des Produktes einordnen. Selbst bei zwei
Substanzen ist das noch alles harmlos. Erst wenn alle
Komponenten zusammentreffen ist die Wirkung da.
Rausch, Gewaltbereitschaft, hemmungslose Sexgier, sie
kennen das ja bestens!"

Der Alte lachte erneut schallend und hämisch auf.
Die Wachen standen völlig ungerührt.
Im Hintergrund, hinter dem Glas der Kuppel, das blaue
Wasser der Lagune, obenauf ein paar Tupfer
Wellenschaum.

Surreal!

„Mein Gott, stöhnte Joe: und ich war so nah dran!"

Die Antwort glich einem Donnerhall: „Genau deswegen sind sie hier. Wir haben dafür keine Mühe gescheut. Ihr geliebter Kongress, eine geniale Finte meinerseits! (wieder dieses hämische, von Spott triefende Lachen)"

Joe musste schlucken, er rang stotternd nach Luft.
„Aber, aber – und – wie und was hat das mit der In–vitro–was? zu tun, mit den Adoptionen"

„Das, mein lieber Herr Raubach, hat damit viel zu tun. Sehr viel sogar. Sie müssen etwas weiterdenken! Weiter denken!
(die Stimme hatte jetzt plötzlich eine sachliche Kühle, erinnerte an einen guten Dozenten).
Die Neugier ist in jedem Menschen, die Bereitschaft zu Drogenkonsum nicht. Sucht ist meist eine genetische Disposition. Hat mein Erzeuger entdeckt!
Bei seinen vielen Experimenten Anfang der zwanziger Jahre entdeckt!
Sucht, egal ob nach Nikotin, Alkohol, Drogen, Gewalt, Sex, egal. Sucht ist eine genetische Disposition!

(und nach einer kurzen, bedeutungsvollen Pause)

Und nun, Herr Raubach, kommt der Geiz der Europäer oder die Gier der Amis nach immer billiger ins Spiel!
(das „billiger" wurde förmlich ausgespuckt!)
Wer den Menschen zu Adoptivkindern verhilft, kann auch bestimmen. Der bestimmt auch, wer die Eltern sind. Am besten Eltern mit Macht, Geld und Einfluss.
Wer Menschen zur In-vitro-Fertilisation verhilft, kann ebenfalls bestimmen, wer die Eltern sind. Ebenfalls am bestens Eltern mit Macht, Geld und Einfluss.
Und mit der geeigneten Gentechnik sorgt man dann dafür, dass die so geschaffenen Kinder von Anfang an eine große Bereitschaft zum Drogenkonsum in sich tragen!
Und (jetzt lächelte er süffisant) wer Macht und Einfluss hat, Hr. Raubach - dessen Kinder haben auch Geld! Und

in jeder Herde braucht es nur ein oder zwei, die vorweg gehen. Der Rest kommt hinterher getrottet, auch beim Drogenkonsum! Ein geniales System, Herr Raubach, wir schaffen uns unsere Kunden selbst und die Welt lobt und preist uns sogar dafür!"

Joe und Lenie waren nur noch sprachlos! Dieses Wesen, war es wirklich ein Mensch? Soviel rohe Gefühllosigkeit? Hemmungslos, rücksichtslos, das war doch nicht mehr Humanoid!?

„Aber sie können doch nicht jedes Kind den Drogen aussetzten, das geht doch gar nicht!" stammelte Joe atemlos nach ein paar endlos lang erscheinenden Sekunden.

Schallendes Gelächter ertönte, der Alte konnte sich kaum beruhigen. Er krümmte sich vor Lachen. Fehlte nur noch, dass er sich lachend am Boden wälzte!

„Wir können nicht? Wir können nicht? Herr Raubach? Was glauben sie, wen Sie vor sich haben?
Die A.A.S. Ltd. (jetzt war die Stimme nur noch abgrundtiefer Hohn) ist eine der wohltätigsten Organisationen auf diesem Planeten! HAHAHA!
Unsere Tochtergesellschaften stiften weltweit den Schülerklassen in den Abschlussjahren Klassenfahrten!
Den Studenten gewähren wir Stipendien und Exkursionen!
Und wo immer junge Menschen außerhalb des Elternhauses zusammenkommen, wird gefeiert. Mit gesponsertem Alkohol, Zigaretten.
Parfum und so verschenken wir wohltätig als Warenprobe dazu, HAHAHA! Der Boss lachte erneut laut und schallend: „Die besten Gelegenheiten, diese unnützen, eitlen, bornierten, geldgeilen Möchtegerne, die nichts anderes als künstlich gezeugte Söhne und Töchter sind, mit unseren Drogen zu kontaminieren!"

Der Alte lachte noch immer laut schallend. Als wolle dieser Hohn, diese Verachtung nie enden!
„Und eins, zwei, vielleicht dreimal genossen- und die Sucht ist unumkehrbar erwacht! Meist genügt schon ein einziger Kontakt! – HAHAHA!!"
Das geifernde, gellende, immer lauter werdende Lachen wollte nicht enden. Speichel troff aus den Mundwinkeln des sabbernden Alten.

Joe stammelte erneut entsetzt. Keuchend brachen die Worte aus ihm heraus: „Das ist doch Menschen verachtend, was sie da treiben!"

„Menschenverachtend! Das wagen sie, Herr Raubach zu sagen! Hören Sie auf, davon haben sie keine Ahnung! "
Cholerisch laut keifend überschlug sich die Stimme!
Die Faust des Afraners trommelte erneut auf den Schreibtisch, aber viel Kraft lag in diesem Schlägen nicht mehr.
Der alte, schmächtig-hagere Körper bebte vor Erregung!

„Menschenverachtend war mein Erzeuger, der so etwas wie mich im Reagenzglas zusammengeschüttet und großgezogen hat, anstatt die Probe zu vernichten.
Hier – hier – er neigte den Kopf und deutete heftig mit den Fingern auf die vielen, erbsengroßen Erhebungen herabstoßend, hier, nur mit diesen Elektroden bin ich der Lage, unterhalb der Hüfte etwas zu spüren, einigermaßen zu laufen! Hier, hier, hier!"
Er schrie! Die Stimme wurde immer greller, überschlug sich, während er in einem irrinnigen Stakkato mit dem rechten Zeigefinger auf das Netz an erbsengroßen Erhebungen auf der Schädeldecke eintrommelte!

Und nach einer kurzen Pause, einem tiefem Atemzug:

„Hier, sehen sie hierher! Jeder dieser Knoten ist eine Elektrode, die man mir in den Kindertagen in den Schädel hineingebohrt hat! Ohne diese Scheißdinger bin ich nicht

lebensfähig! Herz, Nieren, Beine, alles funktioniert nur
mit diesen Elektroden! Nur damit!"

Joe schienen die Sinne zu schwinden, das kann nicht
wahr sein, das ist surreal, ein böser Traum!
Der schmerzhafte Händedruck von Lenie bewies ihm
jedoch das Gegenteil.

Der Boss stützte sich schwer atmend für einen Moment
auf die Schreibtischkante. Dann straffte sich der Körper,
stakend trat er einen Schritt zur Seite, frei in den Raum.
Er atmete heftig. Man konnte deutlich erkennen, wie der
Alte seine Gefühlswallungen niederrang!

„Wieder so ein Experiment, Herr Raubach!
Ich war einer der ersten Menschen, denen man die
Elektroden tief ins Hirn versenkt hat, Kabel unter die
Haut gelegt hat, um die Impulse an die Beine weiter zu
leiten.
Monatelang wurden die Impulse verstärkt, bis die Nerven
wieder gelernt hatten zu reagieren!
Diese Untier, dieser Erzeuger, hat mich gequält, bis auch
meine Männlichkeit funktionierte! Diese Schmerzen, diese
Qualen, kein Morphin, kein Opiat konnte sie überdecken!

(und nach einer kurzen Pause)

Menschenverachtend! Haha, Menschenverachtend!
Hr. Raubach, menschenverachtend waren auch meine
Kommilitoninnen und Kommilitonen in Dresden, München
und Heidelberg!
Ausgelacht haben sie mich, vorgeführt - vorgefüüührt!
Mich, einen Krüppel mit meinem Aussehen!"

Der Boss stützte sich jetzt erneut mit einer Hand auf den
Schreibtisch. Joe`s Versuch eines Einwandes wurde mit
einer groben Geste des linken Armes im Ansatz
unterbrochen.
Die Wachen standen weiterhin in stoischer Ruhe.

„Menschenverachtend, Herr Raubach, war meine Zimmernachbarin im Wohnheim!
Eine wunderschöne Doktorandin aus Schweden.
Sie hat mich umgarnt, Hoffnungen in mir geweckt.
Hat mich beim ersten Date in ihrem Appartement ins Schlafzimmer geschickt, ich sollte mich vorbereiten!
Und als ich wehrlos und nackt auf dem Bett lag, sind ihre Kommilitonen mit den Kameras ins Zimmer gestürmt, haben die Bilder über mich im Internet verbreitet!
Diese Schweine!

(ein schriller Schrei war dieser Satz- und nach einer erneuten, schwer atmenden Pause)

Aber, Hr. Raubach, ich habe mich gerächt! An dem Weib habe ich mich wirklich gerächt!
Mein ist die Rache, mir, mir – Hahahaha, Hahaha!"
(ein irres, grelles Lachen schallte im Raum, es durchdrang Mark und Bein).

„Und wie haben sie das angestellt" Joe hatte sich äußerlich wieder etwas gefasst. In seinem Inneren brodelte bereits mindestens ein Vulkan. Seine Haut brannte, er fühlte sich kurz vor der Explosion.

Der Alte holte tief Luft:
„Das blöde Weib hat dann einen älteren Professor, einen Adligen aus Deutschland geheiratet. Die beiden konnten aber keine Kinder zeugen. Haben sich dann aber wenige Jahre später um einen Platz auf eine unserer Wartelisten für In-vitro-Fertilisation beworben. Die Gelegenheit! Diese Methode ist sehr, sehr aufwändig und teuer.
Und auch adlige Professoren sind geizig.
(und mit einem hässlichen Grinsen) Sehr geizig!

Und dann, mein lieber Herr Raubach, dann habe ich mir die nächstbeste Niggerin geschnappt und mit ein paar tief

363

gefrorenen Samen meines Erzeuger gekreuzt, ich selbst
bin ja unfruchtbar.
HAHAHA (er lachte erneut schallend) – was haben die so
blöde geguckt, als ein schwarzes Baby zur Welt kam!
HAHAHA! – und die ganze verrückte, geldgeile
Gesellschaft drum herum!
Ein Bilderbuchafraner noch dazu!

Und das Ergebnis, das haben sie bereits kennen gelernt!
Almin (er spukte den Namen förmlich mit seiner
Schwäche für das „R" aus) hat sie ja hierhergebracht!
Almin – der Idiot – HAHAHA! Mein von mir im
Reagenzglas gezeugter Halbbruder – HAHAHA!"

Joe war sprachlos, einen solchen Zusammenhang von
Hass, Intrigen und Menschenverachtung hätte er nicht im
Traum erwartet. Er war völlig perplex!

Der Afraner tippte an eine Schublade des Schreibtisches,
lautlos glitt diese auf. Das war mit Sicherheit glasklarer
Schnaps, den er auf den Tisch stellte. Mit zittriger Hand
goss er sich ein halbes Wasserglas mit der leicht ölig
schimmernden Flüssigkeit voll, stürzte es ungerührt in
einem Zug hinunter.

Die wässrigen Augen hatten einen eisigen, durchdringend
Blick.
„Menschenverachtend, Herr Raubach, sie nehmen Worte
in den Mund, ohne ihren Sinn zu kennen!"
Er berührte eine Fläche auf dem Tisch mit seiner Rechten,
hinter dem Schreibtisch, am Rande der Glaskuppel,
flammte ein riesiger Bildschirm auf.
Ein Steg wurde sichtbar, Wasser und die Oberkante der
aus dem Wasser herausragenden Glaskuppel.
„Ich zeige ihnen, was menschenverachtend ist.
Genießen Sie, wie wir hier unsere Probleme lösen und
beseitigen"
Er zischelte ein paar Silben, eine asiatisch klingende
Sprache. Zwei Wachen erschienen auf dem Bildschirm,

betraten den Steg. Zwischen sich schleppten sie eine junge Frau, mit Slip und zerrissenem, blutbeflecktem Shirt notdürftig bekleidet.
Sie sah sehr mitgenommen aus, wahrscheinlich hatte man sie ausgiebig gefoltert.
Eine der Wachen trug eine Art Rucksack auf dem Rücken.
Macheten baumelten an den Seiten der Wachen.

„Manchmal, Herr Raubach, manchmal haben wir auch in der Gentechnik Fehler - oder sollten wir sagen - Varianten? (der Ton war purer Sarkasmus)
Eine Variante davon, eine nützliche haben sie bereits kennen gelernt. Auch da waren sie kurz davor, uns mit ihrer Neugier zu schaden.
(das Bild auf dem Schirm wechselte, es zeigte die sieben Afraner, die ihnen im Horten und in Singapur aufgefallen waren). Sehen sie, Herr Raubach, drei der sieben Mitarbeiter von mir sehen in der Tat etwas merkwürdig aus. Sie haben sich mit ihrer Begleitung darüber ausgetauscht (er deutete in Richtung Lenie).
Diese drei Männer, er zeigte mit seiner Rechten auf den Bildschirm, sind Autisten.
Die übrigen dienen nur der unauffälligen Begleitung, sie sind austauschbar.
Diese drei sind ganz besondere Autisten (er deutete erneut), sie haben ein fotographisches Gedächtnis.
Eine sehr seltenen Gabe, aber wir können ja aus einem großen Pool schöpfen!"

Joe war perplex: „Und was hat das mit der A.A.S. Ltd. zu tun, wo ist der Sinn?"

Der Boss lachte laut auf, seine Stimme troff vor Hohn:
„Nicht alle Zahlen und Geschäftsberichte in einem solchen Imperium sind zur Weitergabe über Papier oder übers Internet geeignet. Oder denke Sie an Verfahrenbeschreibungen und ähnliches. Die sieben kommen als relativ unauffällige Touristen überall hin.

Diese drei, unsere, meine Spezialisten sehen sich eine
Bilanz, eine Rezeptur oder was auch immer an und geben
das Ganze ohne irgendwelche Spuren an einem
beliebigen Punkt der Erde wieder weiter! Ohne auch nur
einen Buchstaben zu verlieren! Hervorragend! Und das
nur auf Grund ihrer phänomenalen Gedächtnisleistung,
dem photographischen Gedächtnis!
Fehlerquote Null!
Keinerlei Spuren in irgendwelchen Datenbanken!"

Der Boden unter Joe`s Füßen schien sich zu Öffnen! Wäre
jetzt Feuer ausgetreten oder der Satan mit Rauch und
schwefligem Gestank erschienen, es hätte ihn nicht
gewundert.

Mittlerweile hatte sich der Boss das zweite Halbglas
Schnaps eingeschenkt und hinuntergekippt.
Und fuhr nach einem tiefen Atemzug jetzt mit eisiger
Stimme erneut fort:
„Manchmal hat die Gentechnik aber auch Fehler im
negativen Sinne für uns. Die Familie dieser Frau (er
deutete auf den Bildschirm.) hatte uns viele, sehr viel
Probleme bereitet. Wir haben sie restlos beseitigt.
Ausgemerzt! Alle!
(auf dem Steg standen noch immer zwei regungslose
Wachen, dazwischen eine sich kaum noch wehrende,
schwache junge Frau)
Diese Frau sollte zur Strafe für uns arbeiten, die älteste
Lohnarbeit der Welt - Hahaha!
Aber, sie blieb bis heute standhaft. Alle Mittel und
Methoden, sie zur Prostitution zu bewegen, haben bei ihr
versagt!"

Er zwitscherte in der asiatischen Sprache. Einer der
Wachen drehte der Frau den Arm in einem brutalen
Polizeigriff auf den Rücken, mit der anderen riss er ihren
Kopf anlangen, schwarzen Haaren in den Nacken. Die
Frau war jung, sehr jung, sie musste einmal richtig gut
ausgesehen haben.

Der zweite trat einen Schritt zurück, nahm den Rucksack von der Schulter. Er griff hinein, holte mit zielsicherem Griff ein flatterndes Huhn heraus.

Dann trat er an den Rand des Steges, hielt das Huhn über das Wasser, um ihm mit der Machete den Kopf abzuschlagen.

Das Huhn flog in weitem Bogen ins Meer. Das Aufspritzen des Wassers war durch die Glaskuppel gut erkennbar.

Flatternd und mit den letzten Muskelzuckungen verteilte das geschundene Tier sein Blut im Wasser

Schweigend vergingen ein paar Sekunden. Dann schoss ein Hai heran, dem nach Sekunden ein weiteres, riesiges Exemplar folgte.

Der Boss meldete sich zynisch zu Wort: „Wir haben durch ein gezieltes Programm eine saubere Entsorgung unserer Problemfälle realisiert.

Jetzt, Herr Raubach, zeigen wir Ihnen wahre Menschenverachtung!

(der Alte holte schnaufend tief Luft)

Eigentlich eine bedauerliche Verschwendung von Ressourcen, Organe werden heute weltweit fürstlich bezahlt! Besser als je zuvor! Aber Sie, Sie (der spitze Zeigefinger stieß erneut mehrfach auf Joe zu) sie sollen meine geballte Macht erleben! "

Er zischelte erneut asiatisch.

Der Wachmann, an dessen Seite eine jetzt blutige Machete baumelte, trat vor die Frau.

Entsetzen stand in ihren weit aufgerissenen Augen, sie hatte die beiden Haie sehr wohl registriert.

Ihre Lippen formten tonlose, verzweifelte Worte.

Der Wachmann schlug ihr plötzlich und völlig ungehemmt mit der Faust ins Gesicht.

Der Kopf flog weit in den Nacken, Blut spritzte aus der Nase, tropfte von den aufgeplatzten Lippen. Die letzten hellen Stellen des zerrissenen T-Shirts färbten sich in Sekunden auch noch blutrot.

Der Schläger bückte sich, packte die nun in Todesangst wild um sich tretende und Zappelnde an den Füßen. Ungerührt trug er das mit der Kraft der Verzweiflung um sich schlagende, tretende Menschenbündel mit seinem Kameraden ans Ende des Steges.

Die beiden schwang die Frau hin und her, man konnte förmlich sehen, wie sie bis drei zählten.

Dann flog die Blutende verzweifelt und wild Zappelnde in hohem Bogen ins Wasser!

Der Schläger hatte sich etwas zu nah an den Rand des Steges gewagt. Beim Loslassen der Frau wurde er unsicher, kippte nach hinten und stürzte mit grotesk rudernden Armen ebenfalls in die See.

Der Zweite dreht sich um, den Steg zu verlassen.

Seine Kameraden, der offensichtlich nicht schwimmen konnte oder die Frau würdigte er mit keinem Blick.

Die Ereignisse schienen ihn überhaupt nicht, absolut nicht zu berühren!

Durch die Glaskuppel konnte man sehen, wie die Frau verzweifelt versuchte, an die Wasseroberfläche zu gelangen.

Der erste Hai schoss heran. Seine Zähne verhakten sich in den Oberschenkeln der Frau. Als seine typisch ruckartige, heftige Schleuderbewegung beendet war, trieb ein nur noch mit den Armen rudernder Torso im blutroten Wasser.

Die Augen vor Entsetzen aus ihren Höhlen gequollen, der blutende Mund zu einem stummen, unmenschlichen Schrei weit aufgerissen!

Der zweite Hai schoss heran und beendete das grausame Werk.

Der erste Hai hatte sich mittlerweile erfolgreich dem wild strampelnden Wachmann zugewandt...

„Du Bestie" dieser gellende Schrei stammte von Lenie. Sie krümmte sich in tiefstem Schmerz aus einer geschundenen Seele!

Joe war nur fassungslos, so eine Brutalität und Rohheit hatte er noch nie erlebt. Eine Faust hatte sich um sein Herz gekrallt, sein Atem setzte für Sekunden aus.
Lenie starrte den Afraner mit weit aufgerissenen Augen und heftig nach Luft schnappend an.
Ihre Brust bebte!

Der Boss zuckte herum, das dritte Glas Schnaps in der Hand schwappte verdächtigt. Kalt und ohne jegliche Regnung entgegnete er:
„Sie Herr Raubach, wollte ich hier haben. Und ihren Freund Dirk Remmiz. Und was bringen sie mit?
Ein stammelndes Etwas, eine Frau! Ein Weib! Hierher!"
(seine brüllende Stimme überschlug sich in Sekundenbruchteilen erneut vor verächtlichem Hass!)
„Wissen sie denn, wie viele Versuche ich unternommen habe, sie aus dem Weg zu räumen?
Versager, Versager, Versager überall!"
(bei jeder der letzten Silben ein erneuter, wutvoller und doch verzweifelter Schlag auf den Tisch. Der Alte atmete schwer, der hagere Körper bebte)
„Erinnern sie sich noch an die Schlägerei in der Bar, sie konnten mit Hilfe ihres Freundes vorzeitig fliehen!
Ich habe ihnen Gift mit ihren Lebensmitteln zukommen lassen! Und sie liegen in aller Seelenruhe nach den Ereignissen auf Helgoland im Krankenhaus, während die Idioten das Zeug in ihrer deutschen Gründlichkeit wegen Mindesthaltbarkeitsdatum entsorgen"
(erneut wurde der Tisch von derben Faustschlägen malträtiert)
Der LKW, der sie nur um wenige Meter verpasste.
Die Bombe im Parkhaus ihrer Redaktion, die nicht hochging, ich schicke die Idioten doch nicht los, nur um ein Tor zu beschädigen!"
(Joe wurde klar, der Alte wollte ihn vernichten. Da hatte sich eine grenzenlose Wut, ein ohnmächtiger Zorn aufgebaut. Und das bei einem hochgradigen Choleriker!)

„Der nächste Idiot hat sie mit ihrem Kollegen Schaller verwechselt, den Idioten habe ich lebendig in ein Krematorium bringen lassen!
(ein paar tiefe Atemzüge, dann ging die Aufzählung zu Joe`s Entsetzen weiter. Vieles erschien jetzt in einem völlig neuen Licht).
Und die blöden, diese verrückten Weiber in Hamburg, vertauschen den Wodka, weil der ihnen nicht schmeckt! Wieder ein Plan zunichte!
Auch die Weiber habe ich bestraft, sie bereuen ihr eigenmächtiges Handeln bis zur letzten Sekunde!
Ein Urwaldpuff in Nordafrika, direkt neben einer Diamantmine! Hahaha!
Die haben jetzt zwanzig Stunden am Tag heftig zu arbeiten, bis sie verreckt sind!"
(der Alte stützte sich erneut schwer atmend am Tisch ab)
„Selbst die Diskothek haben sie, Raubach, überlebt!"

Und dann, mit einem brüllendem, urplötzlichen, erneuten Wutausbruch:
„Hierher! Hierher habe ich gesagt! Du Idiot, schaff` das Weib hiiiierher! Los, los, hierher!"

Der neben Lenie stehende Wächter packte Lenie brutal am Arm, sie stolperte über die Podest Stufen, kam, brutal heruntergedrückt, kniend vor dem Boss zum Halt. Der Wächter ließ Lenie mit einem letzten Schubser los, stellte sich zu den beiden anderen vor die Glasfront.
Da erhoffte er sich wohl ein besseres Blickfeld auf die nun folgenden Ereignisse.

Diese Wächter, völlig emotionslos.
Joe konnte sich nicht regen, der Lauf des G 27 hatte sich von unten in sein Kinn gebohrt, drückte seinen Kopf nach oben. Er stand schon auf Zehenspitzen!

Das Gesicht des Bosses spiegelte nur noch widerwärtigen Hass wider.

„Aber ich habe eine Verwendung für dich, er deutet auf Lenie, wir haben heute Nacht deine DNA analysiert. Hast ja im Ecrano ein schönes rotes Tuch hinterlassen! (wieder dieses widerlich, hässliche, geifernde Grinsen) Mit dir können wir, werden wir noch viel Geld verdienen. Du wirst Kinder produzieren! Sehr viele sogar und keines davon je im Arm halten!
Aber, freue dich. Freue dich sehr, ich bin jetzt in guter Stimmung!
(widerwärtiger Sarkasmus troff in Strömen aus der geifernden Stimme)
Du kannst jetzt, jetzt hier, sofort mit deinem Verhalten bestimmen, wie du deine Kinder bekommst. Ob von ausgewählten Männern oder ob du nebenher noch tagein, tagaus im Bordell deine Ergebnisse verbessern darfst. Wie viele Männer hattest du in deinem Leben, es spielt keine Rolle mehr! Ich schicke dir jeden Tag zwanzig, dreißig, fünfzig oder mehr!"

Lenie würgte, ihr war sichtlich übel.
„Und ich habe noch ein Geschenk für dich. HAHAHA!
(er fing an, auch noch satanisch zu kichern) Morgen werden wir deinen Freund Joe an die Haie verfüttern. Und du entscheidest ebenfalls jetzt, jetzt und hier, ob wir ihn einfach ins Wasser werfen oder ob wir ihn an einem Galgen übers Wasser hängen! Dann können ihn die Haie Stückweise fressen!"

Lenie schüttelte mit weit aufgerissenen Augen und sprachlos herunter geklapptem Mund entsetzt den Kopf!

Der Afraner hatte sich in eine sinnlose, wütende Raserei gesteigert. Er tappte hinter den Schreibtisch, hantierte zitternd und bebend erst an einer Schublade und dann an sich. Danach stellte er eine rote Dose auf den Tisch. Kondomspray! erkannte Joe.
In seinem Kopf spulte sich ein Werbefilm ab. Das Zeug gab es in verschiedenen Varianten.

Man konnte Ejakulat darin aufbewahren oder gleich
abtöten.
Das rote war eine sündhaft teure Besonderheit.
Es schütze nicht nur, es unterstütze zugleich Männer in
ihren körperlichen Schwächen! Wer keinen auf normalem
Wege hochbekam, der nutzte diesen Dreck!
Illegal, verboten, absolut ungesund. Aber hier scherte
sich keiner darum!
Der Alte begann, damit erneut zu hantieren.

Dann trat der Afraner erneut vor den Schreibtisch. Die
Hand vor seinem Gemächt wurde von der nach wie vor
knienden Lenie nahezu völlig verdeckt.
Die freie Hand schnellte wie ein Speer auf Lenie zu: „Du
bekommst heute noch eine Extralektion, blasen!
Vor deinem Freund! Und wenn du dich weigerst, lasse ich
dich in Stücke schneiden!
Auf die alte, chinesische Art! Wir schneiden dir
irgendetwas ab, und erst, wenn du dich erholt hast,
kommt das nächste Teil ab! Los!"
Dieser Befehl war schneidend gewesen, er duldete keinen
Widerspruch, das war eindeutig.

Lenie schüttelte verzweifelt ihren Kopf, zu keinem Wort
mehr fähig. Ein tiefes Schluchzen entstieg ihrer Brust. Ein
hilfloser Strom Tränen floss aus ihren Augen.
Verzweifelt drehte sie sich zu Joe um, schüttelte den
Kopf! Ein hilfloses, schwaches Bündel gequälter Mensch!

Joe war wie gelähmt, entsetzt! Doch dann schoss ein
irrwitziges Bild, ein Film durch den Kopf, er und Lenie am
Anfang ihrer Beziehung.
Eine ihrer ersten Nächte, in Lenie`s Appartement. Sie
hatten Spaß am Sex, hatten einfach nur rumgealbert und
experimentiert. Beim „69" rutschten sie von Lenie `s
schmalen Bett ab, worauf hin Lenie im bei der Landung
derart in sein bestes Stück gebissen hatte, das er in der
Klinik genäht werden musste und acht Wochen
„kampfunfähig" war.

Joe kratzte sich mit dem linken Bein die rechte Wade, der Wächter neben ihm war etwas zur Seite getreten. Der wollte wohl auch einen besseren Blick auf das bevorstehende Schauspiel haben.

Das G 27 war mittlerweile etwas herabgesunken, zeigte nun vor Joe`s Brust in die Decke der Halle.

Die drei übrigen Wächter grinsten mittlerweile noch einfältiger.

„Los, Los " gellte der fordernde Ruf des Afraners erneut, noch befehlender, noch durchdringender, noch heftiger.

Joe hob in einer hilflosen Geste die Arme: „Lenie, Lenie, sei stark. Tue, was er sagt, tu es, um zu überleben" rief er flehentlich. „Lenie, tue es, um mir einen gnädigen Tod zu bescheren, denke an etwas Schönes aus unserer gemeinsamen Zeit. An die schönen Erlebnisse in den ersten gemeinsamen Nächten.

(und mit großem Nachdruck)

An unsere ersten, allerersten Nächte! An alles was wir im Anschluss daran wochenlang, acht, ganze acht Wochen lang erleben durften!"

Lenie blickte mit Tränen überströmtem Gesicht zu ihm auf. Er zeigte ihr ein Lächeln, mit überdeutlich zu erkennenden Zähnen. Nach Sekunden der Sprachlosigkeit huschte ein Erkennen über ihr Gesicht.

Sie wandte sich dem Boss zu, dieser legte in Erwartung schöner Dinge den Kopf hässlich grinsend in den Nacken. Er stemmte die Hände in die Hüften und schloss die Augen!

Ahaauuaaaaaaaa!

Dieser Schrei war fast unmenschlich, er gelte lautstark durch den Raum. Lenie hatte wohl sofort hemmungslos mit aller Macht und Verzweiflung an der empfindlichsten Stelle zugebissen!

Ab sofort spielte sich eine Zeitlupe in Joe`s Kopf ab.
Das linke Bein, vom Kratzen schon passend hoch an der Wade, holte zu einem kräftigen Tritt seitlich gegen das Knie seines Wächters aus.
Er meinte förmlich, das Knirschen zu hören, mit dem die Kniescheibe des Getretenen aus ihrem angestammten Platz sprang!
Das Gesicht des Wärters verzerrte sich, er ging in die Knie. Joe entriss dem Fallenden das G27.
Die vor etlichen Monaten erfolgte Schulung bei Heckler & Koch Nachfolger im Rahmen einer Gerätevorstellung schoss durch seinen Kopf, als wäre es gestern gewesen!
Linke Hand an den Schaft, Kipphebel zurück, dann erste Raste- Einzelschuss Weichziele.
Rechte Hand an den Kolben, Daumen an der Rändelschraube.
Leistung bis zur ersten Druckstufe hochdrehen, Einzelschuss mit hoher Leistung!
Finger am Abzug, Hechtrolle nach vorne rechts, grob visieren.
Der grüne Leitstrahl fingerte knapp über einen schmerzverzerrt am Boden kauernden Afraner – der Boss!
Der erste Wächter war im Begriff, die in der Schrecksekunde abgesenkte Waffe anzuheben.
Joe hatte das G 27 mittlerweile erneut grob gerichtet, der grüne Leitstrahl erwischte einen Ellenbogen.
Millisekunden später war das nur noch ein blutroter Armstumpf!
Der zweite Wächter war schnell, er hatte sich etwas vorn über gebeugt. Riesig erschien Joe das Bild eines sich um den Abzug krümmenden Fingers.
Dann riss die Wucht des Treffers den Wächter nach hinten, aus dessen rechter Hüfte fehlte ein Stück.

Krachend landete Joe auf dem Boden, der Leitstrahl vom G27 des dritten Wächters fingerte zittrig über die Stelle, an der er sich soeben noch bewegt hatte.
Von unten nach oben visierte Joe grob, es traf den dritten Wächter im Zentrum seines Schrittes! Der unmenschliche Schrei drang wie durch Watte an Joe`s Ohr.

Aus den Augenwinkeln konnte er Lenie wahrnehmen. Nach dem Biss hatte sie sich in einer flachen Rolle seitlich und rückwärts über das Podest fallen lassen. Sie war nun im Begriff, wie eine Sprinterin in einen Tiefstart in Richtung Tür überzugehen, seitlich an Joe vorbei! Außerhalb der Schusslinie, kluges Mädel!

Joe hatte sich halbwegs gefangen, während er vom Boden hochkam, stellte er das G 27 neu ein.
Linke Hand am Schaft, Kipphebel nach vorne, letzte Raste – Dauerfeuer Hartziele!
Rechte Hand blieb am Kolben, Daumen an der Rändelschraube.
Ein Handlungsablauf in Millisekunden!
Leistung bis zur letzten Druckstufe hochdrehen, Dauerfeuer mit Höchstleistung!
Der rechte Zeigefinger krümmte sich schmerzhaft um den Abzug, über den harten Druckpunkt hinaus.
Maximalleistung, höchstens Hundertfünfunddreißig Sekunden. Dann war die Waffe irreparabel beschädigt.
Zielpunkt war die Mitte der Glaskuppel.
Zentrum des Gewölbes ist gleich Zentrum der höchsten Spannungen, schoss es durch den Kopf von Joe. Da bricht das Glas am ehesten!
Ein winziger roter Punkt erschien nach schier ewigen Sekundenbruchteilen mittig auf der Glaskuppel.
Er breitete sich aus, krachend und knisternd bildeten sich erste, schnell weiterlaufende Risse im Glas!

Finger vom Abzug, Waffe in die linke Hand, Stepdrehung auf dem linken Fuß. Lenie` s ausgestreckte Hand glitt wie tausendmal geübt in seine Rechte!

Aus den Augenwinkeln sahen sie einen verkrümmt, mit schmerzverzerrtem Gesicht am Boden liegenden Wächter, dessen Unterschenkel vom Knie in völlig irrealem Winkel abstand.

Als wären sie Eins, stürmten sie Hand in Hand auf die Tür zu. Das Knacken in ihrem Rücken wurde überdeutlich, nahm äußerst bedrohliche Formen an.
Tür auf, raus, raus, Tür zuuuu!

Mit gewaltigen Schritten, Stufen auslassend, stürmten sie die Treppe nach oben.
Erster Absatz, 180° drehen, nächste Stufen, dabei ein kurzer Blick nach rechts in ein tosendes Chaos in der soeben verlassenen Halle!
Dort, wo der Feuerpunkt des Laserstrahles noch vor Sekundenbruchteilen gewesen war, brach unter einem gigantischen Scherbenregen eine gischtende Wasserfontäne in den Raum.
Den im Aufrichten begriffenen Afraner, den Boss erwischte es voll im Rücken.
Seine Hände und Beine wurden wie bei einem Fallschirmspringer nach hinten gerissen!
Mit aufgerissenem Mund und übernatürlich geweiteten Augen wurde er von der ersten Woge klatschend gegen die Verglasung des Treppenhauses geschleudert.

Zwei, drei, mächtige Schritte, nächste Podeststufe, wieder 180° wenden.
Blick erneut nach links, in die Halle.
Der Bruch in der kuppelartigen Glasfront hatte sich enorm geweitet, ein Hai wurde mit weit aufgerissenem Maul durch die Öffnung gepresst. Der Schwung der Woge knallte ihn an die Glasfront des Treppenhauses, an der der Afraner noch immer klebend, bereits eine blutige Rutschspur hinterlassen hatte.
Volltreffer für den Hai!

Nächste Schritte im Sturm, nächste Kehrtwendung, letzter Treppenabsatz.
Die Halle war ein zuckendes Chaos aus Gischt, riesigen Glasscherben und wild zuckenden Haien und Menschenleibern! Gischt vermischte sich zu einem surrealen Rot.

Sie waren oben angelangt, den ansteigenden Gang entlang hetzend. Blut pochte schmerzhaft laut in Joe´s Ohren, sein Körper war voll mit Adrenalin!
Neben sich eine keuchende Lenie mit angstvoll aufgerissenen Augen!

Dann nach rechts, die Tür ins Freie kam ins Blickfeld.
Er ließ Lenie los, das G 27 wechselte in die rechte Hand.
Dabei wieder umstellen auf Einzelschuss, Weichziele.
Mit dem letzten Quentchen Saft aus den Akku`s der Waffe galt es jetzt sparsam um zu gehen!

Tür auf- das groteske Bild, welches sich ihnen bot, ließ für Sekundenbruchteile Joe`s Herzschlag aussetzen.

Am Landesteg angeleint dümpelte der Ekranoplan sanft in der Dünung.
Im Hintergrund ein Bilderbuchhafter Himmel in den schönsten Farben des Morgenrotes!
Ein kleines Tischen stand im Sand, vor der Sonne durch einen bunten Schirm geschützt.
Auf zwei großen, bunten Decken lagen Armin und sicherlich sein Co-Pilot. Beide nur mit knappen Badehosen bekleidet.
Über den Co gebeugt eine schwarzhaarige Schönheit, sie schien ihm die Schultern zu massieren.
Armin wurde von einer ebenfalls schwarzen Langhaarigen intensivst Mund zu Mund beatmet!
Die dritte stand ungerührt am Tischchen, sie schien Drinks zu mixen.
Die drei rehbraunen Südseeschönheiten waren bis auf winzige Tangaslips nackt, wie Gott sie geschaffen hatte.

Und alle drei waren verdammt gut gebaut!

Joe stürmte nach vorne, die Waffe im Anschlag:
„Los hoch Armin, weg von hier oder ich puste dir die Eier
weg!"

Der erhob sich, völlig entspannt und seelenruhig. Er
schob die barbusige Schönheit von sich. Sein
tiefschwarzer Körper, geformt wie Adonis, hob sich
grotesk vom sanften Blau der Lagune ab.
Geradezu aberwitzig wirkte die winzige, feuerrote
Badehose auf dem tiefschwarzen, muskulösen Körper.
Und mit einem freundlichen Grinsen, von Ohr zu Ohr:
„Habt ihr dem Alten etwa den Garaus gemacht?"

Joe war sprachlos ob dieser kaltschnäuzigen Antwort, und
das in deutlich schwäbischem Akzent:
„Äh – ja – den hat soeben der Hai gefressen!" brach es
aus ihm heraus.

Mit allem hätte Joe gerechnet, aber nicht mit der
Reaktion, die jetzt erfolgte.
Der schwarze Adonis schrie „Yeahhh!" und tat dabei einen
riesigen Luftsprung!
Kaum wieder auf den Füßen verpasste er seinem
Co-Piloten, der gerade eben die Beinahe-Senkrechte
erreicht hatte, einen mächtigen Kinnhaken.
Der Co flog nach hinten, klatschte mit weit aufgerissenen
Armen rückwärts in das Wasser der Lagune.

„Los, kommt" rief Armin, dabei schnappte er sich die
beiden um ihn stehend Schönheiten und zerrte sie
Richtung Ekranoplan.
Er zischte etwas asiatisches, die dritte Schöne am Tisch
ließ den Saft Krug fallen und folgte mit mächtigen
Schritten, ein Glas in der Hand.

Ein wahrhaft verrücktes Bild. Über den Steg sprang mit mächtigen Schritten ein schwarzer Adonis, nur mit einem knappsten, roten Höschen bekleidet.
An den Händen zerrte er zwei barbusige, schwarzhaarige Schönheiten hinter sich her.
Deren blanke Busen hüpften bei jedem Schritt grotesk im Takt auf und ab.
Dahinter Joe, das G 27 in der einen, Lenie an der anderen Hand. Zum Schluss abermals eine barbusige Südseeschönheit im Tangahöschen, die verzweifelt balancierend immer noch einen überschwappenden Glasbecher in der Rechten hielt.

Armin schubste seine beiden Schönen durch die Luke des Ekranoplans. Deren beider Landung im Inneren des Fahrzeuges war sicherlich alles andere als sanft!
Mit geübtem Griff löste Armin blitzartig die Leine, dann schlüpfte er noch vor Joe durch die Luke.
Eh` Joe sich versah, stand ein Paddel vor seiner Nase.
„Du musst die Dünung abpassen und uns vom Steg abstoßen, rief Armin: Dann, Luke dicht und auf den Co-Sitz, ich brauche dich vorne!"

Die dritte Schöne erschien, mit flehendem Blick streckte sie Joe die Hand entgegen.
Endlich fiel das Glas achtlos zu Boden.
Joe zog sie mit aller Macht durch die Luke. Die Schrammen, die dabei auf diesem Prachtkörper entstanden, interessierten ihn keinen Deut.
Dann knallte er das G 27 in die Ecke neben der Flugzeugtoilette und versuchte, das Gefährt vom Steg weg zu drücken.

Mit Erfolg!

Über ihm begannen die drei Triebwerke zu jaulen.
Unendlich langsam bewegte sich der Ekranoplan vom Steg weg.

Das letzte, was Joe wahrnahm, bevor er die Luke schloss,
war ein triefnasser Co-Pilot, der verzweifelt versuchte,
sich auf den Steg hoch zu ziehen.
Er selbst stürmte nach vorne, in den Sitz des Co-Piloten.
Überdeutlich nahm er das halbkreisförmige Ruder aus
echtem Mahagoniholz war!
Das Steuerruder pendelte vor und zurück, folgte
synchron den Bewegungen des Piloten.
Armins rechte Hand lag auf den drei Gashebeln, die
Anspannung ließ die Knöchel weiß hervortreten.
„Joe, du musst die Entriegelung am Ende des Stellweges
lösen, wir brauchen jedes Milligramm an Schub! Ich kann
die kalten Turbinen aber nicht zu schnell hochfahren, wir
brauchen sie noch ein paar Stunden."
Der Geschwindigkeitsanzeiger kletterte mühsam nach
oben.
Nach bangen, endlos langen Sekunden waren die drei
Gashebel von Armin über die Sperrklinken hinaus auf
Anschlag gebracht worden.
Die Anzeigen der Turbinen hatten schlagartig auf ein auf-
und abschwellendes Rot umgeschaltet. Es sah bedrohlich
aus.

Armin stieß heftig Luft aus.
„Joe – dort rechts oben – der Block mit den eckigen
Schaltern. Zweite Reihe von oben, erster Schalter links,
drücken!"

Joe tat wie ihm befohlen, die Speedanzeige und die
Höhenanzeige sprangen als kleiner Schriftzug nun an den
Rand ihres Monitors.
Als Hauptbild erschien stattdessen eine Totale des
Strandes mit Steg, Joe hatte eine 180° Heckkamera
eingeschaltet.
Die Speedanzeige war mittlerweile auf fünfundneunzig
km/h geklettert, höchste Zeit für die Sicherheitsgurte.
Dieser Höllenritt auf den Wellen!
Die Struktur des Gefährt´s wurde dabei auf`s äußerste
belastet.

Armin drückte das Ruder nach vorne, erst bei
Hundertdreißig km/h zog er leicht daran.
Das Höhenmeter pendelte sich rasch bei 50 Fuß, also
etwa fünfzehn Meter ein.
Jetzt hatten die Turbinen wirklich ihre volle Leistung
erreicht, die Geschwindigkeit stieg weiter an.
Das rote Blinken war schwächer geworden.
Man hörte das Rumoren des Verstell Antriebes der
Landeklappen.

Auf dem Monitor der Heckkamera konnte Joe sehen, wie
sich Teile der Dacheindeckung anhoben. Aus dem
Finsteren darunter kamen Waffenläufe ans Tageslicht.
Rotglühende Mündungen, Laser, deren Zielautomatik
hochgefahren und Läufe, die in Position gebracht wurden!

Ein Schütteln ging erneut durch das Gefährt, Joe sah auf
die Geschwindigkeitsanzeige.
Sie stand fast schon bei 300 km/h!
Soeben hatte Armin begonnen, das Gefährt auf 40 Meter
hoch zu ziehen!
Armin rief zu Joe herüber: „Wir haben jedes bisschen
Leistung zur Gewinnung von Entfernung gebraucht. Aber
so bei 270 bis 280 km/h kommen wir bei sehr niedrigen
Höhen in eine Zone kritischer Anströmung! Dann muss
ich hoch, egal wie!"

Joe warf einen weiteren Blick auf das Bild der
Heckkamera. Die Dachluken waren geöffnet, aus den
Mündungen der Waffen glühte rötliches Laserlicht.
Erste Strahlen schossen in das Nichts über dem Wasser!
Armin fuhr eine sehr harte, scharfe Kurve nach links.
„Die Laser haben eine verdammt gute Reichweite, aber
nur einen begrenzten Schwenkwinkel. Noch etwa 90
Sekunden, dann haben wir sie hinter uns gelassen."

Schweißperlen standen überreichlich und perlend –
glänzend auf seiner schwarzen Stirn.

Er fuhr noch zwei, drei weitere, heftige Haken, dann atmete er auf.
„Geschafft!"

Er wischte sich mit dem blanken Arm über die Stirn. Ein Pilot in Badehosen ist sicherlich auch nicht alltäglich. Noch dazu eine feuerrote auf tiefschwarzer Haut!

Armin fragte schnaufend: „Und das alte Schwein ist tatsächlich hinüber?"
Joe bestätigte die Geschehnisse nochmals in Kurzform. Als er darauf kam, dass der Boss quasi ein Halbbruder von Armin war, schüttelte dieser den Kopf.
„Fuck- das habe ich mir schon fast gedacht, dass der Alte da eine Schweinerei ausgebrütet hatte. Puhl!
(er stieß erneut heftig Luft aus)
Ich bin euch sicherlich jetzt ein paar Erklärungen schuldig. Dem Co–Piloten habe ich eine verpasst, weil der immer der Berichterstatter für den Alten war, keinen Schritt konnte ich ohne den Sack tun! Mögen ihn die Haie fressen."
Die Worte hatten Armin förmlich ausgespuckt!
„Ich bin über ein Stipendium zur A.A.S. Ltd. gekommen, der Vogel, Mariechen hier, war unsere, überwiegend meine Dissertation.
Mich hat die A.A.S. Ltd. während des gesamten Studiums immer wieder großzügig unterstützt.
Nur mich wollte die A.A.S. Ltd. danach haben!
Heute, jetzt, weiß ich endlich, warum.
Dieses Schwein, dieser perverse alte Sack!
Hoffentlich schleifen sie ihm in der Hölle die Eier bis zum Gehr-Nichts-Mehr!
(da kam erneut mächtiger Zorn ans Tageslicht!)
Meine Eltern, also die, die mich erzogen haben und mir eine verdammt gute Jugend trotz dieser Fresse, schenkten, waren zu der Zeit schon im Pflegeheim.
Und damit war ich für den auch Alten erpressbar geworden."

„Wie soll den Erpressung von diesem Teil der Welt in einem Pflegeheim in Europa oder Deutschland funktionieren, du erzählst uns doch ein Märchen" meldete sich Lenie erstmals aus dem Hintergrund schüchtern zu Wort.

Armin drückte ungerührt ein paar Tasten:
„Ich schätze mal, ihr wollt zuerst mal im Hotel eure Sachen abholen, bevor ich euch nach Auckland fahre, ja? Und nach dem Nicken von zwei reichlich verwirrten Gästen: Ok. Ist programmiert.

Übrigens, das mit dem Kongress, das war auch nur eine Finte des Alten! (Joe wunderte sich schon gar nicht mehr, er nickte bestätigend, als Armin auch schon fortfuhr) Tja, das mit dem Erpressen, Lenie, das ist auch wieder ganz einfach.

Pflege muss billig sein, also nimmt man billiges Personal. Zum Beispiel aus dieser Region oder von irgendwo auf dem Globus. Aber diese armen Menschen haben vielleicht Familie, Angehörige, hier oder irgendwo.

Und wenn die Frau, zum Beispiel von den Philippinen oder aus Mexiko, in Deutschland nicht das tut, was man von ihr verlangt, dann hackt man hier einem Onkel oder Bruder die Hand ab oder bringt die Schwester oder den Bruder um.

Oder auch schlimmeres, die kennen keinen Grenzen nach oben!"

Joe nickte erneut zustimmend, er unterbrach Armin und schilderte kurz die grausige Hinrichtung der jungen Asiatin durch die Haie vor wenigen Minuten.

Armin nickte betroffen und fuhr mit sachlicher Stimme fort:
„Typisch. So einfach funktioniert das.

Die Ärzte, Lenie, die untersuchen und verordnen Medikamente.

Das Pflegepersonal aber *verabreicht* die Medikamente.

Lenie, hast du daran schon mal gedacht?

Menschen sind für den Boss und die Führenden der A.A.S. nur eine Ware, die Geld zu produzieren hat.

Mehr nicht!
Meine Eltern haben sich wochenlang im Pflegeheim die Seele aus dem Leib gekotzt und geschissen.
Und immer, wenn sie kurz vor dem Abkratzen waren, oh Wunder, haben die Medikamente plötzlich gewirkt. Bis sie sich erholt hatten.
Und dann, Lenie, kam der nächste Rückschlag.
Und dir spielen sie die Bilder Tag und Nacht via Internet in deine Zelle, sonst nichts.

Und wenn du vor Verzweiflung an die Wände trommelst oder schreist, dann binden sie dich tagelang auf der Pritsche fest! Da liegst du irgendwann in deiner eigenen Scheiße und kannst keinen Millimeter ausweichen!
Und wenn du vor Erschöpfung eingeschlafen bist, in dem Moment, in dem deine Eltern sich die Seele aus dem Laib kotzen, plötzliche volle Lautstärke!
Lenie, irgendwann verblödest du oder du machst mit!"

Armin atmete schwer, unter seiner dunklen Haut schimmerte es aschfahl.

Lenie meinte nach kurzem Zögern:
„Entschuldige, Armin, aber so etwas kann sich doch kein Mensch vorstellen! Diese Grausamkeit! Diese Menschenverachtung! Entsetzlich!"

Armin sah Joe und Lenie nacheinander lange und schweigend an.
Nach einem tiefen Atemzug fuhr er fort:
„Ich bringe euch beide zurück, wie schon gesagt. Wenn ihr zurück nach Deutschland kommt, da gibt es einen Senator Heinrich-Enno Hansen. Der steht, der stand auch auf der Gehaltsliste des Alten. Bei dem „arbeitet" eine alte Freundin von mir, Sue. Sie wurde bislang auch erpresst.

Haut` dem Senator Schwein mal ordentlich eins auf die
Fresse und schickt Sue hierher.
Wenn ihr es euch überlegt, wir haben hier mit
steigendem Meeresspiegel zu kämpfen.
Trotzdem ist das Leben hier schöner und entspannter.
Ihr seid mir stets willkommen.“

„Und was ist mit Monsterwellen?“ entgegnete Lenie
fragend. Armin grinste wieder vielsagend sein Ohr-zu-Ohr
Grinsen: „So ein heißer Ritt ab und zu hat doch auch
etwas Schönes, oder nicht?

Und nach kurzer Pause, in der Lenie Puder rot geworden
war: „Ich werde mir ab und an ein paar Brötchen mit
Mariechen verdienen“

„Reicht das denn zum Überleben“ warf Joe fragend ein?

„Nein, nicht unbedingt, lachte Armin: Aber, ich bin sehr
sprachbegabt! Das hat der bescheuerte Alte zum Glück
nie bemerkt! Also habe ich manches verstanden, was
nicht für meine Ohren bestimmt war.
Und einiges an Programmen für Mariechen musste
modifiziert werden im Laufe der Entwicklung.
Wenn ich diese Programme wieder auslese, finde ich
darin versteckten ein paar hochinteressante Bankdaten.
Das reicht bis an mein Lebensende. Das
Brötchenverdienen mit Mariechen wird mein Hobby
werden.
Die Menschen sind hier sind nett, freundlich und tolerant.
Mein Aussehen spielt hier kaum eine Rolle.“

Jetzt grinste er erneut von einem Ohr zu anderen:
„Und wenn du hier als Mann statt mit einer mit drei
Freundinnen aufkreuzt, dann interessiert das auch
niemanden!“
＊＊＊＊＊

14 Personen, Geräte und sonstiges

14.1 Personen

Dr. Joseph Raubach[1]
Promotion in „Soziologie und Medientechnik" mit
Schwerpunkt im Bereich „Technologien im Wandel des
21. Jahrhunderts". Jahrgang 1988, keine eingetragene
Partnerschaft. Genannt: Joe

Helene Rhoden-Stein [2]
Dipl. Ing. der Sportwissenschaft, Jahrgang 2011,
keine eingetragene Partnerschaft, genannt: Lenie

Dr. Friedel Munk [3]
German News, Chef der größten deutschen
Medienagentur. Seriös, jovial, trägt Brille (altmodisch)
sowie Anzug mit Weste, von untersetzter Statur

Laura Louise
seine Partnerin

Thereza
seine Sekretärin

Schaller, Frieder
Chefredakteur, Tagesgeschehen
Meist ordinär, polternd, laut, lang, schlaksig
genannt: Schwaller

Frau von Lenz
(Erika-Sophie, Freifrau von Steimbach und Lenz),
Hinten, vorne und oben flach, aber: Tochter eines
Großaktionärs, genannt: Schneewittchen

Dirk Remmiz
Jahrgang 1990, Redakteur, mit Joe befreundet

Florian Götzmann

Polizeirat, Präsidium Südhessen-Thüringen

Hillmar Neukirch
sein Assistent

Norman Miller
Polizeipräsidium Mainz – Wiesbaden, Deutscher mit schwarzer Hautfarbe

Mike Üzgün
sein Assistent

Dorothea Bergheim
Polizeipräsidium Frankfurt

Frank Walter
ihr Assistent

Sonstige Personen:

Walter Tambach, Technik German News

Herrmann, der Pförtner, über 70 Jahre alt

Ingo Bernhartt, Innenminister

Carl C. Ferrychild, Wachmann, etwa 30 Jahre. Amerikaner

Vera, Russin, Mitte 30, Brünett

Veronika, Blondine

Gun – Britt, die Brünette

Loreena, die stillere, Kastanienrot

Elena, die Schwarzhaarige

Samuel F. von Gräubach, Dozent

Antara Günerk, Polizistin. Afranerin

Sue, Asiatin. Assistentin von Senator

Heinrich-Enno Hansen, Senator

Dr. Dr. Harald-Kurt Läntzen, Polizeiarzt Hamburg

Helene, seine Frau, Nichte von Dr. Munk

Daliah, Tochter von H.K. Läntzen und Helene

Iris Herbst, Volontärin der German News

Vera Fairmann, Volontärin der German News

Armin, Pilot und Afraner

Der Boss, ein Afraner der ersten Generation

1) Der Name Raubach ist angelehnt und soll an den Raubacher Jockel (1866 – 1941) erinnern, ein Original aus dem Odenwald

2) Eine Reminiszenz an das Rodensteiner Land, Teil des Odenwaldes

3) Munk ist der Mädchenname meiner geliebten Großmutter mütterlicherseits

14.2 GERÄTE und PRODUKTE

Ekranoplan: Bodeneffektfahrzeug *)

G 27: Laserwaffe

PAS: Persönlicher Assistent, am Arm wie eine
Armbanduhr getragen, ersetzt das Handy, den PC,
ist Bankverbindung sowie Krankenversicherungskarte –
und Datenspeicher.
Stellt Outdoor die Kommunikation zu Fahrzeugen,
Krankenversicherung, sowie z. B. Carsharing usw. her.

TF European Future: Tauchfrachter

Thermocolorid: Farbe wechselt unter Temperatureinfluss
von weiß nach schwarz und umgekehrt

Transpress: Magnetschwebebahn, Entwicklung des 21.
Jahrhunderts (Nachfolger des Transrapid, eines Produktes
der ThyssenKrupp Gruppe. *)

Twizzer: urbanes Dreiradfahrzeug

Van: Fahrzeug, vierrädrig

14.3 FIRMEN

A.A.S. Ltd.:   Asien & African Society Ltd.

BFH: Elektrokonzern

DEMA: Deutsche Marine AG

DENOCH AG: Deutsche Nachhaltige Oekologische
              Chemie AG

ECC: European Car Coorperation

ESA II: Nachfolgerin der European Space Academy,
              wickelt deren Langzeitprojekte ab

F.UM: Elektrokonzern

G.R.O.B.   Großklinikum Rhein-Neckar, Odenwald,
              Bergstraße

HUE: Horten United Europe, Flugzeughersteller,
              Airbusnachfolger

LEPERT: Hubtischhersteller

14.4 BEGRIFFE

Afraner:
Abstammung Asiatisch – Afrikanisch, häufig mit
Gentechnischen Defekten, meist zeugungsunfähig.
Typisch Asiatische Gesichtszüge, tiefschwarze Hautfarbe,
nur eisgraue bis grünliche Augenfarbe.

Cloud:
ausgelagerter Rechner / Datenspeicher   *)

Cradle to Cradle:
Strömung Anfang des 21. Jahrhunderts. Produkte sollen
so gefertigt / konzipiert werden, dass ihre Verwendung
(auch nach dem Ende der Nutzung) für weitere sinnvolle
Zwecke möglich ist. *)

G.R.O.B.
Gesundheitscenter Rhein-Neckar-Odenwald-Bergstraße

Lemurian:
sagenumwobener, versunkener Urkontinent oder
Landbrücke   *)

NEK `s:
New European Kredits, Nachfolger des Euro

RMS:
Rhein-Main-Süd, übliches Kürzel für die Kunststadt
Propolearis - City

VDT:
Very Deep Thrill = Tiefenbohrung zur
Erdwärmegewinnung

14.5 HISTORISCHE PERSONEN

Henry Ford *)
*30.07.1863, + 07.04.1947 Automobilpionier, Erfinder des Fließbandes. Während der Produktionszeit seines berühmten Models „T" steigerte er die Löhne seiner Arbeiter überproportional. Er bot seinen Mitarbeitern ein Modell der Gewinnbeteiligung und verhalf ihnen zu mehr Freizeit. Ziel war es, durch die gestiegenen Kaufkraft der Arbeiterschaft – nicht durch verbessern der persönlichen Situation eines einzelnen – den Absatz massenhaft gefertigter Produkte (wie seines Models "T") zu steigern. Er legte damit den Grundstein für die im zwanzigsten Jahrhundert typische Konsumgesellschaft.

John Maynard Keynes *)
*05.07.1883 in Cambridge, + 21.04.1946 in Tilton, East Sussex. Britischer Ökonom, Politiker, Mathematiker. Ein wesentlicher Kern seiner Theorie ist, das marktwirtschaftliche Systeme nicht automatisch zur Vollbeschäftigung führen. Entsprechend muss der Staat (d.h. Regierung und Notenbank) regulierend eingreifen. Nicht zu verwechseln mit den staatlichen Eingriffen, die der Marxismus / Leninismus fordert. Er stellt dem neoklassischen Konzept von Risiko die Idee der Unsicherheit gegenüber.

Sir Isaac Newton *)
*25.12.1642 + 20.03.1726 in der englischen Grafschaft Lincolnshire.
Einer der bedeutendsten Naturwissenschaftler aller Zeiten

Jules Verne*)
*8.4.1828, +24.03.1905 Nantes
Visionärer Schriftsteller mit einer Vielzahl technischer, später auch mit sozialkritischen Werken.

14.6 GEOGRAPHIE

Tubuai Islands *)
ist eine Inselgruppe, nordöstlich von Neuseeland gelegen.

Die Hauptinsel Tubuai liegt mit 23°23`S und
149°27`West südlich des Äquators und östlich der
Datumsgrenze.

Die Gruppe besteht aus den Inseln Tubuai, Raivavae,
Rimatara, Rurutu, sowie den Atollen Marotiri und Rapalti.
Maria Islands (auch Ilot`s Maria oder Nororutu genannt)
ist die am weitesten nördlich und westlich gelegene Teil
dieser Inselgruppe.
Diese besteht wiederum aus vier Atollen, von denen das
nördlichste mit seiner nördlichen Hauptinsel Îlu du Nordê
(Nordinsel) lange als unbewohnbar galt.

Durch das große Seebeben in der Region (2022) brach in
der Meerenge zwischen der Nordinsel und der wesentlich
kleineren Zentralinsel ein weiteres Atoll auf. Dort wurde
Anfang 2023 eine ergiebige Süßwasserquelle bei
Tiefenbohrungen entdeckt. Damit war das Atoll
bewohnbar.

Odenwald *)
ein zentral in Deutschland gelegenes Mittelgebirge.
Herausragende Punkte sind der Katzenbuckel mit 626m
und die Neunkirchener Höhe mit 605 m.
Dieses Waldreiche Gebiet mit seiner meist sanft
geschwungenen Landschaft und vielen kleinen
Seitentälern ist ein wahres Kleinod, gleichermaßen für die
Bewohner und die Gäste.
Geologisch zählt der Odenwald mit Spessart und der Süd-
Röhn zu einer Großregion.
Topographisch können die Grenzen etwa durch die Flüsse
Neckar – Main – Gersprenz sowie die Bergstraße gezogen
werden.

Hinzu zählt außerdem noch der „Kleine Odenwald", der sich südlich des Neckars etwa im Raum Leimen – Neckarbischofsheim – Mosbach erstreckt und an das Bauland angrenzt.

Politisch zählt der Odenwald größtenteils zu Hessen, kleinere Teile zählen zu Bayern bzw. Baden – Württemberg.

Karte Tubuai Islands:
Dierke Schulatlas, 68. Auflage 1929, Seite 50/51 (Auszug)

14.7 In eigener Sache

2021 erschien von mir im gleichen Verlag.

„bitte: weiterdenken"

mit dem Untertitel: (Strom ist nicht alles, wir sind nur kurze Zeit Gast auf diesem Planeten)

Ein Sachbuch zum Klimawandel und seinen Folgen. Mit Fragen, Antworten, Lösungen, Alternativen und Visionen.

ISBN: 9783-7557-2087-4   e-book
ISBN: 9783-7557-3997-5   Taschenbuch